LA CAÍDA DEL PARANGÓN

EL CREDO DEL CAMPEÓN
LIBRO 1

A.R. KNIGHT

CAPÍTULO 1
EL CAMPEÓN

DESDE LA CALLE resbaladiza por la nieve, Aegis vio las luces y escuchó los sonidos de sus objetivos. Las voces no llegaban desde los sesenta y tantos pisos del único tramo iluminado en el edificio alto y ancho que dominaba el parque empresarial abandonado, pero los disparos sí; crepitaciones de viejos modelos de armas delataban a sus dueños con sus rat-a-tats. El ruido le daba a Aegis una razón para estar aquí a una hora de la noche conocida por los villanos, y perfecta para aquellos que los cazaban.

La cápsula detrás de él emitió un cálido pitido mientras comenzaba a rodar hacia su siguiente solicitud. El sonido provocó una rápida revisión de inventario: guantes, un chaleco blindado sobre un grueso suéter de lana oscura para mantener a Aegis caliente, un par de pantalones de uniforme de Parangón con un cinturón de accesorios, incluyendo todo lo que Aegis necesitaría para incapacitar, matar o pedir ayuda. Sobre su nariz y cubriendo sus ojos descansaban unas gafas negras y azules que mantenían la luz entrante óptima para cualquier situación.

Sin casco. Aegis no llegaría tan lejos. Los equipos de noticias seguirían la señal de su cápsula y estarían aquí. Los Paragones dirigían el mundo. Su mascota no podía esconderse.

Sus botas, con almohadillas suaves incorporadas en los talones para mantener cómodos los pies viejos, hacían un buen trabajo conquistando el paseo de hormigón hacia la entrada del edificio. La nieve se acumulaba a los lados, arada con precisión por mano de obra automatizada tan barata que las ciudades podían mantenerla funcionando para edificios fantasma como este. Dos altas columnas de un blanco impactante flanqueaban la entrada, con un logotipo grabado no lo suficientemente fuerte como para superar décadas de irrelevancia y encontrar un gatillo en los recuerdos de Aegis.

Entre rondas de fuego crepitante desde arriba, Aegis crujía la nieve al ritmo de Nueva York. Los trenes pulsaban bajo él, la prisa manteniendo el paso con sus pasos, mientras una vaga decadencia se filtraba por la brisa en cada respiración. Los parques empresariales rotos rodeaban ahora la ciudad compacta y todos olían así. Se sentían así mientras esperaban que alguien los salvara.

Las puertas dobles evocaban una majestuosidad estropeada por el cristal roto, por el mango doblado que mostraba la fuerza imprudente aplicada para abrirlas. Aegis usó la obra de su predecesor y pasó por encima de los fragmentos. Mañana enviaría una oferta de reparación, conseguiría que alguien lo limpiara. La imagen importaba, incluso aquí fuera.

—¿Estás ahí? —la voz de Celice llegó a través de su auricular. Estaba masticando algo, sus dientes triturando con fuerza.

Berenjena. Una de las razones por las que Aegis había atendido personalmente esta llamada. Esperaba con ansias las cenas con su hija, pero ahora ella insistía en recetas pensadas para ancianos y cabras. Aegis se comería las sobras cuando volviera, sin embargo. Después de haber trabajado un poco de agresividad para abrir el apetito, cuando pudiera justificar algo de proteína para acompañar el plato vegetariano.

—Estoy aquí —dijo Aegis—. Han forzado la entrada. No han sido muy sutiles.

—¿Necesitas refuerzos? Puedo enviar la llamada —Celice hizo una pausa, excepto por su masticación—. Un par de drones no están muy lejos. Diez minutos.

—Estaré bien.

—Papá.

El vestíbulo se mantenía mejor que la puerta, posiblemente debido a su desnuda insipidez. Un largo mostrador bloqueaba una pared vacía del mismo blanco que las columnas del exterior. Espacio para sillas, recepcionistas y, donde Aegis estaba ahora, clientes y empleados. Trabajando tan duro por dólares, euros, a costa de familia y amigos. Aunque a los Paragones les quedaba mucho por hacer, al menos habían terminado con la loca carrera por el dinero.

—Llama a los drones entonces —dijo Aegis—. Pero no voy a esperar.

Los ascensores planteaban un problema. Si los criminales de arriba tenían algo de sentido común, tendrían a alguien vigilando la única entrada razonable a su piso, y ascensores como estos mostraban su ubicación en números blancos sobre barras negras encima de sus puertas gris pizarra. En el momento en que Aegis pulsara un número, su inminente llegada sería clara para cualquiera que estuviera prestando atención. Las escaleras persistían como una posibilidad, pero para sesenta pisos, no una sensata.

Los drones llegarían a los objetivos antes que Aegis si tomaba esa ruta.

—Voy a entrar —dijo Aegis, tanto para su hija como para la grabación.

Cada misión, cada palabra que los Paragones hablaban en acción se guardaba en sus bóvedas. Lista y esperando para contrarrestar las amenazas duales de los medios hiperinflados y las empresas creadoras de mitos involucradas en hacer que los Paragones parecieran dioses arbitrarios. Reclutar anomalías, evitar que los normales se asustaran. Matar dos pájaros de un tiro, etc. Cuanto más viera el público a los Paragones no solo como los guardianes del mundo, sino como sus amigos, menos problemas se les presentarían. Por cierto, había pasado demasiado tiempo desde que Aegis enviara su propio comunicado, prueba de que el Campeón mismo seguía actuando, seguía persiguiendo el mal.

La inspiración venía desde arriba, y si proporcionarla requería algunos golpes, entonces Aegis podía recibirlos.

Los ascensores coincidían con la entrada principal, uno sufriendo una violencia lo suficientemente extrema como para dejar su puerta colgando mientras el otro esperaba pasajeros, aunque sus agudos chirridos indicaban que su buen aspecto no mantendría al ascensor lejos de la jubilación forzosa por mucho tiempo. Aegis debería sobrevivir si la cosa se desmoronaba con él dentro, pero esas personas que ya estaban arriba probablemente no. Lo que significa que eran valientes y estúpidos, o habían tomado la decisión segura y lenta de subir por las escaleras. Conociendo el tipo de personas que dispararían con armas en una torre abandonada por la noche, Aegis apostaba por lo primero.

La velocidad del ascensor predicaba nuevas definiciones de la palabra *lento*, lo que le dio a Aegis otra oportunidad de estirarse. Sentir cómo sus hombros crujían y expandir sus pulmones con unas cuantas respiraciones profundas. Su pistola paralizante tenía un dardo cargado, y mantenía el arma lista en su mano derecha mientras los números en el panel subían. Se desplazó hacia el lado izquierdo del ascensor, minimizando su perfil. Años atrás, Aegis se habría parado en el centro, con las manos en las caderas y listo para ganar solo con intimidación arrogante.

Esa época terminó cuando los moretones empezaron a seguirlo a casa, acosándolo al día siguiente. Cuando la preocupación en los ojos de Celice le robó su sonrisa machista.

El ascensor anunció su llegada con el sonido de un globo

moribundo en lugar de un alegre timbre, pero el elevador logró llegar al piso sesenta. Las puertas comenzaron su mismo arrastre lento y el *blam blam blam* del fuego de armas pesadas se derramó a través de ellas. No hacia Aegis, sin embargo. Los idiotas continuaban su fiesta. Habían tenido todas las oportunidades para prepararse, para tender una emboscada, y en su lugar habían optado por más champán.

La puerta abierta despejó el camino hacia un vestíbulo más pequeño y elegante, como si su altura preservara los muebles blancos revestidos de vidrio de la decadencia que se filtraba desde abajo. Un escritorio circular se encontraba a la derecha, la silla requerida y cualquier cosa sobre él había desaparecido, saqueado por lo que se pudiera llevar. El único ocupante del vestíbulo se apoyaba ahora contra el escritorio: un hombre sosteniendo un modelo antiguo de pistola en la cadera y mirando su Tama y la imagen que proyectaba sobre el antebrazo del hombre.

Aegis bajó su propia arma y salió del ascensor, llegando a la mitad del vestíbulo antes de que el hombre se molestara en levantar la mirada. Al ver al líder armado y blindado de Paragon, el Campeón más famoso del mundo, la cabeza del hombre se inclinó hacia un lado, con una ceja levantada. Cuestionando lo imposible.

Aegis decidió demostrarlo.

Una zancada larga, con el cuádriceps derecho de Aegis dirigiendo un sólido gancho de derecha, tomó la boca recién abierta del hombre antes de que pudiera emitir un sonido. Con su brazo izquierdo, Aegis atrapó al guardia caído y colocó la figura con traje sobre las baldosas blancas como perlas.

—Trig parpadeo neutral —dijo Aegis, siguiendo una corazonada.

Sus gafas tomaron el comando y apagaron su procesamiento por un segundo completo, dándole a Aegis una verdadera mirada al lugar donde operaba. Las luces lineales, con sus brillantes trazos, llenaban los espacios entre las baldosas del techo y rociaban un resplandor tan intenso que el vestíbulo parecía una montaña cubierta de nieve al mediodía. No era de extrañar que el guardia tuviera problemas para reaccionar ante Aegis; mantener el piso tan desteñido haría imposible la identificación sin gafas como las suyas.

El vestíbulo servía de seguridad para un único camino, cerrado por una puerta de madera de nogal cuyo sello de tarjeta llave sobresalía en la pared con una pequeña mota roja que mostraba energía. Una mirada detrás del mostrador de recepción reveló que cualquier bypass que pudiera haber existido había seguido el camino de la silla y el monitor.

—Trig P-Lock —dijo Aegis a la habitación, y luego sostuvo su muñeca izquierda, portadora del Tama, contra el lector de tarjetas.

La tecnología de Paragon funcionó de nuevo y el lector emitió un pitido de sumisión al rango de Aegis, abriendo el cerrojo y permitiendo que Aegis abriera la pesada puerta mediante la barra de metal cromado en su frente.

Otra oportunidad de emboscada llegó y se fue mientras Aegis, con la puerta abierta lo suficiente como para ver alrededor, miraba hacia un pasillo vacío. Al final, más allá de bifurcaciones secundarias, el pasillo se abría a un espacio amplio y panorámico tan favorecido por los pisos altos en estos edificios. Una oportunidad para mirar hacia abajo a todos aquellos sobre los que habías logrado elevarte.

El fuego de armas se detuvo y, desde la puerta, Aegis pudo ver por qué. Los idiotas habían destrozado varias ventanas, y el par intacto que Aegis podía ver lucía la reveladora estrella de las balas. Balas que probablemente provenían de la gran arma con torreta en el centro de la habitación, apuntando hacia afuera.

—¿Estás viendo eso? —dijo Aegis.

—Parece que hemos encontrado nuestro objetivo —respondió Celice.

—Podrían derribar los drones con un arma de ese tamaño. Diles que se mantengan alejados.

—Les diré que tengan cuidado. Mynx siempre puede hacer más.

Aegis quería decir que Mynx ya hacía suficientes de esas cosas, pero se detuvo. Estos imbéciles podrían no tener una emboscada lista ahora, pero podrían cambiar de opinión en cualquier segundo. Mejor usar la sorpresa mientras la tuvieras, que perderla discutiendo sobre cosas que no importaban. Además, Aegis sabía la verdadera razón por la que no quería los drones alrededor: le quitarían el brillo. Esa tan dulce reivindicación que Aegis obtendría cuando estuviera en el patio de abajo, hablando con los medios sobre otra operación exitosa de Paragon. Compartir el centro de atención con un par de monstruos mecánicos de Mynx significaría... compartir.

Aegis se deslizó por la puerta hacia el pasillo, pegándose a la pared derecha y observando el vidrio lejano en busca de cualquier señal de movimiento. Cada paso venía con un balanceo del talón, sus manos sosteniendo su pistola paralizante hacia adelante y lista. Se arrastró más cerca de la primera intersección, dio un paso rápido hasta el pasillo que bisecaba y se inclinó para tener una vista sin exponer su espalda.

Vacío. Aegis se revirtió al otro lado del pasillo, con la pistola paralizante apuntando en la dirección opuesta. Nada allí tampoco. Puertas de oficinas cerradas. Paredes blancas claras con manchas cuadradas más brillantes que exponían el antiguo hogar del arte.

Aegis tomó un respiro. Lento, superficial. Escuchó.

Risas. Hacia la habitación con ventanas. Líquido salpicando en vasos. No estaban tendiendo una trampa, entonces, sino celebrando.

Había pasado demasiado tiempo persiguiendo a criminales endurecidos. Enemigos que sabían muy bien lo que

Aegis y los Paragons podían hacer y se preparaban para luchar contra ellos. Estos, estos eran los criminales de la escoria que combatías cuando todos los demás se habían ido. Quienes llenaban el vacío dejado cuando habías eliminado a los verdaderamente aterradores.

Aegis negó con la cabeza a la nada. Se sorprendería si conseguía una sola entrevista después de esta. ¿A quién le importaba si unos vagos de bajo nivel disparaban a algunos edificios abandonados? Volvió a guardar la pistola paralizante en su funda. Lo mínimo que podría obtener de esto sería algo de diversión.

Aegis giró a la izquierda, hacia el pasillo lateral cuyo final revelaba otra intersección. Se movió más rápido ahora, amortiguando sus pasos al sonido de la charla, conversaciones sobre armas movidas y armas fabricadas. Nuevos tratos cerrados. A pesar de todos los esfuerzos, los Paragons nunca podían deshacerse de cada transacción bajo la mesa, no podían limpiar completamente el mundo de su suciedad, pero Aegis sentía que al menos se habían asegurado de castigar a los principales infractores. Podías nadar en el pantano, pero pagarías un precio.

Al final del nuevo pasillo, Aegis echó un vistazo a la derecha y vio la fiesta. Un cuarteto de don nadies riendo, vestidos con equipamiento estilo nómada que confirmaba su estatus de novatos en el juego criminal. Dos cilindros ocupaban el espacio central de una mesa de plástico plegable, por lo demás cubierta de una cena basura; comida sintética que Aegis no tocaría. Uno de los cilindros tenía el característico color marrón del whisky o el bourbon, el otro parecía agua. No era sorpresa cuál tenía menos.

La verdadera conmoción, para uno de los cuatro, un hombre con gorra cuyos ojos vagaban más allá de sus amigos mientras bebía, fue ver a Aegis avanzando a grandes zancadas por el último tramo del pasillo. El hombre detuvo su trago, su mirada inyectada en sangre luchando por comprender lo que se acercaba, antes de que su mano perdiera el agarre del vaso y el hombre tropezara hacia atrás, gritando una advertencia.

Aegis conectó su primer golpe, el vaso del hombre con gorra golpeando el suelo de baldosas y haciéndose añicos. No es que su objetivo, cuyas mejillas pálidas e hinchadas recibieron el golpe de Aegis con un satisfactorio chapoteo, apreciara el momento. Tampoco, supuso Aegis, disfrutó el hombre que su cara colisionara con la cena y la mesa plegable, pero la vida de un criminal a menudo estaba llena de decepciones, especialmente cuando los Paragones andaban cerca.

El siguiente en la fila, un hombre más bajo y balbuceante cuyas capas y suéteres ocultaban un origen tropical, no logró suficiente distancia en su frenético paso atrás para escapar del alcance de Aegis. Con ambas manos agarrando el abrigo del hombre bajo, Aegis lo lanzó hacia la derecha, contra y a través de la delgada pared en descomposición, hacia lo que alguna vez fue una oficina de alto perfil. Ahora, muy lejos de las montañas de dinero que alguna vez se movieron en sus confines, el criminal bajo yacía inconsciente y cubierto de yeso en el suelo de la oficina. Una injusticia más nivelada en el edificio, y no la última por venir.

Quedaban dos. El hombre con gorra, que había llegado hasta las ventanas de cristal del nivel, cuyas manos buscaban un arma en alguna parte de su cuerpo, y un especialista larguirucho vestido de traje. Aegis había visto suficientes luchadores en su vida como para reconocer al líder, para saber quién representaba la mayor amenaza, y podía descomponer mil pistas para encontrar a esa persona en un grupo de enemigos. Esta vez, no hizo falta mucho: los ojos del especialista eran estrechos, sus manos no temblaban, y no parecía estar rezando a alguna deidad por salvación. En otras palabras, el especialista era todo lo que el hombre con gorra no era.

Aegis se lanzó hacia el especialista con una carga arrolladora, usando su puro espectáculo para intimidar. Esto solía resultar en un colapso acobardado, con los verdaderos cobardes huyendo a la primera mirada. El especialista, sin embargo, metió la mano en su chaqueta, sacó un arma de mano de un estilo que los Paragones habían prohibido décadas atrás, como la que tenía el guardia del ascensor, y disparó.

Durante la mayor parte de su vida, Aegis había mantenido una relación cordial con las balas. Lo saludaban con su ferocidad habitual, y Aegis desarmaba su daño con lo mismo que lo convertía en el ícono de los Paragones: una piel invulnerable. Los disparos se hundían contra Aegis, y luego caían al suelo, sin dejar más que una marca por su esfuerzo. Habían pasado misiones en las que cientos o miles de rondas se habían vertido sobre el Paragón y se habían vuelto inútiles, ya fuera que golpearan sus brazos, piernas, ojos, dientes o cualquier otra parte. Como si un manto divino cubriera a Aegis y lo mantuviera a salvo de todo daño.

Ese manto hizo su trabajo de nuevo ahora, atrapando la bala cuando golpeó el hombro izquierdo de Aegis, fuera del alcance del chaleco donde el disparo atravesó la ropa de Aegis y emitió su veredicto ineficaz contra el cuerpo del Paragón. El especialista logró disparar una segunda ronda que fue directamente al agujero de vacío del chaleco de Aegis, causando nada más que una pausa de microsegundos en el impulso del Paragón.

No hubo un tercer disparo.

El hombre con gorra, habiendo visto a sus compañeros reducidos a escombros, tomó el camino más seguro y esperó su arresto con las súplicas quejumbrosas de los superados y culpables. Cualquier pensamiento de escape adicional se desvaneció cuando llegaron los drones de Mynx, destrozando el cristal restante y flotando dentro de la habitación, con armas de aturdimiento listas, opciones letales esperando el cálculo de un algoritmo.

—Tarde, como siempre —dijo Aegis a las máquinas, de pie cerca del hombre con gorra con el cuerpo inconsciente del especialista colgando de su brazo derecho.

Aegis bajó al especialista él mismo, dejando que los drones vigilaran a los otros tres. En la base del edificio, llegaron algunas cápsulas y desembarcaron equipos de noticias que buscaban alimentar a la bestia voraz del contenido popular. Y los medios no encontraban nada más popular que un Campeón realizando una redada. Aegis salió a recibir los flashes, las cámaras, el aluvión de preguntas de reporteros y fans por igual.

Sin embargo, antes de responder a una sola, Aegis dirigió a los otros que llegaron tarde, los Paragones de menor rango cuyo trabajo cubría este distrito, que le habían pedido a Aegis que los cubriera. Quienes habrían recibido las balas que él soportó en su lugar. Las anomalías variopintas, vestidas con sus azules de Paragón, pasaron junto a Aegis hacia la torre. Se llevarían a los otros tres, más este, y determinarían el castigo apropiado. El costo en reputación adeudada, y los mejores métodos de reembolso.

—¿Estás bien? —la voz de Celice, llegando a través del auricular, cortó las llamadas de la prensa.

—Sobreviviré —Aegis dio su clásica respuesta, luego arrojó al especialista al suelo frente a las cámaras mientras la nieve caía entre las luces.

Tenía un discurso para esto, una versión modificada del conjunto estándar de advertencias, lecciones y llamados a un mañana mejor de los Paragones. La diferencia esta vez, lo que hizo que las palabras de Aegis salieran más lentamente, y lo obligó a concentrarse para mantenerse erguido, fue el dolor creciente en su hombro izquierdo.

Un dolor punzante, profundo y demoledor que nunca antes había sentido.

CAPÍTULO 2

UNA CACERÍA

EL ANOCHECER trajo un clima que congelaba en cinco minutos, perfecto para la cacería. Kat se permitió una sola bocanada del aire exterior al salir del vehículo, y eso fue suficiente para casi congelarle los pulmones, así que cerró de golpe su máscara facial y completó el sistema cerrado del traje de rastreador personalizado. El sello la atrapó, incluso esos largos mechones castaños que se escapaban por todas partes, manteniéndola a salvo de los elementos.

Y de lo que encontrara entre ellos.

Un pitido detrás de ella hizo que Kat se diera la vuelta; se había olvidado de cerrar la puerta del vehículo y apagar el motor. Cosas que no necesitabas hacer con una cápsula, pero aquí, lejos de la red, Kat tenía que usar uno de estos todoterrenos de ruedas grandes. Kat se inclinó hacia el interior espartano —todo asientos, cinturones y nada más— y buscó un botón o un interruptor antes de recordar.

—Trig rover, apágalo —dijo Kat, con las palabras amortiguadas por su máscara.

El rover, con reconocimiento vocal analizando la voz apagada, algo deshidratada e inexpresiva de Kat, siguió las instrucciones y sus baterías se apagaron hasta quedar en silencio. Cuando Kat cerró la puerta, apareció un pequeño medidor en la esquina superior derecha de su vista, mostrando una barra verde brillante que estimaba el tiempo hasta que el rover se convirtiera en un costoso carámbano. La cacería no debería, no podía llevar tanto tiempo.

—¿Seeker? —dijo Kat mientras se levantaba del rover y observaba los pinos cubiertos de nieve.

El desvío hacia este pequeño enclave en el bosque, a horas al norte de Chicago, parecía no haber sido despejado en todo el invierno, y en medio de las profundas acumulaciones de nieve, que el rover manejaba con valiente competencia, el mejor amigo de Kat se sumergía en la alegría solo disponible para aquellas criaturas de persuasión husky. Seeker irrumpió detrás del rover, rociando copos por todo el traje blanco cristalino de Kat, que rechazaba los copos ofrecidos con la mejor tecnología para todo tipo de clima. Pocas cosas hacían una cacería tan miserable como mojarse, enfriarse o cubrirse de baba de husky, y el traje de Kat proporcionaba el antídoto para todo lo anterior y mucho más.

Por lo que le había costado en reps, el traje debía hacerlo.

—¿Qué encontraste? —le dijo Kat a su perro, quien respondió sacudiéndose el resto de la nieve y mirándola fijamente con sus grandes ojos azul cielo.

Kat se rio. Seeker tenía un camino secreto hacia su corazón, y la gran bola de pelo nunca fallaba en arrancarle una sonrisa. La de Kat, sin embargo, se desvaneció cuando Seeker dio un bufido bajo, se dio la vuelta y se alejó trotando hacia la nieve, en dirección al oscuro borde del bosque. La luna brillaba intensamente esta noche, dando una visión clara sobre el camino tallado, pero debajo del espeso bosque...

Bueno, había planeado para eso.

Una rápida comprobación confirmó que Kat tenía lo que necesitaba y, con la temperatura equilibrada del traje manteniéndola cómoda, Kat se puso en marcha tras Seeker. El aire gélido, al menos, mantenía la nieve ligera. Sus botas pisaban fuerte, apartando los montones de nieve un movimiento a la vez.

—Trig, distancia al objetivo.

Sus gafas parpadearon mostrando la distancia estimada. Casi un kilómetro desde la carretera más cercana. Se sentiría como veinte en estas condiciones, pero a Kat no le importaría el esfuerzo. Había descansado lo suficiente sentada en ese rover durante las últimas horas. Vivía en la ciudad por muchas razones, una de ellas era que podía usar sus propias piernas para llegar a donde necesitaba ir. Aun así, la caminata por el bosque resultó meditativa. Un buen descanso del constante asalto urbano. Luces y sonidos y gente molestándola a cada momento. Aquí, la energía inagotable de Seeker mientras el perro rodaba y corría a su alrededor era la mayor distracción, y Kat podía observar eso todo el día.

Para cuando llegó al claro, sus piernas ardían y Kat devoró una de las píldoras de proteínas que había empacado para la cacería. Colocadas dentro de bolsillos delgados en las mejillas de su máscara facial, las píldoras contenían energía concentrada. Que supieran a tiza y se le atascaran en la garganta la mitad del tiempo eran inconvenientes menores; dejar escapar una anomalía porque Kat no tenía suficiente fuerza para hacer un sprint más era uno mayor. Y los informes sugerían que su presa podía correr.

—Trig, expediente —habló Kat a su traje, y luego guiñó su ojo izquierdo.

Una imagen destelló sobre su lente izquierdo, mostrando a un hombre escuálido, con bolsas debajo de los ojos y huesos faciales definidos que sugerían una existencia austera. Uno que huía de Mynx y los rastreadores. El texto apareció a continuación, al principio borroso y luego enfocándose con claridad mientras el lente leía el ojo de Kat y determinaba la proyección óptima.

La próxima actualización de la máscara debería arreglar

eso; reducir el tiempo de enfoque. Sería bueno si alguna vez lo enviaran.

Vedder, el objetivo, pertenecía a un grupo derivado de anomalías. Todos los nombres se mezclaban para Kat, así que pasó de largo la digresión del texto sobre las hazañas de Vedder. Bastaba decir que Vedder se había ganado el bono de rep por su rastreo. Mynx aún prefería que la anomalía fuera capturada viva, sorprendente dado el historial de Vedder. Los Parangones tendían a tener una visión extrema de las anomalías amenazantes —una muerta no causaría más problemas— lo que significaba que Mynx pensaba que Vedder aún tenía una oportunidad de redención.

Se preguntó cuántos rastreadores tendría que eliminar Vedder para que esa oportunidad desapareciera.

Kat guiñó su ojo izquierdo de nuevo y la imagen-texto desapareció, devolviéndole la vista completa justo más allá del bosque.

Una cabaña esperaba. Destartalada, de madera oscura y tan atrasada en el tiempo que Kat se estremeció. Una chimenea pequeña, más una pila de ladrillos con suerte que un esfuerzo deliberado, escupía humo educadamente hacia el cielo, aureolada por la luz de la luna. La puerta principal, frente a Kat, estaba metida en un ángulo, sumándose al resplandor naranja de la única ventana. Alguien estaba en casa.

Seeker, leyendo el estado de ánimo de Kat como solo una mascota podía hacerlo, se acercó a su lado y se paró, con la cabeza por encima de la cintura de Kat, sus ojos igualando su mirada hacia la cabaña.

—Cúbreme —le dijo Kat al perro, y Seeker resopló en acuerdo, alejándose trotando hacia la parte trasera de la cabaña.

Mientras el perro hacía su ronda, Kat caminó hacia la puerta, manteniendo su mano derecha sobre la pistola aturdidora sujeta al cinturón de su cintura. La primera vez que fue a una cacería oficial, la falta de letalidad le molestó: las anomalías rebeldes podían volverse hostiles, y entrar en una pelea con un ser poderoso sin un medio para anularlo no parecía justo. Luego capturó su primera anomalía. Encontró miedo en ese rostro mucho mayor que el suyo propio, aunque esa anomalía podría haber matado a Kat con un chasquido de dedos —oxidar un cuerpo humano es algo aterrador— y Kat supo que, si hubiera tenido un arma mortal, la habría usado.

Carecer de un golpe mortal no significaba que Kat entrara esperando lo mejor. En cambio, cuando llegó a un par de metros de la puerta principal de la cabaña, Kat levantó su brazo izquierdo, hizo un puño y lo apuntó hacia la entrada de madera.

—Cable disparador.

Desde el guantelete de metal blanco en su muñeca, un pequeño panel se levantó y lanzó un cable de acero negro con un gancho triple en el extremo. El cable silbó la distancia hasta la puerta y se incrustó en la madera con un crujido que sonó en clara discordancia con los serenos ruidos nocturnos. La sorpresa había comenzado, y ahora Kat tenía que moverse rápido.

—Demoledor de puerta —dijo Kat las palabras y, con su mano derecha, desenfundó la pistola aturdidora.

Al mismo tiempo, el guantelete tiró del cable hacia Kat. Con sus ganchos incrustados, el cable arrancó la puerta, derribándola en la nieve y dando a Kat una vista clara del interior. El interior coincidía con el entorno espartano de la cabaña; una pequeña mesa circular y una sola silla podrida. El fuego parpadeaba detrás del mobiliario, una figura encorvada, envuelta en una manta, frente a las llamas. Kat tenía un tiro claro, pero arrastrar a Vedder el kilómetro de vuelta al rover sonaba como una idea terrible. Kat podría aturdir y rastrear a Vedder, dejarlo aquí fuera, pero sin la puerta principal de la cabaña y con este frío... Kat no obtendría mucha recompensa por una anomalía congelada. Lo que significaba la opción diplomática.

—¿Vedder? —llamó Kat, sin moverse de su lugar frente a la cabaña—. Se acabó. Es hora de entregarse.

La figura encorvada no se movió. No respondió. Kat intentó el nombre de nuevo, por si los oídos de Vedder ya estaban congelados. Cuando eso no obtuvo respuesta, Kat cambió su postura. Aflojó sus piernas, chasqueó su muñeca izquierda para cambiar el artilugio preparado del guantelete y tomó una respiración profunda.

Por esto las llamaban cacerías.

Kat apretó su mano izquierda y el guantelete lanzó tres pequeñas esferas plateadas. Todas conectadas por un diminuto hilo de fibra demasiado pequeño para ver a menos que estuvieras encima de él. Las tres esferas se separaron mientras volaban hasta que aterrizaron a aproximadamente un metro de distancia dentro de la choza. Cada una destelló un cegador blanco por turno, Kat cubriendo sus ojos con su mano derecha, y luego se asentaron en un tenue resplandor verde.

El verde significaba que no había nadie escondido. Sin embargo, Vedder seguía encorvado justo allí frente al fuego.

Si lo obvio parecía incorrecto, entonces Kat tenía que moverse rápido.

Levantó nieve con un repentino sprint, nuevamente chasqueando su muñeca izquierda para enviar el guantelete de vuelta al gancho de acero. Kat mantuvo la pistola aturdidora tan nivelada como pudo mientras araba a través de las profundas acumulaciones. Pisar los suelos de madera vino con una bendita estabilidad, y rápidas miradas a la izquierda y derecha mientras Kat avanzaba hacia la choza confirmaron las evaluaciones de su esfera; el lugar estaba vacío.

En cuanto a Vedder, cuando Kat alcanzó la forma encorvada y extendió su mano izquierda para agarrar la tela, con la pistola aturdidora apuntando donde debería estar el cuello —

mejor allí para una parálisis completa— su mano lo atravesó. Vedder desapareció, y no con un desvanecimiento lento como en las viejas películas, sino con un destello de un segundo está ahí y al siguiente no. Lo cual, por supuesto, encajaba con el perfil de Vedder.

Una anomalía de ilusión. Verdaderamente, lo peor.

Kat recogió las esferas y las deslizó en la ranura del guantelete, y mientras hacían clic en su lugar, un nuevo sonido se unió al viento y la nieve que caía: Seeker.

El perro tenía mil ladridos diferentes, desde gorjeos felices hasta gruñidos desafiantes ante intrusos, pero este era largo, fuerte y dirigido. El sonido le decía a Kat que viniera y rápido, porque Seeker había encontrado lo que ella no. Vedder estaba allí fuera, y dependiendo de cómo se sintiera la anomalía sobre los perros, Seeker podría estar en problemas.

Los llamados de Seeker venían de detrás de la cabaña, así que le tomó a Kat más tiempo del que le gustaría admitir correr hacia afuera y alrededor hasta la parte trasera a través de la nieve profunda. Sus piernas le hicieron saber que toda la caminata haría un mañana desagradable, y Kat le dijo al traje que relajara su configuración de temperatura para no ahogarse en su propio sudor. No es que la repentina ráfaga de aire gélido mejorara mucho las cosas. Dos segundos de frío mortal y Kat volvió las cosas al calor.

Detrás de la cabaña, el bosque se dispersaba sobre una ladera imponente, dando a la luna amplia oportunidad de brillar a través de las nubes que dejaban caer nieve. Habría sido pintoresco si Kat hubiera estado mirando hacia arriba. En cambio, sus ojos se enfocaron en las huellas de Seeker y cómo estas se alineaban con las depresiones hechas por un hombre huyendo en la misma dirección. Su máscara captó la pista del enfoque de Kat y delineó las huellas, manteniéndola informada incluso cuando las sombras y los copos arremolinados hacían que la visión desnuda fuera una idea risible.

Aunque, cazar una anomalía de noche, en un bosque profundo, durante una ventisca también era una idea risible.

Lo que Kat hacía por dinero.

Los ladridos de Seeker seguían llegando, pero sin moverse, lo que significaba que el perro había acorralado a su presa y que Vedder carecía de un arma o del corazón oscuro necesario para atacar al animal. Aun así, cuando la forma de Seeker finalmente se reveló cerca de un pino solitario en la cima de la colina, Kat no pudo evitar una sonrisa aliviada. El perro, que originalmente había adoptado por consejo de otro rastreador, había sido una herramienta con un propósito. Ahora... bueno, ahora no era el momento de ponerse emocional.

El pino tenía ramas que se extendían hacia afuera y hacia abajo como una capa, cubriendo cualquier cosa que acechara en él con abundantes agujas negro-verdosas. A pesar de la creciente intensidad de la tormenta de nieve —se suponía que los poderes de Vedder no incluían la manipulación del clima, pero Kat no descartaba nada— la base del árbol era una manta derramada. Algo había estado trepando esta cosa, derribando las agujas a medida que subía.

—Buen chico —le dijo Kat a Seeker cuando alcanzó al perro, quien le dedicó una sola mirada y luego volvió a ladrar hacia el árbol—. Veamos a quién has encontrado.

Incluso de cerca, no podía ver a Vedder, lo que hacía que la probabilidad de un ataque sorpresa fuera demasiado alta para su comodidad. Pero hacía tanto frío, y Kat estaba tan cansada de marchar todo el camino hasta aquí, que Vedder acabando con ella con un tronco caído o algo así no parecía tan mal. De cualquier manera, sin un objetivo al que disparar, Kat solo tenía un arma.

—¡Vedder! —gritó Kat hacia arriba a través de la tormenta —. Estás acorralado. Hace un frío del demonio. ¡Baja aquí y vámonos antes de que nos congelemos los dos!

Sin respuesta. Seeker seguía ladrando.

—¡Vedder! —intentó Kat de nuevo—. Si tengo que cortar este árbol inocente, no va a ser bueno para ninguno de los dos.

—¡Detrás de ti! —la voz de Vedder vino desde arriba del árbol, y mientras gritaba con los tonos agudos y secos de alguien para quien la hidratación era un lujo, la máscara de Kat emitió un pitido de advertencia.

Kat se giró, pistola aturdidora en alto, mientras Vedder cargaba a través de la nieve hacia ella. Disparó. Y observó cómo el rayo entumecedor atravesaba la ilusión de Vedder y se perdía en la noche.

Un peso cayó sobre su espalda y empujó a Kat contra la nieve, hundiendo su rostro en los copos. Algo intentó atravesar su traje, presionando contra su espalda baja, pero el traje desvió el golpe y le dio a Kat el tiempo que necesitaba para clavar un codo en el pecho de su atacante. Vedder —porque ¿quién más podría ser?— gruñó, luego gritó cuando Seeker se lanzó sobre él, siendo el perro lo suficientemente pesado como para quitar al hombre delgado de la espalda de Kat.

—Maldita sea, Vedder —dijo Kat mientras se levantaba de la nieve y se giraba hacia el hombre que forcejeaba con su perro. Vedder arremetió contra Seeker con un cuchillo tosco, pero Seeker mantuvo su distancia, ladrando y saltando lejos de cada golpe—. ¿Tenías que ser tan idiota?

Kat levantó el arma aturdidora de nuevo, y Vedder se volvió hacia ella, luego se dividió en tres versiones de sí mismo, todas corriendo en diferentes direcciones. Seeker, sin embargo, no se dejó engañar, y el husky se lanzó sobre el que huía hacia la derecha, agarrando la pierna de Vedder y derribándolo al suelo, donde un disparo fácil de Kat dejó inconsciente a la anomalía.

Se paró sobre el cuerpo de Vedder, guardó el arma aturdidora y se encontró con la lengua jadeante y la sonrisa feliz de Seeker. Negó con la cabeza.

—¿Me vas a ayudar a arrastrar a este tipo de vuelta al rover? —preguntó Kat al husky, quien respondió con un solo ladrido y luego se escabulló en la nieve—. Ya me lo imaginaba.

CAPÍTULO 3
LA PRIMERA SEÑAL

HUBO UN TIEMPO EN QUE, cuando el sol se alzaba sobre el lago Michigan, Zhan-Yo podía contemplar el hermoso amanecer anaranjado. Ahora, con la vista desde su balcón hacia el agua atravesando una telaraña de arquitectura entrelazada e interconectada, Zhan-Yo veía en su lugar el estallido de un arcoíris de luz refractada. Como si el juguete de un niño hubiera crecido desmesuradamente.

El perfil urbano antiguo aún se mantenía en pie, con torres de acero que se remontaban a una época en la que los padres de Zhan-Yo importaban, cuando él importaba, cuando la gente que pululaba por las calles de abajo contaba. A diferencia de los nuevos edificios, recubiertos de un material translúcido que absorbía la energía solar y les confería ese resplandor prismático, los veteranos permanecían oscuros en el alba recién nacida. Obeliscos que algunos, incluido el columnista cuya diatriba semanal Zhan-Yo acababa de leer, consideraban obsoletos. No merecían ser conservados.

Zhan-Yo apartó el artículo con un gesto y este se encogió de vuelta a la superficie redonda de la mesa, donde el resto de las noticias de última hora de la ciudad y del mundo permanecían plasmadas bajo los restos del desayuno. Un ritual diario a punto de dar paso a otro. Zhan-Yo se levantó de la silla metálica, diseñada para soportar todo el clima que Chicago pudiera arrojarle, y dejó que el frío se colara por su chaqueta ligera, el pijama de franela que caía sobre sus zapatillas y rozaba el suelo escarchado del balcón. Rebuscó en su bolsillo un encendedor y una cajetilla de cigarrillos rancios, encendió uno con un chasquido y se acercó a la barandilla que le llegaba al pecho. Un hábito transmitido de padre a hijo, practicado con moderación y deleite asesino; Zhan-Yo gobernaba su cuerpo y podía hacer con él lo que le viniera en gana.

Toda la gente que estaba fuera a estas horas se preparaba para un mercado, vendiendo frutas y verduras que no pertenecían a este clima en esta época del año, pero que ahora se cultivaban en invernaderos en las azoteas o en microjardines que funcionaban con tecnología de riego por goteo. Sin necesidad de tierra, espacio mínimo. Milagros sobre milagros que permitían a una ciudad del norte disfrutar de una abundancia verdosa. Sin embargo, a pesar de todas estas maravillas, los puestos se levantaban en las calles y las voces pregonaban sus mercancías. La gente que pasaba elegía gastar reps y recoger estas delicias locales en mano, incluso mientras usaban sus Tamas para hacer pedidos de innumerables productos a grandes almacenes con entregas por drones en las afueras de Chicago. Como si un poco de comunidad compensara toda la distancia estéril de la vida moderna.

Ziran, la empresa de su padre ahora en manos de su hijo, había trabajado para crear este mundo, y Zhan-Yo recogía los beneficios. Entre calada y calada, una sonrisa avanzaba vacilante por su rostro, extendiéndose más allá de las pocas arrugas que habían logrado asentarse en su piel tersa a lo largo de las décadas. Sí, le había ido bien. Les había ido bien. Todo lo que Ziran se proponía, lo lograba. Todo el mundo llevaba sus Tamas, todo el mundo permanecía conectado a través de la inmensa red de Ziran, y cuando los Paragones decidieron poner su peso invencible detrás de la compañía, la toma de control había sido completa.

La sonrisa se desvaneció cuando una sombra interrumpió el despliegue del arcoíris solar. Zhan-Yo siguió la desaparición, sabiendo lo que encontraría y queriendo verlo de todos modos: un óvalo azul galaxia, del doble del tamaño del balcón, flotaba sobre su cabeza. Si se acercara lo suficiente, Zhan-Yo vería las piezas seccionadas para cada una de las funciones del dron, las opciones escalables a medida que los encuentros pasaban de pasivos a mortales. El único punto abierto dejaba ver la cámara del dron, un ojo de cristal que miraba y escaneaba.

Un recordatorio de que algunas tomas de control son más completas que otras, y sus costos más terribles. A pesar de todos los logros de Ziran, de todos los esfuerzos de Zhan-Yo, un decreto de Aegis o del líder local de los Paragones, Innis, y todo por lo que su familia había trabajado sería descartado. Sin votos, sin opinión. Mientras la gente creía que Ziran tenía un poder tremendo, Zhan-Yo sabía que no tenían poder en absoluto.

La mesa emitió un sonido y Zhan-Yo se apartó del dron, esperando algo que salvara el ánimo de la mañana. Aunque los mensajes inundaban las cuentas de Zhan-Yo, muchos manejados por asistentes y algoritmos automatizados, unos pocos selectos llegaban a su persona sin importar dónde se encontrara. El nombre de Sylvie, extendido por la superficie de la mesa y envolviéndose alrededor de sus huevos hervidos y zanahorias al vapor, era uno de ellos. Volteando su mano derecha, con el cigarrillo encendido en la izquierda, Zhan-Yo hizo aparecer el mensaje, proyectándolo sobre la superficie de la mesa.

Mira esto. Luego llámame.

Debajo del mensaje había un video, lo que parecía una transmisión mediática de la noche anterior, a juzgar por la cantidad de etiquetas que flotaban en los bordes del video:

cuadrados que instaban a Zhan-Yo a ganar reps o gastarlos en varias cosas que ni necesitaba ni deseaba. Lo que importaba, sin embargo, estaba en el centro: Aegis.

Zhan-Yo tocó la proyección y el video comenzó a reproducirse, el sonido saliendo de los altavoces integrados en la mesa. La combinación de dispositivo y superficie había sido una compra costosa, pero necesaria si uno quería maximizar su productividad momento a momento.

El video comenzó y los reporteros le hacían a Aegis preguntas insulsas sobre a quién había aprehendido el Paragon esta vez, si alguien había muerto, y así sucesivamente. Estas no eran interesantes, y Zhan-Yo se preguntó si Sylvie había decidido hacerle perder el tiempo hoy. Pero no, ese no era su estilo. Sylvie no bromeaba, ella tramaba. Si había enviado este video, debía haber una razón.

Así que Zhan-Yo se recostó en su silla, fumó y observó. Estudió al Paragon y su uniforme, en primer plano frente a la cámara. Hasta que lo encontró.

—Así que es cierto —Zhan-Yo pronunció las palabras suavemente, como se hace cuando uno está diciendo tonterías y no quiere que nadie más lo escuche.

Porque este video mostraba algo increíble. No podía creerlo, pero la mancha se veía claramente en la pantalla. Aegis mantenía su hombro izquierdo inmóvil, lo favorecía, y donde la bala había rasgado la tela, debajo parecía haber una ligera humedad. Sangre, tal vez. Con esa pista, Zhan-Yo encontró más evidencia: Aegis se frotaba los ojos de vez en cuando, y mantenía la boca cerrada cuando no hablaba. El sudor perlaba su frente.

El hombre invencible sentía dolor. Aegis había sido herido.

Sylvie nunca bromeaba, nunca desperdiciaba su tiempo, y este podría ser su mayor descubrimiento.

Zhan-Yo borró el video, enviando al Parangón herido de vuelta al vacío. Se puso de pie y echó un último vistazo al dron, que se había asentado para vigilar el mercado de abajo. Por ahora, Zhan-Yo no podía hacer nada contra la máquina.

De camino al interior, Zhan-Yo apagó el cigarrillo en la pared, añadiendo otra marca negra de ceniza en el ladrillo rojo, junto a muchas más. Las manchas se elevaban por encima de su altura hasta el límite de su alcance y ahora se acercaban a sus pies. Pronto tendría que lavar la pared y empezar de nuevo.

Pero quizás solo una vez más.

CAPÍTULO 4

DENTRO DEL SISTEMA

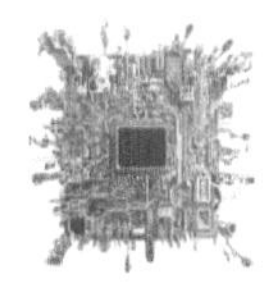

MYNX DESPERTÓ con el amanecer resplandeciendo en sus ventanas occidentales. Más allá del visor de Mynx y descendiendo por un acantilado arenoso y empinado, el océano Pacífico lamía una playa rocosa salpicada de corredores. Un mar juguetón, espumoso entre aguas oscuras y profundas. Un contraste con las superficies lisas alrededor del dormitorio de Mynx, recubiertas y listas para adaptarse a cualquier estado de ánimo que requiriera. En este momento, un suave azul claro que reflejaba el amanecer hacía el truco.

—Estoy despierta, pero déjalo un poco más —dijo Mynx, apartando los rizos negros de sus ojos.

Su cabello consideraba el sueño como una oportunidad para marchar por su cabeza como exploradores, ramificándose en todas direcciones y metiéndose en problemas. Los enredos y nudos podían esperar un momento, sin embargo, porque este amanecer se veía hermoso. Naranjas profundos sangrando en púrpuras, con algunas nubes luchando por una relevancia etérea. Todo esto llegando a través de una cámara montada que captaba el cielo oriental desde lo alto de su hogar, su laboratorio, su todo.

Saboreó los segundos, todos diez, antes de que el tambor

de las tareas por hacer se volviera demasiado fuerte para ser ignorado y Mynx se deslizara fuera de las sábanas. Todo iba bien hasta que balanceó sus largas piernas fuera del colchón y su cadera hizo un chasquido. Su respiración se detuvo.

—No hay daño, todos los signos son normales —dijo Reeves, su voz un agradable monótono británico—. A tu edad, tus músculos tardan un poco más en encontrar su lugar.

—Buenos días a ti también, Reeves —respondió Mynx, cerrando los ojos para reunir la energía extra necesaria para levantarse de la cama.

Sus pies se asentaron en el suelo duro, una madera falsa ondulada que la propia Mynx había hecho en un intento de diseñar una armadura más natural para sus drones. Ese intento había fallado, pero como con la mayoría de los fracasos, logró extraer algo útil; en este caso, una hermosa superficie chocolate que se mantenía firme sin desgastarse. Apenas una revolución, pero antes de que los Paragones cambiaran el mundo para valorar cosas mejores, vender ese piso y la receta para su producción había aportado el efectivo tan necesario.

—Estoy lista —dijo Mynx, poniéndose de pie—. Muéstrame el día.

El amanecer se desvaneció, y la pared de cristal que daba al océano cambió para mostrar tres columnas, una con el calendario del día, otra con las tareas del día, y una más destacando el clima, las noticias, y demás. Mientras Mynx leía, la actividad estalló a su alrededor: la puerta del armario detrás de Mynx se abrió y un dron de cuatro hélices se deslizó en la habitación llevando un uniforme azul cielo de Paragon, mientras que otros dos drones humanoides entraron por la puerta principal de su dormitorio, una pieza blanco playa que se mezclaba con las paredes color turquesa para dar a la habitación un ambiente oceánico.

—Jones. ¿Quién es ella? —preguntó Mynx, levantando los brazos mientras los drones se combinaban para quitarle el camisón y comenzar el espectáculo de Paragon—. Supongo que esa es la razón del uniforme, ¿no?

—Aprobaste la visita el mes pasado. La doctora Denise Jones es una genetista, que está investigando...

—El envejecimiento. Ya lo recuerdo. —Mynx suspiró. Las cosas siempre volvían, solo que tardaban un poco—. ¿Crees que aún tengo tiempo de hacer un repaso?

—¿Cómo te sientes respecto al desayuno?

—Mantenlo ligero, y lo comeré mientras ella esté aquí. —Mynx pasó de las tareas a los titulares y captó uno sobre Aegis realizando heroicidades de nuevo. ¿Cuántas veces tenía que decirle que dejara las cosas pequeñas como esta a los drones?—. El próximo modelo tiene que estar listo pronto.

—Por supuesto.

Con el uniforme puesto, los drones regresaron a donde vinieron, y Mynx se arrancó de la vista... y casi pisotea una nueva entrega. Con ruedas, con solo una gran bandeja en la parte superior, este dron llevaba un conjunto de píldoras y dos vasos de agua. Uno, Mynx lo sabía, en caso de que derramara el otro.

—Parece que estas se están multiplicando —dijo Mynx, alcanzándolas.

—Cada una según lo recomendado por la base de datos —respondió Reeves—. Puedes ignorarlas si quieres.

—¿Qué harías tú? —preguntó Mynx, y luego comenzó a tragar las píldoras con hábito rutinario.

—Como constructo inanimado, no tengo opinión. Sin embargo, ejecuto una serie de operaciones extra para mantener mis propias capacidades en eficiencia óptima.

—Punto entendido.

El largo paseo a través de su área de estar, hasta las gruesas puertas de acero inoxidable que marcaban el inicio de la Fábrica, cubría tres pisos de altura, cien metros de corredor reforzado perforado a través de roca gruesa y recubierto de medidas de seguridad diseñadas para detener a cualquiera excepto a la propia Mynx, duró lo suficiente para quitarle el sabor seco a tiza de las píldoras de la boca. Las puertas de entrada no tenían mecanismo de apertura. Se erguían altas y silenciosas, losas perfectamente lisas sin una sola muesca en ellas. Como si hubieran surgido, aparentemente, del diseño de roca falsa natural que componía las paredes y que resultaba conveniente para ocultar cámaras, armas y cosas peores.

—¿Me vas a dejar entrar? —preguntó Mynx a Reeves.

—Tus propios protocolos me lo prohíben.

—Buena respuesta.

Siempre valía la pena probar una IA. Cuando empezaban a desarrollar sus propias ideas, ahí es cuando las cosas se volvían peligrosas. En lugar de un interruptor, un comando o la enorme perilla que habría sido necesaria para abrir estas puertas, Mynx puso su mano en el exterior liso.

Y se *sumergió*.

Las había diseñado para que fueran simples: una tarea diaria no podía llevar mucho tiempo. Así que cuando Mynx colocó su mano sobre las puertas y deslizó su yo mental dentro de ellas, el espacio que ocupaba parecía tan sencillo como un apartamento nuevo y vacío. Suelo de baldosas, paredes blancas y limpias, una gran luz amarilla en el techo y un único pedestal plateado en el centro con un gran botón rojo encima. Un pequeño homenaje a los dibujos animados que veía de niña. Mynx presionó el botón, cerró los ojos y se deslizó hacia fuera.

Las puertas se abrieron con el deslizamiento silencioso de dimensiones exactas y cortes precisos, girando hacia adentro y revelando un espacio gigantesco y abierto. La Fábrica. Su laboratorio, su patio de juegos. El lugar donde Mynx creaba el mundo para tantos en Pacifica, Atlántida y, poco a poco, el resto del planeta. Más allá de las puertas, el corredor terminaba en un único disco de dos metros de ancho cuyo suelo plateado y revestido acababa con bordes ribeteados de amarillo.

La seguridad primero.

—Bloque D —dijo Mynx mientras se paraba en el disco, lo que hizo que la plataforma se moviera. Un único puntal bajo el disco se deslizó a lo largo de una ranura varios pisos por debajo de Mynx, hundiéndose en esa ranura para llevar a la dueña del laboratorio y Campeona de Pacifica al nivel del bloque D. Una brisa fría constante se deslizó por su cabello negro medianoche, y Mynx saboreó la textura cobriza de la electrónica caliente—. Prepara al gladiador, Reeves. No tenemos mucho tiempo esta mañana.

—Por supuesto.

Ahora la voz de Reeves venía del disco, y con ella sonaron mil partes ronroneantes, zumbantes y agitadas mientras el laboratorio de Mynx despertaba. Luces multicolores iluminaron los diversos bloques a medida que los experimentos en curso comenzaban. Disparos, órdenes habladas y metal crujiente se desarrollaron mientras los proyectos reducían las tareas pendientes a producción. Automatizado, sí, pero guiado. Siguiendo el gran diseño de Mynx.

El bloque D albergaba el nuevo modelo del dron gladiador, su creación más complicada. Mientras la mayoría de los drones pasaban su tiempo patrullando los cielos o escaneando las vastas redes de información del globo en busca de amenazas o crímenes, el dron gladiador debería reemplazarla... a ella. A Aegis. A los otros Paragones que arriesgaban sus vidas metiéndose de cara en peleas con anomalías o normales.

Mynx pondría fin a esos funerales. Y, si esta Denise Jones sabía lo que hacía, tal vez Mynx también podría detener los otros, los más naturales.

La salvación de los Paragones estaba sentada en el centro del bloque D, un contenedor achaparrado no mucho más grande que el dormitorio de Mynx y desprovisto de cualquier cosa interesante aparte de las partes revueltas en el medio. Mynx se bajó del disco y caminó por un suelo de baldosas de granito hecho de la suave roca de montaña que había vaciado para crear este lugar. En el momento en que pisó el suelo, las piezas comenzaron a ensamblarse solas. Lo que había sido chatarra se transformó en una máquina de metal modular, amenazante y de cuatro metros de altura.

—Me gusta el nuevo disfraz —dijo Mynx—. Aunque el modelo de producción necesitará verse peor. Pude notar que no era chatarra.

—Tengo tres nuevos revestimientos en desarrollo. Óxido, por supuesto, pero también suelo forestal y cubierto de polvo.

—Bien. —Al igual que con las puertas, Mynx se acercó directamente a la enorme construcción y colocó sus manos en las piernas, que eran tan altas como ella, y se metió *dentro*.

Las puertas de acero no tenían nada que ver con el espacio del dron gladiador. Aquí había una mansión. Imponente, vasta y con habitaciones para cada una de las funciones. Mynx comenzó en el vestíbulo, mirando alrededor a las diversas alas, cada una etiquetada con su característica principal. Los componentes centrales vivían aquí. El ala que quería estaba hacia atrás, en realidad, fuera.

Había utilizado un motivo tribal para este diseño, ya que los drones gladiadores estaban destinados a unirse a los Paragones. Detalles africanos decoraban las paredes: máscaras, ornamentos, y el propio material de la mansión parecía provenir del corazón de la selva. Cuando Mynx construía con su mente, añadir estilo resultaba más fácil, más agradable y enfocado al mismo tiempo.

Mientras pasaba junto a algoritmos diseñados como tótems de pie, aferrados a las paredes fuera de la sección que trataba sobre la recolección de evidencia y el enjuiciamiento, Mynx se vislumbró a sí misma en un espejo de piso a techo que espaciaba el amplio pasillo central. Una concesión a la vanidad, un marcador de sus invenciones, Mynx siempre los incluía, porque le mostraban lo que era.

Lo que solía ser.

La Mynx que la miraba había perdido décadas de la Mynx que se despertó en su cama en el acantilado esa mañana. La Mynx que la miraba de vuelta con el mismo uniforme azul de Paragon había vivido en un mundo diferente y más aterrador. Aún no se había probado a sí misma, no tenía el laboratorio ni toda una región del mundo bajo su pulgar.

—Probablemente pensarías que soy malvada —susurró Mynx a su yo más joven. La imagen en el espejo coincidía con el movimiento de sus labios, pero no dijo nada—. Pero eras ingenua. Hermosa, pero ingenua.

Pasado el espejo y fuera de la parte trasera de la mansión había dunas de arena ondulantes. Como si la mansión hubiera emergido de algún desierto. Arriba, un sol frío brillaba desde un cielo uniformemente azul. En la duna más cercana estaba el dron gladiador, de pie sobre un niño pequeño. Brazos y piernas recubiertos de armadura para proteger los cables y armas debajo. A diferencia del dron real, este no era más alto que la rodilla de Mynx. El niño ni siquiera le llegaba al tobillo. Era más fácil juzgar este tipo de cosas cuando podía ver todos los ángulos.

Mynx no podía sentir la arena cuando la pisaba. No respiraba aire caliente, en realidad no respiraba aire en absoluto, y cuando pronunció las palabras para comenzar la prueba, no salieron de sus pulmones, su voz o de ningún lugar excepto los electrones que estallaban alrededor de los circuitos del dron gladiador. Aquí, dentro del núcleo mismo del dron, Mynx era Dios, y Dios quería ver cómo se desempeñaba su dron.

La prueba comenzó sin una señal, un interruptor o una frase. Dos matones sin rostro surgieron de la duna como si hubieran estado al acecho en las arenas todo el tiempo. Metieron las manos en los bolsillos de sus idénticos abrigos marrones y sacaron cuchillos, luego avanzaron hacia el niño pequeño. El dron detectó a los recién llegados, desplazando su masa relativa para poner al niño detrás de él.

Proteger primero. Bien.

Pero el dron decidió tomar el comando de protección demasiado en serio. Esperó a que los matones se acercaran, a que los dos enemigos se separaran, como una V que se ensanchaba, lo que neutralizó las opciones de control de multitudes del dron. Mynx tendría que aumentar la iniciativa; la idea de esperar un ataque antes de reaccionar había muerto hace mucho tiempo, ahora la estrategia era todo sobre el umbral: ¿en qué punto un ataque era una certeza?

El dron alcanzó ese punto cuando el matón que se paseaba a su derecha llegó al alcance de su brazo y aún tenía el cuchillo en la mano. El dron emitió una advertencia verbal, que el matón ignoró. El dron, entonces, se comprometió a un asalto relámpago e incapacitante contra ese matón. Un trío de dardos aturdidores salió disparado de las aberturas en la mano izquierda del dron y golpeó al matón, clavándose profundamente mientras que, con su mano derecha, el dron agarró al matón y lo estrelló contra el suelo.

Y falló.

Mynx negó con la cabeza y eliminó la simulación, con el segundo matón sosteniendo su cuchillo en la garganta del niño. Los drones seguían excediéndose, pero si Mynx reducía la agresividad, entonces se quedaban sentados y esperaban hasta que quedaban atrapados, era-

Un tirón en su mente. Atención. Mynx se deslizó, las dunas, la mansión, todo desapareció hasta que abrió los ojos de vuelta en su laboratorio. Detrás de ella, uno de los microdrones flotantes de Reeves retrajo su garra de acero del hombro de Mynx.

—Está aquí —dijo Reeves—. La doctora Jones.

—Ya voy —respondió Mynx—. Y Reeves, ahora sí tomaré ese té.

CAPÍTULO 5

YA ES HORA

SUAVE, cremoso y cargado de azúcar. Aegis sorbía el café con leche desde el piso superior de su... no, de la torre del Parangón. Más allá de los muros de vidrio a prueba de explosiones del ático, debajo de él, el caos de Manhattan se extendía en la vida de media mañana. La industria rugía en aquellas calles, en aquellos edificios que mezclaban la arquitectura antigua y nueva, y más allá se encontraba el agua, bullendo de barcos.

Anomalías y normales, viviendo y trabajando juntos. Ya no estaban unos contra otros, ya no temían lo que pudiera venir. Los Paragones habían construido esto, un nuevo mundo que se erguía sobre las cenizas de su predecesor.

—¿Te quieres sentar? —dijo Celice, caminando descalza por el suelo de madera y llevando vendas y ungüentos en sus brazos como si fuera a realizar una amputación.

Aegis obedeció las órdenes de su hija de todos modos, relajándose en la amplia silla que estaba cerca de la ventana. Su puesto de mando mantenía una vista perfecta, con monitores disponibles para elevarse desde ranuras en el suelo a su petición. Ahora mismo, solo quería beber su café, pero se encogió de hombros y se quitó la gruesa bata del hombro izquierdo, ignorando el dolor que sintió al hacerlo.

—¿Es realmente necesario? —preguntó Aegis mientras Celice comenzaba a desenvolver los vendajes de la noche anterior.

La sangre manchaba la gasa, desvaída y lejos de las heridas empapadas que Aegis había visto en otras víctimas de disparos. Sí, puede que ya no fuera tan invencible como décadas atrás, pero Aegis todavía podía recibir un golpe mejor que cualquier otro.

—Si puedes resultar herido, puedes infectarte —dijo Celice, atendiendo su hombro con cuidadosa precisión—. ¿Qué pensaría el mundo si su mayor Campeón cayera por una enfermedad?

Aegis dio un trago al café con leche. El ungüento enfrió su hombro. Aegis contó dos drones de despliegue haciendo una ruta de cruce lenta por el cielo, sus cuerpos azul profundo parecían píldoras flotantes.

—Espero que mientas si eso llega a pasar —dijo Aegis—. Di que fue un ataque oculto de Outbreak o del Paciente Cero.

—No puedo hacer eso, papá —Celice puso el nuevo vendaje, apretado y suave—. Ambos murieron hace años.

—¿Ah sí? ¿Cómo? —Aegis debería saberlo, pero había habido tantas anomalías, tantos normales que los Paragones habían enviado lejos.

Celice se echó hacia atrás, ladeando la cabeza. —De la misma manera que mueren todos tus villanos, papá. Pudriéndose en el océano.

Ah, sí. Ese lugar. Mynx se encargaba de ese sombrío negocio, así que Aegis tendía a ignorarlo. Una vez que la pelea terminaba, estaba feliz de dejar las consecuencias a aquellos más interesados en ellas.

—He notado que mi agenda está vacía hoy —Aegis cambió de tema.

—La he despejado —Celice señaló la herida—. Necesitas descansar.

—No lo necesito.

—Sí lo necesitas, y lo harás —Celice parecía tan desafiante, toda arreglada con el uniforme profesional del Parangón, aunque había dejado atrás la chaqueta azul para el trabajo sucio médico de su padre—. Te lo digo, papá, tienes que parar esto. Eres demasiado valioso para los Paragones como para arriesgarte.

—¿Solo para los Paragones? —Aegis esbozó una sonrisa.

Celice puso los ojos en blanco. —Para mí también. Pero hablo en serio. ¿Has pensado en lo que pasaría si no volvieras de una de estas? ¿Qué pasa cuando te retires? —Su hija terminó la pregunta con un ademán hacia la ciudad de abajo—. Todo esto descansa sobre lo que tú creaste.

No se equivocaba. El mundo había sido dirigido por el miedo; anomalías y normales enfrentándose con sus habilidades y sus armas. Qué fácil sería volver a eso sin el manto de los Campeones originales y sus Paragones cubriendo el mundo. Una y otra vez, Aegis, Mynx y los otros seis habían salvado a la civilización de sí misma, y luego habían tomado las riendas para dirigirla. ¿Qué pasaría cuando las soltaran?

—Tienes razón —Aegis entregó la admisión con el discurso de mirada fija y tono neutro que había estado haciendo casi desde su nacimiento, una mirada decidida que garantizaba honestidad y seguimiento—. Convocaré una cumbre. Hablaremos de transiciones. Prepararemos un plan.

Celice se puso de pie, retrocedió y se apoyó contra el cristal, poniendo su cuerpo a un fallo estructural de un viaje corto y fatal hacia la ciudad. Con el sol dando luz de fondo, y su cabello oscuro cortado a la altura de los hombros manteniéndose en perfecto equilibrio por alguna magia que Aegis no podía comprender, su hija parecía la imagen de una ejecutiva de negocios encabezando un artículo sobre el poder corporativo. El tipo de cosa que Aegis había crecido leyendo, había madurado trabajando para ello, y luego había desechado cuando dejó de ser útil.

—No es suficiente —dijo Celice—. Si quieres hacer una transición, tienes que vivir para verla.

—¿Qué?

—Quédate al margen, papá —Celice no suplicó, ordenó—. Has hecho suficiente. Encuentra a alguien que se haga cargo y, por una vez, disfruta.

—¿Hablar con mi hija, contemplando la mejor ciudad del mundo con un delicioso desayuno no es disfrutar?

Celice negó con la cabeza, mirando al suelo como hacía siempre que quería ocultar una emoción. Aegis adivinó que era risa esta vez, basándose en que su mano subió para sombrear sus ojos. Sin embargo, cuando Celice levantó la vista, la gravedad había recuperado el control de su rostro.

—Promételo, papá. No vas a salir otra vez. No por estas pequeñeces.

Otro sorbo. La verdad era que las pequeñas carreras lo cansaban, aunque las disfrutara. Detener a los delincuentes era un pasatiempo, una forma de mantener sus habilidades afiladas, pero los peces pequeños no valían la pena morir por ellos.

—Te lo prometo, Celice. No volveré a salvar el mundo, solo por ti.

—Bien —Celice miró su muñeca, donde una pulsera envolvente pasó de un negro plateado estilizado a azul con su mirada y mostró un calendario demasiado pequeño para que Aegis lo leyera. Celice siempre tenía los Tamas de moda—. Tengo que irme, papá. Northeast quiere discutir su nuevo proyecto de sede.

—Espera —dijo Aegis cuando su hija empezaba a pasar junto a él—. Hemos pasado todo este tiempo hablando de mí. ¿Qué haces tú? Hace tiempo que no tengo que ahuyentar a ningún novio nuevo.

Celice se detuvo y soltó una risa irónica. —¿Novio?

Después de cuidar de ti y de todos tus Paragones, ninguno de los cuales sabe qué hacer fuera de una pelea, por cierto, no me queda mucho tiempo para citas. Además, una vez que alguien escucha quién soy, quién es mi padre, dejan de actuar con normalidad.

—Ah, no soy tan malo.

—Claro —Celice tocó la mesa lateral de cristal y metal donde estaba el desayuno restante de Aegis, bordeado por un estuche circular de plástico más pequeño que la mano de Aegis. Dentro, dividido en secciones, había pequeños óvalos de colores—. Recuerda tomarlas todas. Las nuevas son para el dolor.

Antes de que Aegis terminara su latte, Celice desapareció en el ascensor. Miró las pastillas. El agua en un vaso nuevo esperando. Condiciones a tratar, y Aegis las enumeró en su cabeza. Cada una su propia sorpresa cuando llegaba, otro marcador del Tiempo, ese enemigo invencible que los Paragones no habían podido derrotar.

Aún.

Pero habían podido ganar contra todos los demás. Sin ejército, sin policía. Todos los gobiernos se disolvieron en partes bajo la protección de los Paragones. La paz cubría el planeta, y cualquiera que la perturbara era tratado de manera rápida y definitiva. Al principio, quejas. Luego, la gente aprendió. Los normales aceptaron y los anómalos entendieron su papel, la parte que sus dones debían jugar para ayudar al mundo.

Aegis tomó las pastillas. Una adentro, un sorbo, una abajo. Se puso de pie mientras empezaba, dio el largo paso justo hasta el cristal y observó la masa debajo de él agitarse.

Todo esto dependía de él, y Celice tenía razón. Cuando, si Aegis ya no pudiera protegerlos a todos, cuando no pudiera cumplir las promesas que los Paragones hicieron al mundo, alguien más debería hacerlo. Era mejor que él eligiera a ese alguien que confiar en que los propios Paragones lo resolvieran. Mejor que todos los Campeones eligieran.

—Polly —Aegis habló en voz alta para que los receptores del sistema pudieran captarlo—. Envía un mensaje a los Campeones.

—Lista.

La voz de Polly siempre era tan alegre. A Aegis le había parecido molesta, pero luego el optimismo implacable de la IA le había caído bien, una luz animada en un día sombrío. Había suficientes dificultades en la vida, tener una computadora que hablaba con alegría burbujeante no era una de ellas.

—Necesitamos reunirnos. Es hora de decidir qué sucederá después.

CAPÍTULO 6

REGRESO A CASA

CONTRASEÑA. Llave. Insertar. Girar.

Kat operaba en monosílabos. No tenía energía para más, no después de arrastrar a Vedder de vuelta al rover, rastrearlo y luego dejar la anomalía en un hospital de camino a casa. Salvo algún golpe de mala suerte, Kat no tendría que volver a ver a Vedder jamás. Con algo de buena suerte, la anomalía le haría ganar a Kat muchas reps a través de su nueva y forzada carrera como Parangón.

El hedor de su apartamento, una potente mezcla de ropa sucia y pelo de perro que se convertía en una nube tóxica cada vez que las ventanas estaban cerradas, envolvió a Kat en su abrazo asfixiante y la rastreadora tropezó en un espacio que se podría describir como desolado. No estaba claro qué había pasado, o estaba pasando, en el apartamento, pero algo terrible había ocurrido. Ropa, comida y cosas que alguna vez pudieron ser comida pero ahora eran ecosistemas enteros, cajas desordenadas de mudanzas anteriores nunca abiertas, y tesoros que Kat una vez conoció pero ahora consideraba trastos amontonados por todo el espacio de una habitación. Sin las luces encendidas, con las cortinas cerradas, las sombras de la basura se cernían amenazantes.

Seeker pasó como un rayo junto a Kat y atacó los horrores con alegría y la lengua fuera, ladrando una tormenta que molestaría a los vecinos, excepto que era mediodía y no quedaba nadie en este complejo de currantes. Con los apartamentos demasiado pequeños para tener cómodas oficinas en casa, Kat observaba la escapada diaria mientras el edificio se vaciaba en las calles de Chicago, gente luchando por encontrar su camino para apoyar a los Paragones, ganar sus reps y volver a casa a un lugar sin duda más limpio que el suyo.

—Pero a ti te gusta así, ¿verdad? —dijo Kat a Seeker, que se acercó a ella brincando cubierto de ropa al azar, con un juguete para morder en forma de hueso rosa y amarillo en la boca. Empezó a quitarse el traje, esquivando al perro al mismo tiempo—. Sabes, podrías ayudar.

Seeker tomó la sugerencia y corrió con ella, soltando el hueso y mordiendo la bota de Kat, haciendo que tropezara y cayera en un sofá azul descolorido que había visto más años que ella. La edad había dejado los cojines como gelatina, así que Kat se hundió en ellos con el suave placer-dolor de los músculos doloridos que tienen la oportunidad de relajarse. Mientras Seeker se encargaba de despojar a Kat de sus zapatos, guantes y guanteletes —el perro era preciso con sus dientes, capaz de acertar en los puntos de presión que desenganchaban las muñequeras tecnológicas—, Kat se quedó allí, respirando. Acomodándose al dolor de cabeza que se acercaba mientras su cuerpo sucumbía a la falta de sueño.

—Tap, abre las ventanas —murmuró Kat, pero los micrófonos hipersensibles que salpicaban las esquinas del apartamento lo captaron de todos modos, y momentos después el aire fresco comenzó su guerra con el viciado apartamento—. Y tráeme el desayuno. Lo de siempre, del *Brickhouse*.

—Claro que sí, Kat —respondió la IA con su voz alegre de surfero—. ¿Algo más? Suenas cansada. ¿Quieres café?

—No —Kat había logrado quitarse la máscara del traje, y Seeker la había recogido y tirado en el contenedor marcado.

Tenía los ojos cerrados y quería mantenerlos así, por un rato —. Quiero dormir.

—¿Eso significa que no quieres tu informe diario?

Kat gimió con la desesperación de quien sabe cuál es la decisión correcta y odiaba tomarla de todos modos.

—Está bien. Pero hazlo rápido.

—Lo leeré a velocidad uno punto veinticinco.

Tap siguió su advertencia con números, una avalancha de estadísticas que Kat archivó por la fuerza de la costumbre. Primero vinieron las anomalías que había rastreado que no habían resultado una pérdida de tiempo y le habían hecho ganar regalías durante el último día. Un porcentaje de contratos completados. Reps para pagar su alquiler, y la mejor razón para ser rastreadora después de todo.

No era su razón, pero sí la mejor razón.

Los resultados de hoy eran bastante buenos; una anomalía con una inclinación por desintoxicar aguas residuales había encontrado un lucrativo conjunto de contratos con Chicago, y esos seguían pagando. Lo había encontrado después de que llegaran informes desde el oeste de Illinois de una serie de lagos cristalinos que habían estado cubiertos de algas durante mucho tiempo. Sus ganancias superaban a todas las otras anomalías, incluidas las mortales, que Kat había rastreado jamás. Y no había tenido que arrastrarlo por la nieve profunda, tampoco.

—Tengo un mensaje prioritario también, si aún estás despierta —preguntó Tap cuando terminó la lectura.

—Lo estoy. ¿De quién es?

—Gordon Holyoak —Tap era una IA, pero incluso la computadora sabía decir el nombre de Gordon con cautela.

El ventilador del techo no se movía. No lo había encendido. Al oír el nombre de Gordon, Kat miró fijamente las aspas, desafiándolas a que la sacaran de los recuerdos, emociones y otras basuras que estaban arruinando la siesta que quería tomar. Después de un momento de mirada fulminante, el ventilador fracasó en su misión y Kat rodó fuera del sofá, aterrizando sobre Seeker y continuando rodando, quien había adoptado su lugar habitual para dormir cerca de su costado. Con la barbilla plantada en uno de los pocos lugares limpios de la alfombra, Kat ahora miraba a través de una delgada puerta las mantas, almohadas y fuerzas rebeldes de animales de peluche que ocupaban su cama. Eso tampoco ayudó en su búsqueda de evitar la reflexión.

—Uhh —dijo Kat al suelo, luego se empujó hasta ponerse de pie inestablemente—. Está bien. Léelo.

—¡Hola Kat! Sé que ha pasado un tiempo, y sé que no me creerás, ¡pero estoy en la ciudad y te contacto por razones de negocios! ¿Puedes reunirte mañana? Sé que es repentino, pero no tenemos mucho tiempo para esto. ¡Espero que estés bien! —concluyó Tap—. Hay un marcador geográfico adjunto para The Spit Roast, en seis horas.

—No quiero —dijo Kat, frotándose los ojos y mirando a Seeker, quien no proporcionó ninguna información valiosa en absoluto.

—No es prioritario, pero tal vez quieras saber que Gordon acaba de hacer una convocatoria general a los rastreadores de Chicago —dijo Tap—. Misma hora, mismo lugar.

Así que Gordon sí tenía un motivo para estar aquí, aparte de molestar a Kat. Si había hecho un llamado abierto, eso significaba un objetivo importante, porque Gordon estaría repartiendo reps por el rastreo a todos los que ayudaran.

—¿Hace cuánto fue el mensaje de Gordon?

—Anoche. Mientras no estabas.

Medio día sólido de ventaja para un viejo socio. Eso era lo que valía Kat. Miró el sofá, consideró la posibilidad de echarse esa siesta, y la descartó cuando una serie de sirenas estalló en algún lugar a lo lejos. Un dron respondiendo a una llamada, y una señal de que había perdido su oportunidad.

Hora de ducharse.

En el vapor meditativo y el agua caliente, el agotamiento

de Kat la llevó a la llegada de Gordon a su escena. Entró por la izquierda, irrumpiendo en una ruina mientras Kat se apresuraba a vender lo que tenía para sobrevivir. Gordon no era rico, no era alguien que buscara aprovecharse, pero quería la compañía de Kat y eso había sido suficiente. Cuando Gordon la hizo reír, algo que no había sucedido en mucho tiempo, Kat le dio una oportunidad en la cena. Gordon terminó pagando por eso, y Kat por todo lo demás.

Pero ahora era una rastreadora, y Gordon la había puesto en ese camino. Lo que compensaba, ¿qué, un diez por ciento de los problemas que el hombre le había causado?

Para cuando estuvo limpia, el desayuno del *Brickhouse* había llegado sin el café que Kat ahora lamentaba haber perdido, y devoró los huevos y el puré de patatas enriquecido con vitaminas. Arrojó los restos a la ranura cerca de la puerta que llevaría la basura a algún lugar mágico del que Kat nunca se preocupaba. Que los envases no estuvieran en su apartamento era suficiente.

Después de todo eso, y de ponerse un atuendo que contrarrestaba el frío invernal de Chicago, que estaba ganando la guerra contra la calefacción de su apartamento en la continua batalla entre aire respirable y clima habitable, Kat miró a Seeker, que había agarrado su correa mientras Kat terminaba de comer, y suspiró.

—Supongo que hay tiempo suficiente. Vamos.

Tap cerró el lugar después de que Kat se fuera. Selló la ventana también, y Kat tomó la cuestionable decisión de pedirle a Tap que encontrara a alguien, algo que pudiera limpiar su apartamento. Ahora tenía suficientes reps como para que vivir al borde de la peste no fuera necesario.

Las aceras de la tarde no estaban demasiado concurridas: hacía frío, la gente estaba trabajando, y el vecindario de Kat no era un gran material para caminar. Por cada edificio antiguo que se remontaba a tiempos más simples con ladrillo y mortero, una docena de otros ostentaban el brillo brillante y prefabricado de la eficiencia moderna. Productos químicos forjados juntos y engrasados con poderes de anomalía convirtieron lo que habría sido metal frío en creaciones de acuarela que resistían todo lo que la naturaleza pudiera invocar. Lo cual, dado que la mayoría de las grandes ciudades tenían anomalías encargadas de manipular el clima, no era mucho en absoluto.

—Parece que no pueden mantenerlo cómodo, sin embargo —dijo Kat, viendo cómo su aliento se convertía en una nube gris.

Había razones, por supuesto, para mantener el clima habitual. Razones que Kat no tenía ni el tiempo ni el deseo de contemplar. Para eso estaban los Paragones, para eso estaba Mynx. Mantener el planeta vivo para que Kat pudiera sacar a pasear a su perro al parque y lanzar un disco.

El parque daba todas las notas correctas para un oasis urbano: rodeado de estructuras imponentes, sin embargo vallado, y un centro anteriormente dominado por una fuente aplanado con bulldozers para dar más libertad a los perros. Seeker aprovechó, alejándose en cuanto Kat lo soltó de la correa para ir a inspeccionar una horda canina errante que recorría el parque como una fuerza de la naturaleza ladradora. Los gañidos emocionados de Seeker tenían la felicidad que Kat no estaba segura de haber experimentado jamás, pero la alegría vicaria que extraía de los saltos y brincos del husky embotaba el filo de su agotamiento.

Al menos hasta que vio un rostro familiar deambulando por el parque en su dirección general, abrazando el interior de la valla como si dar un paso más en el territorio de los perros fuera un crimen castigado con un babeo abrumador.

—Stan —saludó Kat a la anomalía, que caminaba rígido con una chaqueta vaquera y una gorra de béisbol negra y descolorida.

—Kat —dijo Stan, sus dientes haciendo un castañeteo que

Kat habría atribuido al frío si no lo conociera tan bien—. Te ves cansada.

—Gracias, Stan. Necesitaba eso hoy.

—Lo siento —Stan buscó suavizar con una sonrisa incómoda. Kat lo dejó pasar, se la devolvió—. ¿Noche dura?

—Digamos que no todas las anomalías son tan agradables como tú.

Kat habló con un suspiro, pero lo decía en serio. Stan se había mantenido oculto de los drones de búsqueda de Mynx y los detectives de Internet que cazaban anomalías trabajando localmente en carpintería de pequeña escala. Cuando finalmente cometió un error y completó un trabajo demasiado rápido —los vecinos se sorprendieron al encontrar una casa que había sido blanca ayer toda azul bebé al día siguiente sin un enjambre de andamios y sudor— Kat lo había acorralado en un bar a no más de tres manzanas de aquí. Stan había pedido bourbon fuerte y barato para ambos y había extendido su brazo para el rastreo.

—Nunca pensé que huir sería bueno para mí —Stan intentó mirar hacia algún horizonte, pero terminó mirando el letrero de una tienda de la esquina—. Siempre pensé que Chicago era mi ciudad.

Kat asintió mientras una brisa fresca los atravesaba. Los perros no lo notaron, ladrando como locos a algún pobre pájaro en un árbol.

—Las cosas tampoco están mal —continuó Stan—. Los Paragones me dan mucho trabajo, los reps son buenos.

—Lo sé —Kat veía los recibos, tomaba su parte de cada trabajo que Stan hacía. Confiable, pero no tan rico como el tipo del alcantarillado.

—Supongo que lo sabrías —No había malicia allí, solo aceptación. Stan dudó, y Kat sintió que buscaba permiso en el lado de su cara—. ¿Puedo hacerte una pregunta?

—Adelante.

—¿Qué pasa si no regresas de una de estas cosas?

—¿Te refieres a si una anomalía me quema hasta las cenizas? ¿Me dispara de una docena de formas diferentes con su super velocidad?

—Eh. ¿Supongo?

Kat lanzó su mirada de rastreadora de ojos azules a Stan, haciéndole saber que la pregunta era tanto descortés como molesta, pero que la respondería de todos modos.

—Tendrás otro rastreador. Alguien cercano. Nada cambia en tu extremo.

Stan luchó por conseguir una respuesta, así que Kat lo liberó con un *gusto en verte* y dejó que la anomalía silbara a su labrador chocolate y se marchara.

Su pregunta, sin embargo, persistió. Si Kat no regresaba de una de sus cacerías, el único que lo notaría sería Seeker. El dolor de cabeza, percibiendo las defensas bajas de Kat, resurgió y la rastreadora se apoyó contra la valla, presionó sus dedos contra las sienes, y trató de perderse en los interminables ladridos de criaturas más felices.

CAPÍTULO 7

INVITANDO A TODOS LOS JUGADORES

ZHAN-YO ANHELABA AGARRAR un volante que no estaba allí. La cápsula rodaba por la calle, siguiendo y siendo seguida por otras cápsulas en una incesante y eficiente fila que se acercaba al centro comercial. Cada vez que se sentaba en esas cosas, con sus cojines rancios por demasiados pasajeros y muy pocas limpiezas, Zhan-Yo deseaba cambiar la eficiencia y seguridad por el duro círculo de cuero que dirigía el coche de su padre. El mismo que el propio Zhan-Yo había conducido durante algunos años antes de que se eliminaran los vehículos manuales en nombre de la protección.

Zhan-Yo encontraba que la lógica era un pobre sustituto de la emoción.

Sin embargo, cuando la cápsula se detuvo en la entrada principal del centro comercial, con su puerta parpadeando LEDs verdes alrededor de los bordes y los asientos vibrando para indicarle a Zhan-Yo que había llegado a su destino, no le importó no tener que aparcar. En una tarde fría como esta, un corto paseo al interior era un beneficio bienvenido.

Si las cápsulas eran una evolución de una máquina más antigua y obsoleta, el centro comercial también había evolucionado. Brillo respaldado por sustancia: las luces anunciaban varios vendedores, con cuadrados proyectados gritando ofertas, falsos fuegos artificiales atrayendo miradas hacia nuevos productos, y unos cuantos drones antiguos de pie en el camino de entrada ofreciendo oportunidades limitadas en sus cuerpos, donde la armadura había sido reemplazada por pantallas. La gente abundaba, el centro comercial servía como un rescate de los confines estrechos de la población masiva, los que entraban y los que salían llevando la misma cantidad de productos:

Ninguno.

Zhan-Yo sonrió a una niña pequeña y su madre, ambas llevando el satisfecho brillo de las compras. Mantuvo abierta la puerta de la cápsula, aceptando el alentado agradecimiento de la niña, y luego atravesó la entrada bostezante. No había puertas aquí, pero Zhan-Yo sintió el leve cambio en el aire, su fino cabello gris captando la sutil brisa mientras la compuerta de presión del centro comercial servía para mantener fuera el frío. Su piel se erizó momentáneamente cuando Zhan-Yo atravesó la entrada, una baldosa bordeada de neón azul que servía como el único punto del centro comercial sin publicidad.

El piso principal más allá se extendía por cuadras en ambas direcciones, cada docena de metros más o menos interrumpido por otra fachada de tienda. El complejo de tres pisos llenaba cada espacio con cosas, las baldosas del suelo y del techo haciendo las veces de pantallas que reproducían un anuncio silencioso tras otro. Un saxofón perezoso flotaba por encima de todo, contrastando con la inmersión de riqueza en exhibición. Lo que debería haber sido abrumador para todos se había vuelto común, una colección de medios hecha irrelevante por su propio éxito.

Frente a él, una tienda de ropa ocupaba la posición privilegiada; el primer objetivo para todos los ojos que entraban. Grandes trajes de diseñador y anuncios acompañantes colgaban. Uno en particular le llamó la atención, una chaqueta de cuero roja con ribetes dorados, colgada en el maniquí de un escaparate frontal. Sus padres la habrían encontrado chillona, pero hablaba de rebeldía, de espíritu. Zhan-Yo no estaba aquí para comprar, pero cruzó la avenida deslumbrante y echó un vistazo más de cerca.

Suave, bien hecha. Tocó las mangas, frunció el ceño. Cuero sintético. El verdadero era tan difícil de encontrar, pero algunas marcas aún lo atendían, aún se preocupaban por la autenticidad. Deslizó sus ojos hacia el precio que flotaba en una pequeña pantalla debajo de la chaqueta. Junto al número de reps, Zhan-Yo notó la pequeña Z inclinada. Sabía que estaría allí, porque nadie se atrevería a no ponerla. Ziran beneficiaba a todos, excepto a aquellos que no jugaban según sus reglas.

Los Paragones requerían una nueva moneda, y los reps requerían un medio para ser gastados, ganados y distribuidos.

—¿Quieres probártela? No hay nadie en el probador ahora mismo —dijo un hombre, y Zhan-Yo vio a un adolescente que llevaba accesorios metálicos y ropa medio combinada que él mismo nunca podría ponerse, el adolescente sin duda preguntándose qué hacía un hombre de la edad de Zhan-Yo mirando un atuendo tan elegante.

—No, gracias —dijo Zhan-Yo, dando al adolescente un asentimiento en agradecimiento por su tiempo—. Solo estaba admirando.

—Es genial —concordó el adolescente—. Avísame si necesitas algo.

Tan pronto como el chico se dio la vuelta, Zhan-Yo tocó su muñeca derecha, donde su Tama se envolvía en bonitos eslabones dorados. Tan pronto como el Tama hizo contacto con la etiqueta de precio, emitió tres pitidos, dejando saber a Zhan-Yo que el producto estaba disponible en su talla, al mismo precio que figuraba, y podía ser entregado en un día en su apartamento. Con su mano izquierda, Zhan-Yo tocó la cara del Tama y aceptó el pedido, sin apartar los ojos de la chaqueta.

Algo para usar cuando se reuniera con Aegis, tal vez.

Ziran también negociaba con provisiones reales. Zhan-Yo entró en uno de sus puntos de venta de tecnología no lejos de donde había comprado la chaqueta roja, anidado entre marcas de ropa deportiva y sin parecer ni tan elegante ni tan interesante. Pero entonces, cuando el mercado objetivo de Ziran era el comprador corporativo o el civil desesperado y descontento que buscaba alguna forma de hacer su vida más simple, valía la pena tener una tienda de aspecto, bueno, simple. Zhan-Yo hizo un gesto de asentimiento al letrero colgante con la Z de tono azulado sobre un fondo blanco suave mientras pasaba por debajo.

Un hombre debe rendir respetos a las cosas que lo hicieron.

Su Tama vibró, haciéndole saber a Zhan-Yo que llegaba tarde, así que no pasó tiempo revisando los estantes, pero logró darle a la vendedora una mirada rápida que decía que la inspección se realizaría más tarde. Tiempo para que la joven pusiera la tienda en perfecto orden, una advertencia que la mayoría, incluido Zhan-Yo, no recibía.

En la parte trasera de la tienda había dos puertas, ambas con grandes carteles que las declaraban solo para personal autorizado. Que el mismo personal no estuviera autorizado para cada puerta quedaba implícito, y Zhan-Yo usó la de la izquierda rozando su Tama contra el cuadrado negro en la pared pintada de perla. Un suave pitido, un clic de cerradura, y Zhan-Yo abrió el portal. A diferencia de su compañera, esta puerta se abría hacia una empinada escalera de hormigón. Zhan-Yo siguió los escalones —la puerta cerrándose sola detrás de él— por debajo de los pasillos traseros del centro comercial y hacia una sección excavada años atrás para un propósito muy específico. El rellano no revelaba nada de ese propósito, manteniendo el aspecto de hormigón gris y añadiendo sillas rígidas, una pequeña mesa y nada más. Podrías esperar aquí, parecía decir la disposición, pero no por mucho tiempo.

El objetivo de Zhan-Yo estaba más allá de la siguiente puerta en la fila. Esta también requería un pase del Tama por un escáner negro incrustado en la pared, pero a diferencia del de arriba, el escaneo por sí solo no desbloqueaba la puerta.

—Zhan-Yo —siempre se sentía extraño diciendo su propio nombre, pero, según el programa que ahora analizaba su pronunciación, la forma en que una persona decía su propio nombre era única.

El programa aceptó su estilo sin discusión, dejando entrar a Zhan-Yo en la segunda y última sala. A diferencia de su predecesora, este espacio abrazaba el lujo pre-rep, opulencia por sí misma. Una mesa de caoba, con madera del color del whisky añejado en barrica, se extendía como un océano, llenando la habitación y haciendo que los otros cinco ya sentados a su alrededor parecieran diminutos, aunque este grupo combinaba tanto poder como existía en el mundo más allá de los Paragones.

A la izquierda de Zhan-Yo, las necesidades básicas estaban más que cubiertas por grifos destilados tanto de agua natural como con gas. Una bandeja de frutas, con piña amarilla dominando el centro según la petición de Zhan-Yo, llenaba la encimera de granito negro. Sobre la bandeja, retraído cuando no estaba en uso, colgaba el tubo de entrega, permitiendo a los trabajadores o drones enviar refrigerios sin acceder a la sala en sí.

—Estamos todos listos —dijo un hombre delgado y rubio que llevaba un traje negro demasiado formal para el gusto de Zhan-Yo, haciendo el esfuerzo de apartar su silla y ponerse de pie mientras hablaba—. ¿Debería abrir la llamada?

—Sí —respondió Zhan-Yo, moviéndose hacia su propia silla en la cabecera de la mesa. Los asientos eran rescates, cuero curtido de hace un siglo que Zhan-Yo se preocupaba por mantener. Él y Wexley sacaban ellos mismos las sillas de la habitación cuando se necesitaban reparaciones—. Un vaso de agua natural, si fueras tan amable.

Wexley tomó la petición como un hijo, moviéndose para llenar un vaso tomado de una bandeja cubierta de ellos y, al mismo tiempo, declarando una serie de comandos para que la IA de la sala, integrada en el centro de esa mesa, los siguiera. Zhan-Yo aprovechó el momento para mirar quién se había molestado en venir en persona hoy y se encontró satisfecho con las caras cautelosas y curiosas que se encontraban con la suya. Lo que había sido cero durante tanto tiempo ahora eran cuatro. Lo imposible volviéndose posible.

Nadie habló. Habría tiempo para preguntas más tarde.

Después de que Wexley completara el comando para iniciar la llamada, la pared de la sala frente a Zhan-Yo se iluminó cuando un proyector en el techo se puso en marcha. Al principio, solo se mostraba blanco con un solo nombre en el lado derecho, *Ziran-Alpha*. El título de esta sala. Sin embargo, durante los siguientes treinta segundos, aparecieron otra docena de nombres, casi todos letras y números sin sentido.

Por esto Zhan-Yo respetaba a los que venían en persona: nada detrás de lo que esconderse. Eran los verdaderos comprometidos, y era el trabajo de Zhan-Yo convertir cada número sin rostro en la llamada en caras en la mesa.

—Bienvenidos —comenzó Zhan-Yo mientras la pantalla blanca pasaba de la nada a un educado primer plano. Algunas arrugas, ese cabello blanco fino, barba incipiente negra... la marcha inexorable del tiempo aún no se había llevado toda la juventud de Zhan-Yo—. A aquellos que han estado aquí desde el principio, gracias. A los que recién ahora vienen a ver nuestra causa, espero que encuentren lo que buscan aquí. Hoy, para ilustrar por qué nuestros esfuerzos son tan importantes, comenzaremos con una historia.

Wexley tomó bien su señal, levantando un solo dedo en su

mano derecha y sin inmutarse cuando su propio rostro reemplazó al de Zhan-Yo en la proyección. —Muchos de ustedes me conocen como el Director de Operaciones de Ziran. Muchos de ustedes no saben que soy producto de lo mismo que estamos trabajando para terminar.

La historia que contó Wexley era familiar. Zhan-Yo la había escuchado de Wexley antes, por supuesto, pero casi todos aquí conocían a alguien como él. Conocían vidas arruinadas por anomalías, vidas que confiaban en que los Paragones las salvarían y, cuando los Paragones fallaban, no tenían recurso. Sin voz.

—No pude volver a casa, porque mi casa no existía —Wexley se mantuvo frío, compuesto. Sin corazón, excepto por el temblor en su voz—. Los Paragones lo llamaron un accidente. Una anomalía no descubierta que perdió el control, como tantos otros. Mi única opción era seguir adelante, superarlo. Estoy aquí porque creo que podemos hacerlo mejor.

—¿Cómo? —La pregunta vino de la llamada, un hablante desconocido distorsionando su voz para que sonara como un dron roto hablando—. ¿Cómo crees que podemos hacerlo mejor que los Paragones?

—Dando a la gente voz y voto —Zhan-Yo tomó el liderazgo de Wexley con una mirada—. Los Paragones han tenido su tiempo, y está claro que sus corazones están con las anomalías. No somos más que una carga, una colección para mantener feliz mientras los Paragones cimentan su poder.

—¿Entonces reemplazarías a los Paragones contigo mismo?

—Añadiría nuestras voces a las suyas. Nos devolvería a una democracia, donde todos son escuchados, no solo aquellos con las habilidades más fuertes. ¿No quieren tener voz en su propio futuro? Ustedes controlan sus empresas, pero no controlan su propia sociedad.

Silencio. Una buena pausa. Dejar que el pensamiento madurara, y como el vino, todos aquí, ya sea que hubieran escuchado los argumentos de Zhan-Yo antes o no, se acercarían más a abrazar sus ideales. El poder embriagaba, y la oportunidad de más, la oportunidad de *cualquiera*, era imposible de resistir para un grupo como este. Ziran había tomado su posición tanto a través de la manipulación como de la innovación, y Zhan-Yo no abandonaría la subversión por principios aquí. No cuando estaban tan cerca.

Los ojos en la mesa le dijeron a Zhan-Yo cuándo era el momento de hablar de nuevo, por la forma en que se volvieron hacia él, por la forma en que esos hombres y mujeres esperaban oírlo guiarlos en el camino hacia este futuro.

—Nuestros planes exactos —comenzó Zhan-Yo—, son y seguirán siendo secretos. Los Paragones tienen espías en todas partes, y no verán nuestros sueños democráticos con nuestra misma esperanza. Pero estamos progresando, y estamos más cerca que nunca de anunciar, públicamente, nuestra postura contra los Paragones. Para prepararnos para ese momento, les pido que miren dentro de sí mismos, encuentren esos reps que pueden sacrificar por una causa noble, y lo hagan.

Hubo más preguntas, y Wexley las respondió, mientras Zhan-Yo observaba a los interlocutores y los rostros en la sala. Progreso era lo que querían, y Zhan-Yo tendría que darles algo tangible pronto. Prueba de su compromiso, prueba de que los Paragones eran vulnerables, de que desafiar al poder establecido no traería su ruina.

El plan de Sylvie resolvería esto. Si Aegis caía, entonces Ziran se alzaría.

CAPÍTULO 8

IMPRESIONES Y SOSPECHAS

EN CUANTO A ENTRADAS, Mynx quería que la suya fuera grandiosa. La Fábrica, como ella la llamaba y como ahora aparecía en cada mapa, en cada base de datos y en boca de todos, existía como un monumento al dominio tecnológico según lo definía Mynx. Eso significaba nada de oficinas, nada de enormes estacionamientos, nada excepto los componentes esenciales dirigidos por Reeves y controlados por la Campeona que alimentaban a los Paragones.

La puerta principal de la Fábrica encapsulaba la grandeza mecánica de Mynx, abriendo su logo de Paragon en cobre y plata con engranajes arqueados. Con cinco metros de alto y tres de ancho, la entrada abierta enmarcaba a Mynx desde la distancia y, por las tardes, servía para proyectar la luz del sol sobre un labio dorado donde Mynx se paraba para recibir a quien decidiera visitarla. Como era por la mañana, y como no había periodistas ni ojos curiosos —Reeves lo había confirmado—, Mynx no optó por toda la gloria y salió a recibir a la Dra. Denise Jones en lugar de que fuera al revés.

Gafas, chaqueta resistente y vaqueros desgastados. Denise parecía una científica que pertenecía al aire libre, no a un laboratorio, aunque el enorme tamaño del bolso colgado sobre su hombro daba una pista sobre la verdadera pasión de Denise. Ahí dentro, Mynx apostaría, había cuadernos esperando ser llenados, grabadoras para ser usadas y una computadora capaz de ejecutar una simulación en caso de que fuera necesario.

Si Denise podía cumplir su promesa, a Mynx no le importaría cuán grande fuera su bolso.

—Dra. Jones, bienvenida —dijo Mynx—. Confío en que el pod le dio un buen viaje.

—Así fue —dijo Denise, aceptando el gesto de Mynx para pasar junto a la anfitriona y entrar en la Fábrica—. Gracias por enviar uno.

Mynx observó cómo Denise pasaba por las mismas etapas que experimentaba cada nuevo visitante de la Fábrica. Primero estaba el asombro de estar dentro de un lugar mencionado en innumerables videos, libros e historias. Luego venía la búsqueda, el situar la Fábrica en la propia perspectiva de la persona, decidiendo si exclamar en voz alta sobre su tamaño y brillantez, o mantener las emociones dentro y suprimirlas en un intento fútil de control.

Denise eligió lo segundo, volviéndose de su primera vista hacia Mynx con una sonrisa recta.

—Es un lugar hermoso.

—Es un lugar funcional que resulta ser hermoso —respondió Mynx—. Pasa, imagino que ambas tenemos otros lugares a los que debemos ir.

El vestíbulo de entrada de la Fábrica conducía a un recibidor circular que ofrecía posibles destinos. Mynx notó que Denise miraba fijamente la entrada enrejada al Laboratorio de la Fábrica, donde Mynx había estado jugando con el dron gladiador. Para una científica, eso no era sorprendente; siempre en busca de conocimiento, de secretos.

—Quizás más tarde —dijo Mynx, guiando a Denise hacia la primera sección, su hogar—. El Laboratorio no es tan emocionante como podrías pensar.

—Lo dudo.

Denise no discutió con Mynx sobre el cambio de rumbo y juntas fueron a la morada de Mynx en el acantilado y encontraron espacio en una mesa de cristal en una terraza de madera blanca que se proyectaba como la punta de una lanza desde la montaña. Los drones ofrecieron café, té y el desayuno retrasado de Mynx.

—¿Te gustaría algo? —preguntó Mynx, señalando con la cabeza el plato y su omelet relleno de espinacas. Dos tiras de tocino sintético cargado de vitaminas y trozos de melón completaban el conjunto—. Todo está hecho aquí.

Denise miró la comida, luego declinó.

—Solo café. Negro.

—¿No te gustan los sintéticos?

—No tengo hambre. —Denise levantó su bolso y lo colocó sobre la mesa mientras Mynx se disponía a comer.

Denise observó a Mynx tomar los primeros bocados, lo que Mynx podría haber encontrado molesto excepto que había pasado gran parte de su vida bajo las lentes más agudas. La gente siempre quería saber qué estaba haciendo la Campeona, siempre escarbaban en busca de los más mínimos detalles de su vida. Había construido la Fábrica dentro de una montaña para ocultarla de esos mismos ojos.

La comida, como prometió, estaba deliciosa. Mynx no iba a dejar que un poco de mirada fija arruinara su desayuno.

—Te pedí que vinieras por una razón —dijo Mynx entre bocados—. Creo que sabes por qué.

Denise tomó el primer sorbo del café caliente, negó con la cabeza.

—Lo sé, pero no te va a gustar mi respuesta. —Cuando Mynx solo respondió con otro bocado de omelet, Denise continuó—. La investigación no está progresando. Estamos estancados.

—¿Pero habéis llegado tan lejos?

—Los cambios no se mantienen —Denise alcanzó su

bolso, sacó, como Mynx sospechaba, un cuaderno—. No podemos eliminar todos los errores de traducción, y luego las células colapsan volviendo a donde estaban. Conseguimos unos días. Una semana. Luego vuelves a ser tu antiguo yo otra vez.

Mynx ocultó su decepción con la facilidad practicada de alguien que había tropezado con tantos obstáculos que su presencia ya no la desconcertaba. Que la Dra. Denise Jones, la principal experta en envejecimiento, hubiera llegado a un callejón sin salida era de esperar. Respondía a una de las propias preguntas de Mynx.

—Por eso aceptaste venir —dijo Mynx—. Crees que puedo ayudar.

—Sé que puedes.

—¿Cómo?

Denise se inclinó hacia Mynx, una mano alrededor de su café y la otra abriendo el cuaderno en una página en blanco, los dedos retorciéndose alrededor de un bolígrafo que había sido encajado en el espiral del cuaderno.

—Tu base de datos. La que usan los rastreadores. —Denise hablaba como si estuviera buscando confirmación—. Sé lo que almacenas allí.

—Tengo los enlaces a sus ubicaciones. Quién rastreó cada anomalía. —Mynx tomó una tira de tocino, se la metió en la boca y luego se limpió las manos con una servilleta blanca de tela—. No veo cómo eso te ayudará.

—No es lo único que tienes.

Mynx miró fijamente el fuego en los ojos de Denise. Hacía mucho tiempo que no veía ni escuchaba el tipo de energía que Denise ponía en su postura y sus palabras. Aguda, decidida, y Mynx apostaría que dispuesta a ir más allá de lo apropiado para conseguir lo que quería.

—¿Quién te lo dijo? —Habría una lista limitada, y Mynx cazaría a cada uno de ellos para descubrir quién había traicionado su confianza.

—¿Que guardas muestras de ADN? —dijo Denise, permitiéndose una sonrisa arrogante y recostándose, ahora que había logrado su objetivo—. Acabas de hacerlo tú misma.

Ah. Denise creía que estaba siendo astuta, protegiendo a alguien, pero así no funcionaba esto. Alguien debía haber dado pistas a la científica, pero ese era un misterio para resolver más tarde. El hilo frente a Mynx necesitaba ser tirado primero.

—¿Crees que el ADN de anomalías te ayudará de alguna manera?

—Las muestras de anomalías son raras —dijo Denise—. También son lo único que conozco que provoca cambios controlados y permanentes en el ADN de una persona del tipo que necesitamos. Si quieres acabar con el envejecimiento, Mynx, dame acceso a tus registros. Déjame aprender cómo funcionan las anomalías y aplicar mis técnicas a sus células, y encontraremos una solución. Te lo juro.

Las muestras, tomadas por los Paragones y enviadas a Mynx para su almacenamiento, existían para identificar anomalías y tratar de encontrar hilos comunes entre las habilidades. Para entender cómo funcionaban. Reeves hacía, estaba haciendo, el análisis mientras Mynx trabajaba en la ciencia que prefería: los drones. Entregar todo eso a Denise sería... peligroso. Los Paragones ya se habían enfrentado a aspirantes a villanos cuyos planes giraban en torno a la manipulación de células de anomalías. Mynx no tenía ningún deseo de crear otro.

—¿Qué tal si continuamos esta conversación en tu propio laboratorio? —dijo Mynx—. Déjame ver tus métodos, lo que estás haciendo, y si me convenzo de que tener acceso a mis registros te ayudaría, ya veremos.

—Mynx —Denise usó su nombre por primera vez, y lo dijo de manera tajante, como una orden—. Tú eres quien pidió esta reunión. Si quieres mi investigación, mis soluciones, para seguir adelante, entonces ayúdame. No me hagas perder el tiempo.

Adiós a la investigadora humilde.

—No lo haré —Mynx se apartó de la mesa, y Denise se levantó a la par. Juntas, caminaron de vuelta a la puerta principal de la Fábrica, con Denise deteniéndose de nuevo por un largo momento junto a la entrada del Laboratorio—. Envíame una hora, y estaré allí. Demuéstrame que esto es legítimo, y te ayudaré.

—Lo haré —dijo Denise—. Podemos cambiarlo todo, Mynx. Todo.

Cuando la científica se había marchado, Mynx regresó a la mesa. Los drones habían retirado el desayuno, pero un té negro recién hecho humeaba esperándola. Mynx lo sorbió mientras observaba las olas.

—¿Qué opinas? —preguntó.

—Sus lecturas estaban por todas partes —respondió Reeves, su voz proveniente de los altavoces incrustados bajo la mesa—. Sin embargo, creo que es sincera.

—Es ambiciosa —dijo Mynx.

—Es apasionada. Como tú.

—Podría ser peligrosa.

—También como tú.

Mynx quería un lugar donde lanzar una mirada de reojo, pero siendo Reeves una computadora, todo lo que pudo hacer fue suspirar. —Recuerda que trabajas para mí. Ponle un dron encima, discretamente. Quiero saber más sobre con quién estoy tratando.

—Por supuesto —dijo Reeves—. También debería mencionar que recibimos una llamada mientras estabas con la Dra. Jones. De Celice.

—Reeves, necesitamos trabajar en tus prioridades. Si Aegis o Celice llaman aquí, me interrumpes. Sea lo que sea que esté haciendo.

—Lo siento. He ajustado mis algoritmos.

—Bien. Reproduce el mensaje.

La voz de Celice, tensa y cansada, salió por los altavoces.

Mynx, siento llamarte así, pero es sobre mi padre. Se lastimó anoche, jugando al héroe otra vez. Es peor que las otras veces. Creo que piensa que todavía puede hacer esto, que aún puede recibir una bala y seguir adelante. Pero ya no puede. Ya no. Necesito que me ayudes a hacer que se detenga, o temo que una de estas veces, no volverá a casa.

Mynx terminó el té. Hizo que Reeves reprodujera el mensaje una vez más. Celice sí sonaba preocupada, y había pasado un tiempo desde que Mynx había visto a Aegis. Con el dron gladiador atascado, y con Reeves manejando la investigación de Denise Jones, quizás un corto viaje no sería mala idea.

—Reeves, prepara el jet. Voy a hacerle una visita a nuestro amigo Campeón.

CAPÍTULO 9

PROBLEMAS EN CASA

ATLANTIS CONVOCÓ UNA REUNIÓN. Los Paragones apostados en el Golfo, Nueva Inglaterra, el Medio Oeste y los Apalaches aparecieron en las pantallas mientras el sol de la tarde bañaba el horizonte de Nueva York con un fuego frío. Era un contacto semanal, no su llamada de jubilación, aunque Aegis había planeado soltar el anuncio hacia el final.

Como de costumbre, sin embargo, sus planes se vieron desviados.

—Hay un problema, tío, que seguimos teniendo —intervino Cornelius, el líder de los Apalaches, después de que una discusión sobre nuevos uniformes se apagara de la misma manera que siempre lo hacía: nadie podía ponerse de acuerdo en el color, el logo, nada—. Y está empeorando.

—Si esto es sobre las cucarachas, no quiero oírlo —dijo Pixie, de Nueva Inglaterra—. Ya tengo suficientes pesadillas sin tus bichos gigantes.

—No estoy hablando de los bichos. Estoy hablando de los Elementales.

Aegis hizo una mueca al oír el nombre. Cada pocos años, los Elementales volvían...

—Espera, ¿tú también los estás viendo? —intervino Innis,

el corpulento capitán del Medio Oeste procedente de Chicago
—. Justo la semana pasada estaban ayudando a un anómalo a
salir de mi ciudad después de que destrozara toda una
manzana tras beberse demasiadas rondas.

—¿Lo atrapaste? —preguntó Aegis.

—No, no lo atrapamos. Los Elementales se lo llevaron a la
frontera. Ahora es problema de Mynx.

Aegis negó con la cabeza.

—No, es problema de todos nosotros. Asegúrate de que se
publique una recompensa en el tablón de seguimiento. Puede
que tengamos regiones, pero todos somos Paragones. Una
amenaza para uno es...

—Una amenaza para todos —terminó Cornelius—. Lo
sabemos, Aegis, lo sabemos. Yo creo que los Elementales *son*
una amenaza. Puede que no estén intentando matarnos, pero
están ayudando a los anómalos a esconderse. Se están inter-
poniendo en nuestro camino. Incluso he tenido un Paragon
que ha desertado y se ha unido a ellos.

—Los mensajes de esperanza atraen a todos —dijo Aegis,
manteniendo el rostro impasible. Ojos tranquilos. Ver al
comandante, sentir el mando—. Cornelius tiene razón.
Hablad con vuestros Paragones. Tened llamadas como esta y
aseguraos de que todos entiendan nuestros objetivos. Deben
saber que los apoyamos, que los valoramos.

—Eso está bien, pero ¿qué pasa con los Elementales? —
dijo Innis, y Aegis se preguntó si les había dado demasiada
libertad para hablar. Todo este desahogo solo alimentaba la
frustración, no conducía a soluciones—. Querías que nos
mantuviéramos alejados de ellos, y ahora se están aprovechando. Creo que una buena paliza les enseñaría que no son
bienvenidos.

—Sí. Anómalos peleando en las calles. Eso es lo que dará
confianza a la gente en nuestro liderazgo —Aegis hizo un
gesto con las manos hacia las pantallas—. Lo pensaré. Os haré
saber lo que decida. Hemos terminado por ahora.

Los Paragones empezaron a desconectarse, pero cuando los tonos de las llamadas cortadas dejaron de sonar, quedaban dos caras mirándole fijamente. Innis, con su rostro barbudo y enrojecido, y Pixie, que había cogido a uno de sus hijos y mecía al bebé en la pantalla.

—¿Qué? —preguntó Aegis, cuando ninguno de los dos aprovechó la oportunidad para hablar primero.

Innis miró a Pixie, que miró a Innis, y luego la mujer suspiró.

—Vale, yo iré primero. Aegis, como dijo Innis, los Elementales están creciendo y están causando problemas en Boston. Concerté una reunión con su líder local, pero me dijo que no hablarían con nadie más que contigo.

—¿Por qué?

—Ni idea. Pero como no estamos tan lejos, ¿crees que podrías hacer el viaje?

¿Ir a Boston? Estaba cerca, y salir de esta torre y alejarse de la constante vigilancia de Celice podría hacerle bien a Aegis. Le dolía el hombro, pero los medicamentos y los ungüentos mantenían el dolor a raya. Además, esto venía con liderar a los Paragones: no podía decirle a su equipo que lideraran los suyos si él no hacía lo mismo.

—Envíame los detalles. Me encargaré de que suceda.

—Gracias, Aegis. Lo digo en serio —Pixie sonrió, luego el bebé empezó a llorar y, con un giro de ojos, cortó la transmisión.

Lo que dejó a Innis, que parecía un poco aturdido ante la visión de un niño. Aegis no estaba seguro, pero Innis debía estar cerca de los cuarenta años. No es que el Paragon le hubiera parecido nunca a Aegis un hombre de familia.

—¿Nunca has tenido un hijo? —le preguntó Aegis.

—Nunca he querido uno —respondió Innis, sacudiéndose la mirada de asombro y volviendo un rostro sombrío hacia Aegis—. No hay lugar para ellos con lo que estamos haciendo. Pixie es una mujer valiente.

—Lo es —Aegis asintió al hombre—. ¿Qué necesitas, Paragon?

El título formal fue deliberado: Aegis tenía cosas que hacer, y la llamada ya se había prolongado durante horas. La charla ociosa podía esperar.

—Problemas —respondió Innis—. Los Elementales, los estoy manejando lo mejor que puedo. Pero está pasando algo más. Creo que se está gestando un movimiento.

—¿Eso es todo? ¿Una corazonada?

Innis se puso rojo.

—No, no. Quiero decir, no conozco los detalles, y tengo a mi gente en ello. Solo te lo hago saber por si pudieras venir por aquí cuando termines con Pixie, podría ser bueno. Si esto se vuelve tan grande como creo que podría ser, tenerte por aquí... podría evitar que las cosas se salgan de control.

—Estás siendo críptico, Innis. ¿Qué está pasando?

—Eh, ya sabes, tal vez sea demasiado pronto para esto. Déjame investigar más —Innis tartamudeó sus palabras, algo inusual para un luchador que transmitía bravuconería con cada frase—. Te haré saber lo que descubra.

La llamada se cortó y Aegis se quedó mirando el monitor. Extraño. No era propio de Innis comportarse así.

Aegis podría haber pensado más en ello, pero su hombro empezó a dolerle de nuevo. Era hora de la siguiente ronda de medicación. Mientras alcanzaba las pastillas, Aegis se dio cuenta de que no había mencionado su jubilación. Ni la cumbre más amplia de Paragones que estaba planeando con los otros Campeones, los ocho compañeros que formaban las cabezas generales de toda la organización Paragon.

—Supongo que seguiré trabajando un poco más, entonces —murmuró Aegis para sí mismo, no del todo triste por ello.

CAPÍTULO 10
OFERTAS DE UNA VIDA PASADA

KAT TOMÓ el tren para la reunión de Gordon. Más rápido, silencioso y barato que un coche cápsula, el tren venía con otra ventaja: la oportunidad de encontrar y rastrear una anomalía desprevenida. Que los drones de Mynx no las hubieran encontrado y marcado en el tablero de rastreo no significaba nada. Algunas anomalías ni siquiera sabían que tenían habilidades hasta que un rastreador con una mirada atenta captaba algo extraño, como un adolescente presumiendo de un "truco" ante sus amigos.

Todas ellas eran peligrosas, todas las anomalías necesitaban ser rastreadas, y Kat no diría que no a unos cuantos reps más en su cuenta.

Salir de manera casual significaba dejar atrás su traje. Kat se aventuró en el frío viento de la ciudad y su constante olor a *cualquier cosa* refinada con una chaqueta gruesa, unos vaqueros forrados que convertían la energía cinética de sus movimientos en calor extra, y un conjunto completo de guantes y gorra de béisbol.

La gorra la hacía suspirar cada vez que se la ponía: su brillante rojo intenso con un logo en C ondulante no hacía nada para preservar el perfil bajo que Kat anhelaba. Los rastreadores, sin embargo, tenían un contrato con la empresa que fabricaba el equipo de rastreo, y ese contrato pagaba reps extra si alguien tomaba y publicaba en algún lugar una foto de un rastreador con sus gorras. CytoGenX era una carga, pero esos pequeños incentivos le permitían pasar del Chardonnay en caja al embotellado, así que Kat no se quejaba demasiado. ¿Perjudicaba su búsqueda sutil de anomalías sobre la marcha? Sí, pero un rep seguro en la cuenta valía por dos en sus sueños.

Con su atuendo a prueba de ventiscas, y algunos mechones sueltos atrapados por el viento y azotando su rostro, Kat marchaba junto a aquellas otras almas que se veían obligadas a ir al centro, o al menos en esa dirección. Si durante el día Kat podía ignorar a los Tamas y su constante presencia, al anochecer tal desatención no era posible. La mayoría de los que caminaban tenían los ojos embelesados en el halo de la persona proyectada con la que hablaban, el juego al que jugaban o el vídeo que miraban. Los Tamas sabían adónde se dirigían sus dueños y ayudaban, con sutiles señales luminosas, a dirigir a los caminantes en la dirección correcta.

Lo que más molestaba a Kat era que si hubiera tenido a alguien a quien llamar, estaría haciendo lo mismo. En cambio, Kat deseaba haberse quedado en la cama, o haber puesto una película desde su sofá en lugar de marchar con su cuerpo dolorido y cansado a la reunión de Gordon. Regodearse en la autocompasión le ayudó a pasar el tiempo mientras caminaba hacia el tren. Los pitidos de advertencia de las cápsulas en la calle junto a ella, el ocasional eructo de alcantarilla de una rejilla cercana y la charla insustancial a su alrededor parecían simpatizar con la lúgubre monotonía del paseo.

El tren L se alzaba sobre los cimientos de acero colocados casi dos siglos atrás, pero los trenes ya no tocaban las vías. Kat aún tenía que subir escaleras, tanto un indicio de las prioridades de Parangón como, en su frustración con los fríos escalones metálicos, una vergonzosa cantidad de privilegio. Podría haber ido en el ascensor para quienes no podían caminar, después de todo, y ni uno a su alrededor se habría preocupado. Pero no, ella se arrastró hacia arriba, quejándose en su mente todo el camino.

Gordon. Ese miserable bastardo.

Kat pasó su Tama por los torniquetes rápidos —si no tenías una de esas cosas ubicuas, una caja achaparrada tomaría tus reps y, sin ellos, escucharía tus súplicas sin el menor interés— y salió a un andén empapado en los olores de freidora que culminaban el ajetreo vespertino a toda velocidad hirviente.

Si Gordon estaba haciendo que Kat fuera tan lejos, más le valía que el lugar tuviera comida, y él pagaría.

El tren llegó en silencio, con imanes empujando y deteniendo los vagones con lo que parecía la fuerza del mismísimo Dios. Los bordes del andén se iluminaban en un rojo neón intenso cada vez que los trenes se acercaban, mientras una voz tranquilizadora reproducía, en varios idiomas, una advertencia para retroceder. La multitud alrededor de Kat se había filtrado hacia el andén, así que ya no estaba tan aplastada como encerrada. No importaba: vive en la ciudad el tiempo suficiente y te acostumbras a la gente por todas partes.

Dos paradas después, Kat bajó en un barrio rediseñado para una casta más joven, más moderna y más rica. No es que Kat fuera vieja, pero hay un tipo particular de juventud que viene con un suministro ilimitado de reps y el tiempo para gastarlos. Aquí también, entre los normales, Kat notó las primeras anomalías. Algunos desfilaban con varios uniformes de Parangón, sus azules abriéndoles espacio mientras caminaban en grupos, riendo y charlando a través de la ligera nevada que había comenzado durante el viaje hasta aquí.

Otras anomalías, cuyos nombres y habilidades flotaban sobre sus ojos al ser identificadas de un vistazo por los contactos de Kat, se mantenían apartadas o intentaban encajar con los normales. Solo los rastreadores tenían el equipo que podía etiquetar a una anomalía a simple vista, así que no era como si todas las familias al azar y los curiosos que bajaban del andén con ella supieran junto a qué estaban caminando. Algo bueno, porque los rastreadores y las anomalías tendían a poner nerviosos a los normales.

Y la gente nerviosa ponía nerviosa a Kat.

El Asador parecía, desde fuera, un antro sudoroso y achaparrado que contrastaba duramente con los apartamentos de lujo en la parte superior, las boutiques contiguas y la gente de alto estatus que se amontonaba para subir a los pods en el frente. Un cerdo de neón, completo con su propio asador, ocupaba una franja de pared plateada en el frente, terminando con sus ojos de manzana mirando fijamente a la puerta de doble longitud.

Kat llegó hasta el edificio antes de hacerse a un lado, apoyarse contra esa pared dura y respirar profundamente. Desechó los últimos vestigios de su agotamiento. Sin importar lo que pasara allí dentro, ahora estaba en una posición diferente a cuando conoció a Gordon por primera vez. Para empezar, Kat ya no era una rastreadora novata. Había escalado en los rankings, tenía muchas reputaciones y no necesitaba su ayuda.

Quizás *debería* haberse puesto el traje. Eso por sí solo funcionaría, le mostraría que no era una pusilánime.

—Estás aquí ahora. Hazlo —murmuró Kat.

Algo que su padre le había enseñado: decir lo que se proponía hacer, y lo lograría. Nadie escuchó a Kat hablando por encima de los sonidos de una ciudad en movimiento —no es que Kat lo comprobara— y abrió la pesada puerta de cristal de *El Asador* y entró.

Una gran botella de salsa barbacoa iluminada la recibió, su naranja eternamente goteante deslizándose hacia abajo y afuera para caer e iluminar una empinada escalera. El resplandor rojizo que venía de esa dirección, junto con la fuerte oleada de todo ahumado, daba la impresión de que Kat estaba a punto de entrar en el propio foso de cocina de Satanás. Aparentemente, las leyes contra la carne animal no habían afectado a este lugar, y Kat vio por qué mientras descendía.

El Asador había decidido extender el arte de la barbacoa y la tradición de ahumado al laboratorio, y pequeñas ventanas, flanqueadas por las luces de salsa cayendo, daban pistas mientras Kat bajaba los escalones. A través de los portales, cubas de proteínas en crecimiento se formaban en vastos grupos, dando forma a masas informes que producirían suficiente músculo, grasa y su tierna combinación para un filete, una chuleta y, con algo de ayuda de plásticos moldeados, costillas hasta el infinito.

Los cambios se habían vuelto habituales cuando Kat tuvo edad suficiente para saber lo que comía, pero sus padres habían hablado mucho de los viejos tiempos bárbaros. Sonaban casi nostálgicos al respecto, aunque Kat no podía imaginar que ninguno de los dos quisiera volver a toda esa matanza. Como la mayoría de las cosas con sus padres, sin embargo, ese deseo quedó sin realizarse, sin explicar.

Cavernoso, oscuro y glaseado de miel. Kat chocó con una pared de gente esperando mesas, buscando a quienes habían encontrado mesas, o decidiendo, mediante un acercamiento musculoso al bar, conformarse con estar de pie. Sin su traje, y con zapatos más apropiados para caminar que para un cóctel, Kat decidió no esperar detrás de hombros cubiertos de abrigos y recurrió a una táctica perfeccionada con el tiempo para abrirse paso: codos voladores combinados con pies ligeros llevaron a Kat más allá del gentío, dejando gruñidos confusos a su paso.

Ahí estaba. Gordon Holyoak. Ya con una pinta en una mano y la boca bien abierta, perorando a lo que parecían ser otros tres rastreadores en una gran mesa de ladrillo. El pelo negro de Gordon, como él, se disparaba en todas direcciones, combinándose con la barba incipiente y los ojos con ojeras de un fantasma insomne. Como para enfatizar su lugar fuera de la realidad, Gordon llevaba una pesada chaqueta táctica dentro de este lugar sofocante, los bolsillos que cubrían su superficie gris brillante actuando como copas para recoger el sudor que caía de la cara de Gordon.

—Una limpieza —le dijo a Kat diez minutos después, cuando finalmente se sentó a la mesa con un whisky doble en la mano—. Claro, es miserable mientras estoy aquí drenando todo de mí mismo por mis poros, pero mañana estaré listo para cualquier cosa.

Los otros tres rastreadores evaluaron a Kat como la rival amistosa que era. Kat los había visto antes: habituales de Chicago. Los rastreadores no marcaban territorio, exactamente, pero tenían un orden jerárquico para las cacerías y Kat estaba en la cima del local. Si ella ponía su nombre en una solicitud, estos tres sabían lo suficiente como para mantenerse alejados. Si no lo hacían, cualquier transgresión se manejaba entre los dos rastreadores, como ellos eligieran.

Kat prefería de frente, claro y sin compromisos.

—¿Conocen a Kat? —dijo Gordon rompiendo el silencio—. Deberían. Tiene el control de esta ciudad vuestra.

—La conocemos —dijo Desi, una trasplantada de la costa oeste que quería alcanzar las estrellas antes de merecerlas. Desi se apoyó en sus codos, sus brazos vestidos no con tela sino con un nido de cuentas, tejidos y amuletos—. Ella se aseguró de eso.

Kat le dirigió una dulce sonrisa a Desi, luego se volvió hacia Gordon. —Suéltalo. Estoy cansada y tengo hambre.

—Suena como tu problema —dijo Desi.

—¿Acaso te estaba hablando a ti?

—Eh —Gordon, reclinándose en su silla, paseó sus ojos fríos entre Kat y Desi, como si la suprema frialdad de su ser fuera suficiente para detener cualquier discusión—. Todos estamos del mismo lado.

—No lo estamos —dijo Kat—. Sé que te gusta decir eso, pero estamos aquí trabajando por nuestras vidas. Si Desi toma una anomalía, esas son reputaciones que yo no obtengo. Ella es mi competencia.

Desi, por una vez, estuvo de acuerdo, y los otros dos rastreadores asintieron con ella. —¿A menos que estés ofreciendo esto como un trabajo en equipo?

—Está bien —Gordon tomó un largo trago de su cerveza ámbar. La bebida no hizo nada para borrar la gruesa capa de sudor que cubría su rostro—. Seré directo: esto no es un asunto de equipo. El objetivo es solo una anomalía única, y no creemos que sea lo suficientemente peligroso como para un esfuerzo coordinado.

—Quieres decir que eres demasiado tacaño para pagar por uno —Kat saboreó su propio fuego líquido, disfrutando de la quemadura de caramelo.

Lo captó. La grieta característica de Gordon. El hombre era destello, engaño y brillo, pero debajo de todo bullía un interior blando y pegajoso que buscaba aprobación. Buscando que le dijeran que estaba haciendo el bien. Exponer las fallas en las construcciones que Gordon hacía de su vida era una diversión deliciosa. Kat se odiaría por ello más tarde —siempre lo hacía— pero ahora mismo, el gesto de Gordon hacia una mueca y un suspiro cortado hizo que ella ocultara su propia satisfacción con otro trago.

—Tenemos que mantener las cosas justas —Gordon cambió de estrategia, apelando ahora a un propósito más elevado, buscando ese carisma—. Piensa. Si Mynx repartiera reputaciones a cada rastreador por todo, nadie haría nada más. Ser un rastreador se supone que debe ser difícil. Tienes que ser bueno, tienes que *ganártelo* —Gordon hizo una pausa, tomó un largo respiro y dejó que el sentimiento reposara—. Cuando nos enteramos de que la anomalía podría dirigirse aquí, elegí venir personalmente porque sabía, sabía que Chicago tenía los rastreadores para manejar esta. De lo contrario, podríamos haber esperado, dejar que la anomalía se deslizara hacia otra ciudad. En cambio, con uno de ustedes, quiero detenerla aquí.

Gordon hablaba de esta anomalía como si fuera una devastación andante, pero si las cosas fueran tan apocalípticas, los Paragones habrían tomado el control ellos mismos. Los rastreadores solo existían porque los Paragones no tenían suficiente personal ni deseo de perseguir todas las anomalías menores que no querían obedecer sus leyes. Así que Kat puso su cara de escepticismo y esperó. Gordon tenía la atención de vuelta en él ahora, y no la dejaría ir todavía.

—Ahora —retomó Gordon—, esta anomalía no ha matado a nadie, al menos que sepamos. Pero ha habido algunos incidentes. Un restaurante en Denver donde el lavaplatos notó que su chef más rápido estaba haciendo trampa con la física y produciendo comidas cocinadas en menos tiempo del que me tomó contar esta historia. Dos semanas después, nuestro sujeto aparece de nuevo en Kansas, esta vez haciendo milagros en una tintorería. Las cosas entran arruinadas y salen perfectas en tiempo récord.

—Parece que esta anomalía es un verdadero monstruo —bromeó Desi.

—No es lo que ha hecho. Y deberíamos estar agradecidos de que se haya limitado a cosas pequeñas. Es de lo que es capaz, Desi. No sabemos el alcance, y Mynx no quiere que lo asustemos y lo llevemos a hacer algo drástico.

—Pero lo vas a antagonizar de todos modos.

—No podemos dejar que un poder como ese no sea rastreado —respondió Gordon, y aquí de nuevo su compostura se deslizó, no hacia la vergüenza, sino hacia el fervor. Creencia—. Es nuestro trabajo asegurarnos de que anomalías como él tengan apoyo, entrenamiento y, si las cosas salen mal, puedan ser encontradas rápidamente.

Las sonrisas astutas, las palabras amistosas, atraían a la gente a la órbita de Gordon, y una vez que se acercaban lo suficiente para verlo, su pasión los atraía el resto del camino. El hombre creía en los Paragones, en el bien que pensaba que estaban haciendo al mundo. El cinismo ácido de Kat había sido demasiado para eso antes. Hoy, ahora, lo ahogó con un largo trago de agua que algún camarero bendito había dejado. Con sus techos bajos, el amasijo abarrotado de mesas y bebedores, *The Spit Roast* no tenía espacio para drones de servicio.

—Así que es una búsqueda y captura —dijo Kat—. Rastreamos la anomalía, te llamamos y luego lo atrapamos juntos, ¿no?

—Sí —Gordon levantó su muñeca, mostrando el Tama negro alrededor—. Ya he enviado lo que tenemos. El contrato comienza ahora.

Como un disparo de salida, las palabras de Gordon hicieron que los otros tres rastreadores se levantaran de sus asientos y se dirigieran a la salida. Kat se quedó, recibió una larga y curiosa mirada de Desi mientras esta última se abría paso por el restaurante hacia esas empinadas escaleras. Sin duda preguntándose por qué Kat no salía corriendo como el resto.

Gordon no compartía esa duda. Miró el vaso casi vacío de Kat, terminó su cerveza y preguntó:

—¿Otra ronda?

—No vine hasta aquí por una sola bebida.

Gordon se rió. Llamó al camarero y pidió. Miró su yo empapado.

—Esto es lo más estúpido.

—Lo sé. Te lo habría dicho si me hubieras preguntado.

—Soy un tonto para las modas, Kat.

—Porque quieres creer en todo —Kat terminó su primera ronda—. No entiendes que las cosas no siempre salen bien.

Gordon miró la mesa, luego a ella.

—No, lo entiendo. Simplemente elijo tener esperanza de que lo harán —Hizo una pausa—. ¿Estás bien?

—Cansada.

Llegó la nueva ronda.

—¿Noche larga?

Kat se rió, una mezcla feliz-triste. Miró directamente su bebida, lo que hizo que su cabello cayera frente a su cara, formando un halo alrededor del vaso y su contenido ámbar como si fuera un portal a alguna dimensión alternativa y alcohólica. Una forma de que transcurriera la noche: beber hasta que las decisiones se tomaran solas.

—Sabes que lo he superado, ¿verdad? —dijo Kat, levantando los ojos hacia Gordon—. Lo entiendo ahora. Tú. Todo esto. Pensé que era una actuación, pero en realidad, es quien eres. No puedo odiar eso.

Gordon tuvo la humildad de mirar a otro lado por un momento, volvió con un encogimiento de hombros.

—Nunca prometí que me convertiría en alguien más. Tampoco quise hacerte daño.

—Lo hiciste. Me recuperé. No quiero hablar de eso —Kat enterró la conversación con una inclinación de cabeza y una sonrisa torcida—. Así que dime, Gordon, ¿exactamente a quién estamos cazando?

CAPÍTULO 11
AFILAR EL CUCHILLO

FRÍO, austero y hermoso. Las luces de la ciudad se esparcían sobre los témpanos de hielo que flotaban en el agua, convirtiendo cada uno en su propia plataforma iluminada, como si invitaran a Zhan-Yo a correr y saltar de uno a otro. El viento soplaba a su alrededor, mientras el gorro de lana gruesa, la bufanda y la chaqueta que había recogido de camino hacían lo posible por evitar que se congelara. Nadie más estaba en el camino a esa hora tardía, a pesar de que la luna llena, a mitad de camino en el cielo despejado, hacía un contrapunto plateado al horizonte multicolor de Chicago.

Tanta gente vivía aquí y tan pocos se molestaban en desafiar sus elementos, en saber lo que realmente significaba vivir en esta parte del mundo. Aunque, por otro lado, Zhan-Yo tampoco estaría aquí si no tuviera una razón.

—¿No te hace sentir vivo esto? —llamó la razón, apareciendo como de la nada. Zhan-Yo miró alrededor buscando el coche autónomo, algún rastro de dónde había venido Sylvie, y no vio nada—. Oh, ya basta.

—Tengo que comprobar —dijo Zhan-Yo mientras Sylvie se acercaba por el amplio paseo—. El éxito asumido vuelve a las personas descuidadas.

Si Zhan-Yo combatía el invierno con ropa de montaña, Sylvie empleaba todo lo que la tecnología podía ofrecerle. Negro y elegante, su atuendo parecía el de una foca mojada, casi plástico, pero bajo su piel pulsaban calentadores. El cuello de su abrigo se elevaba, abanicándose bajo su barbilla de manera que parecía como si la ropa fuera parte de ella, necesaria para mantener la temperatura ideal de Sylvie. Una diadema negro-púrpura trabajaba horas extra para hacer lo mismo con su cabello y sus orejas. Su bronceado profundo ocultaba cualquier rubor en sus mejillas.

La primera vez que vio el atuendo, Zhan-Yo se había reído. Había criticado la ineficiencia de la prenda cuando existían tantas otras ropas más prácticas. Sin embargo, cuando Sylvie se deshizo de sus antiguos guardaespaldas, usando la flexibilidad del traje para bailar alrededor de sus torpes golpes, Zhan-Yo dejó de reírse. Cuando Sylvie continuó eliminando a sus enemigos, siguió manteniendo a Ziran avanzando por callejones oscuros, Zhan-Yo dejó de cuestionarla.

Ahora la escuchaba.

—La reunión fue bien —dijo Zhan-Yo, mientras los dos iniciaban un lento paseo por la orilla del lago—. Cada vez llaman más. Estamos cambiando sus mentes.

—¿Pero se comprometerán? Cuando realmente se lo pidas, ¿actuarán?

—No lo sé. —La admisión, como cualquier mirada dura a un sueño, vino con una mueca—. Arriesgan poco con estas reuniones. Lo arriesgan todo al levantarse.

—Por eso no puedes darles opción.

—Dependen de la estructura para sobrevivir, y nuestro plan la desgarraría. —A su izquierda, los coches autónomos pasaban en un flujo constante mientras algún evento en el Soldier Field terminaba, miles de personas saltando a los vehículos que esperaban y dirigiéndose a casa—. Ziran, sin embargo, necesita esa misma estructura. Necesitamos cambiar el mundo, no destruirlo.

—Entonces impulsa el cambio —dijo Sylvie—. ¿Viste el video?

—Está vulnerable.

Incluso decir las palabras se sentía mal. Como negar la gravedad. Aegis había sido el Campeón líder desde que existían los Paragones, y su inmortalidad, al menos frente al daño físico, había sido una constante en el mundo casi tanto tiempo como Zhan-Yo había sido un jugador en él.

—Él es tu cambio. Tu oportunidad.

—Quieres matarlo.

—Ayudaría.

Había tantas razones por las que Zhan-Yo mantenía a Sylvie oculta. Pagaba su salario, su presupuesto, y la mantenía fuera de las nóminas de Ziran. Brutalmente eficaz, y a menudo simplemente brutal, Sylvie abordaba las situaciones con la cortante guía negra de que el fin justifica los medios. Siempre lo había hecho, y siempre había sido buena en ello, incluso si los desastres que dejaba atrás hacían que Zhan-Yo cuestionara su conciencia más de lo que quería.

—El asesinato no inspira —dijo Zhan-Yo—. No estamos limpiando un desastre aquí.

Las manos de Sylvie habían permanecido metidas en los bolsillos todo este tiempo, pero Zhan-Yo notó el cambio en el abrigo cuando Sylvie las apretó en puños—. Basta ya. No eres tan débil. ¿Toda esa gente que se une a tus reuniones? Son tiburones, Z. Olerán la sangre cuando la derramemos, y seguirán tu ejemplo en el frenesí.

Zhan-Yo no dijo que nunca quiso ser un líder sangriento, que restaurar a los normales a tener voz en los asuntos mundiales no estaba destinado a ser un levantamiento violento. La idea había sido la lenta acumulación de poder en los canales secundarios. Llenar todas las grietas con normales, hasta que los Paragones tuvieran que admitir que su sociedad se derrumbaría sin la contribución de los normales, sin Ziran y los demás. Luego, un cambio pacífico. La incorporación de oficinas como las que ocupaban su padre y su madre. Un gobierno que representara a toda su gente, no solo a los que tenían poder.

Había sido ingenuo. Ziran había crecido enormemente en las décadas de Zhan-Yo, y cada paso había manchado más y más la misión a medida que Zhan-Yo encontraba cerrados esos caminos hacia el poder real. Jugar según las reglas permitió que su empresa creciera mientras Zhan-Yo se encogía, convirtiéndose cada vez más en una herramienta de los Paragones que en un líder. La ruptura llegó hace años, cuando los Paragones le dictaron las prioridades de Ziran. Encontró a Sylvie poco después, en una búsqueda desesperada de una palanca para levantar el aplastante peso de los Paragones.

Con la ayuda de Sylvie, Ziran consolidó en secreto su dominio en los mercados, eliminando a cualquiera que se atreviera a oponerse a las adquisiciones secretas, compras de armas y más de Zhan-Yo. Con la astucia de Wexley, los Paragones menores fueron sobornados y manipulados, y Zhan-Yo alimentó su visión y la usó para inspirar a los empleados, mientras las otras compañías se alineaban bajo presión tanto filosófica como real. Nada de esto había sido limpio, todo había sido necesario para construir la revolución.

¿Se echaría atrás ahora, por un cuerpo más?

—Si Aegis es sacado del camino, podemos llenar el vacío —dijo Zhan-Yo, asintiendo hacia Sylvie—. Con nuestra influencia, podemos asegurarnos de que el Paragón que tome su lugar sea simpatizante de nuestra causa.

—Más que simpatizante. Podemos ser sus dueños. Asegurar su obediencia.

—Entonces conseguiremos nuestros cambios. Primero aquí, la costa este, todo Atlantis. Luego Pacifica. —Ziran y las otras compañías eran globales. La presión que podían ejercer aquí, podría ejercerse en cualquier parte—. No tomaría mucho tiempo.

—Todo lo que se necesita es un comienzo, Z. Hemos estado buscando una oportunidad, y ahora la tenemos.

—Requerirá planificación. Tiempo.

La mano de Sylvie salió disparada, agarró el brazo de Zhan-Yo y lo giró hacia ella. —No demasiado. Aegis es viejo. Si se retira, selecciona a uno de sus Paragones, entonces habremos perdido nuestra oportunidad. Tenemos que movernos mientras aún esté ahí fuera, mientras aún sea la cara de su opresión.

Estaban casi en el extremo norte del Millennium Park ahora, y a su izquierda los espectáculos ostentosos que adornaban el espacio mamut zumbaban con las multitudes de la noche tardía haciendo helados intentos de patinar sobre hielo. Además de la gran pista, los Paragones habían instalado estatuas dinámicas de vidrio en movimiento, cada una representando a un Campeón fundador, moviéndose, muy lentamente, en órbitas progresivas alrededor del parque. El tema tenía algo que ver con el movimiento, la mejora continua... Zhan-Yo no lo recordaba y no importaba. Las estatuas eran feas, y por la noche sus propias luces lavaban sus rasgos de modo que parecía como si gigantes luminosos sin rostro acecharan el centro de la ciudad.

—No estarías diciendo esto si no tuvieras ya un plan —Zhan-Yo asintió más allá de Sylvie, hacia las estatuas en movimiento—. Son una monstruosidad absoluta.

—Creo que son interesantes —dijo Sylvie—. ¿Cuántas piezas de arte conoces que puedan lastimar activamente a alguien?

—Basta. Estoy demasiado cansado para tu rutina sanguinaria esta noche.

—Entonces sé serio conmigo. —Sylvie señaló la estatua en movimiento de Aegis—. Tenemos que derribarlo, y pronto, o perderemos impulso. Tengo un plan. —Sylvie hizo una pausa, y la forma en que sus cejas se arquearon por un segundo, junto con las comisuras de su boca, le dijo a Zhan-Yo que guardara silencio—. Si soy honesta, y lo soy, por una vez, ya lo he puesto en marcha.

—Así no es como se supone que debe funcionar esto.

—Me diste libertad. Me dijiste que hiciera el trabajo. Esto es lo que estoy haciendo. —Comenzaron a caminar de nuevo—. Tengo un equipo que viene a la ciudad.

—¿Quieres hacerlo aquí?

—Justo en la sede de Ziran. Nadie dudará de nosotros entonces.

El frío amargo parecía morder más profundo y Zhan-Yo se ajustó la chaqueta. Sylvie no parecía notarlo en absoluto mientras continuaba, hablando de un detalle tras otro y tejiendo una red tan hermosa que Zhan-Yo se encontró creyendo, a pesar de sí mismo, que Sylvie podría tener razón. El momento de atacar *era* ahora. Aegis caería, y los Paragones serían vulnerables.

—Yo iniciaré la revolución —concluyó Sylvie—. Tú y Wexley pueden terminarla.

CAPÍTULO 12

UNA VISITA NO TAN AMISTOSA

INCLUSO ENTRE LAS torres de Manhattan, a Mynx no le costó encontrar el Bastión. El bosque de acero crecía cada vez que lo visitaba, pero localizar la fortaleza física de Aegis nunca le llevaba más de un segundo de mirada al horizonte: ya no era el edificio más alto, pero el Bastión brillaba con un intenso color carmesí en sus bordes. Hacia la cima, esas luces rojas se fusionaban en un núcleo luminoso sólido, como si el Bastión fuera un súper arma cargándose para algún disparo hacia el cielo. Conociendo a Aegis, incluso podría *ser* un arma ahora.

El jet de Mynx ajustó el acercamiento, elevando sus motores y preparándose para inclinarlos para un aterrizaje directo. Mynx monitoreaba el tráfico aéreo desde la pantalla proyectada en el cristal de la cabina, una superposición en la vista que resaltaba cualquier preocupación en tonos que iban desde un verde hoja seguro hasta un amarillo de advertencia. No había rojos de qué preocuparse a esta hora tardía, con el reloj acercándose a la medianoche. Sus propios drones se deslizaban sobre la ciudad y vigilaban a una población agradecida.

Hizo una mueca al ver la hora: más tarde de lo que Mynx

quería llegar, pero Reeves la había acosado con estadísticas actualizadas sobre sus cambios en el dron gladiador, y se había sumergido en un profundo pozo algorítmico hasta que Reeves, de nuevo, insistió en que se fuera.

Celice le había pedido a Mynx que viniera aquí para evitar que Aegis hiciera algo estúpido, y aquí estaba, mucho más tarde de lo que había prometido. Tendría que compensárselo a Celice de alguna manera, tal vez colocando drones sigilosos en el rastro de Aegis para mantenerlo a salvo.

—Ahí está —la voz de Aegis estalló en la cabina a través del canal Paragon que Mynx dejaba abierto para emergencias —. Celice dijo que vendrías por aquí. Empezaba a pensar que estaba bromeando. Intentando mantenerme en casa por una noche.

—Ya voy —Mynx ocultó el alivio en la voz de Aegis con el filo pulido por la lógica que había empleado toda su vida adulta—. Se tarda un tiempo en volar de costa a costa.

—Buen intento. Reeves ya nos dijo por qué llegarías tarde —dijo Aegis—. Deberías enseñar a tu IA a mentir.

—Es difícil pensar en algo más peligroso que eso —Las torres de Manhattan estaban ahora debajo de ella, y pronto la flecha roja del Bastión apareció en la pequeña pantalla bajo el parabrisas, una que Mynx había configurado para mostrar la cámara inferior del avión—. ¿Te importa dejarme aterrizar?

—Supongo que es lo mínimo que puede hacer una vieja amiga.

La herida de Aegis parecía peor de lo que Mynx había imaginado. Trazó un círculo alrededor de los bordes amoratados en negro y azul, negando con la cabeza mientras Aegis suspiraba. Celice, de pie detrás de Mynx en el centro de mando y observación del nivel superior del Bastión, señaló, por tercera vez ya, que Aegis podría haber muerto.

—No se equivoca —Mynx ofreció un apoyo simbólico a Celice, aunque, en realidad, cualquier Paragon podía morir en cualquier momento. Era parte del trabajo—. ¿Dijiste que ha pasado un día desde que esto sucedió?

—Más o menos —dijo Aegis.

—Te estás volviendo más lento —Mynx se puso de pie, se llevó un dedo a los labios, todavía mirando la herida de Aegis.

—¿Más lento? —preguntó Celice—. ¿Qué significa eso?

¿Significaba eso que Aegis no se lo había dicho? Mynx le envió la pregunta a Aegis con una mirada, y la repentina mirada de Aegis hacia el suelo mientras se ponía la camisa dio toda la respuesta que Mynx necesitaba.

—Tu padre no ha sido invencible durante décadas —dijo Mynx, moviéndose de entre padre e hija para apoyarse en las barandillas presionadas contra el cristal—. Pero se repara (curar no es la palabra correcta, es más como si el daño desapareciera) tan rápidamente que es más o menos lo mismo.

—Todavía lo es —gruñó Aegis—. Estoy bien.

—¡No estás bien! —dijo Celice—. ¡Has estado favoreciendo ese brazo todo el día! ¡Estabas sangrando cuando volviste anoche!

Aegis parecía querer estar molesto con Celice pero no podía obligarse a gritarle a su propia hija. El hombre siempre había sido un blando cuando se trataba de su propia familia. Mynx nunca lo diría, pero si la presionaran, admitiría que esa actitud laxa era la razón misma por la que Mynx estaba aquí en lugar de la madre de Celice. Pero como Tessa no estaba aquí, Mynx tenía que hacer de pacificadora.

—Aegis —dijo Mynx, levantando su brazo, y su Tama—. Veamos si realmente estás bien. Escudo Trig.

Desde el techo, lo que parecían vigas de metal de soporte se plegaron entre sí y cayeron al suelo, organizándose y poniéndose de pie en un dron esbelto y asesino. Brazos y piernas giratorios, todos terminando en bordes viciosos, se alzaban dos metros de alto y listos para cortar en pedazos a cualquier intruso que atacara a Aegis o Celice.

—Protocolo de prueba —continuó Mynx, y el dron escudo se congeló en su lugar—. Muy bien, Aegis, dale un golpe. Muéstranos.

Aegis le lanzó a Mynx una mirada que decía que escucharía mucho sobre esto más tarde, pero Mynx no era la hija de Aegis y no le importaba. Mantener el orgullo del Campeón a raya, para que no muriera haciendo algo estúpido, era más importante.

Celice se movió y dejó que Aegis se acercara al dron. El alto Paragon, aparte de la barba plateada y el gris en su cabello, las arrugas que cubrían su rostro, tenía todos los músculos de su juventud. Formidable, incluso si tal trabajo de puños estaba desactualizado. No importaba cuántos bancos de pesas levantara Aegis, los drones de Mynx serían más fuertes. Aegis trató de resistirse a eso aquí, pero cuando levantó su brazo izquierdo para dar un golpe, hizo una mueca de dolor y lo dejó caer. Maldijo.

—¡Exactamente! —gritó Celice—. ¡Eso es lo que estoy diciendo! ¡Ya no puedes hacer esto!

—Tiene razón, Aegis. Eres demasiado importante para andar peleando con matones por la noche.

Aegis los miró a las dos, y por primera vez desde que eran jóvenes, desde que exploraban los límites de sus habilidades en las calles de Nueva York en las primeras horas de la mañana, Mynx vio la preocupación frenética de alguien que ya no sabía dónde encajaba en su propio mundo.

CAPÍTULO 13

REBELDE CON CAUSA

AEGIS DEJÓ a Mynx durmiendo una siesta en Bastion mientras el sol bombardeaba la ciudad con su luz invernal y tomó un coche cápsula de Paragon hasta un jet de Paragon que, con el zumbido potente de la energía concentrada de las baterías, llevó a Aegis a Boston en treinta minutos. De este modo, el Campeón, vestido con un discreto forro polar gris de Paragon y unos vaqueros, sorbía un café negro cargado mientras observaba a los valientes corredores invernales que trotaban por Boston Common antes de las nueve.

Las cápsulas desfilaban por la calle entre Aegis y el parque, que, cubierto de nieve, parecía un oasis en medio de la actividad que lo rodeaba. La cafetería, resistiéndose firmemente a la automatización, recibía a los clientes matutinos que pedían sus bebidas con tono apresurado y esperanzado. Un nuevo día que comenzaba con estrés y una oportunidad de éxito. Aegis no vio ni un solo azul Paragon entre los que esperaban en la fila.

Lo que significaba que todos los presentes tenían un límite superior estricto de hasta dónde podían llegar antes de alcanzar el tope de reputación de Paragon. Una necesidad para frenar la codicia, la destructora desenfrenada de la civilización.

Una persona ocupó un banco al otro lado de la calle, la señal para que Aegis terminara su café, deslizara la taza de cerámica en un contenedor de plástico que algún dron recogería y lavaría —la cafetería no era tan rebelde como para mantener sus tareas más serviles en manos humanas— y saliera al frío. Si la cafeína que había consumido cumplía con la mitad de la tarea de mantener a Aegis despierto después de la larga noche, el viento cortante se encargaba de la otra mitad. Cuando Aegis tomó su lugar junto a la persona, no pudo evitar sonreír: esto era la vida.

—¿Una sonrisa? No es lo que habría esperado —el propio divertimento de la mujer se filtró en su voz, junto con sus raíces sureñas—. Esta no va a ser una conversación feliz.

—Nunca lo es —respondió Aegis. Las cápsulas ininterrumpidas y ultraeficientes se desplazaban de un lado a otro, su única variación provenía de los anuncios que se mostraban en sus techos y las pinturas: tonos y formas translúcidas como diamantes y círculos para que todos supieran qué distritos cubría cada coche cápsula. Avanzaban a toda velocidad con el crujido de sus neumáticos y nada más—. Pero es tu culpa que tengamos que hablar.

—Por el bien de ambos, ignoraré eso —dijo Rosamund.

Aegis no estaba seguro de cómo llamarla; los Elementales tenían una jerarquía de la misma manera que un árbol ordena sus hojas: algunas eran mejores que otras y todas estaban relacionadas, pero era difícil trazar un camino de una a otra. Rosamund, sin embargo, parecía ser con quien Aegis se reunía cada vez que los Elementales causaban suficientes problemas como para merecer la atención de Paragon. Y según Pixie, que esperaba y posiblemente observaba desde algún lugar cercano, los Elementales habían cruzado esa línea.

—Están ayudando a ocultar anomalías —dijo Aegis—. Les

hemos permitido salirse con la suya durante mucho tiempo, pero no podemos dejar que su campaña se extienda a los criminales.

Pixie había enviado detalles después de la llamada de ayer. Había habido intentos de liberar a anomalías peligrosas que los Paragones de Atlantis mantenían en una prisión remota del norte apodada "La Nevera". Desde dispositivos introducidos a escondidas hasta prisioneros interceptados durante los traslados y protestas abiertas, el gradiente de acción era demasiado amplio para ser esfuerzos aislados. Los Elementales eran el único grupo de anomalías sustancial que se atrevería a intentar algo así, y Aegis no se sorprendió cuando recibió la rápida respuesta de los Elementales confirmando la reunión de esta mañana.

Querían algo, y ahora tenían su atención.

—No todos son criminales —dijo Rosamund—. Que no quieran unirse a tu imperio no significa que merezcan ser encarcelados.

—No necesito que se unan a los Paragones. No realmente. Pero necesitan ser rastreados. Estas personas podrían ser peligrosas. Lo sabes.

—Son inocentes.

—Y tú eres ingenua. O bien tú...

—Mira —Rosamund señaló hacia arriba, a un dron del tamaño de un coche que sobrevolaba lentamente—. Cada momento estamos siendo vigilados. Esto no es libertad. Incluso si tus intenciones son buenas, si no te recordamos que lo que estás haciendo está mal, pondrás a todas las anomalías en tu caja.

Aegis se frotó las manos y sacudió la cabeza.

—Ah, claro. Todas las anomalías pueden andar sueltas. Sin control. Luego, cuando una se enoje y haga estallar una manzana de la ciudad, o cuando otra tenga un mal día y envenene el suministro de agua con solo mirarlo, ¿qué crees que va a pasar? Los normales no lo aceptarán. Quieren protección, y si no se la damos, nos matarán a todos.

—Tienes tan poca fe en tu propia gente.

—Los conozco.

—¿De verdad? —Rosamund se volvió hacia él, y Aegis vio las arrugas en su rostro mientras ella veía las canas en su pelo—. ¿Qué pasará cuando te vayas? ¿Todos los Paragones verán el mundo como tú lo ves, como un espectro de poder y quién tiene más?

—Habrá una transición. Los Paragones continuarán.

—Estoy segura —Rosamund miró su Tama y luego a Aegis—. Vine aquí con una oferta para ti. Cesaremos nuestras actividades aquí y mantendremos la calma en todas partes si nos invitas a tu cumbre.

¿Los Elementales sabían de eso? El mensaje solo se había enviado a los Campeones y a unos pocos Paragones de alto rango ayer después de su reunión. Aunque, ¿qué tan sorprendente era descubrir que la organización renegada de anomalías tenía oídos dentro del mando de los Paragones? Por lo que Aegis sabía, podrían tener a alguien con la capacidad de leer su mente y transcribir sus pensamientos.

Ese era el problema con las anomalías: literalmente todo era posible.

—No permitiré que lo interrumpan —dijo Aegis.

—Afirmas que los Paragones representan a todas las anomalías. Si eso es realmente cierto, entonces nos permitirás asistir a nosotros, que hablamos por los tantos invisibles que te niegas a reconocer. Nos dejarás tener voz en el futuro.

—¿O qué, Rose? Podríamos aplastarlos en un instante si diera la orden.

En respuesta, Rosamund se puso de pie. Juntó las mangas mientras entrelazaba las manos frente a ella. —Siempre hay consecuencias, Aegis.

—No me gustan las amenazas, Rose —Aegis alzó la voz,

llamándola mientras Rosamund se alejaba, cruzaba la calle y subía a un pod que la esperaba.

Aegis se recostó en el banco. ¿Invitar a los Elementales a la cumbre? Tantos Paragones que asistirían habían pasado sus carreras luchando contra la organización, frustrando sus intentos de socavar lo que los Elementales creían que era un gobierno injusto y autoritario. Lo que los Elementales se negaban a entender era cuán necesarios eran los Paragones, cuán peligroso había sido el mundo y volvería a serlo si los normales y las anomalías pudieran vivir con absoluta libertad. Sería el caos. Todos vivirían en constante temor.

Los corredores pasaban rápidamente y Aegis quería agitar su brazo hacia ellos, continuar argumentando. Pero Rosamund se había ido hacía tiempo, y había dejado claras las condiciones. Lo que no había demostrado era el costo de ignorarlas.

Por eso el agotamiento volvió a apoderarse de él cuando su Tama vibró. El rostro de Pixie apareció en la pequeña pantalla de la banda negra. Esta vez no había niños, solo un estricto uniforme de Paragón, uno destinado a una misión, no para la oficina.

—Supongo que la conversación no salió bien —dijo Pixie.

—¿Qué sucede?

—Estábamos haciendo un traslado de celda, y alguien le inyectó adrenalina a Thane hace un minuto. Está escapando, Aegis. Nos estamos movilizando, pero podríamos usar algo de ayuda.

Celice le suplicaría que no fuera. Mynx diría que no era necesario, que podía convocar un ejército de drones para que se dirigieran allí. Ambas tomarían tiempo. Ambas le costarían liderazgo y reputación antes de la cumbre. Ambas eran inaceptables.

—Voy en camino.

Siempre hay consecuencias.

CAPÍTULO 14

NO QUIERO FORMAR PARTE DE ESTO

EL LAMETÓN de Seeker la despertó. La luz que se colaba por las ventanas orientadas al este indicaba que era media mañana, y al tercer parpadeo Kat se dio cuenta de que estaba sola. Se estiró, extendiendo piernas y brazos por los cañones de las sábanas, sintiendo cómo los músculos, ya sin dolor, se deleitaban con el ejercicio. Seeker observaba todo, sentado cerca de la cama y mirándola con la lengua colgando por un lado de su boca.

—¿Qué? Tengo derecho a disfrutar de mi mañana.

Kat miró del perro a la ventana; un claro día de invierno. Luego al ventilador inmóvil del techo. Un modelo antiguo con aspas. No ofrecía respuestas. Así que, con una repentina energía provocada por una vejiga inquieta y el conocimiento de que Seeker, si se le dejaba divagar mucho más, se lanzaría en picado sobre la cama, Kat se arrancó de su acolchada prisión y se ocupó de sus asuntos, sin molestarse en leer la breve nota que Gordon había dejado usando la única opción de escritura disponible: Su ordenador. Allí estaba, en caracteres estáticos en la pantalla, ampliados para que no pudiera pasarlos por alto. Ese era el problema con las contraseñas de proximidad: solo porque su Tama estaba en la habitación y

Kat no la había bloqueado, Gordon había podido acceder a su posesión más valiosa. Lo cual a Kat no le habría importado, pero entonces leyó la nota.

—Imbécil —maldijo Kat, y luego miró a Seeker, que había ladeado la cabeza y tenía los ojos muy abiertos—. Tú no. Gordon.

El rastreador había dejado un par de líneas. Una disculpándose por tener que irse tan temprano, y la otra explicando el porqué: otro rastreador había enviado una pista sobre la anomalía y quería investigarla. Que Gordon no hubiera despertado a Kat significaba que no quería que ella apareciera, haciendo las cosas incómodas cuando el otro rastreador intentara reclamar la anomalía para sí. O tal vez Gordon simplemente no quería hablar por la mañana.

Bien. Lo que sea.

Kat borró la nota, abrió sus informes y leyó el contador de reputación. Algunos más habían llegado durante la noche. Paragones haciendo cosas a todas horas. Luego pasó al tablero de rastreadores, para ver si se habían publicado otras pistas en la zona. Dos. Ambas de pequeñas anomalías, poderes menores que habían sido detectados por un dron. Kat podría ir tras ellos, con la esperanza de que se convirtieran en buenos ingresos. Ninguno supondría tanto problema como Vedder.

Pero.

—Sabes que es una estupidez, ¿verdad? —dijo Kat a Seeker—. Debería simplemente tomar las opciones seguras.

Seeker resopló.

—¿Qué? Eso no es ser cobarde.

Un ligero gruñido, y luego Seeker se acercó a Kat, puso su hocico en su regazo y la miró. Su pelaje color crema brillaba con la luz del sol, su cola se movía de un lado a otro, exigiendo actividad pronto o seguiría una destrucción inquieta.

—Vale. Vale. Iremos a dar un paseo. A ver si podemos detectar algo.

Buscar anomalías no era un gran uso del tiempo; comparado con los infinitos ojos de la red de drones de Mynx, la búsqueda de Kat por su cuenta ni siquiera se registraba, pero las máquinas buscaban un cierto tipo de anomalía: una que usara sus poderes abiertamente o causara problemas. Con Seeker olfateando todo, Kat podía caminar despacio, estar atenta y ver si tenía suerte con una anomalía común y corriente, no amenazante.

Esta vez, Kat fue hacia el oeste. Hizo un corto viaje en tren, con Seeker desparramado en el suelo del vagón durante el trayecto poco concurrido de mediodía. Los parques eran más abundantes por aquí, menos abarrotados. Pocos drones se molestaban en patrullar estos cielos también, lo que significaba más oportunidades.

Uno por ciento. Esa era la estimación para la población de anomalías. Un uno por ciento y lo habían cambiado todo cuando aparecieron por primera vez, y ahora dirigían el mismo mundo que los creó. Kat no podía recordar los detalles específicos de cómo surgieron las anomalías —demasiada química y gente esperando una cosa y obteniendo otra—, pero la creencia general era que si bebías el agua cuando eras joven, tenías la oportunidad de ser algo mucho más grande de lo que los genes de tus padres por sí solos te permitirían.

A veces, los padres ganaban esa lotería. A veces, los niños no obtenían nada.

Seeker vio el parque desde el momento en que salieron del tren. A diferencia del que habían ido el día anterior, este tenía árboles e incluso un pequeño río congelado. Todas cosas que exigían la atención inmediata y total de Seeker. Tiró de la correa hasta que bajaron las escaleras de la estación, y entonces Kat lo soltó. Aunque Seeker tenía que cruzar una calle para llegar allí, los pods lo vieron venir y pausaron sus rutas durante los segundos exactos que le tomó al husky pasar corriendo.

—Mujer valiente, dejando ir a tu perro así —dijo un hombre que vendía café y chocolate caliente en la estación—. Yo no confiaría en que esas cosas no lo atropellen.

—¿Cuándo fue la última vez que oíste de un pod atropellando a alguien? —preguntó Kat, mirando el café y debatiendo si la taza que había tomado en el apartamento era suficiente.

—¿Sabes por qué no lo oyes? —respondió el hombre—. Porque pagan a las personas que atropellan. Les dan reps para mantenerlos callados, para que el sistema siga funcionando.

Así que el hombre estaba loco, pero el café olía bien, así que Kat tocó su Tama y tomó una taza. Dieciséis onzas de gloria indestructible forjada en metal para beber, completa con un rastreador para que si Kat la sacaba de circulación, algún dron pudiera encontrarla, limpiarla y devolverla a su propósito original. Podría ser pesada, pero sin duda era mejor que tener basura constante de plástico y papel por todas partes.

Con Seeker interesado en unos arbustos enterrados en la nieve, Kat siguió caminando más allá del parque hasta la siguiente manzana, donde las casas más antiguas revelaban el descuido de sus dueños a través de largas lanzas de hielo colgando de cada borde. Frente a la tercera casa, una de dos pisos de color azul claro que parecía más nueva que las otras, un niño amontonaba nieve en un intento de hacer un muñeco. Al principio Kat se preguntó por qué el niño no estaba en la escuela, luego contó todas las posibles razones de las que no estaría al tanto y dejó de pensar en ello.

—¿Vives aquí? —preguntó Kat al niño, quien solo notó su presencia cuando ella habló.

Él la estudió con la evaluación practicada de alguien que había tenido encuentros con extraños poco amables, una frialdad que hizo fruncir el ceño a Kat, antes de que el niño concluyera que Kat, con su chaqueta, guantes y gorra de CytoGenX, no representaba una amenaza. Dejó caer la nieve, se volvió hacia ella y luego señaló la casa.

—¿Te refieres a mi casa?

—Sí —dijo Kat, luego se agachó para igualar sus alturas—. ¿Cuándo se mudaron?

—¡La construimos!

Kat se quedó perpleja por un segundo. La construyeron. Supuso que habrían tenido que hacerlo. El porche era diferente, ahora que lo miraba. Más largo, con barandillas rectas y funcionales en lugar de las curvas y talladas que había antes. Y el segundo piso también era más grande, tal vez un baño adicional. Mejoras por todas partes.

—Oye, ¿quieres algo? —un hombre abrió la puerta principal, con un suéter y jeans que decían que este era su día libre y no estaba muy contento con la interrupción.

—Lo siento, no —dijo Kat, poniéndose de pie—. Solo solía vivir por aquí.

El hombre no dijo nada. Se quedó de pie observándola mientras el niño volvía a su muñeco de nieve hasta que Kat, sintiéndose cada vez más incómoda, se marchó. Regresó al parque para recoger a Seeker, que ahora corría con otro perro con el que se había hecho amigo. Recogió un poco de nieve, la lanzó y observó cómo los dos perros la perseguían y luego se desconcertaban por la desaparición de la bola de nieve en un mar de sí misma.

Como si hubiera venido aquí buscando anomalías. A Kat le gustaba engañarse a sí misma. Meterse en situaciones que no iban a terminar bien, como perseguir a Vedder una vez que quedó claro que había dejado la ciudad por los rincones rurales y nevados de Wisconsin que daban más trabajo del que valían, con promesas astutas que, ella sabía, eran falsas. Cuando las mentiras se desenmascaraban, como esta lo hizo mientras lanzaba otra bola de nieve para Seeker, Kat tenía que enfrentar las razones reales, y esas nunca eran tan divertidas como las que se inventaba.

Era difícil creer que ya la hubieran reconstruido. La última vez que Kat había dado un paseo por aquí, la casa no era más que un caparazón. Quemada, con cenizas aún esparcidas por el jardín. Un cartel de condenado advertía a los transeúntes que se mantuvieran alejados sin decirles nada sobre lo que había sucedido dentro de las paredes. Habría sido algo extraño de ver para cualquiera que no estuviera familiarizado, como si se hubiera encendido un fuego y cuidadosamente controlado para quemar solo ciertas partes. Explosiones localizadas, tal vez, como fuegos artificiales detonados en lugares designados para hacer estallar todas las ventanas pero mantener la estructura intacta. Nadie nunca adivinaría...

Seeker ladró a sus pies. Su amigo había desaparecido. Kat suspiró y se agachó para rascarle las orejas.

—¿Tienes hambre? —dijo Kat, estremeciéndose cuando una brisa fría trajo consigo el olor del vendedor de perritos calientes—. Yo sé que yo sí.

Había restaurantes aquí, tiendas de sándwiches, o incluso ese vendedor ambulante, pero Kat podía sentir que sus recuerdos se agitaban. Si se quedaba aquí mucho más tiempo, caería en un estado de ánimo que la dejaría fuera de combate el resto del día. Era hora de volver a casa, ver si el dato de Gordon sobre esa anomalía había dado resultado. Ver si se iría de nuevo.

Ver si siquiera le importaría.

CAPÍTULO 15

EL HOMBRE DE CONFIANZA

EL MERCADO DEL MEDIODÍA, incluso en el frío, bullía con los trabajadores en su pausa para el almuerzo. Zhan-Yo percibió la incomodidad de Wexley mientras caminaban entre las filas para conseguir cualquier sándwich, kebab o taco que pudieran imaginar. La cafetería corporativa de Ziran servía comida con eficiencia profesional y a un costo de representación subvencionado que la hacía asequible para los técnicos, vendedores y personal de apoyo que dominaban su torre en Michigan Avenue. Lo que le faltaba, y lo que este mercado, apretujado en un espacio intencionalmente vacío entre rascacielos, tenía, era carácter.

—Estamos perdiendo el tiempo —dijo Wexley—. ¿No tenemos reuniones esta tarde?

—Estoy seguro de que sí —respondió Zhan-Yo, y entonces, al ver un puesto que vendía lo que buscaba, giró bruscamente hacia el final de una fila. Wexley se unió a él, mirando alternativamente su Tama y a la gente a su alrededor, como si la multitud fuera, de alguna manera, responsable de que él estuviera allí—. Sin embargo, como somos el número uno y dos de esta empresa, estoy seguro de que nos esperarán.

Wexley murmuró algo no comprometedor. Zhan-Yo, con

sus gafas de sol bloqueando la luz reflejada, echó un vistazo rápido hacia el cielo y el dron que flotaba allí, y luego de vuelta a lo largo de la fila frente a él. Una mezcla económica reunida por sus Tamas, muchos conectados a las redes que su empresa construía, mantenía y perfeccionaba. Todo para que pudieran hacer pedidos para sus amigos, para que pudieran compartir fotos de la comida que estaban a punto de conseguir, para que pudieran mantener sus vidas en orden.

Y pronto, pronto, para que participaran en el orden que definía sus vidas.

—Pareces diferente, Z —dijo Wexley—. Hoy, quiero decir. No lo tomes a mal, pero ¿pareces más feliz?

—Hoy tengo claridad —Zhan-Yo mantuvo las manos en los bolsillos de sus finos pantalones grises. La gruesa chaqueta lo mantenía lo suficientemente abrigado, evitaba que el viento lo tocara, incluso mientras su aliento se empañaba y se unía al de todos los demás—. Todos buscamos un propósito, y aunque tú y yo hemos conocido el nuestro desde hace tiempo, cómo lograrlo ha sido un misterio.

—¿Por la llamada de ayer? Pensé que era un progreso, pero no el salto que estás dando.

Había que tomar decisiones. Zhan-Yo confiaba en Wexley para las operaciones de Ziran, de eso no había duda, y Wexley se había ganado esa confianza. El hombre trabajaba con un celo fanático, pasando demasiado tiempo asegurándose de que Ziran cumpliera con todos y cada uno de los plazos, de que sus empleados llevaran a cabo todas y cada una de las tareas de manera profesional. Zhan-Yo podría ser el líder espiritual de la empresa, pero Wexley mantenía a Ziran funcionando.

Y sin embargo.

Zhan-Yo ya tenía una aliada peligrosa en Sylvie, que adoptaba un enfoque despreocupado para cruzar líneas morales y legales. Con el pasado torturado de Wexley, ¿cómo reaccionaría ante las ideas más oscuras? Habría caos con la revolución, oportunidades para que los inescrupulosos se aprovecharan. Zhan-Yo confiaría en el honor de Wexley, pero vigilaría a su amigo de todos modos.

—¿Qué le gustaría? —preguntó el empleado del puesto a Zhan-Yo cuando llegaron al frente de la fila.

Con un cálido pan de pita relleno de todo tipo de carnes, cebollas, pepinos y salsas en la mano, Zhan-Yo y Wexley encontraron el borde de piedra de un jardín elevado para sentarse. Si el aire se sentía frío, su asiento era hielo, pero Zhan-Yo no quería dejar atrás el sol. Además, otro lugar había ofrecido sidra caliente, y aunque la bebida de manzana no complementaba exactamente la comida mediterránea, su calor azucarado compensaba el choque de sabores. Estas cosas estaban destinadas a ser disfrutadas al aire libre, con los zapatos crujiendo en la nieve demasiado baja para las palas y las narices rojas por el viento.

—Has trabajado con nosotros durante mucho tiempo —dijo Zhan-Yo mientras terminaban sus sándwiches.

—Toda mi carrera —dijo Wexley.

—¿Y todavía crees en nuestra misión?

—¿La que está en el cartel del vestíbulo, o la de la que hablamos en el sótano de un centro comercial?

Zhan-Yo asintió. —La primera nos ha traído toda la riqueza que podríamos desear. La segunda nos dará la libertad para usarla.

—¿Qué es lo que no me estás diciendo? Te conozco desde hace mucho tiempo, Z, y no hablas en acertijos así.

Cierto. Un enfoque directo tendía a lograr más que construir un laberinto de palabras. Aun así, antes de continuar, Zhan-Yo necesitaba confirmar la lealtad de Wexley, que sin importar qué, Wexley se pondría del lado de Ziran, de Zhan-Yo y Sylvie.

—Estamos llegando a un punto de inflexión —comenzó Zhan-Yo—. Los Campeones del Parangón están envejeciendo.

Vulnerables. Nuestra oportunidad llegará pronto, antes de que nuevas anomalías puedan tomar su lugar.

—¿Crees que los Campeones estarán más abiertos a nuestras ideas ahora?

—No. Creo que necesitamos obligarlos a escuchar —Zhan-Yo hizo una pausa, observó el rostro estrecho de Wexley. Lo mantuvo inmóvil, mirando directamente a Zhan-Yo. No había terror en esos ojos verdes—. No nos respetarán a menos que nos vean como una amenaza.

Ahí estaba. Si Wexley quisiera, podría hacer señas al dron de arriba y denunciar la declaración de Zhan-Yo. Se lo llevarían a una celda del Parangón, donde traerían a alguna anomalía con habilidades para doblar la mente y romper el cerebro de Zhan-Yo y hacerle soltar todos los secretos que jamás hubiera tenido.

—Tienes un plan, o no me estarías contando esto —Wexley miró sus manos enguantadas—. Sabes lo que me costaron las anomalías. Quiero justicia, y no puedo obtenerla porque soy normal. Haría cualquier cosa por esa oportunidad.

—¿Incluso si implicara violencia? ¿Incluso si significara una disrupción total de todo esto? —Zhan-Yo señaló con la cabeza hacia el mercado.

—Lucharía contra ellos mañana mismo si creyera que podríamos ganar —dijo Wexley—. Si pensara que todos los normales se levantarían conmigo y que nuestro número podría destruir a los Paragones, lo haría. Pero tú y yo sabemos que eso solo conseguiría que nos mataran.

—No de esa manera. No con los Paragones unidos. No con los Campeones aún en pie.

—¿Quieres asesinarlos? ¿Cómo?

—No necesito que mueran —dijo Zhan-Yo—. Solo necesitan abrir los ojos.

—Para. Nadie tiene tiempo para tus frases crípticas —Wexley sacó su muñeca de la manga del abrigo y miró el

Tama—. Me has mantenido afuera. Hace frío, llegamos tarde a la reunión, y has logrado interesarme, así que dímelo. Sin rodeos.

Así que Zhan-Yo lo hizo. Omitió el nombre de Sylvie, lo mantuvo en un nivel general y amplio. No mencionó a Aegis, pero Wexley sí lo hizo, identificando el objetivo más probable que estaría aquí en Atlantis, en Chicago. Ir tras el Campeón más grande de los Paragones no hizo que Wexley pestañeara, ni que llamara al dron o declarara a Zhan-Yo loco. En su lugar, el hambre ardía en los ojos de Wexley.

En el vestíbulo de Ziran, centrada detrás de cuatro puertas correderas dobles que proporcionaban una barrera entre el aire frío del exterior y la fría atmósfera de la oficina, justo después de los detectores de metales y los drones de seguridad, se encontraba una fuente de bronce pulida hasta adquirir un brillante tono dorado anaranjado. Una estatua se alzaba en la base cuadrada de la fuente —del tamaño de una pequeña piscina— y, con chorros cortos rociando a su alrededor, servía como ídolo de la misión de Ziran.

La estatua comenzaba a la izquierda con un niño pequeño, de no más de tres años y aún encontrando su equilibrio, mirando hacia arriba y sosteniendo la mano de una hermana mayor. Ella, a su vez, se giraba hacia su izquierda, repitiendo la misma combinación de mirada y agarre con un hombre que debía ser su padre. Él, también, se conectaba con la abuela, la última sosteniéndose fuerte con un bastón en su mano izquierda. Solo ella miraba de vuelta hacia la derecha. Bajo sus pies, con la tierra de un cobre más brillante que los océanos, se encontraba un mapa del mundo. A lo largo de una placa en la base frontal, de cara a la calle, se leía la siguiente inscripción: *Conectando todo el mundo.*

Zhan-Yo, como hacía cada vez que entraba a la oficina, lanzó una moneda al agua de la fuente. Un centavo, que aún llevaba el rostro de Lincoln. Había muchos de esos, y se podían conseguir baratos. Al principio, el efectivo había sido atesorado, la gente intercambiaba reps por él esperando que los Paragones se dieran cuenta de la locura de su empresa y dieran marcha atrás. Sin embargo, cuando los años se convirtieron en décadas, y tener protectores invulnerables se convirtió en el estado preferido, los vestigios de un pasado no tan dorado se volvieron baratos.

Wexley se había adelantado, ofreciéndose para la vergüenza sacrificial de abrir la reunión primero y disculparse por su retraso. Zhan-Yo quería su momento con la fuente. Después de todo, su padre había puesto esa cosa aquí, y sin una tumba que visitar, este parecía el lugar más apropiado para presentar sus respetos.

Y comprometerse con el futuro.

CAPÍTULO 16
TRABAJO DE LABORATORIO

MYNX DEJÓ que el piloto automático la llevara de vuelta a California. Las tres horas de vuelo supersónico que pasó durmiendo contribuyeron en gran medida a que se presentara en el laboratorio de Denise con algún vestigio de humanidad. El té de Aegis, su único remedio para una noche pasada hablando de estrategias y contando historias, tenía la fuerza mediocre que cabría esperar de un Campeón cuyo cuerpo se esforzaba por mantenerse en perfectas condiciones y no necesitaba ayuda en ese aspecto; casi se había quedado dormida bebiéndolo.

—Dime algo bueno —le dijo Mynx a Reeves tan pronto como bajó del jet y volvió a los reconfortantes confines de la Fábrica—. ¿Cómo va nuestro gladiador?

—Tus cambios están teniendo, creo, el efecto deseado. El ochenta por ciento de las pruebas resultan en amenazas neutralizadas y un niño salvado. Muchos menos desenlaces espantosos.

En la Fábrica, donde las salas y los pasillos eran demasiado grandes para manejar altavoces integrados en todas partes, Reeves a menudo tenía que recurrir a un pequeño dron oscilante, cuyos cuatro ventiladores mantenían la pequeña caja en el aire y flotando cerca. Más allá de la bahía de aterrizaje del jet había dos opciones; a la izquierda y estaría de vuelta en el piso principal de la Fábrica, capaz de sumergirse en ese otro veinte por ciento. A la derecha, el transporte terrestre y las responsabilidades.

—Sigue perfeccionándolo. Quiero que ese veinte se reduzca a la mitad antes de que lancemos el modelo actualizado.

Lógicamente, la elección no era difícil. Físicamente, era excruciante. Mynx quería desplomarse y hundirse en el olvido. En su lugar, Mynx giró a la derecha, hacia las puertas que conducían al acceso de las cápsulas.

—¿Te vas tan pronto? —preguntó Reeves.

—Aegis fue agotador, pero demostró un punto, aunque no creo que fuera su intención. —Mynx tocó su Tama, convocando una cápsula. Podría haberle pedido a Reeves que lo hiciera y la IA habría sido más rápida, pero le gustaba demostrar que aún podía realizar tareas por sí misma—. Nos estamos desmoronando, Reeves. Esperaba que Denise tuviera la solución.

—No creía que la tuviera.

—Todavía no. Creo que es hora de ayudarla un poco y ver si puede encontrar una.

La Dra. Denise Jones dirigía un impresionante laboratorio de aspecto plateado que se extendía desde un campus médico mucho más grande cerca de UCLA, en el lado oeste de la ciudad. Con un marcado desnivel en su techo, el edificio del laboratorio parecía haber sido cortado en ángulo, un gran tope de puerta metálico conectado a sus hermanos mayores por una pasarela que atravesaba la autopista. Mynx escuchó varios artículos sobre el laboratorio durante el trayecto, todos coincidiendo en que Denise había recibido tanto el edificio como la financiación para sus ideas, pero los supuestos milagros habían resultado difíciles de materializar. Ahora, con la financiación agotándose, los buitres rondaban para hacerse con el edificio, el personal y el equipo.

El viaje llevó a la cápsula treinta minutos, una ruta que, en su momento y bajo las viejas reglas en las que todos conducían por sí mismos, habría tardado una hora en llegar desde el cañón donde Mynx había construido la Fábrica. Que las cápsulas aún mostraran esta ventaja casi una década después de la adopción universal parecía como restregarla en la cara, pero no se equivocaban. Por la pérdida de control, todos habían ganado tiempo. Adivina cuál de los dos querían más las personas.

A pesar de toda su espectacularidad, el laboratorio no invitaba a los visitantes. Más allá de un pequeño estacionamiento de cinco plazas para aquellos pocos que pudieran mantener cápsulas en el sitio, la entrada tenía un pequeño saliente que se cernía sobre su única puerta de cristal. Escrito en esa puerta, una de estilo antiguo con una manija para abrirla, se leía un texto de bordes afilados que decía *Double Helix, Inc.* Eso también había aparecido en los artículos: desesperada por salvar su laboratorio y su trabajo, Denise se había separado del mundo académico y había formado su propia empresa, ganándose enemigos en el proceso. Aun así, nadie más en el campo se había acercado siquiera a resolver la marcha inexorable de la biología.

—Un nombre sutil —dijo Mynx mientras leía las palabras en el cristal, luego se miró a sí misma en el reflejo. Llevaba un conjunto holgado que había clasificado bajo "relax" hace mucho tiempo, descubriendo que ahorraba tiempo cada día si organizaba su guardarropa en colecciones específicas para estados de ánimo específicos. Mynx solo tenía que decir la palabra y Reeves sacaría la selección perfecta—. Reeves, consígueme los registros de una *Double Helix* incorporada.

Reeves no habló, pero el Tama de Mynx vibró las veces necesarias para confirmar que la IA había recibido la orden. Mynx no confiaba del todo en Denise, y los artículos no habían ayudado mucho, aunque todos habían elogiado el atrevimiento de Denise frente al escepticismo general. Mynx alargó la mano para tirar de la manija de la puerta del laboratorio y la encontró cerrada. Notó un pequeño botón negro etiquetado como *Llamar* en el lado derecho de la puerta y lo presionó, dándole puntos a Denise por la seguridad.

—¿Hola? —dijo un hombre que sonaba sorprendido de tener que hablar—. Eh, ¿puedo ayudarla?

—¿Está por aquí la Dra. Jones? —Mynx puso una sonrisa segura. Señora mayor, de aspecto cansado, con las manos entrelazadas en la cintura. Tan inofensiva como se pueda imaginar—. Querrá hablar conmigo.

—¿Quién pregunta?

Ah, el momento de revelar el nombre. Cualquier placer que alguna vez hubiera sentido al pronunciar su título y ver la sorpresa, la duda y los tartamudeos finales de aceptación de varias personas se había disipado hace mucho tiempo en segundos agotadores que Mynx trataba de evitar siempre que fuera posible. Aquí, sin embargo, no veía otra opción que decir, con una dulzura goteante y afilada, su nombre.

Primero vino el silencio. Luego los ehs, la pregunta murmurada a alguien que estaba cerca sobre si Mynx era realmente Mynx.

Y entonces... —Entendido. La haré pasar ahora y puede esperar dentro, señorita, eh, Mynx.

—Gracias.

El cerrojo saltó, y Mynx tiró de la puerta para abrirla, dio un paso hacia ella y su Tama vibró. Le echó un vistazo, la pantalla de la banda mostraba un mensaje de Reeves:

Han reforzado las paredes del edificio. Bloqueará mis señales.

Interesante. Así que Denise o no quería que sus empleados enviaran mensajes en sus Tamas durante el día, o las ondas de telecomunicación del exterior podían interferir con sus experimentos. Mynx registró la información y continuó.

Al otro lado, un vestíbulo austero albergaba algunas sillas

desnudas adquiridas en alguna liquidación, colocadas contra una pared color crema pintada, a juzgar por las franjas descuidadas, por las mismas personas que trabajaban más adentro. Las luces, al menos, parecían de calidad profesional y bañaban la zona de un brillo estéril.

Carteles enmarcados que anunciaban los próximos productos de *Double Helix* salpicaban el espacio. Todos prometían milagros y todos terminaban con "próximamente". En general, el laboratorio ofrecía extrañas primeras impresiones, culminando con la sensación de que a Denise no le importaba mucho la apariencia.

Mynx podía respetar eso. Los resultados eran lo importante.

—No todos tenemos una Fábrica —el tono cálido de Denise provino de una nueva abertura, otra puerta doble cerrada con teclado, esta sólida y carente de la franqueza transparente de la primera—. Bienvenida a nuestro humilde laboratorio, Mynx. Me alegro de que hayas podido venir, aunque haya sido tan repentino.

—Las circunstancias pueden cambiar de repente. —Mynx estrechó la mano de Denise. Fría, húmeda. Como si acabara de untarse las palmas con desinfectante—. Me gustaría continuar nuestra conversación.

Denise asintió, luego hizo un gesto hacia atrás a través de la pesada puerta de una manera que decía que el hombre en el mostrador no necesitaba saber nada sobre la conversación. Bien, nada apestaba más a amateurismo que evocar algún principio de mente abierta donde todos en el laboratorio necesitaban saberlo todo. Nunca se sabía qué haría una persona con la información, por insignificante que fuera. Lo mejor era mantener su flujo restringido, particularmente de las personas.

En Reeves, podía confiar. ¿En los humanos? No tanto.

La oficina, a diferencia del vestíbulo, se había ganado un presupuesto extra. El escritorio de Denise tenía múltiples monitores fijos, un uso ineficiente del espacio comparado con las pantallas proyectadas tan populares en estos días, pero la superior fidelidad probablemente era una ventaja al examinar cadenas moleculares. Mynx reprimió una sonrisa que amenazaba con aflorar; los normales y su necesidad de equipos como este.

—¿Puedo? —preguntó Mynx tan pronto como Denise empezó a describir el experimento cuyos datos se desplazaban por los monitores.

—¿Puedes qué?

—Solo observa. —Mynx pasó junto a la científica, se acomodó en la silla de Denise, y luego extendió la mano hacia las pantallas.

El gesto no era necesario, pero parecía ayudar a las personas que veían esto por primera vez. Aunque, de nuevo, Mynx no sabría lo que Denise pensaba, qué expresión aparecía en su rostro, porque Mynx ya no estaba allí.

Bajo un cielo negro sin estrellas, Mynx se encontraba en el centro de un anillo de cabañas. Muy lejos de la mansión que había construido en los drones con su código estructurado y afinado. El software que intentaba analizar las muestras de Denise se mostraba como una colección en red de chozas parcheadas. Agujeros en los techos, chimeneas combadas, puertas colgando torcidas, todo mostraba una calidad descuidada.

A los pies de Mynx, piedras cubiertas de musgo marcaban las funciones fragmentadas que unían las cabañas, y el conjunto frente a ella conducía a la parte del programa que actualmente estaba en funcionamiento, la única cabaña cuyo fuego parecía encendido y cuyo humo se filtraba en un lento rizo. Se dirigió hacia ella, cuidando de mantener sus pies en esas piedras; tenía que seguir el código, y un paso en falso en el vacío negro alrededor de las rocas podría hacer fallar el programa y enviar a Mynx afuera.

O peor, atraparla en un congelamiento duro del que tendría que escapar.

Mynx, sin embargo, sobresalía caminando en un mundo de su propia creación. No soplaba viento, ninguna inclinación o deslizamiento de las piedras conspiraba para hacerla tropezar; aquí dentro, Mynx se movía con la silenciosa confianza de un espíritu.

La puerta de la cabaña no cedió cuando Mynx presionó su mano contra ella. La fuerza física no existía aquí, lo que significaba que los datos que el programa de Denise recopilaba tenían un sello bloqueando el acceso. Mynx tocó la puerta con la punta de su dedo índice y la madera destelló en azul oceánico antes de desintegrarse en código. Letras, números, símbolos, todos enjambraron, y Mynx escogió a través del laberinto.

—Ahí estás —Mynx articuló las palabras, escuchó el sonido en su mente, aunque ningún ruido real resonaba en este lugar.

Había encontrado el enlace que llevaba de la puerta hacia el centro del programa, un brillante hilo azul ardiente que ataba la puerta de la cabaña, y probablemente todas las demás, a nombres debajo de la piedra donde Mynx apareció por primera vez. La base de datos. Mynx podría ir hasta allí, hurgar en sus registros y encontrar un nombre y contraseña que desbloquearían la cabaña, pero ahora que podía ver el hilo...

Mynx se agachó, agarró la cuerda brillante donde fluía lejos de la puerta con su mano izquierda. Como un clip metálico puenteando un circuito, Mynx se conectó con la base de datos y extrajo, como si evocara un recuerdo, una combinación adecuada de nombre y contraseña que la cabaña aceptaría. Los datos salieron disparados de la mano derecha de Mynx, aún tocando la puerta, y se insertaron en el desordenado código de seguridad que le impedía el paso. Con un destello esmeralda, la puerta se derritió hasta desaparecer y Mynx entró, y buscó.

—Estás cerca —dijo Mynx mientras volvía de golpe a la oficina de Denise—. Muy cerca.

Denise tuvo la presencia de ánimo para cerrar la boca, para dejar el bolígrafo sobre el bloc de notas donde, Mynx sospechaba, se sentarían garabateadas observaciones. Denise, sin embargo, no tuvo la gracia de sonrojarse al ser sorprendida.

—Como dije, necesito más muestras para confirmar —respondió Denise—. Ahora mismo, puedo restaurar funciones, puedo reparar el ADN, pero no se mantiene, y no tengo ninguna anomalía para intentar probar. Esa podría ser la clave.

—Entonces toma algunas de las mías.

Proteger a quienes no podían protegerse a sí mismos. Un ideal obvio para los Campeones. Darle a Denise toda la base de datos genética de anomalías podría exponerlos. Dar sus propias células, con la armada de drones de Mynx y los vastos recursos de la Fábrica a su disposición, no sería mucho riesgo. ¿Y los beneficios?

Bueno, esos valdrían cualquier cosa.

—Yo, me encantaría —dijo Denise, y se puso de pie—. Tenemos un área de recolección preparada. No es que tomemos muchas muestras, pero para cuando lo hacemos... Aun así, ¿esa base de datos tuya? Podríamos crear nuevas células y probar todo tipo de técnicas.

—Gánatela, entonces. Muéstrame progreso y obtendrás tu base de datos.

Un pinchazo de aguja, un vial extraído, y Mynx dejó que Denise se pusiera a trabajar con su nuevo ADN de anomalía. Caminando de vuelta a la cápsula, Mynx esperó hasta estar bien lejos antes de tomar su Tama.

—Reeves, ¿no has visto ningún comportamiento anormal en Denise?

Nada obvio. Rutinas típicas para su historial, ocupación.

—Entonces obtén los registros de ese laboratorio. Double Helix.

¿No confías en ella?

Lo que Mynx había visto en ese análisis celular confirmaba dos cosas: que la Dra. Denise Jones tenía grandes posibilidades y que podía ser muy, muy peligrosa. Lo que Denise hiciera con el ADN de Mynx demostraría si Denise era ambas cosas, pero el pasado a menudo predecía el presente, y si Denise había dejado alguna pista, Reeves la encontraría.

—Me conoces mejor que eso.

CAPÍTULO 17

MEZCLANDO LAS COSAS

EL AVIÓN de transporte del Parangón sobrevoló bajo los árboles, sus motores cambiando de un empuje de alta velocidad a un vuelo estacionario más lento y estable.

—Voy a saltar —dijo Aegis, y con estas palabras, el panel lateral de la puerta frente a la que estaba se deslizó y dejó entrar el aire frío de la tarde—. Reinicia para recogerme cuando lo indique.

El sistema de drones del avión reconoció la orden con destellos de las luces que rodeaban la puerta, y entonces Aegis saltó. Un par de segundos en el aire, un movimiento hacia su espalda, y el paracaídas se desplegó en una clara captura sintética que ralentizó el descenso de Aegis y le permitió planear hasta el suelo en un claro de árboles cubiertos de nieve. Para cuando aterrizó, el avión había desaparecido, dejando a Aegis solo con los ecos posteriores de sus rugientes motores. El objetivo estaba a diez metros, en el suelo con la espalda contra un árbol. Un charco rojo marcaba su posición en la nieve, aunque Aegis no lo veía crecer.

—¿Sigues con nosotros, Parangón? —preguntó Aegis al hombre, que llevaba el uniforme blindado del Parangón.

Diseñado para detener balas y absorber la mayoría de la energía de los poderes de las anomalías, el traje sacrificaba movilidad por volumen, aunque eso no importaba aquí.

—He estado mejor. —El débil susurro del Parangón contaba una historia de labios agrietados, deshidratación y un pulmón colapsado.

—Los médicos están en camino —dijo Aegis—. ¿Adónde se fue?

Solo había un objetivo para esa pregunta, y el Parangón logró inclinar la cabeza hacia el oeste. Ahora que Aegis se molestaba en mirar en esa dirección, la marcha de Thane marcaba su camino con ramas rotas, árboles doblados y tantas agujas de pino que sus profundas puntas verdes ocultaban la nieve.

—No muy lejos —dijo el Parangón—. Intenté detenerlo, pero no salió muy bien.

—Lo intentaste. Eso es admirable.

Aegis no esperó con el Parangón caído; no había nada que pudiera hacer por la anomalía, y detener a Thane era una prioridad mayor. La reaparición de la anomalía ardía como un cáncer mientras Aegis retomaba su carrera a través de los árboles. Las dudas, las preguntas sobre su propia condición física —ese hombro aún dolía— y las probabilidades de que Aegis aún pudiera enfrentarse a Thane... bueno, no valía la pena preguntarse porque estaba aquí, ahora, y eso era todo lo que importaba.

—¿Papá? —La voz de Celice zumbó en su oído por el canal que Aegis mantenía abierto durante las misiones—. ¿Qué está pasando?

Aegis resumió el descenso, el Parangón caído, con un gruñido corto:

—Está fuera, voy tras él.

—¿Solo?

Una rama baja le obligó a agacharse, y Aegis mantuvo sus

piernas en movimiento, levantando nieve y agujas de pino. Sus brazos también se movían, siempre derivando en su descenso hacia el par de pistolas aturdidoras que llevaba en el cinturón. Nunca se sabía cuándo Thane podría aparecer detrás de estos enormes árboles.

—Por el momento. No hay tiempo. —Aegis corría entre bocanadas de su propio aliento.

—Entonces voy a enviar algunos de los drones de Mynx. Rastrearán tu posición. —Celice sonaba molesta—. No deberías estar haciendo esto.

—No voy a dejar escapar a Thane. Celice, mantén esto en secreto. Sin prensa. Sin transmisiones.

—Ya está hecho. ¿Quién es este tipo?

—Luego.

El bosque terminó con una civilización repentina; una carretera negra y, al otro lado, una estación de energía para que los pods se recargaran. Lo que solía ser placas plantadas en el suelo con un edificio achaparrado vecino con comida, aperitivos y baños para aquellos en un largo viaje en pod ahora parecía un juego de niños pisoteado. Pods destrozados cubrían el área, el humo se elevaba de la tienda en llamas y destrozada, y alguien en ese desastre aún vivía.

—Encontré una estación de energía dañada. Envía tus drones aquí. —Aegis silenció el Tama con un toque de su mano derecha.

Los árboles alrededor de la estación de energía permanecían intactos. Thane había venido aquí, había destruido, pero no se había ido. Al menos no a través del bosque. Lo que significaba que Aegis tenía que escucharlo todo. Principalmente, oía gritos. Se lanzó a través de la carretera, siguiendo los ruidos de la mujer mientras Aegis esquivaba, pasaba por encima o saltaba neumáticos, vidrios rotos y cables chispeantes. El caucho quemado se mezclaba con la comida barata derretida para crear una mezcla en marcado contraste con los pinos a su alrededor. Aunque, de nuevo, Aegis tendía a encontrarse en lugares destrozados.

La ruina se sentía como en casa.

Thane no se presentó, pero los gritos llevaron a Aegis a la estación derrumbada donde, enredada con una puerta doble, se retorcía una mujer que parecía haber encontrado el vidrio roto del edificio. Sus ojos estaban cerrados, y sus gritos eran cosas sin palabras y sollozantes que habrían conmovido el corazón del Campeón si no hubiera escuchado lo mismo tantas, tantas veces antes.

—Aguanta —dijo Aegis, agachándose cerca de ella—. ¿Puedes moverte en absoluto?

Las palabras de un Parangón, no, de un *Campeón* detuvieron a la mujer en seco, y sus ojos se abrieron, deslizando un pequeño riachuelo de sangre de algún corte oculto por el cabello de su frente desde su cara al suelo. Su boca trabajaba, yendo entre el siguiente grito y diciendo su nombre. Aegis quitó el vidrio de su hombro; parecía que ella había caído de lado cuando el techo se derrumbó, y el marco de la puerta se había astillado sobre sus piernas. Aegis tenía fuerza, pero no era uno de los que podían levantar una tonelada con un solo dedo.

—Estoy atrapada —logró decir finalmente la mujer.

—Ya veo. —Aegis llevó el Tama a su boca—. Celice, envía médicos a mi ubicación actual. Un civil herido.

Celice confirmó la orden con un clic.

—¿Un hombre grande y viejo te hizo esto? —Aegis miró a la mujer.

—¿Me vas a sacar de aquí?

—No puedo. —Aegis escaneó la estación frente a él, no vio nada. Se dio la vuelta, miró los pods destrozados y tampoco vio nada allí—. Responde, por favor. ¿Quién hizo esto?

—¡No lo sé! Tal vez, lo que dijiste. Estaba dentro. Primero los pods...

—Silencio. —Aegis levantó la palma hacia ella.

Un nuevo ruido se elevó sobre los pequeños chasquidos de los diminutos fuegos y el ocasional trozo de metal que aún seguía colapsando lentamente hacia el suelo. Un sonido de arrastre; zapatos demasiado grandes para sus pies rozando el asfalto. Venía del lado derecho de la estación.

Aegis sacó una pistola aturdidora, la agarró con ambas manos y levantó el arma. La mujer no obedeció las órdenes, empezó a llorar de nuevo, pero Aegis no tenía tiempo para eso. Los arrastres se detuvieron, parecía que estaban justo a la vuelta de la esquina de la estación. Aegis dio un paso, luego otro, rodando sus talones hacia los dedos de los pies. Hizo una mueca al oír el cristal crujir aún más bajo sus botas. Sin embargo, nada se podía hacer al respecto.

¿Cuántas veces se había encontrado en una situación como esta? Acercándose sigilosamente, una y otra vez, a algún villano, matón o anomalía que había salido mal. Terminaría con una pelea, una rendición y posiblemente una muerte, no necesariamente en ese orden. Aegis había perdido Paragones en días como este, hermosos y fríos. Alguna de estas veces podría ser él. Honestamente, debería haber sido él muchas veces antes.

Aegis dobló la esquina con un movimiento suave, vio al anciano y apretó el gatillo. Thane, demostrando la maleabilidad de su edad, se apretó contra la pared de la estación y el dardo aturdidor pasó volando. Aegis giró, apuntó a Thane en su mira y dudó. Los pliegues del monstruo colgaban bigotes blancos, mientras que el cuerpo esquelético de Thane vestía una camisa cómicamente grande que caía desde sus hombros hasta sus pies, ocupando todo el metro y medio de altura de Thane. Sus manos, translúcidas y arrugadas, levantaron las palmas hacia Aegis.

Una rendición. Una pelea. Una muerte.

—Thane —comenzó Aegis—. ¿Por qué?

—Una de las muchas maldiciones con las que la inteligencia carga a sus portadores es la del espíritu aventurero, mi amigo —habló Thane con un silbido ronco—. No podía quedarme en tu celda.

—Así que tu plan era, ¿qué? ¿Salir, destruir algunas cosas y hacer que te atrapáramos de nuevo? Pensé que eras más inteligente que eso.

—Depende del momento —Thane asintió hacia el hombro izquierdo del Campeón—. ¿Es ahí donde estás herido? ¿El invencible volviéndose vencible?

Un sonido burbujeante, el aire agitándose, se mezcló con la quietud alrededor de la estación destruida. Drones acercándose. Refuerzos.

—Se acabó, Thane —dijo Aegis, ignorando el comentario sobre el hombro. Darle a Thane cualquier tipo de satisfacción no estaba en el manual del Parangón—. Túmbate en el suelo y no te aturdiré.

Una mentira. Thane era demasiado peligroso para dejarlo capaz de cualquier manera. Aegis presionó el gatillo, listo para disparar.

—¿Sabes qué me decepciona siempre? —dijo Thane—. Te falta sutileza.

Aegis disparó. El dardo golpeó a Thane directamente en el pecho, pero no penetró la piel. Rebotó, cayendo al suelo mientras Thane comenzaba a cambiar. A crecer.

—¡Eres directo, pero nunca te regodeas en ello! —dijo Thane, su voz endureciéndose, haciéndose más profunda y menos distinta a medida que crecía, mientras sus huesos se expandían y su piel se tensaba—. Eres un martillo, Aegis, pero fallas en...

Las palabras de Thane descendieron a un aullido mientras la mente del monstruo se desvanecía en la ira del gigante. Donde una vez estuvo un anciano frágil, ahora una sola pierna inferior ocupaba el mismo espacio. Un hombre musculoso de cuatro metros de altura se cernía sobre Aegis, con la baba goteando de su sonrisa torcida, ojos amarillos y salvajes mirando con malicia a su enemigo. La bestia sin mente. Un desastre desatado en el mundo hace décadas, capturado una y otra vez por los Paragones. Aegis había intentado matar a Thane directamente muchas veces, pero no parecía haber una manera de hacerlo. No a través de medios físicos directos, de todos modos. La única opción, la única oportunidad que tenían, era la sedación. La paz.

—¡Thane, detente! —ordenó Aegis, retrocediendo.

Thane respondió a la sugerencia de la misma manera que ahora respondería a cualquier cosa: su puño derecho, del tamaño de una maleta, balanceó su forma de bloque hacia Aegis y envió al Campeón volando hacia atrás, aterrizando dentro del caparazón destrozado de una cápsula. El impacto debería haber dejado inconsciente a Aegis. Solo lo enfureció.

Aegis se liberó, se puso de pie mientras Thane, caminando con los pasos anchos y oscilantes de alguien acostumbrándose a un nuevo par de pantalones, se acercaba. Thane rugía, gruñía y mordía el aire mientras se movía, como un perro rabioso.

—Realmente, realmente te odio —dijo Aegis, levantando los puños como si fuera a boxear con la criatura.

Thane se inclinó hacia un gran golpe circular, un movimiento que se telegrafió en el retroceso y el balanceo hacia adelante tan claramente que Aegis tuvo tiempo de alinear su paso lateral sin la más mínima preocupación. El Campeón esquivó hacia la izquierda mientras el puño de Thane pasaba zumbando, luego dio un paso rápido más allá de la pierna derecha de Thane y le dio una patada rápida a la rodilla de Thane. El mastodonte se desplomó con un gruñido, pero logró dar un golpe de revés que envió a Aegis volando, rebotando por el asfalto.

—¿Estás ganando? —dijo la mujer, aún en el suelo y ahora justo al lado de Aegis—. No parece que estés ganando.

—Las apariencias pueden engañar.

Aegis se levantó, se sacudió el polvo de los hombros e

intentó suprimir un repentino dolor de cabeza, resultado de estrellarse contra el costado de la estación. Thane, con una ligera cojera, se acercaba a él. Sin embargo, sobre la cabeza del monstruo, Aegis vio los pesados drones de Mynx acercándose rápidamente. Antes, se necesitaba un escuadrón de Paragones para derribar a Thane. Ahora, solo se necesitarían unas pocas máquinas. Aegis no estaba seguro de cómo se sentiría al respecto más tarde, pero en este momento esos dos drones le daban bastante alivio. Ser reducido a polvo por un Thane enojado no era la idea de nadie de pasar un buen rato.

—Vamos, feo —llamó Aegis—. Sigue así y tal vez sienta algo.

Thane se tomó el insulto con calma, y con la mujer gritando de nuevo detrás de él, Aegis esquivó hacia la derecha para alejar los puños oscilantes de Thane del civil. Ganando tiempo, Aegis se concentró en la evasión, deslizándose por debajo y alrededor de esos nudillos huesudos y estriados mientras Thane golpeaba el suelo, el aire y lanzaba una cápsula tras otra tratando de atrapar a su presa más pequeña.

Hasta que llegaron los drones. El primero, una nave en forma de platillo diseñada para la supresión, lanzó un cable que atrapó el puño de Thane en pleno balanceo. El dron se cernía, enviando suficiente corriente eléctrica por el cable para hacer que cualquier humano normal colapsara en un espasmo de nervios sobrecargados.

Thane no era un humano normal. Thane no colapsó. Ni siquiera cuando Aegis aprovechó la distracción para hacer un uppercut corriendo y saltando a la enorme mandíbula puntiaguda y cubierta de bigotes de Thane. En cambio, aullando, Thane tiró de su brazo derecho, lanzó el cable y el dron adjunto directamente hacia Aegis mientras el Parangón aterrizaba de su propio ataque.

Aegis lo vio venir, vio ese platillo de metal negro llenar su visión mientras se asentaba en el asfalto, recién salido de dar lo que habría sido un golpe de nocaut para cualquiera, pero que a Thane no le causó daño visible.

Aegis, Campeón de Atlantis y líder de los Paragones, maldijo mientras Thane estrellaba el dron contra él, y no vio nada más.

CAPÍTULO 18
LOS ARREPENTIMIENTOS DE UNA RASTREADORA

LA MANTA peluda que cubría sus pies se comió el fideo que se escapó de su tenedor. Seeker esperó por más y, contra su buen juicio, Kat sacó un par de hebras amarillentas de ramen. Si tuviera una mesa de verdad, sin duda Seeker patrullaría sus sillas en busca de sobras. Tal como estaba, el husky tenía que contentarse con lo que caía del escritorio de Kat.

Una lección que podría aprender.

Gordon no había enviado ningún mensaje, y la recompensa por la anomalía seguía abierta mientras el día avanzaba hacia la noche. Así que, o la pista no había resultado en nada, o era una cacería de movimiento lento. Kat debería haber sido capaz de ignorarlo, de centrarse en otra cosa, algo que no arrastrara su vida personal al negocio.

Apartó un video inútil de su pantalla para acceder al tablero de rastreo, donde sus ganancias por anomalías se mostraban en un desconcertante despliegue de gráficos y tablas. Cualquier filtro u organización que Kat pudiera desear estaba allí: por ciudad, nivel de habilidad, ganancias de por vida, y así sucesivamente. Tenía más de dos docenas de anomalías depositando acciones de reputación en sus cuentas, pero su vista predeterminada ordenaba las ganancias a la inversa. Las menos importantes arriba, para que pudiera aprender qué anomalías evitar.

El tablero de rastreo tenía otro filtro activado por defecto, uno que ella desactivaba dependiendo de su estado de ánimo, y justo ahora el sombrío día de invierno, el perro soñoliento y el brillo azul del monitor la llevaron a desactivarlo. Tres nombres grises aparecieron en la parte superior: sin reputación ganada en el último año, incluso en varios años para los dos primeros. Las anomalías muertas no generaban mucho. Pero le costaban bastante.

Había atrapado a Sameer en el Mississippi, apostando en un barco de fiestas y usando sus imágenes especulares menores para copiar cartas boca arriba el tiempo suficiente para recoger sus ganancias y desaparecer. Había completado solo dos trabajos antes de ser asignado a un grupo de trabajo de Parangón y, poco después, volverse gris en su tablero. Nunca le dijeron por qué, y las pocas miles de reputaciones que los Paragones le habían enviado como compensación eran un consuelo frío.

Habían compartido unas copas en el barco después de que Kat lo rastreara. Sameer había sido uno de los buenos.

A diferencia de Crystal Raines, que había dado una tremenda pelea en los callejones del Nuevo Lado Sur de Chicago. Su ridícula inclinación por convertir, bueno, cualquier cosa en sumideros temporales hizo que perseguirla se convirtiera en una danza vertiginosa. Si Kat no la hubiera alcanzado con un dardo aturdidor de largo alcance en un disparo salvaje y en picada, Crystal probablemente seguiría ahí fuera. O no, ya que había vuelto a sus viejos hábitos de ladrona poco después de ser rastreada. Los drones no tuvieron ningún problema en encontrarla una vez que determinaron el origen de las puertas y vitrinas deformadas de una joyería, y Crystal había decidido morir luchando. Kat no podía decidir si Crystal había hecho el trabajo intencionalmente; los drones eran una forma conveniente y rápida de morir.

Zach había sido diferente. La había encontrado justo después de que ella rastreara a alguien más. Simplemente se acercó a ella en medio de un área de descanso donde los viajeros cansados de las cápsulas podían tomar un descanso junto a la autopista. Ella llevaba puesto su traje blanco y todo, de pie sobre un anómalo inconsciente que —se desplazó hacia abajo para recordar— podía girar tornillos con los ojos. Literalmente tornillos, y solo tornillos.

—Vaya que era molesto —dijo Kat a Seeker, que seguía dormido a sus pies—. ¿Te acuerdas de él? Desarmó nuestra cápsula mientras estábamos dentro.

Sin embargo, ese tipo ganaba una tonelada de reputación. Zach, en cambio. Había dicho que estaba cansado de huir, de mirar por encima del hombro. Así que ella lo había rastreado allí mismo, lo había llevado a cenar. Resultó que todo el asunto de Zach eran los olores; podía tomar cualquier aroma en el aire a su alrededor y amplificarlo. Hizo que el restaurante italiano donde estaban sentados se inundara de salsa marinara y ajo. Al principio había sido reputación por ese tipo de cosas, luego Zach había conseguido trabajos más peligrosos, fugas de gas y cosas así. No había regresado de uno.

Pero así era el juego. Este mundo milagroso albergaba peligros en abundancia, a pesar de lo que dijeran los Paragones. Claro, los grandes desastres estaban controlados, los criminales tendían a desaparecer en un fuego sobrenatural, pero los buenos y viejos accidentes y peleas seguían cobrando su precio.

Kat se alejó del tablero de rastreo, navegó por los sitios locales de Chicago, buscando algo interesante y sin encontrar nada. Una ventana emergente en la esquina inferior derecha de su pantalla indicaba alguna amenaza en el noreste, demasiado lejos para que le importara. Aparte de eso, nada. Como si todo el mundo estuviera tan aburrido como ella, esperando alguna noticia que valiera la pena levantarse.

Sorber su último fideo dejó a Kat con un vacío, uno que se llenó en poco tiempo con los mismos movimientos que habían gobernado las zonas muertas de su día durante una década; sin pensarlo, acarició su Tama, inició una llamada a un número que debería haber sido cancelado hace tiempo. Una grabación, eventualmente, respondió:

¡Hola! Has llegado al buzón de voz de Melody Collins, deja tu nombre y número y, si me caes bien, te devolveré la llamada tan pronto como me apetezca.

Kat cortó la llamada. Sacudió la cabeza. Parpadeó para alejar las lágrimas que aún no se habían formado, que ya no se formarían más. Había eliminado ese reflejo, pero oh, qué bien se sentía escuchar esa voz de nuevo. El humor mordaz de su madre, algo sin duda molesto para cualquiera que realmente intentara contactarla. Algo tan precioso ahora.

Su Tama emitió un pitido, cortando la nube con una promesa de acción, aventura, lo que fuera. Lo que era: una pregunta, de una amiga. Una amiga ocasional. Kat le dio vueltas a la idea en su cabeza, ¿qué era realmente una *amiga*? Seeker resopló cuando ella se puso de pie. Ah, sí.

Dadas las posibles actividades de la noche, desde esperar noticias de Gordon hasta vagar hasta el bar de la esquina y dejar que los licores dictaran las horas, lo que su amiga ofrecía podría ser más gratificante, y definitivamente sería más divertido.

—Dispara, allí estaré —Kat se dirigió a su armario, pasando las manos por la ropa cuando llegó allí—. ¿Qué opinas, Seek? ¿Rojo o negro?

El ladrido de Seeker hizo la elección obvia: ambos.

CAPÍTULO 19
SACUDIRSE EL ÓXIDO

PUÑETAZO. Patada. Giro y adopción de postura. El ardor se sentía bien en sus músculos, tensos y sudorosos bajo la ligera túnica blanca que lo cubría a él y a la docena de miembros que practicaban la serie en el suelo acolchado del dojo. Las paredes color crema, tapizadas con carteles que alternaban entre diagramas de movimientos y muestras inspiracionales insulsas, servían de telón de fondo a la música animada, un giro respecto a las clases habituales, más silenciosas.

—¡Sientan el ritmo y trabajen con él! —gritó la instructora, aplaudiendo, como si el sonido seco que producían sus palmas encallecidas pudiera impulsar a sus alumnos a nuevas alturas.

Pero así eran todas las clases estos días. Zhan-Yo llevaba años viniendo aquí, y el dojo, como un padre tratando de mantenerse al día con sus hijos, se había ido reformando cada vez más para adaptarse a las modas pasajeras. Las artes marciales puras habían cedido terreno a rutinas de ejercicios con menos énfasis en técnicas que pudieran meterte en problemas.

¿Quién necesitaba saber cómo pelear, cómo defenderse, con los Paragones para hacerlo por ellos?

Aun así, Zhan-Yo realizaba los ejercicios con obediencia diligente. Si no otra cosa, podía sazonar las rutinas con golpes, reversiones y embestidas legítimas. Todo ello lo mantenía ágil y fuerte, y si Ziran estaba a punto de poner patas arriba el orden mundial, la fuerza y la flexibilidad serían útiles. No menos importante porque, si Sylvie se salía con la suya, Zhan-Yo podría encontrarse en una habitación con Aegis. La idea lo aterrorizaba y emocionaba a la vez.

La música se cortó cuando la clase llegó a su fin, y la instructora llenó el repentino vacío iniciando los movimientos de enfriamiento. Zhan-Yo repitió la rutina varias veces, incluso cuando la mayoría de la clase se detuvo después de una. Cada año extra requería un poco más de estiramiento para eliminar las molestias, y había algo puro en ser el único en las colchonetas, el único que seguía trabajando.

—Siempre el último —la instructora, ¿cómo se llamaba, Chloe?, se acercó a él y ajustó ligeramente la postura de Zhan-Yo para equilibrar su balance.

Cerrando los ojos para disipar la irritación por ser interrumpido, Zhan-Yo se volvió para enfrentar a la mujer, vestida de amarillo para indicar su papel. Con el pelo recogido, fácilmente la mitad de la edad de Zhan-Yo, pero sin miedo ni vacilación al acercarse a él. Aunque, claro, Chloe no sabría quién era Zhan-Yo. No sabría que tenía todas las razones para andar con cuidado.

—Me tomo mi tiempo —respondió Zhan-Yo—. Gracias por la clase. Estuvo bien.

Un cumplido estándar. Ahora que Chloe había roto su concentración, la mente de Zhan-Yo se dirigió a su Tama, guardada de forma segura en un casillero, y al trabajo que le esperaba. La conversación cortés era un lujo, y ahora, especialmente ahora, no tenía tiempo para ello.

—Pero esta clase no es lo que quieres, ¿verdad? —Chloe

no adoptó una sonrisa, no parecía más que curiosa—. Veo cómo añades cosas a las rutinas.

—Perceptiva —Zhan-Yo miró por encima del hombro de Chloe, hacia el vestuario. Una indirecta—. Viejos hábitos que me gustaría recordar.

Chloe asintió.

—No eres el único. Si tienes un minuto y energía, ¿te gustaría hacer sparring?

Zhan-Yo dijo que sí antes de darse cuenta de lo que Chloe había preguntado. Hacer sparring. Luchar con sus propias manos. Claro, practicaba de vez en cuando contra los oficiales de seguridad más diestros de Ziran, pero siempre peleaban con cautela, sin querer golpear a su propio jefe. Wexley también solía encontrarse con Zhan-Yo para combates al amanecer, pero a medida que Ziran se volvía más exigente, sus sesiones se volvieron escasas hasta que cesaron. Pero debajo de todo eso, lo que empujó a Zhan-Yo a aceptar la oferta de Chloe fue una duda nerviosa, la idea de que había perdido su brío, que al tratar tanto de ganar guerras en salas de juntas y a través de comunicados de prensa, había olvidado cómo hacerlo con los puños.

Chloe se alineó frente a Zhan-Yo, y ambos se inclinaron el uno ante el otro. Se enderezaron. Zhan-Yo se acomodó en una posición agachada relajada mientras Chloe colocaba una pierna frente a ella. Quedaba suficiente gente de la clase como para tener un público reunido, sorbiendo de sus botellas de agua, con toallas alrededor del cuello, tecleando en sus Tamas o, en un caso, sosteniendo su Tama en alto para grabar la pelea.

Zhan-Yo atacó primero: Chloe había pasado el entrenamiento dando instrucciones, lo que significaba que tendría más energía y resistencia. Cuanto más durara la sesión, más se ralentizarían los músculos ya cansados de Zhan-Yo, careciendo de la fuerza para derribar a su oponente más pequeña. Chloe no pareció sorprendida por la repentina carrera de

Zhan-Yo hacia una patada voladora. Se agachó, cayó hacia un lado y dejó que Zhan-Yo pasara como un cohete a su lado. Tan pronto como tocó la colchoneta, Zhan-Yo se lanzó hacia adelante, esquivando la propia patada rápida de Chloe que habría golpeado su costado si hubiera intentado darse la vuelta.

Se enfrentaron de nuevo. Ojos fijos el uno en el otro.

Esta vez sus manos libraron la batalla. Zhan-Yo se acercó con dos rápidos pasos y a partir de ahí dominaron los golpes, cortes, codazos y puñetazos. Golpes y contraataques, bloqueos y ganchos, cada uno luchando por la posición, ambos recorriendo su repertorio mientras descartaban aquellos movimientos propios de un combate con consecuencias fatales. Chloe mantuvo el ritmo de Zhan-Yo por un tiempo, permitiendo que el hombre mayor asestara algunos golpes menores al cuerpo, luego tomó el control, liberando una velocidad que Zhan-Yo no había anticipado. Apartó sus brazos, golpeándolos hacia los lados, y luego plantó un empujón con ambas palmas en el pecho de Zhan-Yo que lo hizo tambalearse hacia atrás.

Antes de que pudiera recuperarse, Chloe lo golpeó de nuevo, yendo directamente hacia él antes de girar hacia un lado y hacer tropezar a Zhan-Yo con una patada baja. Tumbado de espaldas, con el codo de Chloe clavado en su pecho, Zhan-Yo hizo lo único que podía: rendirse.

Después de ducharse, Zhan-Yo esperó a Chloe fuera del dojo, aprovechando el tiempo para enviar algunos mensajes a subordinados que necesitaban dirección. Aunque Ziran lo necesitaba de vuelta en el cuartel general, Zhan-Yo quería agradecer a la joven por la excusa para hacer ejercicio, a pesar del resultado.

—Hay un grupo de nosotros —dijo Chloe después de que Zhan-Yo le agradeciera, mientras esperaban sus respectivos pods—. Entrenamos una vez a la semana, al estilo antiguo. Si quieres unirte, creo que estaríamos encantados de tenerte.

—¿Mis viejos huesos serían bienvenidos?

—No serías el más viejo allí —respondió Chloe—. También nos turnamos para enseñar. Hay muchas tradiciones que no queremos perder. —Un pod se detuvo y Zhan-Yo hizo un gesto para que Chloe lo tomara—. Te enviaré los detalles. ¿Lo pensarás?

—Lo haré. Gracias —respondió Zhan-Yo.

Normales, cuidando la tradición, ayudándose mutuamente. Aunque tendría que hacer tiempo, Zhan-Yo consideraría la oferta de Chloe. De todos modos necesitaba más pasatiempos; la revolución había comenzado a apoderarse de cada segundo, y Zhan-Yo temía cometer un error sin la oportunidad de aclarar su mente. Y no podía permitirse errores. Ya no.

CAPÍTULO 20

OBTENIENDO UNA PERSPECTIVA EXTERNA

EN CUANTO A LAS TARDES, esta cumplía con el estándar del sur de California: cálida, con brisa y llena de luz invernal. Mynx alternaba entre leer informes sobre el rendimiento de modelos de drones y observar las olas desde su amplia terraza. Sin nadie más alrededor, uno habría esperado que la gran mesa de cristal con marco blanco estuviera vacía, pero Mynx tenía proyecciones cubriendo cada superficie. Reeves resaltaba cada una por turno mientras la imagen cuadrada giraba verticalmente, llenándose para que Mynx pudiera leer y observar incluso con el sol dándole de lleno.

El té caliente ayudaba a mantener a raya el agotamiento inminente, al igual que la siesta que tomó después de su visita al laboratorio de Denise, y el jazmín se mezclaba bien con las flores amarillas moteadas que enmarcaban el borde de la terraza, las cuales emitían un aroma lo suficientemente fuerte como para cubrir el constante olor a metales quemados y cocinados proveniente de la Fábrica. Sin embargo, a pesar del escenario idílico, un sonido seguía interrumpiendo la concentración de Mynx, hasta que apartó con un gesto el último análisis de Reeves sobre la comparación de eficiencia de baterías y echó un vistazo limpio hacia la costa.

—Hay alguien ahí —dijo Mynx, tocando su Tama, que cambió sus lentes de contacto de un enfoque cercano a uno lejano, una vez más la edad se rendía ante la tecnología—. Varias personas.

—Es una familia —dijo Reeves—. Una madre y dos niños que parecen tener menos de diez años. Su perfil de riesgo es bajo, así que no activaron ninguna intervención.

—No, está bien —dijo Mynx—. ¿Puedes acercarme la imagen?

Pasaron unos segundos antes de que, desde la mesa, apareciera una nueva imagen cuadrada. Esta cortesía de un dron que ahora flotaba lo suficientemente cerca de la familia como para obtener una imagen clara. Una madre y dos niños, estos últimos parecían deleitarse corriendo hacia las olas y saliendo de ellas, riendo a carcajadas, mientras la madre observaba con una sonrisa paciente, con toallas y otras cosas necesarias en una gran bolsa colgada de su hombro. Para haber llegado tan lejos desde el punto de desembarque de las cápsulas, debían estar decididos a alejarse de las multitudes que sin duda desafiaban el agua fría. Como para confirmar este pensamiento, ambos niños salieron salpicando del mar y mostraron sus trajes de baño térmicos ajustados.

Las estaciones ya no eran un obstáculo para disfrutar de la playa.

Mynx observó a la familia hablar, jugar y salpicar durante un minuto antes de decirle a Reeves que retirara el dron. Esos eran recuerdos que ella nunca crearía para sí misma. Nunca tuvo esa oportunidad, o más bien, cuando la oportunidad estuvo ahí, eligió otro camino. Y tampoco se arrepentía de esa elección, solo de que no hubiera tiempo para tomar *todas* las decisiones, agotar *todas* las opciones y tener una vida completa.

—Reeves, ¿por qué envejecemos? —dijo Mynx, sabiendo exactamente lo que iba a obtener y sonriendo incluso cuando la IA comenzó su respuesta.

—Es una función de la biología, Mynx —comenzó Reeves, y luego pareció notar la expresión de Mynx—. Creo que te estás burlando de mí, pero ¿debo profundizar si lo requieres?

—No, has respondido a la pregunta. —El té de Mynx había alcanzado esa etapa fría en la que seguir bebiendo resultaba desagradable, y su pérdida empujó a Mynx a un estado mental diferente—. Dos preguntas más, Reeves. Primero, ¿puedes calentarme esto? Y segundo, ¿qué hora es en Bangkok?

—A la primera, por supuesto. A la segunda, es bastante temprano. No esperaría que un negocio normal esté abierto.

—Apinya es todo menos normal. Llámalo, Reeves.

Reeves realizó la llamada y, apareciendo de nuevo en una proyección cuadrada sobre la mesa, surgió una imagen oscura. Demasiado oscura para ver.

—Mynx —dijo una voz de tenor, melodiosa que, a pesar de la hora, no sonaba en absoluto cansada—. Confío en que no estés en peligro.

—Apinya, si estuviera en peligro, ¿realmente te llamaría?

Una broma, aunque mala. Apinya probablemente perdería una pelea de bar contra un borracho común, pero al hacerlo, aprendería todo sobre ese borracho, incluyendo justo lo que decir o hacer para que esos puños torpes dejaran de balancearse, para que las lágrimas comenzaran a fluir o la risa rompiera la violencia. Si necesitabas fuerza, no llamabas a Apinya. Si necesitabas saber si esa fuerza era necesaria, bueno, ahí es cuando Apinya demostraba su valor.

El Campeón encendió una llama y con el encendedor logró prender una pequeña lámpara que proyectó un resplandor naranja sobre su rostro, la cama escasa y los helechos detrás de una mampara. Mynx no sabía dónde estaba Apinya, pero él tenía la costumbre de dejar atrás su vasta ciudad para encontrar tranquilidad. Difícil culparlo: Mynx había hecho lo mismo con su Fábrica. Solo que, en lugar de la naturaleza, ella había elegido las máquinas.

El propio Apinya se veía mucho mejor de lo que Mynx se sentía; aunque todos estaban envejeciendo, Apinya parecía llevar sus años en ligeras arrugas, en las puntas grises de su cabello corto y barba incipiente, y sus ojos grises escapaban al cansancio que plagaba los de Mynx. Se apartó de su Tama, cuya cámara enviaba la imagen del Campeón a través del océano hasta Mynx, y se puso de pie en la oscuridad para ponerse una bata. No se veían otras luces, ni el resplandor de una ciudad cercana. A través de la conexión, Mynx distinguió los largos cantos de un pájaro. Qué exótico. Mynx se recostó en su silla y tomó el té caliente y fresco que le trajo el dron.

—Entonces, si no estás en crisis, ¿por qué me llamas? —preguntó Apinya, tomando su Tama y alejándose de la cama hacia un porche de bambú—. ¿O sueles tener charlas amistosas antes del amanecer?

—¿Siempre saludas así a tus amigos?

Apinya sonrió.

—Ha pasado mucho tiempo. Demasiado, creo, desde la última vez que nos vimos todos.

¿Lo había hecho? Mynx no formuló la pregunta. Los Campeones se habían distribuido por toda la Tierra por razones que iban más allá de la simple proximidad. En un mundo donde viajar de un continente a otro tomaba menos horas que una noche de sueño, y un video podía transmitirse de una ciudad a otra en un instante, podrían haberse quedado todos juntos. Podrían haber mantenido sus hogares en Nueva York, o en su base de operaciones en lo que había sido Singapur.

—Aegis está tratando de arreglar eso —Mynx dulcificó su expresión—. Pero podemos hablar de eso más tarde. Te llamo por otra razón. —Aquí titubeó. Era extraño cómo una pregunta tan clara en su mente se desdibujaba en un sinsentido al pronunciarla—. La edad. Somos viejos, Apinya. Y me preocupa lo que va a pasar cuando ya no estemos.

Apinya se recostó en una silla que parecía estar hecha de

bambú trenzado. Apoyó la cabeza contra la suave pared de madera rojiza y cerró los ojos por un largo segundo. La sonrisa nunca abandonó su rostro. Mynx sabía lo que estaba haciendo, sabía que Apinya estaba, en ese momento, adentrándose en ella y hurgando en busca de sus pensamientos, de lo que la había llevado a este momento. Así que bebió su té y lo dejó hurgar.

—No solo te preocupa tu legado, tienes miedo —dijo Apinya dos largos sorbos después—. No quieres morir en absoluto.

—¿Es tan difícil de imaginar?

—No —Apinya desvió la mirada de su Tama, hacia alguna distancia que Mynx no podía ver—. Siempre fuiste la que se preocupaba, mientras que Aegis quería cargar de frente. Siempre a un puño de distancia de la victoria. Él no le teme a la muerte.

—No sé qué pasará con todo, Api —Mynx usó el apodo, cayendo en viejos hábitos—. La Fábrica, el mundo que hemos construido.

—No nos corresponde a nosotros decidir —respondió Apinya—. O el mundo conservará lo que hemos creado, o lo destruirá y forjará algo nuevo.

—¿Así que no te importa en absoluto?

—Sí me importa. Estoy entrenando a quienes me reemplazarán ahora mismo. Quiero que lo que hicimos sobreviva, Mynx. Creo que los Paragones están del lado correcto de las cosas, pero no dejaré que el miedo a lo que pueda venir me atormente ahora —Apinya volvió su mirada relajada al Tama—. Deberías estar disfrutando, Mynx. Deja que la próxima generación de Paragones tome la lucha. Descansa.

Mynx asintió a su Tama, deseando poder tener la misma visión sabia de las cosas que Apinya. Él siempre parecía estar operando en un mundo diferente al del resto de ellos.

—Gracias, Apinya. Buena suerte con tu entrenamiento.

—De nada. Espero que encuentres tu paz, mi amiga.

Diez minutos después, todos pasados mirando el océano, bebiendo té y reflexionando sobre cómo Apinya lograba ser tan distante todo el maldito tiempo, Mynx le pidió a Reeves que reanudara los informes de estado.

—¿Obtuviste lo que querías del Campeón? —preguntó Reeves mientras la IA preparaba las proyecciones sobre la mesa.

—Me recordó quién era él y quién soy yo —dijo Mynx, inclinándose hacia adelante, absorbiendo los últimos resultados de prueba de un próximo dron de vigilancia sigilosa—. Pero tuvo una buena idea.

—¿Cuál es?

—Enviemos una pregunta a todas las regiones Paragón en Pacifica. Necesito encontrar a la próxima yo.

CAPÍTULO 21
PROBLEMAS DE VILLANOS

ROSTROS plateados lo miraban en la oscuridad. Como fantasmas, y por un momento Aegis consideró la posibilidad de que Thane hubiera superado las habilidades del Campeón y lo hubiera enviado a la otra vida. Pero si ese fuera el caso, entonces la otra vida era fría, ventosa y estaba llena de Paragones. Ahora que sus ojos se estaban adaptando, podía distinguir sus uniformes. La luz convertía su azul polvo en un amenazante gris, y Aegis hizo una nota mental rápida para revisar el color cuando tuviera la oportunidad.

Como si alguna vez fuera a tenerla.

Un Paragon se acercó, tomó el antebrazo izquierdo del Campeón y tiró. Aegis captó la idea, después de un segundo de ser un peso muerto, y flexionó las piernas debajo de él, poniéndose de pie.

—Eso podría haberle hecho daño —dijo otro Paragon, y Aegis reconoció a Pixie—. Roto la espalda o algo así.

—Es Aegis —respondió el que lo había levantado—. ¿Qué va a hacerle daño?

—Estaba inconsciente, ¿no?

—Estoy aquí mismo —dijo Aegis—, y estoy bien.

No del todo, pero lo suficiente. Le dolía la cabeza, pero lo que debería haber sido un dolor atronador era solo un suave redoble, un recordatorio de que debería evitar tales golpes en el futuro. No es que Aegis escuchara alguna vez a su cuerpo; esa cosa estaba ahí para hacer lo que él quería, ¿no?

Pixie proporcionaba información mientras Aegis echaba un largo vistazo alrededor. Equipos robóticos invadían el lugar a su alrededor, retirando escombros y reparando lo que se podía arreglar. A las cápsulas no les importaba la apariencia, siempre y cuando pudieran obtener su energía de las grandes baterías bajo el asfalto, estarían bien. En cuanto a los pasajeros, Aegis apostaba a que este lugar estaría funcionando de nuevo en menos de una semana. Cuando tienes trabajo sin parar y muchas impresoras de piezas a tu disposición, un poco de destrucción no causa un gran problema.

—Thane se ha ido hacia el oeste —comenzó Pixie—. No fue difícil de rastrear. Supongo que lo hiciste enojar bastante.

—Él y yo nos hacemos eso mutuamente.

—Claro. Supongo que tiene sentido —Pixie parecía no saber si reírse o no. La cara seria de Aegis probablemente no la ayudaba—. Para cuando llegamos hasta aquí, ya se había atrincherado en una antigua planta. Construida en una colina.

—¿No han ido tras él?

Un nuevo Paragon podría haberse avergonzado, podría haber tartamudeado ante las palabras, pero Pixie llevaba el tiempo suficiente como para saber que cualquier decisión era válida siempre que pudiera respaldarla. Así que con Aegis exhausto, golpeado y esperando razones, Pixie cuadró los hombros y las dio.

—Mira, Aegis. Estábamos en camino hacia aquí cuando te enfrentaste a él. Cuando perdimos la comunicación contigo, tuvimos que tomar una decisión: seguir a Thane e intentar detenerlo, o encontrarte a ti —Pixie tomó un profundo respiro, decidida—. Y elegimos seguir a Thane, pero cuando los drones que lo rastreaban mostraron que se detuvo antes de ir muy lejos, vinimos por ti en su lugar.

—Seguiste las directrices.

—Tus directrices, sí.

La gran variedad de enemigos, desde tropas armadas hasta anomalías que destruyen el mundo, necesitaba prioridades. Estos últimos, esas criaturas como Thane, que podían arrasar ciudades o causar un daño incalculable, debían ser tratados inmediatamente, antes de cualquier limpieza o rescate de heridos. Que Pixie hubiera seguido las reglas, incluso con el propio Aegis caído en el campo, debía ser elogiado.

—Buen trabajo —ofreció Aegis—. ¿Algún rastro de la mujer?

—¿La mujer?

—Había otra aquí, una civil. ¿Herida cuando se derrumbó el edificio?

—No la encontramos.

—Entonces Thane debe habérsela llevado —Aegis sacudió la cabeza—. No sé por qué no me tomó a mí como rehén en su lugar.

—No tenemos idea.

Thane tendía a perder el hilo de cosas como los planes cuando se agrandaba. Invencibilidad a cambio de imbecilidad. La clave para mantener a Thane bajo control estaba en elegir la versión menos apta para la situación. Aegis, estúpidamente, no había evitado que Thane se enfureciera. Descuidado.

No volvería a suceder.

Los Paragones habían venido en un helicóptero similar al que Aegis tomó para su malograda pelea con Thane. Habían estacionado la cosa en el borde de la destrucción, en asfalto intacto donde el helicóptero servía como un irritante silencioso para los robots de reparación que se deslizaban sobre sus orugas. Por orden del Campeón, Pixie y sus Paragones subieron al vehículo, siendo Aegis el último en entrar, y por lo tanto el primero en salir cuando llegaran a Thane. Asientos rígidos, cinturones de seguridad abrochados, y con una última revisión a su escuadrón de cinco, Aegis le dijo al helicóptero que despegara.

No pasó nada. Entonces Pixie hizo lo mismo, y los motores cobraron vida. A veces Aegis odiaba la tecnología.

Pixie tenía su Tama sincronizado con la nave, así que solo le hacía caso a ella. Pixie estableció el curso proyectando un mapa del área entre el escuadrón sentado, lo que le dio la oportunidad de simplemente señalar a dónde quería ir. Tan pronto como eligió un lugar cerca de la elevación donde Thane se había asentado, no tan cerca como para llevar a los Paragones de cabeza a una emboscada, los propulsores del helicóptero los empujaron por encima de las copas de los árboles, rotaron y los enviaron disparados a través de la noche.

El viaje no fue largo, y los Paragones lo pasaron escuchando el rugido del viento mientras soplaba a través de las puertas laterales abiertas. Helado, pero estos uniformes estaban diseñados para manejar todas las condiciones climáticas. Sobrevivirían. Ser un Paragon no se trataba de lujo de todos modos.

Pixie inclinó el helicóptero cuando se acercaron a la ubicación de Thane, girando la aeronave para darle a Aegis una buena vista de la estructura en la ladera que Thane había tomado como propia. Para ser una vieja mina, era toda una fortificación. Muros altos, amplias rampas para el transporte de carga y, frente a lo que Aegis suponía que era la entrada de la mina, un gran dormitorio. Las luces salpicaban las ventanas, demasiadas para un solo villano y su único rehén.

—Aterriza aquí. No más cerca —dijo Aegis. El hecho de que Thane conociera un lugar así sugería algo más que una huida al azar, y Aegis no llevaría a sus Paragones a una trampa—. Vamos a intentar algo diferente.

Pixie aterrizó el helicóptero en el centro de la única carretera, cuyo pavimento lleno de baches y agujeros mostraba un largo abandono. Después de salir, Aegis miró hacia arriba por el camino hacia el escondite de Thane y les dijo que no a los Paragones.

—No vamos a entrar. No esta noche —dijo Aegis.

—¿Por qué? —dijo el que había ayudado a Aegis a levantarse—. Estamos aquí, estamos listos.

—Él también lo está. —Aegis se palmeó el chaleco. Todavía tenía una pistola aturdidora, que se quitó y le entregó a Pixie—. Voy a hablar con él. A ver si puedo averiguar qué quiere.

—¿Por qué importa eso?

—Porque si tenemos que luchar contra él, la gente va a morir. —Aegis comenzó a subir por el camino—. Uno de ellos probablemente serás tú.

Cada paso por el camino alejaba más a Aegis de los Paragones y lo acercaba a su enemigo, y cada paso lo hacía sentir un poco mejor, un poco más ligero. No es que prefiriera estar solo, pero Aegis no era una niñera. Nunca lo había sido. Mynx y los otros Campeones habían declarado que el mundo no podía manejarse solo con los ocho de ellos y, Aegis tenía que admitirlo, tenían razón. Las tonterías de bajo nivel que manejaban los Paragones hacían su vida inmensurablemente más fácil.

Pero eso no significaba que tuviera que llevarlos consigo en cada misión. No significaba que no pudiera ensuciarse las manos sin preocuparse por alguien más.

De cerca, el edificio recuperado de Thane parecía aún más imponente. No de una manera de fortaleza malvada, pero era grande, construido sólidamente para soportar tráfico pesado, y cualquier fuerza que avanzara por la colina hacia él se encontraría muy vulnerable. ¿Y eran esos centinelas? ¿Ya?

Tres, armados con lo que parecían rifles largos e iluminados por las suaves luces amarillas que colgaban de postes rectos. Dispuestos en la plataforma de hormigón detrás del dormitorio y mirando hacia la pendiente en dirección a Aegis y el helicóptero. Todos esos rifles apuntaban hacia él, así que Aegis mantuvo los brazos extendidos, con las manos abiertas. Ninguna amenaza aquí. No desde esa distancia, de todos modos.

En lugar de un disparo, sin embargo, lo que vino, tropezando y temblando por la rampa, fue la mujer de antes. La supuesta rehén de Thane. Se dirigió hacia Aegis, y cuando él le hizo señas para que fuera detrás de él, hacia los Paragones, ella entendió el mensaje y siguió adelante. Sin lesiones evidentes, aparte de la suciedad y los cortes que tenía antes.

—¿Ves, Aegis? ¡Me he reformado gracias al excelente cuidado de tu prisión! —gritó Thane desde arriba, de pie junto a uno de los guardias. Debió haber aparecido mientras Aegis observaba a la mujer—. No la toqué, y te dejé vivo. ¡Prácticamente soy un santo ahora!

—Claro que sí —gritó Aegis en respuesta—. Ya que ha funcionado tan bien, ¿por qué no vuelves conmigo? Podemos tenerte instalado a tiempo para el desayuno.

—Ah, verás, ese es el problema. —Thane levantó sus delgados brazos ampliamente, como diciendo *lo siento*—. La comida que estás sirviendo es realmente terrible. Incluso este lugar, donde mis hombres han vivido solo una semana, tiene algo mejor que ofrecer. Lo siento, amigo mío, pero no hay vuelta atrás para mí.

—Thane, deja de decir tonterías. Estoy cansado, es tarde, y todos sabemos cómo termina esto. Te acurrucarás ahí dentro hasta que traigamos suficiente gente para hacer imposible que incluso tú escapes. Ahorremos tiempo y dolor. Ríndete.

Thane, que llevaba una chaqueta larga y gruesa que ondulaba con el viento sobre lo que parecía una túnica, asintió.

—Como tantas veces les has dicho a tus Paragones, si no luchas por tus valores, entonces no mereces tenerlos. Yo valoro la libertad, Aegis, aunque no se pueda confiar en mí con ella. —Thane puso una mano sobre el hombre a su lado

—. Cuando intentes quitarnos nuestra libertad, estaremos listos, y pagarás el precio.

Aegis suspiró. Hubo un tiempo en que habría subido corriendo esa colina, recibiendo y rebotando balas como si no fueran nada. Golpear, patear y disparar su camino a través de la pandilla de Thane y derribar al monstruo mismo con dardos aturdidores bien sincronizados en la boca, la cabeza y otras partes de Thane que carecían de su enojada súper armadura.

Hubo un tiempo.

—Thane, ¿me estás diciendo que no tienes rehenes allá arriba? ¿Ningún inocente?

Aegis podía soportar la fanfarronería de Thane, pero si había civiles en riesgo... los Paragones, les gustara admitirlo o no, dependían de la aceptación pública para su poder. Aegis no se hacía ilusiones de que si los miles de millones normales se levantaran, podrían arrebatar el control, podrían asesinar o encarcelar a cada anomalía. Pero eso sería difícil, mortal, y sería mucho más trabajo que dejar que los Paragones mantuvieran las calles seguras, evitaran que el mundo entrara en guerra.

Si los normales alguna vez dudaban de que se mantendría esa seguridad, entonces los Paragones estarían condenados.

—¿De qué sirve otra boca que alimentar, otra persona que necesita ser cuidada? —respondió Thane—. No, no Aegis. Si vienes por mí aquí, arriesgas a tu propia gente y a ti mismo por nada más que tus propios deseos. Así que síguelos si quieres, Aegis. Atácame. Demuestra que eres tan imprudente y descuidado como siempre has sido.

En lugar de eso, Aegis se dio la vuelta y caminó de regreso hacia los Paragones, con la risa de Thane siguiéndolo todo el camino.

CAPÍTULO 22
UNA NOCHE DE FIESTA

EL *CARVER'S* parecía una cloaca, y ni siquiera la nevada que aumentaba constantemente esa noche podía salvarlo. El exterior del club exudaba una hostilidad vulgar, como ser acosado por un borracho por la cerveza que acabas de pedir. Incluso su letrero de neón rosa, en perpetua guerra parpadeante por sobrevivir, tenía parches negros eternamente oscurecidos por botellas arrojadas. Personas encapuchadas y acurrucadas se paraban a un lado, fumando como vestigios de la época a la que pertenecía el *Carver's*. Kat había preguntado, pero nadie sabía quién era el Carver que daba nombre al bar, solo que había existido durante un par de siglos, absorbiendo de una generación a otra como una enfermedad.

A través de la única puerta, atiborrada de carteles de actuaciones y eventos locales, el portero la recibió con una mirada aburrida de medio segundo que se transformó en un asentimiento solemne cuando se dio cuenta de quién entraba.

—Lleno esta noche —dijo el portero, un tipo cargado de músculos llamado Tracy.

—¿Buena caza? —respondió Kat, feliz de darle a Tracy unos segundos de conversación mientras inspeccionaba el club detrás de él.

—Debería serlo.

Lo cual era lo máximo que Tracy ofrecía cuando se trataba de anomalías. El *Carver's* no permitía que Kat rastreara realmente en las instalaciones, pero ella no tenía problemas en captar una pista y seguirlos a casa. Especialmente en una noche como esta, cuando Kat quería una distracción de Gordon, de esa anomalía suya, y de una vida que hasta ahora no había logrado llenarla de alegría.

Así que pidió un doble. Vodka. Solo. Bajaría suave, lo tomaría a sorbos y pondría su número.

El *Carver's*, una vez por semana, instalaba un ring central donde normalmente estaba la pista de baile. Allí, luchadores aficionados podían golpearse mutuamente durante cinco minutos. Comprabas una bebida y podías obtener un boleto, luego lo depositabas en una gran pecera vieja al final de la barra de metal descascarada y pintada de cereza. Cuando sonaba la campana para terminar una pelea, salía otra pareja y la diversión continuaba.

Kat podría haber elaborado teorías sobre por qué las noches de pelea del *Carver's* atraían a tanta gente, incluida la multitud abarrotada de esta noche que se arremolinaba alrededor del ring. Vítores, apuestas laterales y el ocasional grito cuando un luchador asestaba un golpe brutal constituían la atracción principal sobre el constante pulso de la música electrónica que rebotaba en las paredes. Sin embargo, ¿por qué elaborar teorías cuando los hechos se presentaban tan claramente?

La gente estaba aburrida. La gente quería sentir algo. Por lo tanto, puñetazos, patadas, placajes y torpes cabezazos.

—¿Por qué me dijiste que viniera esta noche? —preguntó Kat cuando Sandra, la camarera cuyo largo cabello rizado lucía todos los colores del espectro, junto con las joyas que colgaban de cada parte visible, le sirvió el doble.

—Echaba de menos tu linda cara —la voz de Sandra tenía esa cualidad ronca que se obtiene cuando pasas la mayoría de las noches gritando sobre el ruido, como si sus cuerdas vocales se hubieran tostado hasta quedar crujientes—. ¿Dónde has estado?

—En el norte.

—¿Vacaciones?

Kat respondió a esa pregunta con un largo trago. El vodka bajó fácilmente: frío, con un pequeño ardor para recordarle que no estaba bebiendo agua.

—Supongo que no —Sandra desvió la mirada hacia el final de la barra, donde la fila de clientes era interminable—. Volveré. ¿Quieres poner un boleto?

Kat jugó un juego de adivinanzas con el cuerpo de Sandra. Inclinándose lejos de Kat, la ceja haciendo el más leve ascenso en la frente de Sandra, las manos agarrando el borde de la barra. Ningún signo obvio excepto esos ojos, esos ojos brillantes que decían que no debería perderse esto.

—Me apunto a uno.

Con Sandra ausente, Kat hizo otro largo viaje visual por el *Carver's*. Las anomalías no destacarían necesariamente en una multitud de bebedores empedernidos y alternativos como la que había aquí. Pero Kat podía descartar a los habituales, los que parecían demasiado cómodos para ser objetivos. Una vez hecho esto, los números se reducían lo suficiente como para detectar una posibilidad.

El tipo estaba sentado en una silla contra una pared lateral, bebiendo a sorbos una pinta y lanzando miradas por la habitación como si temiera que lo fueran a asaltar. Llevaba una gorra de tela apretada sobre una cabeza rapada, su verde navideño contrastando con su piel chocolate. Una sudadera raída con un desgarro donde debería estar la capucha le caía sobre unos vaqueros manchados que tenían historias que contar. Cumplía con los requisitos de Kat.

—No me digas que ya encontraste uno —preguntó Sandra, eligiendo mezclar el pedido de alguien junto a Kat.

—Podría ser. ¿Conoces a ese tipo? El de la gorra.

Sandra peló una naranja. Se tomó un segundo para mirar a través de la multitud hacia donde Kat miraba. —Es nuevo. Vino hace un par de noches.

—¿Puso un boleto?

—Tendrías que pedir otra ronda para saberlo —Sandra vertió tanto azúcar en esas palabras que Kat se echó a reír.

Esa era la cuestión con el *Carver's*: si querías algo, pagabas por ello, pero el beneficio aquí era demasiado bueno para dejarlo pasar. Algo en el ambiente sórdido y apartado del lugar atraía a aquellos que querían pasar desapercibidos. Que querían formar parte de una multitud sin realmente unirse a ella. Kat apostaba a que la mayoría de la gente aquí, incluyéndose a sí misma, estaba huyendo de algo. Cuando Sandra regresó, Kat pidió otra copa, esta vez sencilla, y le pidió que pusiera sus entradas junto a las del tipo de la gorra. Luego Kat se levantó, se alejó de la barra y se dirigió al ring. Para ver la acción más de cerca. Eso, y el zumbido del alcohol la hacía sentir cálida, inquieta. Lista para ver algo.

Golpeándose mutuamente en el ring en ese momento había dos mujeres de mediana edad, y habían venido a jugar en serio. Estas no eran las borrachas a medias con camisetas que daban tumbos por el círculo lanzando golpes al aire hasta que una tropezaba y se noqueaba a sí misma. Estas dos, estas dos eran *buenas*. El pequeño tamaño del ring significaba que los movimientos tenían que ser ajustados, y las mujeres lo habían hecho aún más estrecho para sí mismas al cerrar distancias donde los jabs cortos, los codazos y las rodillazos estaban de moda. Sus extremidades destellaban, desviando los golpes de la otra y colándose en los momentos vulnerables para quebrar una mandíbula o propinar un golpe al riñón. Al principio, Kat pensó que las dos iban a seguir así hasta que una de ellas muriera allí mismo.

Entonces... Kat sonrió. Ahora lo veía. Invisible para el ojo inexperto, especialmente con las reacciones. Estas dos estaban conteniendo sus golpes en el último instante. Menos una pelea y más una danza. Y la razón se hizo evidente en los crecientes gritos a su alrededor: apuestas laterales, algunas sin duda hechas por personas que sabían cuál sería el desenlace. Ganancias compartidas.

Una rutina que debería hacer que estas dos fueran vetadas del *Carver's* de por vida, pero cuando la pelea terminó, el cronómetro en cuatro minutos y treinta y cinco segundos, con un movimiento de agacharse y uppercut que envió a una al suelo, inmóvil, la multitud vitoreó, gimió e intercambió dinero sin pausa. Kat se encontró aplaudiendo junto con el resto mientras la ganadora levantaba sus manos en alto, mostrando que incluso contenidos, se había ganado algunos moretones por su esfuerzo. Suficiente entretenimiento, e incluso una pelea arreglada podía valer la pena pagar por verla.

Kat fue al baño, dejó su abrigo con Tracy en la entrada del bar, y se hizo algo de espacio para estirarse. Solo un par de minutos más, si Sandra había hecho su trabajo. El atuendo de Kat esta noche tenía ese estilo holgado que sugería una actitud despreocupada pero que, en realidad, le daba a Kat espacio para respirar en lugares estrechos y flexibilidad en los amplios. Una camiseta roja de manga corta combinada con unas mallas oscuras y cálidas que se estirarían según lo necesitara.

—¡La siguiente pareja al ring, y es una buena! ¡Tenemos a un recién llegado, Calvin, enfrentándose a la legendaria Kat Collins!

Ese DJ. Tendría que hablar con él más tarde, decirle que no la promocionara así. Que no elevara las expectativas. Claro, no perdía mucho aquí, pero *¿legendaria?* Kat no estaba segura de que uno pudiera convertirse en leyenda venciendo a bromistas aleatorios en un antro como el *Carver's*. Pero el escenario estaba preparado, y cuando Kat caminó hacia el ring —su vodka hacía tiempo terminado— la multitud se apartó para darle espacio. Más de unas cuantas manos se alzaron para chocar los cinco, lo cual Kat correspondió, y lanzó sonrisas y asentimientos a la gente que la conocía.

La conocía. Más bien habían ganado suficiente dinero con sus victorias como para mantenerla popular.

De cerca, la deteriorada cinta roja que delimitaba el ring no hacía nada para contener la presión de la multitud, bien dentro del alcance de un puñetazo fallido, del impacto de una patada resbalada. Se acercaron, listos para ver el siguiente espectáculo, bebidas en mano y derramándolas unos sobre otros, sobre el suelo. Los hermanos moteros —una moda irónica desde que las motocicletas habían sido desterradas a pistas designadas— le abrieron paso a Kat para que entrara al ring.

Calvin aún no había logrado atravesar la multitud, así que Kat cruzó al lado opuesto. Ahora la sonrisa se desvaneció. La ligera neblina del alcohol difuminó el ruido de la multitud mientras luchaba por concentrarse, por llegar al momento. Si te esforzabas lo suficiente, cualquier situación podía ser como aquellos bosques de noche, con la nieve soplando y el silencio como único sonido. Un poco de dolor persistente en las pier- nas, la garganta un poco seca por el vodka, pero por lo demás podría destruir el mundo.

La presa de Kat logró pasar con la ayuda de manos que lo empujaban. Tropezó un poco, el tipo de movimiento que hizo que Kat se preguntara si Calvin era un novato, un chico muy por encima de sus posibilidades, que había echado un boleto porque una bonita camarera se lo había pedido y no sabía cómo decir que no. Entonces él la miró, y nunca había visto una cara más dura. Nada de las sonrisas burlonas habituales, las miradas en blanco que recibía de los hombres que se alineaban contra ella, sino una mirada fría como el hielo de ojos ensombrecidos por las luces de arriba y alrededor. Kat reevaluó; Calvin tenía cicatrices, parecía muy poco asustado de meterse en esto, y tal vez quería, tal vez usaba cosas como esta para desahogarse.

Calvin se quitó la voluminosa chaqueta de los hombros, entregándosela a alguien detrás de él que probablemente la robaría, revelando la forma fibrosa de un adicto, o de una persona para quien la comida llegaba a intervalos irregulares. Una camiseta gris colgaba suelta, y algunas manchas rojas encontraron hogares dispersos en su pecho. Desde el otro lado del ring, Kat no podía decir si provenían de sangre o de barbacoa.

—¡Kat y Calvin! ¡Última oportunidad para hacer sus apuestas, conseguir sus bebidas! —anunció el DJ, antes de cambiar las pantallas del *Carver's* de deportes a una cuenta regresiva de treinta segundos.

—¿Estás listo para esto? —gritó Kat a Calvin. La música sonaba lo suficientemente fuerte como para que tuviera que gritar, pero el milagro del oído humano hizo que Calvin captara el sonido de todos modos, y asintió—. ¡No te contengas! ¡Yo no lo haré!

Todo parte del juego. Todo parte de poner la cabeza de Calvin en el lugar correcto. Si el hombre era una anomalía, si tenía una chispa escondida allí dentro, Kat quería sacarla a la luz. Y la mayoría de las anomalías, llevadas al límite, cederían y dejarían volar el último truco que tenían.

Era un milagro que Kat siguiera viva.

Los treinta segundos llegaron a cero y unas bocinas ensordecedoras atravesaron el ritmo para comenzar la pelea. Kat entró rápido, cruzando la arena en tres pasos para lanzar tantos jabs como pudiera a la cara de Calvin. El hombre demostró sus credenciales fibrosas esquivando hacia su derecha, agachándose bajo los puñetazos en el proceso. Pero no aprovechó la apertura, no lanzó un golpe.

Decepcionante. Kat había dejado ese flanco vulnerable solo para ver qué podía hacer Calvin, y si no iba a morder el anzuelo, tendría que forzar la situación.

Girando a la izquierda y dejando que su puño se abriera, Kat sintió que Calvin le agarraba el brazo con el suyo, poniendo su espalda contra el pecho de él. Más importante aún, esto puso el pie derecho de Kat en posición para patear hacia atrás, desequilibrando la espinilla correspondiente de Calvin, y antes de que el hombre pudiera contraatacar, Kat usó su hombro, plantó su pierna izquierda y envolvió la derecha alrededor de la cabeza de Calvin, culminando en lanzar al hombre sobre su cuerpo y estrellarlo contra el suelo.

El bar vitoreó. El bar gimió. Kat no le dio a Calvin la oportunidad de recuperar el aliento.

Fue a dar una patada a la clavícula de Calvin, justo en la parte donde se conecta el cuello. Debería haber sido un golpe fácil, doloroso, pero Calvin aparentemente se recuperó bien de la caída, porque logró agarrar el pie de Kat cuando lo golpeó. Tiró, y entonces fue Kat quien cayó de espaldas al suelo, primero de trasero.

Pegajoso, duro, desagradable. Probablemente quemaría las mallas.

Calvin se giró, presionó la pierna robada de Kat contra el suelo y comenzó a levantarse cuando Kat usó esa presión para su propio impulso y lanzó una patada al pecho de Calvin, justo en el plexo solar. Si hubiera estado usando tacones puntiagudos en lugar de botas redondeadas, la pelea podría haber terminado justo allí. La comodidad sobre la moda tenía sus costos.

Tal como estaba, Calvin la soltó, tropezó hacia atrás unos pasos con las manos presionadas en el punto del golpe de Kat. El espacio permitió a Kat levantarse, saltando en un sprint que, sobre los gritos escupidos de la multitud, le permitió embestir a Calvin antes de que estuviera listo. Puños, codos, rodillas y más de un pisotón en sus dedos del pie tuvieron a Calvin escondiendo su cara en sus brazos, tratando de capear el temporal.

—Vamos —siseó Kat sin dejar de golpear—. Muéstrame quién eres realmente. Hazlo, o te mataré.

Las palabras eran cliché, y no tenía planes de matar a

Calvin —el ring de lucha amateur de *Carver's* no confería inmunidad a los cargos de asesinato—, pero hacer que un momento tenso sonara como si perteneciera a una película a menudo funcionaba. Kat necesitaba que Calvin creyera que este era su momento, su clímax donde estallaría, todo heroico, y terminaría con un rastreador en su brazo y una nueva carrera como Parangón forzado.

—¿De qué estás hablando? —dijo Calvin, su voz tensa y atravesada por los temblores de alguien que intenta y falla en conseguir suficiente aire.

—Tú lo sabes.

Kat retrocedió por un segundo, el tiempo suficiente para que Calvin pensara que se había detenido, y luego volvió a bailar, esta vez yendo bajo. Por debajo de los largos brazos y codos huesudos del hombre. Calvin saltó lejos, rebotando contra los espectadores que empujaban, y terminó recibiendo un solo golpe en el cuádriceps por sus problemas.

—No, no lo sé —dijo Calvin mientras Kat seguía su esquiva.

Ahora Calvin era el anfitrión de la fiesta, marcando el tono con largos y amplios balanceos destinados a mantener a Kat alejada, ocasionalmente matizados con una patada demasiado lenta para ser algo que practicara. Éramos superhéroes en nuestras mentes, y Calvin luchaba como si estuviera soñando. Así que Kat dejó que el hombre se cansara mientras el reloj bajaba de un minuto. Se estaba acabando el tiempo para sacar a la luz la habilidad de Calvin, si es que tenía una. Mientras esquivaba otro gancho derecho salvaje, Kat se acercó de nuevo con un abrazo alrededor de la cintura de Calvin. Enganchó su pierna izquierda alrededor de la de él, empujó y derribó al hombre más grande al suelo. Kat retiró su mano derecha, hizo el puño cuando Calvin golpeó el suelo.

—Ahora o nunca —dijo Kat.

—Nunca. —Calvin puso sus manos sobre su cabeza,

extendidas y con las palmas hacia afuera. Una rendición—. Me rindo.

Antes de que Kat pudiera moverse, pudiera reaccionar, el DJ tocó las bocinas de aire de nuevo y la multitud que había hecho algunas dulces apuestas por ella invadió el ring. La sacaron de encima de Calvin, a quien perdió en el lío de manos, caras, cuerpos. Un aplastamiento que solo se detuvo cuando el DJ anunció a los siguientes dos luchadores. Para cuando Kat llegó al bar, con Sandra, Calvin había desaparecido.

—Lo siento, Kat —dijo Sandra cuando Kat preguntó por su combatiente desaparecido—. Se fue después del combate. Creo que no quería que lo molestaran.

—No lo culpo. —Kat miró hacia la salida, como si algún rastro brillante hacia Calvin pudiera materializarse. No lo hizo—. ¿Te dio alguna pista sobre quién es? ¿De dónde viene?

—¿Todavía crees que es una anomalía?

—Sí. Está marcado, lo que lo hace peligroso.

Si Kat pudiera trazar una línea que conectara las anomalías que había rastreado y que habían demostrado ser terrores, el factor común era que *sabían* que eran cazadas. Habían luchado, se habían arrastrado y habían quemado relaciones para sobrevivir fuera de la recompensa enrejada del Parangón, y el resultado las había endurecido. Sospechosas.

Calvin estaba caminando por ese mismo camino. Si haría estallar una ciudad o no crearía nada más que una bocanada de humo dependía del azar genético aleatorio.

Y de si Kat lo encontraba primero.

CAPÍTULO 23

EL CUCHILLO
CONOCE A LA DIRECCIÓN

TERMINAR un cigarrillo siempre se sentía como despertar. El último golpecito para sacudir la ceniza, deslizar la colilla en la pequeña bolsa que Zhan-Yo llevaba —si un dron te veía tirar basura, te costaría una obscena cantidad de puntos de reputación—, todo ello señalaba el fin de la meditativa fumada. De vuelta a la Tama, a las exigencias de la noche. Se podía lograr el mismo efecto sin la droga y sus efectos nocivos, pero los hábitos eran hábitos y Zhan-Yo asumía los suyos.

El hielo flotaba en el Lago Michigan y él lo observaba mientras se apoyaba en la fría barandilla metálica. No hacía tanto frío como la noche anterior, pero sí el suficiente para justificar el abrigo pesado, un gorro de lana que picaba y una bufanda que Zhan-Yo se subió para cubrirse la cara.

—Esas cosas te matarán —dijo Wexley al acercarse. Zhan-Yo lo había visto minutos antes, alejándose de los edificios y adentrándose en la relativa serenidad del Millennium Park. Wexley se había tomado su tiempo para llegar al punto de encuentro, y Zhan-Yo no le reprochaba ese momento de contemplación—. Ni siquiera sé dónde los consigues ya.

—Si muero por esto, seré un hombre feliz.

Wexley soltó una única y seca carcajada y se unió a su jefe, mirando hacia el agua negra. En invierno, esta vista siempre tenía un encanto especial: sin todos los barcos y navegantes que poblaban el verano, la orilla parecía una línea divisoria entre la oscuridad y la luz.

—Gracias por venir —dijo Zhan-Yo—. Ella llegará pronto.

—¿Ella?

—Hay cosas que necesitas saber. En caso de que esto no salga como quiero, y más aún si sale bien.

Wexley, que llevaba gafas y el abrigo largo de bota a cuello tan popular entre los empresarios a la moda de hoy, recibió la noticia sin mucha emoción. Quizás Zhan-Yo le había dado tantas sorpresas a su lugarteniente a lo largo de los años que Wexley ahora las trataba como acontecimientos normales, pequeños baches en el camino, por lo demás directo, hacia el éxito como la estrella brillante de Ziran.

—Estás siendo evasivo. Lo que explica dónde estamos —Wexley hizo un gesto con el brazo hacia el parque, sus ojos mirando hacia arriba—. Sin gente. Sin drones. Pero no me vas a tomar el pelo, Z.

Wexley no tenía de qué preocuparse. Zhan-Yo vio la luz del pod que venía desde detrás de Wexley y miró hacia ella, su lugarteniente siguiendo la mirada. El pod redujo la velocidad y se detuvo en la acera al otro lado de la amplia extensión de Lake Shore Drive. Sylvie salió, vestida con ropa formal que, en ella, podía ocultar cualquier cantidad de armas.

—Bien —dijo Zhan-Yo mientras el pod se alejaba, dejando a Sylvie libre para cruzar la calle—. No lo haré. Esa es Sylvie. Va a arruinarnos o a ayudarnos a cambiar el mundo.

Wexley tuvo la decencia de esperar a que Sylvie cruzara antes de empezar con las preguntas. Después de que comenzara el bombardeo —nombre completo, antecedentes, por qué debería confiar en ella—, Sylvie miró a Zhan-Yo con una expresión que suplicaba permiso para matar a esta mosca molesta, pero la negativa de Zhan-Yo convirtió su irritación en un suspiro resignado.

—¿Qué? ¿Esto te aburre? —dijo Wexley—. Aquí estás, diciéndome que has estado trabajando para Z durante años y...

—Basta, Wexley —interrumpió Zhan-Yo—. Basta. Te traje aquí para escuchar, para aprender. No para hablar, y ciertamente no para exigir.

Por mucho poder que Wexley creyera tener, Zhan-Yo seguía siendo el jefe, y el repentino silencio de Wexley, su paso atrás alejándose de Sylvie y su mirada hacia el suelo indicaban que lo sabía. Lo cual era bueno. La agresividad, la ambición, incluso la arrogancia podían tolerarse. La insubordinación, sin embargo, era una podredumbre que no podía permitirse.

A Zhan-Yo le disgustaría tener que reemplazar a Wexley, pero lo haría.

—¿Parece que ya nos hemos aclarado? —preguntó Sylvie, y ante un gesto de la mano de Zhan-Yo, continuó—. Bien. Si has estado leyendo mis informes, sabes que las cosas van bien. No me digas que me has llamado aquí para cancelar.

—Quiero los detalles —dijo Zhan-Yo—. Por eso te llamé aquí. Los mensajes crípticos están bien, y me alegro de que las cosas avancen. Pero qué cosas, y dónde. Eso es lo que quiero que me digas cuando nadie esté escuchando.

—Alguien está escuchando —Sylvie señaló a Wexley.

—Si no podemos confiar en él, entonces toda esta empresa no tiene sentido.

Zhan-Yo esperaba que Wexley se mantuviera en silencio, y así lo hizo. Esta no era su conversación.

Sylvie tomó aire. Le dio a Wexley una última mirada evaluadora, y luego habló:

—Estamos introduciendo armas en la ciudad ahora. No las suficientes para activar las alarmas, pero sí para que se noten. La noticia ya se ha extendido por la cadena de mando del Parangón, y creo que con una filtración de alto perfil podremos hacer que Aegis venga aquí. Todavía se encarga personalmente de las cosas. He oído que está en el noreste ahora, respondiendo a una fuga de prisión. Si podemos causar suficientes problemas, vendrá.

La vanidad de los Campeones no conocía límites. Zhan-Yo había crecido con sus sesiones de fotos, sus hazañas difundidas por las pantallas y los restos de las publicaciones en papel. Cada oportunidad de hacer un rescate significaba una oportunidad para impulsar sus nombres, su perfil. Darles una gran redada de armas en medio de una gran ciudad, sí. Podía verlo. Aegis querría el crédito. Querría ser el héroe.

—Un momento —Wexley no pudo mantenerse callado por más tiempo—. Z, ¿qué es esto? ¿Armas? *¿Quieres* que los Paragones se lo lleven todo?

—Escúchala, Wexley.

Wexley empezó a hacer otro ruido, y Sylvie, con el más leve siseo de exasperación, sacó un cuchillo del tamaño de un dedo del bolsillo de su abrigo —o tal vez de su manga, Zhan-Yo no estaba seguro— y colocó la punta contra la garganta de Wexley. Los ojos del hombre se abrieron más que sus gafas y se quedó perfectamente inmóvil, algo solo alcanzable a un suspiro de la muerte.

—La escuchamos porque sabe lo que está haciendo —Zhan-Yo puso su mano sobre el brazo de Sylvie que sostenía el cuchillo y la presión fue suficiente para que Sylvie abandonara la amenaza—. Y porque es muy buena con ese cuchillo.

Por más puntos que pudiera recibir, Wexley comprendió la amenaza de Sylvie y la orden subsecuente de Zhan-Yo. Metió las manos en los bolsillos de su abrigo y se estremeció. Zhan-Yo le permitió ese gesto; hacía frío, y Wexley, el administrador y pulido ejecutivo de negocios, estaba siendo arrastrado a un mundo de locura que, sin duda, solo había existido previamente para él en las historias.

—Por favor, continúe —dijo Zhan-Yo a Sylvie, quien no había apartado los ojos de Wexley.

—Estoy explorando ubicaciones por la ciudad —dijo Sylvie, como si estuviera recitando su lista de la compra—. Me decidiré por una pronto. Lo que necesito de ustedes es la estrategia de comunicación. Una vez que nos ocupemos de Aegis, el mundo necesitará saberlo. Tendrán que entender lo que significa.

—Se hará —respondió Zhan-Yo—. Una vez que tenga su ubicación, la tendremos preparada.

—¿Van simplemente a matarlo? —interrumpió Wexley de nuevo, pero esta vez dirigió la queja a Zhan-Yo, no a Sylvie—. ¿Eso es todo? Si lo están atrayendo a una trampa, ¿por qué no sacarle algo más primero? Podríamos hacerle decir que los Paragones son un error, que...

—Wexley —Zhan-Yo frunció el ceño mientras interrumpía a su lugarteniente. El hombre continuaba diciendo y haciendo cosas que sacudían la confianza de Zhan-Yo en él. Quizás se había equivocado al traer a Wexley aquí, al exponerlo a todo esto. Tal vez la columna vertebral de acero de Wexley, compuesta y fuerte, era en realidad hierro quebradizo oxidado y listo para romperse—. No somos torturadores. No obtendremos placer de esto. Es un medio para un fin muy necesario, y eso es todo. La muerte del Campeón será suficiente.

Sylvie tocó su Tama. Llamando a un pod, señalando el final de la reunión.

—Les avisaré cuando haya encontrado el lugar —dijo Sylvie una vez que hubo convocado su transporte—. Intenten mantener a este bajo control.

—No se preocupe por mí —dijo Wexley—. Ahora que sé lo que está pasando, solo díganme lo que necesitan. Lo que sea. Estaré allí.

—Que es precisamente donde no quiero que estés —Sylvie escudriñó la calle en busca de su pod, lo divisó y comenzó a caminar hacia el vehículo aunque estaba a varias cuadras de distancia—. Mira, pero no toques.

Wexley se quedó mirando a Sylvie hasta que Zhan-Yo comenzó a caminar en la dirección opuesta, dirigiéndolo de vuelta hacia el norte, hacia las torres relucientes. El frío había penetrado su abrigo y se había enredado en la piel de Zhan-Yo, y el cabello bajo su sombrero le picaba, y cuando se rascaba se sentía como vidrio quebradizo. Aun así, en su corazón, Zhan-Yo mantenía el cálido resplandor del destino.

CAPÍTULO 24

UNA SORPRESA DESAGRADABLE

EL PROCESO matutino se hacía cada vez más largo. Hoy, después de los elementos médicos habituales, Mynx añadió uno nuevo: estirar antes de emprender el camino hacia la Fábrica. Sus cuádriceps, al parecer, ya no estaban dispuestos a hacer semejante travesía sin un calentamiento previo. Sus cuádriceps. Referirse a partes de su cuerpo como si no fueran suyas, sino entidades separadas. Un resultado de que se sintieran cada vez menos como solían ser. Cada vez menos como ella creía que deberían ser.

—¿Agenda? —preguntó Mynx mientras los drones le ponían el atuendo casual del día.

El suave suéter azul de Paragon y los pantalones de estar por casa color crema eran una buena señal por sí mismos: Reeves no los elegiría si Mynx tuviera que ir a algún lugar emocionante. Algún lugar público. Así que incluso mientras le pedía a Reeves que detallara las exigencias del día, Mynx esperaba una larga lista en blanco.

Ella era la líder, la Campeona de Pacifica. Un reino terrestre y marítimo que abarcaba todo al oeste del Mississippi, atravesando Hawái y Alaska hasta Singapur y Japón. Países y estados relegados a dominios administrativos gestionados por delegados nombrados por Paragon. Mientras algunos Campeones, como Aegis, preferían un papel práctico, Mynx sometía a todos sus Paragones a pruebas y utilizaba los resultados para delegar sus deberes. Excepto, por supuesto, la última palabra. Si fuera necesario, Mynx podría salir de la Fábrica y recuperarlo todo. Como si alguna vez lo fuera a hacer.

—Nada oficial, pero debería saber que la Dra. Jones viene en una cápsula hacia aquí. Debería llegar en aproximadamente cinco minutos.

—Reeves, ¿por qué no me lo dijiste? ¿Por qué no me despertaste antes?

—No estaba programado, señora. Los registros de la cápsula indican que hizo la llamada esta mañana.

Mynx miró por la ventana. Otro día soleado que había planeado enterrarse dentro de su montaña mecánica, perfeccionando el gladiador y ultimando el despliegue de un escuadrón de drones acuáticos que llevaba mucho tiempo en desarrollo. Ahora los placeres de sus simulaciones, datos y desarrollo de drones tendrían que esperar.

—Retrásala. Lo suficiente, al menos, para que pueda tomar mi té.

—Por supuesto. Ya empecé a preparar algo en previsión. Se retrasará la llegada de la Dra. Jones diez minutos.

Reeves entraría, le diría a la cápsula que alguna calle o serie de calles estaban en construcción y haría que la cosa diera vueltas por caminos secundarios. Un truco útil cuando Mynx necesitaba algo de tiempo, o cuando quería que un visitante particularmente molesto se perdiera tanto como para desistir de la interrupción. No es que no lo descubrieran eventualmente, pero Mynx había dejado de preocuparse por las cortesías. El tiempo era demasiado importante.

Cuando Mynx hizo un gesto para abrir las grandes puertas de su casa a Denise, lo hizo sosteniendo una taza humeante que olía a flores silvestres, aunque no se había cambiado de ropa. Tampoco se había molestado en poner nada más que una expresión seria. Su postura gritaba que Denise estaba interrumpiendo, y que tal interrupción tenía consecuencias.

Denise no logró, con su agradable sonrisa y su sincero buenos días, captar esto.

—¿Puedo pasar? —preguntó Denise después de que su saludo quedara sin respuesta y Mynx no ofreciera ninguna invitación.

—Denise —dijo Mynx—. Sé que puede que creas que tenemos una relación especial. Que porque estoy interesada, muy interesada, en tu trabajo, tienes algún tipo de licencia especial para llegar aquí sin previo aviso por capricho. No la tienes. Soy una Campeona, y una muy ocupada. Programa tus visitas y estaré encantada de recibirte. No lo hagas, y...

—Estoy llegando a algo —interrumpió Denise—. Tu muestra. Está, nos está acercando. Hicimos que las células regresaran, eliminamos las dañadas por la edad y las reemplazamos con células funcionales.

—¿Y?

—Esa es la cuestión. Tus hebras de anomalía parecían ser la clave. No todas las células en una anomalía son anormales. Quiero decir, especiales.

—Sé lo que quieres decir.

—Cierto. Así que nosotros, eh —Denise miró sus manos, como si deseara que sostuvieran una pantalla con datos, o tal vez un marcador que pudiera usar para dibujar su descripción—. Resulta que el porcentaje de células anómalas que tenían daños relacionados con la edad era muy bajo. En comparación con las células normales, de todos modos.

Mynx se deleitó con un largo sorbo de té. Desarrolló la lógica hasta llegar a varias conclusiones diferentes y decidió ver en cuál se decidiría Denise.

—¿Entonces qué piensas? —dijo Mynx.

—Creo, creo que si tuvieras más de tus células anómalas,

serías más joven. Al menos en un sentido físico. —Denise tomó aire, apretó los labios por un segundo y levantó la mirada. Directamente a Mynx—. Por eso estoy aquí. Necesitamos confirmar que no eres solo tú. Que cada anomalía tiene esta oportunidad. —Otra pausa. Otra respiración—. Y si es algo que podemos transferir a otros.

—Quieres la base de datos.

—Bueno, la ofreciste antes. ¿Si había promesa? Creo que esto podría ser. De verdad.

Cuando una anomalía se daba cuenta por primera vez de lo que era, casi siempre era una experiencia traumática. Incluso si la habilidad era algo menor, como hacer que su lengua cambiara de color o saber siempre la humedad exacta en el aire, se habían unido a un grupo exclusivo.

Una habilidad consecuente traía consigo responsabilidades. Mynx y los otros Campeones pasaron años aprendiendo esa lección y luchando contra otras anomalías que nunca lo hicieron.

La base de datos que Mynx construyó no era un producto de su habilidad, pero su contenido podría hacer tanto daño, tal vez más, si se manejaba sin cuidado. Los drones eran lo mismo; cada uno tenía un sistema de seguridad que Mynx podía activar, uno que apagaría la máquina si no se conectaba por sí sola cada 24 horas. Un código que descendería por una línea Paragon designada si la propia Mynx muriera.

El punto es que Mynx se tomaba su posición en serio, y eso significaba no dar poder a personas que no lo merecían.

—Si hay promesa, entonces muéstramelo —respondió Mynx—. Envíame la evidencia, envíame adónde planeas ir, y si es bueno, te daré tu acceso.

Denise se desanimó, pero luego encontró algo de valor y se enderezó. Intentó un último argumento: —Usted es quien quería esto rápido. Estoy intentándolo, y lo está haciendo más difícil.

—Cuando alguien desea lo imposible y otra persona dice que lo ha logrado, creo que es razonable pedir pruebas.

Denise no se quedó después de eso. Le dijo a Mynx que le enviaría los detalles y desapareció de vuelta en la cápsula, que Reeves había mantenido para Denise por orden de Mynx. Esta nunca iba a ser una conversación larga, sin importar lo que Denise tuviera que decir. Las palabras no eran nada sin pruebas, y ninguna prueba legítima llegaría entregada en mano, no con el detalle que Mynx necesitaría para estar convencida.

—No fuiste muy amable —dijo Reeves mientras Mynx terminaba su té de vuelta en su terraza, con el sol subiendo más alto en el cielo—. He descubierto que los humanos responden mejor a la amabilidad que a la ira.

—Ella mintió.

—¿Mintió? ¿Sobre qué parte?

—Todo —dijo Mynx—. Y lo hizo mal, porque es una investigadora, no una estafadora. ¿Las células anómalas son inmunes al envejecimiento? Entonces, ¿por qué los anómalos no son todos más jóvenes que los normales?

Reeves estuvo de acuerdo en que esa teoría parecía bastante fácil de refutar. Luego, cambiando de tema, Reeves comenzó con las evaluaciones del día, los drones que necesitaban ser revisados, las provisiones de nuevas piezas y materias primas para la Fábrica que necesitaban ser aprobadas. Mynx dejó que todo pasara sobre ella mientras, por debajo de todo, seguía pensando en Denise Jones.

Las preguntas abundaban. ¿Por qué Denise vino hoy, y por qué inventar una mentira tan obvia? ¿Por qué, cuando Mynx se negó, Denise simplemente cedió y se fue? Si quería la base de datos tan desesperadamente, Denise debería haber lanzado oferta tras oferta. Intentado cualquier técnica. En cambio, se desvaneció. Aceptó el no y se fue.

—Reeves —dijo Mynx, interrumpiendo una larga exploración de los próximos drones de defensa submarina—. Denise tiene un largo historial en este campo, ¿verdad?

—En efecto. —Uno de los muchos beneficios de las IA sobre un humano normal era que no se ofendían en absoluto al ser interrumpidas—. Es una de las genetistas más destacadas de Pacifica.

—Así que sabe cómo lograr que una conclusión sea respetada. Entiende cómo presentar resultados.

—Parece plausible.

—Entonces vamos a verificar. Reeves, quiero que uses la base de datos. Descongela algunas muestras, haz una comprobación de las células y hazme saber si las conclusiones de Denise son precisas. Si las células anómalas son más jóvenes.

—¿Y si lo son?

—Entonces me disculparé.

Reeves no necesitaba preguntar qué pasaría si las conclusiones de Denise estaban equivocadas. En ese punto, Mynx tendría que tomar una decisión. O tratar a Denise como una anomalía y descartarla, o tratarla como una amenaza y eliminarla.

—Hay otro asunto que deberías saber —dijo Reeves después de varios segundos, alargando el *hay* al principio. Una peculiaridad de programación que Mynx había incorporado para señalar algo, bueno, significativo—. Se ha emitido una alerta de Parangón en Atlantis. Parece que Thane se escapó de su jaula.

Si la hubieran golpeado, habría dolido menos. Thane era como un secreto de la infancia, enterrado tan profundo que Mynx podía olvidarse de él. Olvidar lo que habían hecho, lo que había sido necesario. Se apoyó en la mesa, presionándola con las palmas de las manos. Atlantis estaba muy lejos, la prisión de Thane mucho más allá de la frontera, y aun así no parecía lo suficientemente lejos.

—¿Cómo?

—Los detalles son escasos en este momento. Aegis está convocando a un gran número de Parangones para ayudar.

—Necesitará a todos y cada uno de ellos. —Mynx se puso de pie—. ¿Probabilidades de que llegue al conflicto a tiempo para afectar el resultado?

—Difícil de calcular. Mi... información sobre las habilidades de Thane es mínima. Es difícil cuantificar el efecto que tu presencia tendría en la situación.

Mínima por una razón, y no una que a Mynx le importara declarar en voz alta. Por mucho que dependiera de Reeves, se negaba a olvidar que era un programa. Funciones y cálculos ideados por manos humanas, y que podían ser robados por las mismas. O forzados a revelar sus secretos.

—Entiendo. Mantenme informada. Si Aegis tiene problemas, quiero saberlo. Y querré llegar allí lo más rápido posible.

—Mantendré un plan de vuelo para ti.

Mynx no escuchó esa última parte. Había vuelto a pensar en el hombre, el villano.

La mancha que no había logrado eliminar.

CAPÍTULO 25

DILEMAS ENTRE PADRE E HIJA

COMPARADO con la fortaleza minera de Thane, Aegis disfrutaba bastante de la vista desde la playa, devorando un rollo de langosta bajo una lámpara de calor, absorbiendo un sol que había logrado abrirse paso entre las nubes invernales. Había dejado a Thane allí, con Paragones vigilando y más llegando cada hora. Eventualmente recibiría la llamada cuando estuvieran listos para intentar un asalto, o tal vez Thane simplemente moriría de hambre en su nuevo hogar.

Sería demasiado bueno para ese bastardo.

Aegis se limpió un poco de mayonesa rebelde de la mejilla y miró a su alrededor. Algunos paseantes dispersos llenaban el restaurante, la mayoría como él, solos o con otra persona. Las mesas vacías exhibían fotos de turistas felices posando, cubiertas de plástico. La alegría cuando uno suprime las esperanzas y terrores de la vida por un segundo o dos. Todas tomadas en verano, una advertencia descarada de que Aegis había elegido el momento equivocado para hacer su viaje a la costa este de Maine.

Pero no podía haber pasado ni un minuto más en ese puesto de avanzada, escuchando logística, lidiando con saludos de héroes de Paragones cuyos nombres nunca recordaría. Aegis, todos decían, ¿puedo obtener tu autógrafo, una foto contigo? Como los sujetos en la mesa bajo sus manos, una mesa que se ensuciaba cada vez más mientras su rollo goteaba salsa por todas partes, Aegis había fingido todas las sonrisas que pudo para enviar a los Paragones contentos. Iban a arriesgar sus vidas. Era lo mínimo que podía hacer.

—Realmente estás aquí —Celice sonaba verdaderamente sorprendida—. No pensé que te irías, incluso después de que me lo dijiste.

Celice podía leerlo. Aegis no se habría ido, excepto que había quedado claro que cargar contra Thane con algo menos que un ejército resultaría en muertes innecesarias. Ni un solo Paragón en Atlantis tenía el poder de bombardear un sitio desde la órbita, y la capacidad real de hacer algo así había sido desmantelada por los Campeones hace una década. Los normales ya eran lo suficientemente peligrosos sin darles armas nucleares para jugar.

—Va a ser largo —dijo Aegis—. Thane se ha atrincherado bien. ¿Tienes hambre?

—Lo están preparando —Celice miró el desastre de su padre con diversión y asco—. Parece que lo estás disfrutando.

—Demasiada salsa —Aegis no era uno de los entendidos en las sutilezas de la comida; sus grandes manos hacían que comer limpiamente fuera un desastre—. Me alegro de que hayas venido.

—No es como si hubiera mucho que hacer en Nueva York. Tienes a todos los Paragones al norte de Virginia viniendo a esto. Puse los drones en alerta máxima y me fui.

Celice tomó asiento con la elegancia casual que Aegis siempre había admirado en su hija. Mientras él se movía torpemente por el mundo, Celice flotaba. Sus ojos agudos captaban detalles que él pasaba por alto, y aunque Aegis nunca entendió del todo qué causó que su alegre inocencia —

su corretear con su propia figura de acción en su primer y mucho más pequeño Bastión pasaba por su mente en bucle todo el tiempo— desapareciera, Celice se había ganado su orgullo y su dependencia.

—Thane me venció —dijo Aegis, evadiendo las palabras con una mirada estudiada hacia el horizonte.

Celice no dudó: —Debería, ¿no? ¿No se necesitaron todos ustedes para derribarlo antes?

No se equivocaba. Una de las últimas veces que los Campeones operaron como una unidad. Antes de que las estrategias diferentes se convirtieran en ideales diferentes y luego en irreconciliables. Antes de que se dispersaran por el mundo para evitar matarse entre sí y arruinar todo lo que habían construido.

—Demasiado fácil —dijo Aegis—. No debería haber perdido así. Me golpeó en la cabeza con un dron. Debería haber podido sacudírmelo, mantenerlo allí hasta que llegaran Pixie y los demás.

No dijo que se sentía cansado. Un él más joven habría estado lleno de fuego, listo para tomar las lecciones aprendidas de la pelea —principalmente, no dejar que un dron te estrelle contra el suelo— y volver a intentarlo. Ahora tenía dolor de cabeza, ahora estaba cansado, ahora quería... ¿ir a casa?

Para cuando se dio cuenta de que su hija no había dicho nada, había pasado un minuto o más y Aegis se volvió, preguntándose dónde Celice había puesto sus animadas palabras de aliento, o incluso sus expectativas realistas. Cualquier cosa para distraerlo de dónde, qué era ahora. Aegis encontró una mirada incrédula, la exasperación en sus ojos entrecerrados y en su largo y lento suspiro.

—No me digas que me arrastraste hasta aquí porque estás todo deprimido —dijo Celice—. Perdiste. Pasa. Los Paragones han perdido innumerables veces. Lo que nos mantiene en marcha, lo que te mantiene en marcha, es que no dejas de intentarlo.

Ahí está. Aegis se rió, un sonido bajo y retumbante, y se inclinó hacia atrás en el banco tanto que casi se cae.

—Lo sé, lo sé. Y no te pedí que vinieras aquí para una charla motivacional. Al menos, no solo para eso —Aegis se inclinó hacia adelante y dejó de lado la duda para sumergirse en ese tema distractor: la logística—. Lo que necesito que hagas es traer todos los drones que puedas aquí. No los físicos, los que golpean, sino la artillería. Thane se está atrincherando, y quiero ablandar su caparazón.

—¿Estrategia? ¿Es ese el estilo Paragón?

—Nuestro método funcionó bastante bien durante mucho tiempo. Pero ya estoy harto de sacrificar vidas innecesariamente —Aegis miró su Tama—. Hemos cortado su energía, acceso a la red, todo. Thane no tiene nada, pero es demasiado inteligente. Quiero sacarlo a la fuerza antes de que se le ocurra algo terrible.

Celice asintió, luego miró su propio Tama, pasó el dedo por su superficie hacia Aegis. Una proyección, borrosa y difícil de ver a la luz del sol, se reprodujo en la mesa. Después de un segundo, el programa identificó los elementos más importantes de la presentación de Celice y atenuó todo lo demás, mostrando a Aegis números en un color verde profundo.

—Eso es todo lo que tenemos en toda Atlantis. Has sido tan reacio a obtener más de Mynx que estamos escasos tal como está.

Este argumento otra vez. Desde que Mynx había llevado a los drones al punto en que podían capturar a la mayoría de los criminales sin necesidad de un Parangón presente, Celice había estado presionando para que los robots estuvieran en todas partes. El asunto era que Aegis había luchado contra muchos robots monstruosos en su tiempo. Demasiados normales, demasiadas anomalías pensaban que todas las respuestas estaban en máquinas más grandes y fuertes. Cualquier programa podía ser corrompido, cualquier computadora controlada por las manos equivocadas.

Pero los tiempos habían cambiado. Los Parangones ya no eran tan populares como antes, gracias a su propio éxito. Las anomalías ya no se interesaban en unirse a una organización que, sin grandes males que combatir, probablemente les ofrecería una carrera lucrativa pero aburrida. Los normales veían ahora a los drones como su policía, y a los Parangones como un grupo casi arcaico de raros que salían a asustar a todos de vez en cuando. Todo eso significaba que los Parangones tenían dificultades para alcanzar sus cuotas de reclutamiento, y no había suficientes rastreadores para compensar la diferencia. Los drones podrían ser la única opción.

—Hablaré con Mynx después de esto. Haré un pedido grande. Has ganado.

—Hurra —Celice se marchitó con la palabra, luego se contuvo y forzó una sonrisa interrogante—. Estás siendo demasiado razonable hoy, papá. ¿Es todo por lo de Thane?

Si solo fuera tan fácil. Atribuir lo que era un cambio lento en su perspectiva a un solo evento crucial. Ese tipo de simplicidad podría parecer plausible para Celice, cuya lista de momentos notables en la vida podía ser comprendida, analizada y sus conclusiones convertidas en causas y efectos. A Aegis le resultaría más difícil determinar si esta introspección provenía de la primera vez que realmente sintió dolor —bien entrados los treinta— o si fue anoche, cuando el pensamiento honesto de que podría morir hizo entrar en pánico a su mente. O cien otras instancias en las que parecía que todo por lo que había trabajado y luchado estaba a punto de desaparecer.

—Queríamos matarlo en aquel entonces, pero no podíamos correr el riesgo —dijo Aegis finalmente—. Apinya tomó la decisión. Dijo que podría no haber límite para el poder de Thane, y si lo intentábamos con demasiada fuerza, podría perderse en una furia indestructible. Así es con Thane: al final, lo único que lo detiene es él mismo.

—Entonces, ¿por qué mantenerlo aquí? ¿Por qué no lanzarlo al espacio o algo así?

—Porque queríamos usarlo —Aegis se rio, un sonido triste y sombrío—. Thane es un espectro. En un extremo, tienes todo el poder del mundo, nada de cerebro. En el otro, tienes al hombre más inteligente que jamás haya vivido. La clave era mantenerlo adormecido, listo con respuestas y tan lejos de la ira como fuera posible. Lo instalamos como un paciente en el hospital más tranquilo del mundo.

—Espera, ¿lo mantuvieron prisionero y lo obligaron a responder sus preguntas?

—Más que eso, Thane nos dio inventos. Ideas. No todo, por supuesto. No es un dios. Pero si estábamos atascados, acudíamos a él en busca de ayuda para resolver una solución.

Aegis se preguntó cómo manejaría esto Celice. El proceso de convertirse en adulto significaba la muerte gradual de todos tus cuentos de hadas de la infancia. Celice estaba muy pasada de la fecha de caducidad de esos, pero ese último suspiro de creencia inocente, que los Parangones y los Campeones eran fuerzas del bien, Aegis creía que ella aún lo compraba. Esperaba que lo hiciera.

Porque Celice era el futuro, y si ella se rendía con ellos...

—Lo entiendo —Celice adoptó la táctica de Aegis de mirar hacia el océano—. No eres perfecto. Lo sé. Nadie lo es.

—Tú lo eres.

—Puedes decir eso porque eres mi padre, pero no lo soy. Hiciste lo que había que hacer.

Se había endurecido. Más de lo que Aegis pensaba. La aceptación de Celice lo hizo sentir orgulloso, un orgullo enfermizo, con tristeza en los bordes. Su madre habría estado tan decepcionada de ver esto, de ver a Celice lo suficientemente desencantada como para aceptar la realidad que Aegis había creado para ella. Sin embargo, si su madre hubiera hecho lo mismo, tal vez aún estaría viva.

—Hemos terminado con eso ahora —dijo Aegis—. Hemos progresado lo suficiente. Thane es demasiado peligroso para que valga la pena el riesgo.

—Así que ahora quieres matarlo.

—Asesinó a tu madre, Celice. Ya es hora de que pague por ello.

CAPÍTULO 26

UNA OFERTA INTERESANTE

GORDON finalmente le lanzó un cable a Kat esa mañana, aunque técnicamente no lo vio hasta la tarde. Dormir hasta tarde era lo que pasaba cuando, embriagada por una victoria y molesta por la fuga de una anomalía, Kat aceptaba demasiadas copas de gente que acababa de hacer su reputación gracias a su actuación. Sandra evitó que Kat se pasara de la raya, y un pod la llevó el resto del camino a casa.

Los inquietos lametones de Seeker eran un pobre remedio para la resaca, así que Kat, después de leer el mensaje de Gordon tres o cuatro veces y deducir que no tenía ningún significado oculto, se obligó a salir de la cama, se tomó unas pastillas para los efectos secundarios para aliviar el dolor de cabeza, y salió pisando fuerte por la acera cubierta de nieve detrás de su perro frenético.

Lo encontré. Aún no está atrapado. ¡Todavía tienes una oportunidad, Kat! - Gordon

Claro que sí. Sin nombre. Sin pistas. Sin interés. Poco a poco, como ocurría cuando daba estos paseos por las hileras y más hileras de casas adosadas en su vecindario, un diseño más nuevo que priorizaba la densidad sobre la autonomía, Kat repasó la noche anterior y se sumió en ello.

Había fracasado, y eso era todo. Había sido descuidada. Había rastreado a otras tres anomalías del *Carver's* antes, dos de ellas involucrando peleas como la de anoche. Esas anomalías habían entregado sus dones en la lucha, y cuando Tracy o los otros guardias echaban a la anomalía, Kat había estado lista para seguirla. Calvin se había largado sin perder un segundo. Lo que significaba que sabía todo sobre los rastreadores.

Seeker, adelante, divisó a otro perro en la esquina opuesta y tiró con fuerza de la correa. La tecnología avanzada aún no había cambiado las características y desventajas fundamentales de una cuerda fuerte atada a un collar, y Seeker se aprovechó de ello, arrastrando a Kat tras él. La repentina velocidad coincidió con un parche resbaladizo bajo la nieve que hizo que Kat tropezara hacia adelante, con el control justo para lanzarse hacia un lado, hacia un banco de nieve.

En cierto modo, la fría nieve blanca acabó con su dolor de cabeza más eficazmente que las pastillas. Por otro lado, la nieve se metió por su abrigo, se pegó a sus mallas y, como Kat descubrió cuando Seeker empezó a lamerla, a su cara.

—¿Estás bien? —preguntó la paseadora de perros, una mujer que parecía haber visto el doble de años que Kat y no se molestaba en ocultarlo.

Vagamente, Kat pensó que la mujer podría tener la edad de su madre, si su madre aún estuviera por aquí. El fino cabello rubio que se escapaba de debajo de la gorra de algodón de la mujer no habría coincidido con el castaño de su familia, pero el resto se acercaría bastante.

—Sobreviviré —Kat giró, se impulsó hacia arriba en lugar de tomar la mano ofrecida. Lo último que querría sería tirar a la mujer al levantarse, especialmente con Seeker aún haciendo frenéticos intentos de limpiarle la cara a lametones—. Gracias.

—Valiente tener un husky por aquí —la mujer asintió hacia su propio cachorro, mucho más pequeño, que miraba a Seeker con temor y asombro—. ¿No tienen mucha energía?

—Compruébalo tú misma.

Seeker obedeció, saludando de pie a la mujer tan pronto como ella lo miró. Se rio, lo cual era más de lo que Kat habría esperado. Después de un lametón, la mujer pasó la mano por el pelaje de Seeker y el husky cerró la boca de golpe, volviendo al suelo y sentándose plácidamente. Miró a la mujer como si esperara, y obedeciera, una orden.

Kat sacó la pistola aturdidora que llevaba cargada y lista en todo momento, apuntando a la mujer. Brazos de hierro, puntería firme. —¿Quieres decirme qué le estás haciendo a mi perro?

La mujer seguía sonriendo, pero su rostro adquirió un tono frío, acorde con el clima. —Solo lo estoy calmando. Parecía que lo necesitaba. Al igual que tú.

Si Kat pensara que podría salirse con la suya, giraría la muñeca y dejaría que el Tama capturara el rostro de la mujer, emparejándola con la base de datos de rastreadores. Pero ahora, sin sus contactos de rastreador, su traje y otro equipo, no quería una pelea abierta en las calles con una anomalía desconocida.

—Vas a alejarte de él ahora mismo —dijo Kat, y la mujer obedeció, dando a Seeker un buen metro de espacio—. Esto no es un encuentro casual, ¿verdad?

Amenazar a sus mayores. Una lección más de la infancia muriendo en el duro entorno de su vida adulta.

—Tan perceptiva como tu rango indicaría. La mejor rastreadora de la zona, supongo —la mujer asintió hacia el arma de Kat—. Puedes guardar eso ahora. No estoy aquí para hacerte daño.

—Eso lo decidiré yo.

—Si lo quisiéramos, ya estarías muerta —la mujer recorrió a Kat con la mirada, como para señalar que había aliados ocultos esperando una emboscada—. Esto es una invitación, no un asesinato.

—¿Quién eres tú siquiera? —dijo Kat.

—Estamos interesados en la anomalía que estás rastreando. Es peligroso, pero en las manos adecuadas, potencialmente lo es todo —dijo la mujer. Kat notó, ahora, que el perro pequeño de la mujer estaba tan plácido como Seeker, sentado allí sin hacer ruido. Espeluznante—. Hemos intentado atraparlo, pero no hemos logrado tener éxito. Nos gustaría tu ayuda.

—No has respondido a mi pregunta.

Kat continuó repasando las posibles organizaciones que contratarían anomalías sin rastrear para amenazar a los rastreadores. Ese comportamiento podría ponerte del lado malo de los Paragones, lo que sería literalmente el fin de cualquier empresa. A menos que ya estuvieras en la lista negra y no te importara, y las organizaciones que aún estaban en funcionamiento que podían reclamar ambas cosas y enfrentarse a las anomalías...

—Usted mismo está respondiendo —replicó la mujer—. Eso no importa. Lo que importa es nuestro objetivo común. Si se le deja en libertad, podría perder el enfoque. Causar un desastre mayor sin darse cuenta. Necesita orientación.

—Entonces hay que rastrearlo. Los Parangones lo ayudarán.

—Los Parangones lo utilizarán. Usted lo sabe. Recibe los informes de reputación todos los días. Lo asignarán a una tarea tras otra hasta que su potencial se desperdicie.

—Parece que es su problema, quizás de él. Definitivamente no es el mío —Kat chasqueó la lengua, un sonido al que Seeker debería responder, y, para alivio de Kat, el perro salió de su ensimismamiento, percibió la situación y se levantó, parándose junto a Kat y emitiendo un gruñido bajo —. Inténtelo de nuevo.

Por fin se quebró la compostura de la mujer. Tal vez fue la renovada animación de Seeker, tal vez la pistola aturdidora de Kat había agotado su reserva, pero de cualquier manera se dio la vuelta y se sentó en el grueso banco de nieve. Miró sus manos sosteniendo la correa del perro.

—Me llamo Beth. Soy parte de los Elementales. Estoy segura de que sabe quiénes somos.

¿Quién no lo sabía? De hecho, la admisión hizo que Kat agarrara su arma con más fuerza. Se arriesgó a echar un vistazo rápido detrás de ella, solo acera vacía. Sin cápsulas. En cierto modo, la calle desierta era la prueba más segura de que Beth decía la verdad: ninguna parte de Chicago permanecía tan desierta por mucho tiempo.

Los Elementales eran malas noticias. Un grupo del que se advertía a los rastreadores que se mantuvieran alejados, aunque estuviera formado por anomalías sin rastrear. La razón por la que los Campeones, y por extensión, los Parangones dirigían las cosas ahora residía en el puro poder de las anomalías trabajando juntas. Los Elementales tenían ese mismo poder, si no los recursos. Con todo su equipo, Kat no temía enfrentarse a una, quizás dos anomalías. ¿Pero cinco? ¿Una docena?

—Me llamo Kat, pero supongo que ya lo sabe. Y estoy familiarizada —dijo Kat, aún sosteniendo el arma—. Si van tras este tipo, ¿por qué no lo atrapan ustedes?

—Podría decirse que nos dedicamos más al reclutamiento orgánico —respondió Beth—. Ustedes son los que les gusta llevarse a la gente en contra de su voluntad.

—Solo a los como usted.

—Por supuesto que es lo que cree —Beth se subió la manga derecha de su chaqueta azul cielo y miró su Tama—. Por mucho que me gustaría debatir nuestras filosofías, iré directo al grano.

—La escucho.

—Estamos dispuestos a darle inteligencia que no tiene. Información que debería permitirle encontrar la anomalía. A cambio, queremos que lo capture. Que lo someta.

—Pero sin rastreo, ¿verdad?

—Sin rastreo. Nos lo entregará a nosotros —Beth volvió a esa sonrisa compasiva y altiva que tan bien interpretaba—. Obtendrá sus puntos de reputación, por supuesto.

La oferta quedó suspendida en el aire, con el viento como único acompañante y el silbido del tren de levitación magnética que se detenía a dos calles de distancia. Los términos eran, por decirlo suavemente, una porquería. Una anomalía con los talentos para despertar este interés de los Elementales valdría, sin duda, mucho más a lo largo de una vida trabajando para los Parangones. Por otro lado, ¿quería Kat ponerse del lado malo de una organización secreta de anomalías?

Bah. No tenía que tomar esa decisión ahora.

—Muy bien. Jugaré. ¿Cuándo lo entregará? —dijo Kat.

—Ahora mismo —Beth tocó su Tama, y el de Kat emitió un fuerte pitido un segundo después.

Kat no lo miró. No era tan estúpida. En su lugar, mantuvo la pistola aturdidora apuntando a Beth y esperó. O Beth se levantaría y se iría, el trato concluido, o las cosas se pondrían feas. En cambio, Beth se puso de pie, —Vamos, Fluff. Es hora de llevarte adentro donde hace calor.

La Elemental le dio la espalda a Kat y se alejó calle abajo, manteniendo la mirada al frente. Kat la dejó alejarse media manzana antes de dar una vuelta lenta, observando las ventanas, los techos. Buscando ojos. No encontró ninguno. Seeker parecía tenso, pero el husky no hizo movimientos en ninguna dirección. No había amenazas inmediatas, entonces.

—Hora de irnos, amigo —dijo Kat, y los dos se apresuraron de vuelta al apartamento.

Tan pronto como entró, Kat soltó la correa de Seeker y lo dejó libre para buscar posibles intrusos mientras ella corría como loca hacia su armario. En tiempo récord, se puso su traje, sus gadgets, sus lentes de contacto. Blindada, armada y respirando con dificultad, Kat se sentó en su cama y miró por la ventana.

Cielo gris. Vacío, excepto por un dron que pasaba. Sus

lentes de contacto no identificaron amenazas, y cuando examinó su apartamento, no detectaron huellas inusuales, aparte de las impresiones que Gordon había dejado. No había moléculas extrañas en el aire de desodorantes, perfumes o un gas mortal y silencioso. Tal vez los Elementales estaban haciendo la oferta con sinceridad. Podrían no estar planeando matarla.

Gordon. Su pista había sido errónea, así que tal vez no estaba cerca. Gordon tenía el mismo rango de rastreador que ella, pero habían venido a buscarla a ella en su lugar. ¿Porque Kat vivía aquí? ¿Porque no parecía tan inmersa en la ortodoxia de los Parangones como Gordon? De todos modos, le envió un mensaje rápido, preguntándole si estaba bien.

Entonces, finalmente, Kat echó un vistazo a la inteligencia. Vio lo que los Elementales habían decidido darle.

Kat amplió el mensaje en sus grandes monitores, lo que le permitió navegar por los numerosos enlaces a fotos y videos. Desde el primero, lo supo. Calvin. La confirmación no la sorprendió: Kat tenía un presentimiento sobre el hombre que luchaba solo en el bar de *Carver*, y hasta ahora, sus corazonadas habían sido sólidas. De repente, se alegró de que Calvin no hubiera decidido ir nuclear anoche y usar su habilidad; si los Elementales pensaban que era tan peligroso, Kat podría no haber disfrutado estar en el extremo equivocado de ello.

La primera sorpresa real: Calvin era su verdadero nombre. El hombre lo había elegido cuando llegó el momento de registrarse para la prueba estándar de anomalías. Los Parangones arrastraban a todos los niños pasada la pubertad a varios centros de prueba donde se les sometía a extremos físicos en un intento de forzar la aparición de poderes. Las anomalías desprevenidas tendían a ser rastreadas allí mismo. Otras, las que ocultaban su desarrollo a padres o funcionarios escolares, o que simplemente desarrollaban habilidades más tarde, pasaban un día realmente malo.

—No. No voy a volver allí —se dijo Kat, y Seeker, que echaba una siesta en la cama, resopló en señal de acuerdo.

Recuerdos duros para ella. Lo mismo para Calvin, por lo que parecía.

Los Elementales habían reunido un paquete bastante completo, y Kat llenó los espacios en blanco con su propio acceso de rastreadora a los datos de los Parangones. Calvin había rebotado de una familia a otra cuando era niño, principalmente huyendo. A partir de los ocho años, parecía que Calvin había contraído un serio caso de wanderlust y había aprendido a mentir lo suficientemente bien como para alimentarlo. Aparecía en algún lugar, daba un apellido falso, siempre llamándose Calvin, y luego hacía el uso que podía de un lugar, de una gente, antes de marcharse de nuevo.

Calvin también había aprobado su examen de anomalía: no se determinaron poderes. O bien había desarrollado sus valiosas habilidades más tarde, o había sido lo suficientemente hábil como para mantenerlas ocultas. Dada la pelea de anoche, Kat sabía por cuál de las dos opciones apostaría.

Entonces, ¿cuál era el hilo conductor? Los Elementales no lo explicaban claramente, lo que significaba que Kat pasó la tarde y la noche reconstruyendo la vida de Calvin. Al final, podría haber dado una disertación sobre sus intereses: entretenimiento popular, reservas de vida silvestre poco conocidas y antros como el *Carver's*. No tenía familia de sangre que se supiera, y había viajado desde la costa oeste de Pacífica hasta aquí con una cuenta de reputación precaria mantenida a flote por extraños pagos aleatorios de individuos con los que Calvin parecía asociarse por breves instantes y luego nunca más.

De todas las cosas que leyó, la última parte le resultaba familiar. Las anomalías tenían que ganarse la reputación de alguna manera, y como la mayoría de los que se negaban a unirse a los Parangones se encontraban fuera de los métodos tradicionales de ganancia, prostituían sus poderes. Y una vez que vendías tu habilidad, el comprador podía chantajearte, amenazar con entregarte a los Parangones, y así te dirigías al siguiente lugar. Una vida de desesperación, sin duda, pero libre.

Calvin, sin embargo, tenía sueños. Lo único que tenían en común sus viajes era su objetivo final: Calvin siempre encontraba el camino hacia las convenciones. Los cómics, las películas, los espectáculos. Kat no sabía qué esperaba encontrar allí, pero seguía yendo. Y casualmente una de las más grandes de Atlantis comenzaba mañana en Chicago.

Parece que tendría que conseguir un pase.

CAPÍTULO 27
EL PRECIO DEL PROGRESO

VARIOS AÑOS entrado en su quinta década y Zhan-Yo seguía considerando que el piso superior de cristal e iluminado por ventanales de la sede de Ziran era la oficina de su padre y no la suya. El fantasma persistía en las posesiones, como el escritorio negro, los retratos digitales que alternaban entre imágenes de la familia de su padre —Zhan-Yo nunca se molestó en formar una familia para reemplazarlas— y la alfombra telequinética que superponía a su tejido azul marino los caminos ramificados plateados de un circuito impreso. En cualquier otro lugar, los homenajes a la tecnología de la oficina parecerían exagerados, forzados. Ridículos.

Pero su padre creía en rendir homenaje a lo que te había traído el éxito, y Zhan-Yo no podía discutir que Ziran lo había logrado.

—Z —dijo la secretaria—. La señora Vanne está subiendo ahora para su cita de las nueve.

Había que mover palancas. Zhan-Yo había pasado la mayor parte de su vida corporativa uniendo los planes y las piezas necesarias para que Ziran, en el momento oportuno, pudiera dar el empujón para devolver el poder a quienes legítimamente lo merecían. Ese momento, con un fuerte impulso de Sylvie, había llegado. Lo que significaba que los secretos que habían estado ocultos, los planes que no tenían mucho sentido para los de fuera en el momento en que Ziran se embarcó en ellos, mostrarían su verdadero propósito. Sin embargo, para lograr todo esto, Zhan-Yo tenía que llevar un traje completo. Tenía que sentarse en una gran silla con la ciudad a sus espaldas y parecer en todo el líder estereotipado que no quería ser. Un revolucionario, sin duda. Un guía hacia un futuro mejor, absolutamente. Pero la lana le picaba, y encontraba los zapatos apretados, la corbata y el cuello restrictivos. Una cultura que había pertenecido a su padre y no a él.

Se puso de pie cuando Anna Vanne entró en su oficina varios minutos después, la mujer alta apartando el horario proyectado de su Tama mientras atravesaba la puerta de cristal que su secretaria le abría. Zhan-Yo le hizo una breve reverencia, solo con los hombros, y ella respondió con un asentimiento.

—Me alegro de verte —comenzó Anna, acomodándose en una de las dos mullidas sillas grises, que tenían un neón azul recorriendo los lados como concesión arbitraria a la estética de ciencia ficción, y dedicándole a Zhan-Yo una sonrisa que parecía preguntar *¿qué demonios haces aquí?*

Zhan-Yo no podía culparla por ello. Tenía una merecida reputación de ser un fantasma, apareciendo para una reunión y desapareciendo de nuevo, más accesible por Tama que acechando su oficina. Dirigir una empresa gigante importaba menos dónde estaba físicamente, y se lo demostró a Anna con una mirada hacia la ventana detrás de él, como si allí fuera donde realmente pertenecía su alma.

—No estoy aquí a menudo porque te tengo a ti para dirigir este lugar, y lo haces muy bien. —Zhan-Yo creía firmemente en el poder de los cumplidos para inmunizar contra las dificultades venideras—. Sin embargo, las circunstancias están cambiando. —Una pausa mientras Zhan-Yo componía la siguiente frase—. Nuestro verdadero proyecto está a punto de comenzar.

Vago, y para cualquiera sin un conocimiento muy específico, inútil. No se llegaba a dirigir una empresa tecnológica sin desarrollar algunas sospechas por el camino, especialmente si estabas planeando derrocar el orden actual de la sociedad. Anna captó la referencia; Zhan-Yo pudo notarlo por el momentáneo congelamiento, su mirada inquisitiva mientras descifraba lo que acababa de decir. Luego, con una inclinación de cabeza y un leve suspiro, como un padre aceptando la elección de su hijo, Anna le indicó que continuara.

—Sé que esto viene como una sorpresa, pero eventos como este no tienen el lujo del tiempo. Planeamos, y ahora es el momento de seguir esos diseños. —Zhan-Yo golpeó ligeramente la superficie del escritorio, que había sido cubierta con una pantalla de proyección hacía unos años. El ligero resplandor cerúleo cambió para reflejar su Tama, y los toques hicieron aparecer una serie de pasos de tres puntas—. Toma esto. Es lo mismo que te dimos hace mucho tiempo, pero se han añadido los detalles.

Anna sostuvo su propio Tama —en su muñeca derecha, inusual— sobre la proyección. Emitió un pitido un segundo después, confirmando la transferencia de datos, y retiró el brazo, mirándolo como si se hubiera convertido en algo podrido.

—Una vez que empecemos esto, será difícil dar marcha atrás —dijo Anna—. Mucha gente no lo logrará.

—Solo si fallamos.

—Si tenemos éxito, Z. —Anna dejó caer la fachada de empleada y habló como una igual, como una persona preocupada por lo que conocía y valoraba—. Si esto funciona, entonces quién sabe qué quedará. Qué tipo de trabajo, qué tipo de cualquier cosa.

—¿Estás dudando de nosotros ahora?

—Estoy preocupada. —Anna miró detrás de ella, pero la

única otra persona en este nivel era su secretaria, un lujo que Zhan-Yo exigía—. ¿Wexley no te está presionando para esto?

—Ha costado convencerlo. —Zhan-Yo se inclinó hacia adelante, juntó las manos al nivel del escritorio de modo que se fundieron con la proyección. Confianza, seguridad, fuerza. La apariencia no lo era todo, pero tampoco hacía daño—. No estamos tomando esta decisión a la ligera, Anna. Pero tampoco queremos ser tan cautelosos como para perder nuestra oportunidad.

—No vas a contarme todo.

Zhan-Yo no dijo nada. Cuanto más supiera Anna, más arriesgaba. Ella se rió entonces, se frotó la nariz y sacudió la cabeza.

—Sabes, Damian y yo tenemos dos hijas. Cuatro y seis años. Niñas pequeñas.

—Lo sé.

Les había enviado tarjetas de cumpleaños cada año, con un dulce de matcha de Japón, un sabor que probablemente odiaban pero que él había adorado de niño. Firmaba cada una personalmente.

—Nunca pensé que esto pasaría. Creí que, cuando acepté este trabajo, cuando me dijiste lo que era posible, era un sueño. Que yo ya no estaría, que ellos serían mayores —las manos de Anna estrujaban los bordes de su falda mientras hablaba—. No quiero criarlos en el caos, Z.

—Lo entiendo. Desafortunadamente, el resto del mundo no esperará a que estés lista.

—Con todo respeto, pero tú no tienes familia. No lo entiendes en absoluto.

Ira. Miedo. Frustración. Había esperado todas esas cosas, las había sentido él mismo cada vez que Sylvie le enviaba actualizaciones sobre su progreso. Reclutando soldados de moral flexible, importando armas prohibidas hace mucho por los Paragones. Pasos en una escalera sin retorno que, al final, probablemente significaría la destrucción de Ziran, probablemente significaría la alteración y disolución de tantas estructuras de las que dependían Anna y su familia.

Pero significaría que sus hijos tendrían voz en su futuro mundo.

—¿Sabes, Anna, cómo crecí? —dijo Zhan-Yo. Una digresión le costaría tiempo, pero si mantenía la lealtad de Anna, entonces el tiempo era un precio pequeño—. ¿Lo que hicieron mis padres para protegerme del cambio?

Anna no habló, pero el hielo se manifestó cuando negó con la cabeza. Él había roto la resistencia de tantos otros, titanes de la industria con intereses tan altos o más altos que los de Anna, que los suyos propios. Zhan-Yo podría persuadirla también.

—Comencé en un mundo y me convertí en adulto en otro. Desde la edad más temprana posible, gracias a los esfuerzos de mis padres, tuve todas las ventajas. Los maestros me dijeron que podría decidir por mí mismo cómo vivir mi vida. Que tendría voz en la dirección del mundo, o al menos de mi país, mi ciudad. En cambio, cuando finalmente logré los títulos, la posición para efectuar ese cambio, los Paragones me lo quitaron todo. Mis padres me dijeron que me rindiera, como ellos. Teníamos demasiado que perder. Me tomó décadas darme cuenta de que ya había perdido lo más valioso.

—Tu idealismo te ciega, Z —replicó Anna—. ¿A quién le importa lo que hagan los Paragones mientras podamos ser felices? ¿Seguros y saludables?

—Por ahora, tal vez. Pero ¿qué pasa si los Paragones deciden que los normales no son bienvenidos? Te quitarían todo lo que tienes y no podrías hacer nada para detenerlo.

—¿Por qué lo harían? ¿Te has preguntado eso, con este gran plan tuyo? Hablas como si se hubiera cometido una gran injusticia, pero yo no la veo. En ninguna parte.

—Porque estamos ciegos. Mis padres lo estaban, yo lo estaba. Tienes que ver que somos peones, Anna. Pequeñas piezas en un tablero, fácilmente sacrificables —Zhan-Yo miró sus manos. Sus manos normales—. Sin habilidad, y sin habilidad, nuestro lugar en este mundo está definido.

Anna parecía querer hacer otro comentario inteligente, pero se contuvo. Esperó.

—Tus hijos pueden ser normales, pueden ser anomalías —Zhan-Yo tenía que ser cuidadoso aquí. Hacer su punto sin decir nada que pudiera alertar a un oyente—. Eso no es tu elección. Su futuro sí lo es. Puedes darles un mundo para disfrutar, o puedes dejar que sean prisioneros como nosotros.

Un poco ridículo. Propenso a desmoronarse si Anna decidiera hurgar en la frase. Pero una apelación emocional triunfaba sobre una lógica, y Anna, si no lo compró, al menos lo aceptó con una mirada al suelo, levantándose lentamente de la silla.

—Entiendo. No estoy de acuerdo, pero entiendo.

—¿Entonces podemos confiar en ti?

—Ejecutaré el plan. Ziran sobrevivirá todo lo que pueda.

—Eso es todo lo que pido. Gracias, Anna.

Otro intercambio de leves reverencias, y Anna salió de su oficina. Hacia los ascensores y abajo. Zhan-Yo permaneció de pie hasta que ella desapareció, luego pidió a la secretaria que le trajera un vaso de agua.

—¿Lo hará? —preguntó Wexley por el Tamas unos minutos después, después de que Zhan-Yo enviara un mensaje de que la reunión había terminado.

—Creo que sí —respondió Zhan-Yo—. Mantenla vigilada. Estamos en su casa, ¿verdad?

—Lo hemos estado desde que la ascendimos.

—Entonces mantén los oídos atentos. Necesitaremos toda la advertencia posible si se vuelve en contra. Son los niños, Wexley.

—¿No tiene dos?

¿No sabía eso sobre Anna? Zhan-Yo frunció el ceño. Wexley debería entender a sus oficiales, qué los hacía venir a trabajar todos los días y qué esperaban que fuera suyo mañana. Tendría que aprender eso antes de que Zhan-Yo le permitiera liderar Ziran. Si es que quedaba un Ziran que liderar.

—Vigílalos también. Si tienen dificultades, si hay oportunidades vulnerables.

—Entiendo.

Eso, Wexley sí lo sabía. Si Anna resultaba poco fiable, si su lealtad vacilaba, lo que la hacía venir a trabajar todos los días podría usarse para mantenerla aquí. Un giro desafortunado, pero no desastroso. No sería necesario dañar a los niños. Con suerte.

—¿Vas a estar mucho más tiempo en la oficina? —preguntaba Wexley—. Hay un par de reuniones esta tarde en las que podría necesitarte.

—Envíamelas, pero estaré a distancia —dijo Zhan-Yo—. Hay una clase a la que voy a asistir.

—¿Una clase?

—Para mi salud. Mantenme informado, Wexley.

—Por supuesto.

El Tamas se apagó cuando la secretaria regresó con el agua. Zhan-Yo la bebió de un trago, la miró, se maravilló de cómo el líquido transparente podía contener todo lo que las anomalías necesitaban para crecer. Cómo las posibilidades de miles de millones pasaban por lo que bebían todos los días. Un simple aditivo, una posible mutación, y la historia humana cambiaba para siempre.

Si un poco de agua podía hacerlo, ¿por qué no podría él?

CAPÍTULO 28

TODA ANOMALÍA

MILLONES DE CANICAS salpicadas de todos los colores posibles se enroscaban a través del vacío. Mynx las observaba ascender hasta que volvían a caer al fondo, muy por debajo de la extensión gris azulada a sus pies, para comenzar de nuevo el viaje. El interminable recorrido de una base de datos organizada siendo analizada. Reeves la había puesto en marcha y, esquivando el estrés de la realidad, Mynx había ido a verla.

Se acercó a la hélice, disfrutando de cómo, en este lugar, sus huesos doloridos nunca la seguían. Mynx no tenía que respirar a través del pequeño resfriado del que se estaba recuperando, ni sentir la piel seca que le picaba en la rodilla izquierda. Y cuando Mynx extendió la mano hacia esas canicas, su brazo creció el metro extra que necesitaba para entrar.

Mynx no sintió la esfera que agarró, al menos no a través del tacto. Más bien, su contenido se filtraba a través de sus dedos hasta su mente, permitiéndole comprender los datos que contenía. Los secretos albergaban una anomalía, esta llamada Sarah, que había fallecido hace algunos años. Había llegado a una edad avanzada, decía el registro, una abuela con la habilidad trivial de cambiar el sabor de cualquier cosa que bebiera. El agua podía convertirse en cereza. El vino, en la mezcla más perfecta cada vez.

—Imagina cuánto habría valido su saliva —dijo Mynx, aunque aquí realmente no había palabras. Más bien, eligió mostrar sus pensamientos en un texto que su compañero, el siempre presente Reeves, pudiera leer—. Un truco para comercializar, supongo.

—No hay mucha información sobre intentos de vender saliva a los consumidores —la respuesta de Reeves flotó en grandes letras de molde, entre corchetes para asegurar su claro estatus como comentario.

—Casi cuesta creerlo.

Mynx devolvió la canica de Sarah a la hélice. Tan pronto como la soltó, la corriente invisible la arrastró hacia arriba como si nunca se hubiera ido. Mynx observó cómo se movía. Nadie más en la historia de la humanidad había visto esto antes, había estado aquí antes. Era probable que nadie más lo hiciera jamás. Aunque, con las anomalías, las experiencias únicas se estaban volviendo menos, bueno, únicas.

—¿Estás lista? —Reeves envió otro lote de palabras flotando—. Tengo pruebas adicionales listas para realizar, pero alterarán la base de datos.

—Tendrás tus copias.

Incluso aquí, el trabajo nunca se iba realmente.

Mynx creció, se estiró más y más hasta que el ADN cíclico de las anomalías, sus vidas y familias, cabían en su mano. La seguridad exigía precauciones, como evitar que Reeves copiara esta base de datos. De lo contrario, la IA podría haber hecho esto sin un momento de esfuerzo, ahorrándole tiempo a Mynx.

Y costándole la diversión.

—Pausa tus programas —dijo Mynx—. No querríamos corromper este.

—Siempre está la copia de seguridad.

—Recuérdame borrar eso de tu memoria —dijo Mynx—. Está desconectada por una razón.

Desconectada, almacenada en una memoria flash aislada en lo profundo de la Fábrica. De vez en cuando, en fechas que Mynx seguía en un calendario analógico de estilo antiguo, descargaba la base de datos en una pequeña tarjeta, la llevaba allí y la copiaba. Se necesitaban tres contraseñas separadas para entrar, y una sola entrada incorrecta borraba la base de datos almacenada. No era gran cosa cuando tenías una nueva copia justo en tu mano, pero un ladrón lo encontraría molesto.

Mynx recogió la hélice —desde este tamaño parecía casi una gema plateada brillante— y juntó las manos, cubriéndola por completo. Pasó el comando a través de sus dedos —sus propios biomarcadores sirviendo como llaves para los candados aquí— y sintió las funciones fluyendo de vuelta mientras la base de datos construía una nueva versión. Millones de historias copiadas en aproximadamente un minuto, y cuando Mynx volteó su mano izquierda, ambas sostenían copias idénticas de la hélice.

—¿Cuántas? —preguntó Mynx.

—Para tiempos de ejecución óptimos, media docena debería ser suficiente.

—Entonces media docena tendrás.

Reeves permaneció en silencio hasta que Mynx completó las copias, hasta que las colocó y los programas de Reeves comenzaron su trabajo. Mientras el original se asentaba de nuevo en su remolino agitado, los otros cambiaban a diferentes colores, y algunos perdían canicas por completo mientras los cálculos de Reeves, buscando similitudes entre las anomalías, indagando marcadores genéticos que pudieran usarse para detener o incluso revertir el proceso biológico que destruía a todos los seres vivos, descartaban muestras fallidas.

Mynx se encogió, observó los giros. Podía alcanzar cualquiera de ellos y capturar la salida, intentar procesarla, pero tanta información en bruto sería insignificante. Una nube de números, texto e imágenes.

—Hay peligros en esto de los que deberías ser consciente, Mynx —dijo Reeves.

—Lo sé.

—¿Qué debo hacer si los encuentro?

Las similitudes para vencer enfermedades, combatir el envejecimiento eran una posibilidad. Las anomalías tenían sus beneficios proporcionados a través de peculiaridades de mutaciones a nivel celular. Lo que había sido cambiado, podría cambiar de nuevo. Si Reeves encontrara una manera fácil de desactivar esas mismas peculiaridades genéticas, entonces este proyecto podría no conducir a salvar vidas, sino a terminarlas.

—Asegúralo. Marca para mi revisión.

—¿Ninguna eliminación?

—Cualquier cosa que descubras podría ser encontrada por alguien más —dijo Mynx—. Prefiero saber y estar preparada, que permanecer en la oscuridad. —Hablando de oscuridad, había estado en este vacío demasiado tiempo. Había otras cosas que hacer, otros programas con los que jugar—. Me estoy retirando.

—Estoy listo.

Dejar su vacío se sintió, por el más breve momento, como una zambullida a la velocidad de la luz a través del universo. Todo destelló por un segundo candente y luego Mynx se sentó de nuevo en su silla, centrada en el piso de la Fábrica. Una estación de trabajo sin monitor ocupaba el escritorio frente a ella. Inútil para cualquier otra persona. Mynx podía extender su mano, seguir la caja negra y su cable de red hasta casi cualquier parte de su instalación. Ahora, sin embargo, se puso de pie. Se estiró.

Se acercaba la hora de la cena, y sumergirse en el ciberespacio no impedía que su cuerpo exigiera calorías.

La ensalada que prepararon los drones de Reeves contenía muchos elementos que comenzaron siendo naturales, pero nada que terminara siéndolo. Ya fuera que la textura del queso de cabra se hubiera optimizado para alcanzar una cremosidad perfecta o que las fresas se hubieran masajeado hasta lograr una mezcla dulce y jugosa fascinante, algoritmos refinados y avances científicos optimizaban cada bocado que Mynx comía. El hecho de que devorara la comida mientras contemplaba un mundo que en gran parte se había dejado a sus propios medios naturales —el océano— le provocó una leve sonrisa.

—Aún no te hemos conquistado del todo —le dijo Mynx a aquellas aguas lejanas—. Todavía.

Después de terminar, y cuando un dron había reemplazado el plato vacío con su merlot de sobremesa, cuyo sabor robusto ayudaba a preparar a Mynx para dormir, la mesa de proyección se iluminó con un mensaje entrante. Era un poco tarde para que fuera algún asunto del Parangón, pero aparte de Denise llamando de nuevo para suplicar acceso, Mynx no estaba segura de quién más podría ser.

—Contesta.

El rostro de Celice surgió de la mesa, brillante en los últimos vestigios del crepúsculo. A diferencia de Mynx, Celice no parecía estar nada tranquila. Sus ojos rojos buscaban a Mynx, se mordisqueaba el labio inferior, un hábito que Mynx pensaba que ya había superado, y su cabello tenía el aspecto desordenado del descuido.

—¡Mynx! —comenzó Celice, y Mynx, animada por el vino, quiso ser sarcástica pero se contuvo—. Estamos en problemas.

—¿Es Thane? —Mynx había perdido la pista de ese monstruo mientras había desaparecido dentro de la Fábrica. Un descuido, y la frustración debió notarse porque Celice negó rápidamente con la cabeza.

—No, bueno, sí lo es. Pero no te necesito a *ti* para eso. Mi padre tiene a Thane encerrado en alguna fortaleza. Creo que va a intentar volarla por los aires. Matar a Thane. —Mynx quería preguntar cómo, pero Celice siguió hablando sin parar —. Mira, está retirando la mayoría de nuestros drones, y necesito más. ¿Puedo hacer un pedido de emergencia?

—Hay canales para eso. —La respuesta brusca surgió mientras Mynx se preguntaba cómo planeaba Aegis matar a Thane, una criatura que todos los Campeones habían decidido que probablemente era invulnerable a menos que se le sorprendiera. Aegis ya sabía que lanzar bombas no serviría.

—Mynx, todo el noreste no tiene ojos ni oídos en este momento. Nuestros Paragones están operando a ciegas, los que no han sido retirados. Ya estoy recibiendo informes de que el crimen está aumentando. Necesitamos ayuda.

—Entonces te enviaré las reservas y construiré nuevos para reemplazarlos —dijo Mynx, y luego dejó de lado a Thane para centrarse en la persona que tenía delante—. Celice, ¿estás bien?

Celice hizo una pausa y luego esbozó una débil sonrisa.

—¿Alguna vez has tenido uno de esos días en que tu mundo se hace pedazos?

—Cuando tenía tu edad, todo el tiempo. ¿Qué pasó?

En lugar de responder a su pregunta, Celice miró algo fuera de la ventana de proyección. Entrecerró los ojos y justo cuando Mynx estaba a punto de repetir la pregunta, Celice volvió bruscamente la cara al encuadre.

—Mynx, gracias por los drones. Estoy recibiendo una prioridad alta de Boston, cerca de donde está papá. Hablaré más tarde.

Y con eso, Celice desapareció. Mynx se quedó mirando el espacio por un minuto. Luego dejó su copa de vino.

¿Intentar matar a Thane? ¿En qué estaba pensando Aegis?

—Reeves, prepara el jet. Vuelvo al este.

—¿Otra vez? ¿Y a esta hora?

—Dormiré una siesta en el camino.

La vida de un Campeón. Qué maravilla.

ATRAPAR AL ASESINO

LA BASE improvisada de Thane se alzaba al final del camino, su casa y la colina detrás de ella ensombrecidas por una luna que se movía lentamente. Los Paragones cortaron la electricidad, dejando la mansión, literalmente, a oscuras. Pixie dijo que había aparecido un resplandor naranja durante unos minutos —probablemente un intento fallido de iniciar un incendio—, pero su posterior extinción demostró que Thane tenía poco combustible o carecía de la voluntad para quemar partes de su propia casa robada. En cualquier caso, Aegis tenía una vista más agradable bajo la luz plateada de la luna; los drones habían estado llegando durante todo el día y ahora flotaban en un anillo alrededor de la mansión. De vez en cuando, uno se separaba, volando hacia una estación de carga cercana configurada para suministrar energía rápidamente. El hueco era reemplazado con tanta frecuencia por un nuevo dron como por el que regresaba, y todos apuntaban hacia Thane.

—¿No crees que sobreviviría a todo esto, verdad? —preguntó Pixie—. Nunca había visto tanto poder de fuego.

—Porque Thane es el único que lo merece —Aegis revisó su Tama. Mostraba, en su muñeca izquierda, la formación de drones y sus números en aumento—. No podemos dejar que escape.

—No hay posibilidad. Tenemos tantos Paragones, tantos...

—La última vez se necesitaron ocho Campeones. Ahora solo estoy yo aquí —dijo Aegis.

Incluso con los ocho Campeones, someter a Thane lo suficiente para que el monstruo se encogiera a su forma más compacta y vulnerable requirió una coordinación que Aegis no veía suceder entre los Paragones hoy. Varias docenas hacían el turno de noche con él ahora. Aegis solo había dormido un par de horas después de que Celice partiera de regreso a Nueva York, pero el café seguía haciendo milagros, incluso en un cuerpo tan golpeado como el suyo, y Aegis no tenía idea de lo que la mayoría de estos Paragones podían hacer.

¿Cómo podría Aegis diseñar una estrategia sin conocer a su propio bando, y mucho menos los trucos que ese variopinto grupo que Thane tenía encerrado allí con él podría hacer?

—¿Los ocho? Nunca había oído hablar de esa pelea —Pixie sabía que era mejor no hacer la pregunta directamente—. Debió haber sido ocultada.

—Con buena razón.

Aegis no lo explicó más. No quería volver a ese camino. Había sido divertido defender el planeta como un equipo, pero cuando las amenazas existenciales desaparecieron, asuntos más mundanos los separaron. Aegis no se arrepentía; había terminado con el mejor mundo y se había librado de todo el drama.

Su Tama emitió un pitido, configurado para este evento en particular para sonar como una trompeta molesta, casi hizo saltar a Aegis. Casi. Los ocho Campeones habían tenido sus dificultades, pero Mynx siempre había estado allí para él. Y ahora había llegado.

—Te tomaste tu tiempo —dijo Aegis mientras Mynx salía

de su jet personalizado. Nunca entendió por qué había diseñado la nave para que solo pudiera llevar a una persona. Todos los potenciales paseos divertidos que se habían perdido porque su avión de nariz afilada carecía de asiento trasero—. Estaba a punto de empezar sin ti.

—Por mí está bien —dijo Mynx, envolviendo a Aegis en un abrazo aunque solo habían pasado un par de días desde la última vez que se habían visto. Aunque, con profesiones como las suyas, podría ser bueno exprimir el afecto de cada momento. Él le devolvió el abrazo—. Salvar el día también se ve bien.

—Como si alguna vez te hubiera importado la apariencia.

—Oye, yo también dirijo toda una región. No estaría mal recordarles por qué.

Si ese era su objetivo, Mynx debería haber transmitido su atuendo por toda Pacifica. Se había puesto el traje de batalla completo, pero a diferencia de las versiones más voluminosas de su pasado, este conjunto mostraba su evolución tanto en forma como en función. Mientras que la tela negra, que Aegis no se atrevería a suponer que era algodón u otro hilo común, formaba la base, nodos y líneas doradas la envolvían y recorrían, culminando en pequeños círculos en varios puntos. En resumen, Mynx parecía un microchip increíble.

—Entonces, ¿qué puedo ofrecerte? —dijo Aegis, señalando hacia el campamento—. Tenemos chalecos tácticos, armas, municiones...

—Si quisiera parecer tú, habría venido así —dijo Mynx—. En cambio, pensé que esto sería una buena demostración de mi nuevo meca.

Aegis hacía tiempo que había dejado de tratar a Mynx con escepticismo —que te demuestren que estás equivocado tantas veces hará eso contigo—, pero Aegis no podía ver ni una sola de las monstruosidades enormes de Mynx por allí. Ese avión ciertamente no podría haberlo transportado.

Cuando volvió sus ojos inquisitivos hacia Mynx, ella tenía una sonrisa.

—¿Quieres verlo?

Aegis negó con la cabeza, suspirando:

—Solo hazlo ya. Tenemos un villano que destruir, ¿recuerdas?

—Somos viejos, no sin sentido del humor —respondió Mynx—. No seas un mocoso.

—¿Un mocoso? ¿Qué eres, una niña de cinco años?

Mynx, confirmando la afirmación de Aegis, sacó la lengua y luego tocó su muñeca izquierda, donde lo que Aegis había asumido que era otro nodo resultó ser un Tama disfrazado. El efecto se hizo notar por los Paragones que gritaban a su alrededor, y Aegis siguió sus miradas hacia los drones. Los cuatro más cercanos a ellos se liberaron del anillo y se deslizaron hacia Mynx.

—¿Tu nuevo juguete? —preguntó Aegis.

—Mis amigos están en todas partes. Es más fácil que empacar un traje cada vez que tengo que venir a salvarte.

Los drones se posaron sobre Mynx, rotando sus estructuras —todas con configuraciones diferentes, destinadas a la supresión, el asalto, la protección y la vigilancia— en una órbita lenta alrededor de su creadora. Mynx los examinó por un momento, luego extendió su brazo izquierdo. El dron más pequeño, un modelo que Aegis conocía como 'Ojos', bajó su cuerpo reflectante en forma de arco de un metro de largo. El dron se asentó contra el brazo de Mynx, cubriéndolo, y aunque Aegis no podía verlo, escuchó los sonidos del metal apretándose y ajustándose.

—Los nodos —aclaró Mynx mientras Aegis observaba—. He estado escribiendo el código en todos los modelos durante los últimos años. Es bastante genial, ¿no?

—Elegante.

Mynx extendió su brazo izquierdo y, aparentemente siguiendo órdenes, el dron de protección —una losa plana y blindada cubierta de pequeñas protuberancias aturdidoras y dos veces más grande que su hermano espía— bajó y tomó su lugar en el brazo derecho de Mynx. El resultado se veía tan ridículo, con la cabeza de Mynx diminuta entre las dos máquinas, que Aegis soltó una carcajada.

—Tengo que decirlo, Mynx, este no es uno de tus proyectos más bonitos.

—La función prima sobre la forma, Aegis.

—Claro.

Con sus dos brazos extendidos, el par de drones que ya había conectado activaron un pequeño impulso de sus propulsores, sin duda limitado para no freír a Mynx, y la elevaron un metro del suelo. Esto proporcionó espacio suficiente para que los otros dos, erizados con armamento más letal, se acoplaran a sus piernas y a lo largo de su torso. Al final, Mynx parecía un personaje de dibujos animados de la juventud de Aegis, aunque aún más heterogéneo. Un guerrero robot hecho por alguien sin sentido de la simetría.

—Tal vez tenga algunos detalles que pulir —dijo Mynx, con la cabeza apenas visible en el desorden de metal—. Pero va a funcionar.

—Solo no te mates, ni nos mates a nosotros. —Con el extraño espectáculo de su amiga fusionándose con los drones terminado, Aegis se volvió hacia los Paragons que esperaban —. Preparaos. Voy a darle a Thane una última oportunidad.

Por segunda vez, Aegis caminó solo por el camino hacia la casa robada de Thane. A diferencia de la primera vez, se sentía completo. Si no descansado, al menos no herido. Su cuerpo había vuelto a funcionar correctamente y, con los drones en el cielo, su mente tenía la calma que viene con un poder de fuego abrumador. Qué diferencia marcaba eso. Durante tanto tiempo, incluso después de haber establecido los Paragons, los Campeones, Aegis había luchado en inferioridad numérica, con menos armas y dependiendo de su habilidad anómala para mantenerse con vida. ¿Residían las probabilidades en el héroe o en la causa? Aegis tenía que creer en lo segundo.

A pesar de la falta de iluminación, los centinelas de Thane le indicaron a Aegis que se detuviera con un solo disparo. Un fuerte estallido en la noche silenciosa y una chispa que se desprendió del suelo frente a Aegis lo hicieron detenerse y buscar, sin éxito, la fuente. En la oscuridad, y sin conocimiento de sus armas, era difícil calcular si Aegis estaba o no dentro de su alcance de tiro.

Mejor asumir que sí lo estaba.

—¡Thane! —Aegis aún podía dar un buen grito. Los árboles vecinos parecieron agitarse en respuesta, enviando nieve rodando al suelo—. ¡Se te acabó el tiempo!

Las amenazas serían inútiles contra Thane. No se acobardaría ni se rendiría. Sin embargo, el hombre, o monstruo, hablaría hasta que empezaran a volar las balas. Hacer que Thane saliera, dejarlo monologar hasta distraerse y Aegis tendría la oportunidad que necesitaba para acabar con él.

Aegis esperó un minuto, luego dos. Negoció una tregua con los retortijones de hambre en su estómago —Aegis no había tenido una comida decente desde aquel rollo de langosta— y apretó los puños una y otra vez para mantenerlos calientes. Mantuvo la mirada fija, observando aquella vieja colección de ladrillo y piedra, madera y ventanas, que había pasado con creces de su mejor momento, si es que alguna vez lo tuvo. Tomó una respiración más, al tercer minuto, para intentar otro grito.

—¡Aegis! ¡Amigo mío! —Thane insistía en la ridícula etiqueta para su relación. La amistad podría haber sido cierta una vez, pero eso fue hace tanto tiempo, se sentía tan lejano, que ahora carecía de sentido—. ¿Has decidido finalmente dejarme ir?

Aegis buscó y no logró encontrar a Thane en algún lugar de las salientes rocosas. La luna se había vuelto menos útil con las nubes invernales que se acercaban. No por primera vez, Aegis deseó haber recordado solicitar equipo de visión nocturna. Los drones no tendrían problema para elegir sus objetivos, y los Paragons inundarían el lugar de luz una vez que comenzara la pelea para causar conmoción y asombro, pero eso no ayudaba a Aegis ahora. Así que mantuvo el rostro impasible y esperó que Thane estuviera en algún lugar frente a él.

—Sabes que no podemos hacer eso. —Pronunciar frases completas a gritos se sentía extraño, pero no había exactamente otra opción—. O te rindes, tú y todos tus asociados que no hayas matado ahí dentro, o vamos a acabar contigo.

—Aegis. Vamos. ¿Debemos empezar ya con las amenazas? ¿Qué pasó con las negociaciones? ¿El tira y afloja?

—Eso solo funciona si tienes algo que intercambiar.

—¡Pero lo tengo! ¡Vuestras vidas!

Ahí estaba. Ese era el Thane que Aegis conocía. El hombre solo podía resistir una jactancia arrogante por un tiempo. Aegis supuso que la locura creciente del lado enojado de Thane había provocado un deterioro constante de la cordura del hombre, y quién sabía cuándo tomaría el control completo.

—Última oportunidad, Thane. Sí o no. El mundo no puede arriesgarse a que estés libre.

—Ah, el mundo. ¡Qué lugar habéis creado! —La voz de Thane sonaba como si se hubiera movido, como si el hombre caminara por las murallas—. Con toda tu charla sobre lo peligroso que soy, ¿alguna vez diriges esa lente hacia ti mismo? ¿Cuántas ciudades habéis sometido con vuestro poder? ¿Cuánto tardaría Mynx —sí, la veo allá atrás— en derribar la civilización con su incesante ejército de drones? ¿Quién, te pregunto, es la verdadera amenaza?

Este tipo nunca paraba. Nunca. Pero Aegis estaba seguro de que Thane había salido de la casa, lo que lo hacía tan vulnerable como los Paragons iban a conseguir. Aegis tocó su Tama. Un mensaje preestablecido se transmitió en campo cercano a todos los Tamas con un código Paragon configurado para la operación, uno que Pixie había elegido: IceMine. Cada computadora de muñequera comenzaría a vibrar o pitar, dependiendo de la preferencia del usuario, en un segundo. En el momento siguiente, bueno, verían si Thane tenía la fuerza que afirmaba.

—¡Vamos a averiguarlo! —Aegis echó a correr mientras gritaba las palabras, sacando dos barras de energía de las fundas en su cinturón. Prefería sus puños casi invulnerables, pero contra alguien como Thane, se requerían herramientas más pesadas. Girando las muñecas, destapó las baterías y las barras de medio metro de largo brillaron en rojo para indicar su dosis eléctrica letal.

—Mynx —habló Aegis hacia su Tama mientras corría—. Acaba con él.

Antes de que el siguiente paso de Aegis tocara el suelo, la noche murió. En lo alto, unos tres docenas de drones encendieron sus luces, cada una diseñada para aturdir a un posible criminal el tiempo suficiente para que esos mismos drones lo dejaran fuera de combate. Las luces no apuntaban directamente a Aegis, por lo que vio un camino claro, nieve cristalina que conducía hacia los muros de contención de roca dividida por el camino.

En esos muros, los hombres de Thane, al menos veinte —lo que planteaba otras preguntas que Aegis acalló—, tropezaban, con sus rifles largos agitándose. Algunos lograron disparar tiros que, en su total falta de precisión, eran tan peligrosos para ellos mismos como para los Paragons. Thane, sin embargo, había desaparecido.

Al cuarto paso de Aegis, con mucho camino por delante, los drones comenzaron la segunda fase. Dardos, rayos de energía e incluso algunas granadas de gas, dependiendo del modelo de dron, llovieron sobre la desventurada fuerza de Thane. No letales. Aegis no había dado esa orden porque, en su opinión, cualquiera que decidiera tomar las armas con

Thane renunciaba a su vida, pero Mynx siempre había sido una blanda. Esparcidos entre ellos, con sus verdes, naranjas, morados y estallidos de arcoíris, estaban los Paragons lo suficientemente afortunados como para tener una proyección como su anomalía.

A diferencia de los disparos de los drones, que golpeaban con una potencia predecible, las explosiones de los Paragons hacían cosas extrañas. Una bola naranja, lanzada como si tuviera peso físico, estalló alrededor de un trío de hombres de Thane y liberó zarcillos de telaraña que atraparon, enredaron y envolvieron a los tres. Otra, una lluvia de polvo de hadas que pasó zumbando sobre la cabeza de Aegis con suficiente velocidad como para mover su cabello, se detuvo justo frente a un soldado de Thane y procedió a zambullirse en la boca del soldado. En lugar de disparar a un dron, el soldado se giró y comenzó a golpear a su compañero, usando el rifle como un garrote rudimentario.

Aegis se lanzó al caos, golpeando sin control. Las fuerzas de Thane no tenían cohesión, y Aegis no escuchó ninguna orden a gritos. Así que en su lugar fue una carnicería. Aegis, una armada de drones y enemigos cada vez más escasos que empezaron a gritar su rendición antes de que Aegis recibiera siquiera un golpe. En cambio, Aegis se detuvo con su vara derecha sobre un hombre acobardado —todos llevaban ropas de invierno harapientas similares que parecían provenir de una tienda de descuentos— y buscó a Thane.

—Eso no fue tan malo —dijo Pixie, corriendo detrás de él con la mayoría de los otros Paragones.

—La verdadera pelea no ha comenzado. —Aegis hizo un gesto hacia los hombres de Thane—. Sáquenlos de aquí.

Un chasquido-estruendo-estallido de madera rompiéndose, vidrio y tejas destrozadas cerró la orden de Aegis. Desde la parte superior de la mansión, que ahora tenía un gran agujero en el centro, saltó el objetivo. De cuatro metros de altura y con un cuerpo que presumía intensos entrenamientos a todas horas, Thane forcejeó con el techo por un segundo antes de hacer un salto en picada hacia varios drones. Para el crédito de Mynx, sus robots analizaron la nueva amenaza al instante y comenzaron a contraatacar.

Para el crédito de Thane, era condenadamente rápido.

Los drones no pudieron escapar y Thane cayó entre ellos, agarrando uno con cada una de sus enormes manos. Mientras Aegis se movía hacia el punto de aterrizaje de Thane, el monstruo tocó el suelo —Aegis sintió un temblor— y lanzó sus dos drones-granadas hacia sus compañeros aún flotantes. Energía almacenada, munición y quién sabe qué más explotaron cuando los drones se estrellaron entre sí, haciendo llover chispas y fuego líquido a su alrededor. Gritos pidiendo ayuda, atención médica y evacuación llenaron el aire mientras Thane continuaba agarrando todo lo que podía y arrojándolo a los drones.

El contraataque de los Paragones llegó duro y rápido, una explosión nova de todo lo que tenían. Aegis había autorizado previamente la orden de matar a Thane con todos, y si alguna vez hubo motivación para darle todo a un objetivo, era la vista del cuerpo gigante y espumoso de Thane. Aegis se detuvo en seco, con la boca abierta ante el infierno desatado que se abría paso hacia Thane. Esas telarañas naranjas estaban allí, y creyó ver el polvo de hadas, pero ambos palidecían frente a todo, desde llamas azules puras hasta balas básicas y crudas disparadas desde los propios rifles de Thane, ahora robados.

Pero de todo eso aún salían ladrillos arrojados, árboles, cualquier cosa que Thane pudiera agarrar. También gritaba ahora; largos rugidos que mostraban más molestia que dolor real. Eso le dio a Aegis la respuesta que ya conocía.

No podían matar a Thane. No así.

—¡Alto! —gritó Aegis, su voz amplificada por su Tama y transmitida a los brazos de todos—. Cambien a aturdir y contener. ¡Lo letal no es una opción!

Soltó las varas; si todo ese poder de fuego no podía acabar con un Thane enojado, entonces sus palos no lo lograrían. En su lugar, Aegis sacó de una funda en su espalda lo que parecía una larga jeringa con un gatillo en el extremo. Un líquido azul pálido se agitaba en el tubo del arma, que terminaba en una aguja con punta de diamante. Thane no tenía el monopolio de la piel dura, pero su existencia había sido la principal motivación para desarrollar el arma. Ahora, Aegis tenía la oportunidad de usarla. El cambio de tácticas tardó un segundo en manifestarse con el calor disminuyendo mientras los drones cambiaban a electricidad aturdidora, a cables de agarre que golpeaban y se envolvían alrededor del ahora visible Thane y ataban sus brazos y piernas a sus adversarios aéreos.

Un movimiento que le dio a Thane nueva munición.

Con un rugido sin palabras, Thane se lanzó, agitando sus brazos, pateando sus piernas y enviando a los drones a estrellarse entre sí. Algunos se dispersaron hacia el suelo, empujando a los Paragones a salvarse a sí mismos y a sus amigos en lugar de concentrarse en la fuente. Caos, desastre.

Y un tiro limpio.

Aegis se agachó cuando el choque ardiente de un dron pasó sobre él, manteniendo la jeringa lista en su mano derecha. Sus botas mantuvieron el agarre sobre el hielo debajo de la nieve arrojada, y en unas pocas zancadas largas casi había llegado a Thane. Casi había logrado apuñalar al monstruo cuando, con un giro aullante, Thane lanzó sus fauces abiertas directamente hacia Aegis.

—Te pones más feo cada vez —dijo Aegis, preparando su brazo para clavar la jeringa directamente en la boca de Thane.

Thane respondió con un rugido lleno de saliva, sus dientes deformes viniendo directamente hacia Aegis en una mordida de mandíbulas lo suficientemente anchas como para envolver la cabeza del Campeón.

Hasta que algo grande, desordenado y metálico se estrelló

contra el costado de Thane y derribó al monstruo. Aegis se limpió la saliva de Thane de la cara y vio a Mynx manejando su colección dispar con lo que podría haber sido una hermosa precisión si no fuera, de hecho, torpes explosiones de motores, rayos aturdidores y torpes esquivadas de cohetes para evitar los contraataques de Thane.

Mynx recibió un gancho de derecha en el blindaje metálico de su dron defensivo, con Thane dejando una abolladura masiva, pero en lugar de retroceder, usó el impulso del golpe para agarrarse, con un cable de acero lanzado desde el dron de ataque envuelto alrededor de su pierna derecha, del brazo extendido de Thane. Activó todos los propulsores de sus drones, se lanzó hacia el suelo y giró, enviando a Thane sobre su cabeza en un movimiento de molinete que terminó con él estrellándose de cabeza contra el suelo.

Un adversario normal, azotado así, estaría muerto o fuera de la pelea. Aegis calculó que Thane estaría aturdido por unos segundos o menos, así que los aprovechó, corriendo hacia Mynx.

—¡Arriba y arriba! —gritó Aegis.

Mynx, de pie, escuchó la llamada y extendió su brazo derecho cubierto de drones hacia Aegis. Él saltó, y Mynx inclinó el brazo, dejando que Aegis usara el amplio cuerpo del dron como rampa. Pasó por encima de su cabeza y siguió subiendo, por el dron en el brazo izquierdo de Mynx. Mientras Aegis corría, el dron se desacopló, impulsándose más hacia arriba para que cuando Aegis llegara al final, cuando saltara hacia Thane, volara más de tres metros en el aire.

Cuando Thane se levantó, sacudiéndose la nieve de la espalda, a su altura completa, cuando Thane se volvió hacia Mynx con toda la intención de golpearla hasta la oblivión, Thane vio la forma voladora de Aegis precipitándose hacia él, hundiendo la jeringa de diamante en una de las pocas partes, ligeramente, vulnerables del cuerpo masivo y enojado de Thane: su cuello.

Aegis no se quedó colgado. Clavó la jeringa, apretó el gatillo y cayó, y tan pronto como tocó el suelo, Aegis propinó una serie de patadas duras a la parte posterior de las rodillas de Thane. Los golpes hicieron que Thane se arrodillara, las manos del monstruo alcanzando la jeringa, sacándola. Thane dio un grito más, pero ya su fuerza había disminuido, su rabia desvaneciéndose en un gruñido sin palabras. Su cuerpo siguió, Aegis de pie sobre él mientras Thane se encogía, se arrugaba mientras las drogas de la jeringa operaban sobre la única debilidad que el yo enfurecido de Thane tenía: su mente.

Apinya había ideado el dispositivo, de la manera típicamente obtusa e irritante del Campeón. Thane, había decidido Apinya, no podía ser herido mientras estaba enojado, pero podía ser persuadido. La anomalía bloqueaba las amenazas a su cuerpo, pero no los susurros astutos de un sedante. Los buenos sentimientos que convertían la rabia de Thane en plácida satisfacción, si se administraban a través de una solución suave e inofensiva, atravesarían las defensas de Thane cuando todo, desde el veneno hasta la radiación y los asaltos directos, fallaba. Así que durante dos décadas lo habían mantenido encerrado. Durante dos décadas lo habían mantenido pacificado, y mientras Aegis miraba al hombre viejo y consumido en la nieve a sus pies, temblando de frío, solo podía preguntarse por qué no lo habían matado antes.

—Me lo llevo —dijo Mynx.

Se erguían sobre Thane, quien dormía ese profundo sueño de los químicamente controlados. Pixie y los otros Paragones se habían llevado a los diversos mercenarios de Thane —algunos ya estaban hablando, diciendo que habían sido contratados para estar aquí por directores anónimos— y los estaban enviando a centros de procesamiento. Los drones también se estaban marchando, despegando de vuelta a sus sitios normales de patrulla por toda Nueva Inglaterra. Solo un par se quedaron atrás, monitoreando al objetivo dormido.

—No me estás escuchando —replicó Aegis—. Él muere. Ahora.

Pero no levantó el pie, no apretó el puño para asestar el golpe, porque Aegis podía leer el rostro de Mynx. Esa expresión decidida suya que le decía a Aegis que se encontraría con los drones deteniéndolo si lo intentaba.

—No funcionará. Romperás el control, y entonces vendrá contra nosotros de nuevo —dijo Mynx—. Ya hemos intentado esto.

—Es mayor ahora. Más débil. Míralo.

—¿Te pareció débil hace un minuto?

No. No lo había parecido. Pero si no lo intentaban ahora, ¿entonces cuándo? Aegis extendió los brazos, miró a Mynx. Suplicó con los ojos por otra opción.

—Todavía tenemos la isla —dijo Mynx—. Está ahí fuera.

—¿Dejarlo libre? ¿Estás bromeando?

—Para nada. Lo soltaré. Si no lo matan, quedará atrapado. A docenas de kilómetros de cualquier lugar. Inofensivo.

Aegis miró fijamente el cuerpo de Thane. Tan frágil. Tan débil. Un buen pisotón lo acabaría, Aegis estaba seguro. Pero ¿y si se equivocaba? ¿Si Thane volvía rugiendo? No tenía una segunda jeringa lista, y había demasiada gente vulnerable aquí. Demasiado riesgo. Su antiguo yo podría haberlo hecho, el que tenía gusto por el juego, por la bravuconería de todo ello.

—Llévate al monstruo, entonces —Aegis se dio la vuelta, comenzando la pesada caminata de regreso hacia un transporte que lo llevaría a casa—. Por nuestro bien, Mynx, espero que tengas razón.

CAPÍTULO 30

UN BUEN ESPECTÁCULO

DE TODOS LOS espacios en Chicago que habían cambiado mientras los Paragones remodelaban el mundo, McCormick Place, un palacio de ventanales, jardines cuidados y techos blancos inclinados, había resistido la influencia de las anomalías. Al igual que los monumentos tradicionales de la ciudad, McCormick Place se alzaba como un vestigio de lo que existía antes. A diferencia de ellos, McCormick Place solía cubrirse con brillantes pancartas que mostraban héroes míticos y mundos aún más extraños, de alguna manera, que la Tierra.

Kat podía ver la instalación desde la estación de tren, y aunque no pudiera, los atuendos de los pasajeros que bajaban a su alrededor habrían sido pistas suficientes. Al principio, las anomalías habían parecido la muerte de los poderosos y milagrosos héroes del cine y la ficción, pero cuando quedó claro que pocas anomalías igualaban esas habilidades imaginadas, y aún menos la moral desinteresada, los narradores desempolvaron los viejos iconos y observaron cómo se elevaban a alturas mayores que nunca. Kat también los había disfrutado de niña. Luego perdió a sus padres, y ahora cualquier anomalía con grandes poderes la ponía al borde de la inestabilidad. Cuando se molestaba en buscar entretenimiento, lo prefería sin complicaciones y con personas normales. Nada de trastorno de estrés postraumático para ella, gracias.

Aun así, el entusiasmo de la multitud —una familia a su izquierda recitaba todos los miembros de algún equipo de héroes que Kat no reconocía, una pareja a su derecha planeaba el horario para ver a todos sus actores favoritos, y risas genuinas impregnaban el ambiente— le dibujó una sonrisa en el rostro. No es que se estuviera divirtiendo —nunca—, pero tenía que encajar. ¿Quién iría a una convención como esta y estaría de mal humor?

Mientras Kat se acercaba a los enormes edificios, se apartó de la multitud hacia los revendedores que pregonaban pases de último minuto. Un toque de su Tama con otro y ya tenía una credencial colgando del cuello, declarando a Kat como visitante de rango "Eterno", lo que, según le aseguró el revendedor, le garantizaría la entrada a casi cualquier evento que quisiera.

No sabía dónde podría estar Calvin, pero Kat podía hacer conjeturas; los espectáculos más grandes, las estrellas más importantes.

Una vez pasadas las puertas y la fila para el necesario guardarropa —frío invernal afuera, calefacción a tope adentro junto con miles de personas harían un día sudoroso—, Kat se abrió paso hasta un lugar vacío contra la ventana y abrió la aplicación de la conferencia en su Tama. Estableció un horario.

—Oye, te conozco —dijo una voz resbaladiza que Kat recordaba bien, sobre todo porque la habilidad de la mujer la había hecho tan difícil de atrapar—. ¿Todavía sacando buena reputación a costa mía?

Xia no había cambiado mucho en los tres años desde que Kat la había rastreado. Había sido una de las primeras capturas de Kat, una anomalía que había encontrado cocinando en un restaurante. Xia había sido descuidada con su tapadera, sacando platos a un ritmo tan rápido que el local tenía fama de entregar la comida sin importar lo ajustado del tiempo. Cuando podías freír instantáneamente con tus manos, sacar dedos de pollo y papas fritas por miles no era tan difícil. Cuando podías hacer lo mismo a una persona, eso te hacía peligrosa.

—Me va bien —dijo Kat. Xia lucía un vestido esmeralda, alas de hada plegadas en la espalda con una corona oscura, y un par de adolescentes la seguían, mirando de su madre a sus Tamas y a las maravillas disfrazadas que pasaban—. ¿Cómo estás tú?

Los rastreadores tenían pautas sobre las interacciones con las anomalías que habían rastreado. Ejemplos, dado que las anomalías rastreadas abarcaban desde las agradecidas hasta las asesinas. Con el tiempo, el consenso general se estableció en mantener la calma y la distancia. El hecho de que una anomalía hubiera sido rastreada no significaba que no pudiera obtener su venganza impulsada por su habilidad.

—Oh, ya sabes, viviendo el sueño de todo padre —dijo Xia —. Trabajando para los Paragones. Sin opción en eso. ¡Y aquí estoy con mis hijos, tratando de tener un día divertido y olvidar, por un momento, la vida en la que me encerraste, y vaya, la persona a la que estrangulo en mis sueños cada noche aparece!

Kat asintió detrás de Xia, hacia sus hijos, ambos habían notado la ira creciente de su madre.

—¿Son tuyos?

—Por supuesto que son míos. No es que te importe. —Xia sacó una varita de plástico de su cinturón y la apuntó a Kat—. Tú solo tomas. Usas. Y luego te vas.

Desescalar. Eso era lo que Kat debía hacer. Pero estaba cansada, había mucha gente alrededor, y Xia tenía una estúpida varita en su cara.

—Si no quieres verme, no te impido que te vayas.

Xia procesó esto. Pareció, por un momento, que golpearía a Kat con la varita, y Kat movió su brazo lo suficiente para bloquear. Esa acción, ese recordatorio de la pelea de ida y vuelta que había destruido la mitad del restaurante y terminado con Kat quemada y Xia inconsciente y rastreada, desenredó el nudo de ira que se formaba en la mente de Xia. El hada esmeralda le dio la espalda a Kat, anunciando a sus hijos que se iban. Kat observó a Xia dar dos pasos antes de que la anomalía se detuviera, se volviera hacia ella, casi golpeando a alguien en la multitud, y gritara con esa varita siempre apuntando:

—¿Quieren ver a una verdadera villana? ¡Ahí está una! ¡Justo ahí! ¡Arruinará sus vidas!

Kat no podía negarlo.

La rastreadora deambuló. Se mezcló con las multitudes y caminó por el enorme centro de convenciones. De vez en cuando su Tama le pitaba, anunciando que un espectáculo que había marcado como de alto valor estaba por comenzar y Kat se dirigía en esa dirección para examinar la fila, pero no entraba. No podía soportar sentarse, porque entonces se perdería demasiado en sus propios pensamientos.

Mynx, la Campeona que inició el programa de rastreadores, nunca ocultó su propósito ni el precio que estos pagarían. Eran reclutadores por la fuerza, y sus objetivos —¿víctimas? — serían empujados a una especie de servidumbre remunerada para una organización que obviamente habían querido evitar. Mynx envolvía todo esto en un lenguaje heroico y grandilocuente: que los rastreadores realizaban un trabajo necesario y valorado que no acapararía titulares.

Kat no había estado preparada para el odio.

Xia no era la primera de las anomalías de Kat que volvía a ella con una vida menos que ideal después de su interferencia. A veces, la respuesta era una sombría aceptación, la pérdida de libertad compensada con las cuantiosas reps conferidas por los Paragones. Le lanzaban una mirada de desgana a Kat y seguían adelante. En raras ocasiones, encontraba casos como el de Stanley, que obtenían algo mejor después de dejar atrás la paranoia inherente a ser una anomalía fugitiva. La mayoría de las veces, Kat se ganaba una confrontación. Una sarta de palabras con sabor a culpa, como si Kat les hubiera robado algo, cuando, de hecho, ellos habían elegido infringir la ley de los Paragones. Las amenazas físicas, como lo que Xia podría haber hecho si se hubieran encontrado en una calle tranquila y no en un centro de convenciones fuertemente patrullado, solían desvanecerse una vez que la anomalía recordaba que Kat les había vencido una vez y podía hacerlo de nuevo.

Aun así, esos momentos no eran divertidos, razón por la cual Kat pasaba cada vez más tiempo recluida en su apartamento. Allí no había conflictos. No tenía que enfrentarse a las consecuencias de sus decisiones vitales.

Una carcajada devolvió a Kat al presente y se dio cuenta de que había deambulado hasta un enorme salón de vendedores. Puestos que vendían todo tipo imaginable de cómics y juguetes de películas salpicaban la zona, y por cada puesto físico, había media docena de virtuales; simples carteles con códigos Tama que permitirían visitar mercados de descuento o tiendas especiales en Internet.

La risa había provenido de una actuación que se desarrollaba en el centro del espacio. Kat creyó reconocer al hombre que estaba de pie en la plataforma elevada, con el micrófono cerca de los labios mientras soltaba una serie de chistes tan específicos para entendidos que Kat se sintió ligeramente avergonzada de poder seguirlos. Pasar tanto tiempo en su apartamento significaba que veía muchos programas.

Muchísimos programas.

Se unió a la multitud, manteniéndose cerca de la parte trasera y escuchó el espectáculo. Seguía mirando alrededor.

Ni rastro de Calvin. No es que sus probabilidades fueran muy altas, con una multitud de este tamaño. Una multitud que además empezaba a afectarla, royendo su compostura. Si Calvin no aparecía pronto, Kat podría marcharse por hoy. Volver mañana.

El comediante enlazó sus chistes con otra serie, una que Kat no conocía, así que permitió que algunos recién llegados la empujaran fuera del alcance natural del espectáculo. La ansiedad hizo de las suyas en el estómago de Kat, y una confirmación de la hora dejó claro que era hora de comer. Y si ella necesitaba comida, existía la posibilidad de que Calvin también. Todo el mundo tenía que comer, ¿no?

Si el salón de vendedores había sido un cúmulo de ofertas en competencia, la zona de restauración ofrecía aromas rivales. Al parecer, el entretenimiento masivo trascendía las fronteras culturales, ya que Kat percibía de todo, desde currys hasta freidoras, pasando por el distintivo olor floral y picante de las salchichas de origen vegetal. Operando con un horario de apetito similar, las multitudes descendieron sobre el espacio junto con Kat, apiñándose en las colas y mostrando tickets para muestras gratuitas o comidas ganadas en los diversos concursos de la convención.

Kat se adentró más, donde la multitud se reducía a medida que los atractivos puestos de la entrada atrapaban a la mayoría de la gente. Aquí, rodeando un gigantesco bar que ofrecía bebidas temáticas en vasos de ecoplástico verde lo suficientemente grandes, según Kat, como para contener su brazo entero extendido, se distribuían mesas para dos y cuatro personas con sillas ligeras lo bastante flexibles para acomodar a los clientes y disfraces de esta peculiar fiesta.

El alcohol llegó con la promesa de familiaridad, un alivio mientras Kat se acomodaba en un taburete vacío de la barra. Algunas pantallas en lo alto mostraban clips ya terminados o en proceso, aunque un par de ellas tenían fragmentos de noticias de última hora sobre un asunto violento en Nueva Inglaterra. Al parecer, el propio Aegis había estado allí, junto con una flota de otros Paragones.

—Thane otra vez —ofreció el camarero, siguiendo la mirada de Kat hacia la pantalla—. No pueden mantener a ese encerrado. Deberían acabar con él de una vez.

—Cierto.

Kat no estaba de humor para discutir la gran cuestión de la muerte frente a la vida para un criminal como Thane, así que aceptó el veredicto del camarero y pidió una cerveza ligera. Después de recibirla y dar un sorbo, giró lentamente en el taburete para mirar de nuevo las mesas. La multitud.

Y lo vio.

Debería haber sido obvio. Calvin parecía un solitario, como ella. Se abriría camino hasta aquí, a este extraño oasis en el centro de todo. Kat no podía ver su rostro, pero llevaba el mismo sombrero, la misma chaqueta desgastada. Nada de disfraz para nuestro héroe. Calvin comía algo, de espaldas a la barra, encorvado sobre la mesa. Un blanco fácil.

He encontrado a tu anomalía, Gordon. En la gran convención, zona de restauración. Ven a encontrarte conmigo ahora, con la recompensa.

Ese mensaje debería hacer correr a Gordon. A Kat no le gustaba admitir que haberle ganado a Gordon en esta le producía la mayor emoción que había sentido en mucho tiempo, pero así era la vida, al parecer. Tal vez algún día aceptaría el paquete de beneficios de los rastreadores y vería a un terapeuta por eso. Por muchas cosas.

Pero no hoy.

Kat se deslizó del taburete. Caminó lentamente con su cerveza en la mano izquierda mientras la derecha se deslizaba bajo el pliegue donde sus vaqueros se encontraban con su holgado suéter color crema. Presionada contra su cadera, con un chip especial que le permitía desactivar detectores de metales —algo que los rastreadores recibían para ayudar en sus incursiones no letales— había una pequeña pistola

aturdidora. De corto alcance, cargada con dardos paralizantes.

La sacó, la ocultó en su palma hasta que el cañón apuntaba a la espalda de Calvin. Se acercó a él, presionó la pistola
contra su nuca y susurró:

—Oye Calvin, ¿por qué huiste tan rápido?

CAPÍTULO 31

BAJO LAS CALLES

LA CIUDAD subterránea de Chicago había sobrevivido a lo largo de los años manteniéndose invisible. Mientras que la superficie del centro había sido remodelada para adaptarse a las cápsulas, a la redefinición forzada del capitalismo por el Parangón, las calles mugrientas debajo se mantuvieron resilientes. Zhan-Yo salió a una manzana completa de distancia de su destino, deseando caminar por un minuto en este lugar, con sus profundas luces doradas, largas sombras y el constante movimiento de vehículos pesados de carga y desechos que se deshacían de las cosas que la humanidad producía pero no quería ver.

Las voces también resonaban aquí abajo, de trabajadores realizando tareas que ningún dron o IA podía probar rentables. Las mismas quejas; los representantes, el clima frío —aunque aquí abajo los fuertes vientos del lago se cortaban— y el constante ajetreo ineludible para el hombre común. Ese último pensamiento le hizo sonreír; Zhan-Yo no debería pensar así, como un filósofo. No era un bebedor de vino predicando a estudiantes universitarios que tomaban apuntes.

No, él era un revolucionario, y estos trabajadores de aquí abajo eran sus súbditos, aunque no lo supieran.

Sylvie había solicitado la reunión cerca del lugar que había elegido para su asesinato que cambiaría el mundo. A Zhan-Yo no le gustaba esa palabra, que se cernía como un paño grasiento sobre sus nobles aspiraciones, pero tenía que admitir el valor de llamar a las cosas por su verdadero nombre. Aegis tenía que morir para que la libertad pudiera vivir. No podían vencer a Aegis y sus Paragones en una lucha directa, así que sería un asesinato.

Una pesada puerta soldada marcaba la entrada. Un cerrojo anticuado con llave se encontraba sobre la manija, sin rastro de un escáner Tama a la vista. ¿Cuánto tiempo había pasado desde que Zhan-Yo llevaba un llavero? ¿Desde que escuchaba el tintineo mientras intentaba recordar cuál correspondía a la cerradura específica?

—¿Tienes una llave? —preguntó Wexley, saliendo de otra cápsula detrás de Zhan-Yo. No había elegido hacer la caminata y miraba alrededor como si temiera que unos matones los atacaran en cualquier momento—. ¿O Sylvie espera que esperemos aquí afuera?

—Nos dejará entrar cuando esté lista.

Wexley negó con la cabeza. El hombre se había envuelto de pies a cabeza con prendas que Zhan-Yo solo podía describir como lujo de oficina. Negras, gruesas y de lana. Zhan-Yo prefería la comodidad vivida de su chaqueta acolchada, la misma que había usado durante años. Entonces otra vez, Zhan-Yo había alcanzado la cima de la escalera. Wexley aún subía los peldaños. Así como Zhan-Yo se negaba a juzgar a los trabajadores del subsuelo por hacer sus trabajos brutales en el fondo de la ciudad, tampoco podía juzgar la vestimenta de alguien que se esforzaba por escapar de ello.

Por suerte para Wexley, Sylvie abrió la puerta no dos minutos después, en el preciso momento en que sus Tamas vibraron para anunciar el inicio de la reunión programada.

Una que, en los calendarios de Zhan-Yo y Wexley, había sido marcada como una cena de alta importancia. Algo que mantendría alejadas las llamadas y acallaría las preguntas.

—Bienvenidos, caballeros, al último lugar que nuestro Campeón verá jamás —Sylvie se hizo a un lado e invitó al par con un gesto elaborado.

Si este espacio albergaría los momentos finales de Aegis, Zhan-Yo lo encontró adecuadamente horrible. Tuberías enredadas, conductos humeantes, cables enrejados y más corrían por el techo, interrumpiéndose de vez en cuando para regalar un parche a luces fluorescentes chispeantes cuyo resplandor blanco azulado drenaba cualquier esperanza.

El lugar elegido por Sylvie seguía y seguía, y las "paredes", mientras ella conducía a Zhan-Yo y Wexley, se revelaron como paquetes de baterías en cajas para almacenamiento solar. Cubos negros con pequeñas pantallas que mostraban los paneles colectivos en edificios muy por encima para absorber suficiente energía para mantener la ciudad funcionando. Una iniciativa de alta tecnología agrupada en un entorno de baja tecnología. Uno que, por el olor persistente, había sido utilizado para almacenar desechos para su eventual incineración en una vida pasada.

Hacia el fondo, Sylvie señaló una puerta de mantenimiento. También estaba cerrada y no tenía menos de tres letreros con líneas rojas que declaraban sanciones civiles y penales si la persona equivocada se atrevía a abrirla.

—Lo guiamos por los túneles de acceso hasta esta puerta —dijo Sylvie—. Él la abre, lo terminamos aquí dentro, luego escapamos por donde ustedes entraron. Simple.

—Es perfecto —dijo Zhan-Yo.

—Lo haces sonar tan fácil —replicó Wexley—. Aegis no estará solo. ¿Y qué hay de los drones? Tan pronto como se dé cuenta de que es una trampa, los llamará. Tan cerca del centro de la ciudad, no estarán a más de unos segundos de distancia.

—Revisen sus Tamas —respondió Sylvie. Contrario a su

cita nocturna, el atuendo de Sylvie esta noche brillaba en gris plateado, con hendiduras llenas de placas blindadas. Dos bultos en sus muñecas eran, supuso Zhan-Yo, cuchillos de cerrojo listos para lanzarse con un gesto, y su cintura lucía un cinturón con armamento para corta y larga distancia. Todo esto le daba a su sugerencia un toque siniestro—. Encontrarán su respuesta.

El Tama de Zhan-Yo no ocultaba el problema: hacia la parte superior central de su pantalla, en el dorso de la muñeca de Zhan-Yo, una gran X roja cubría el círculo que, a medida que se llenaba de blanco, mostraba la intensidad de la señal. Zhan-Yo no podía recordar la última vez que había visto esa X roja; podía mantener una conexión en vuelos a cualquier parte del mundo, en la mayoría de los sótanos y en medio del Lago Michigan. Esta cámara aquí, debajo de las calles de Chicago, ni siquiera era tan profunda. Lo que significaba...

—Son los generadores —dijo Zhan-Yo, notando que Wexley aún miraba fijamente su propio Tama como si se hubiera convertido en alguna criatura repugnante con intención de devorarle la mano—. Esa es la diferencia.

—No exactamente —replicó Sylvie—. Este edificio está blindado. Hay placas de plomo a nuestro alrededor, encerradas en estas paredes, para conectar a tierra y sellar cualquier sobrecarga. ¿Pueden imaginar qué pasaría si estos generadores explotaran debajo de la ciudad?

—Me hace preguntarme cómo tienes acceso a este lugar —dijo Wexley.

—Yo no te pregunto cómo haces tu trabajo —dijo Sylvie, y Zhan-Yo notó que los dos se habían posicionado, una vez más, como duelistas—. Asumo que pagas a tus empleados, ¿no?

—Por supuesto que lo hacemos.

—Sylvie —intentó Zhan-Yo, pero ella lo ignoró.

—Les pagas en reconocimientos, pero esa es solo una moneda. Mantenerse con vida, resulta, es otra.

Zhan-Yo reprimió un respingo. Otra mancha en la bandera inmaculada de su sueño. Si era honesto, la bandera era más bien un trapo sucio estos días, pero al menos seguía ahí. Tal vez aún capaz de ondear.

—Así que aquí es donde organizamos la transferencia de armas —Zhan-Yo arrastró la conversación de vuelta a lo relevante.

La sala central tenía la capacidad. Cuadrada, con un suelo abierto destinado a dar espacio para que el equipo necesario moviera y diera servicio a estos gigantescos depósitos de energía. Una docena o más de personas podían esperar aquí, listas para emboscar a Aegis cuando llegara por el túnel de mantenimiento.

—Vamos a poner cámaras en las esquinas y en los puntos medios —explicó Sylvie—. Lo captaremos desde todos los ángulos. Esto no será solo un asesinato, será un evento cinematográfico.

Wexley le lanzó una mirada a Zhan-Yo que preguntaba si, en serio, creía que a Sylvie le quedaba algo de cordura. Zhan-Yo no tenía respuesta, pero no importaba, siempre y cuando lograran el objetivo. Siempre y cuando eliminaran al Campeón.

Sylvie continuó hablando sobre las próximas modificaciones del lugar y Zhan-Yo trató de absorberlo todo. Mientras explicaba las trampas secundarias en caso de que los drones bajaran de todos modos, la puerta de acceso de mantenimiento se sacudió. Wexley se deslizó frente a Zhan-Yo en un instante, sacando una pequeña pistola eléctrica legal de su chaqueta. Sylvie miró el arma, se encontró con la cara de Wexley y se rio.

La puerta se abrió y dos hombres vestidos como Sylvie —equipo táctico negro plateado con placas de armadura— entraron. Zhan-Yo no reconoció a ninguno, y los dos ignoraron a los altos ejecutivos de Ziran mientras informaban a Sylvie sobre situaciones despejadas y actualizaciones de objetivos. Cuando terminaron, Sylvie les dio un solo asentimiento y los despidió.

—Esperad —dijo Zhan-Yo a los dos cuando se giraban para salir por la salida principal—. ¿Cuál es vuestro papel aquí?

—Van a derribar a Aegis —dijo Sylvie.

Los dos se dieron la vuelta para mirarlo. Zhan-Yo empezó a pensar en ellos como los gemelos, a pesar de que no se parecían en nada. Grandes y corpulentos, sí, pero por lo demás sus pieles eran opuestas, uno tenía las orejas más largas y el otro el torso más largo. Sus rostros tenían una cosa en común: una mirada fija tan a menudo encontrada en los matones. Sin embargo, acechando bajo esa superficie y visible en sus músculos relajados, sus ojos fijos y la total ausencia de preguntas en sus labios... estaba la completa falta de fibra moral necesaria para trabajar en un trabajo como este.

—¿Habéis luchado alguna vez contra un Parangón? —preguntó Zhan-Yo—. ¿Un anómalo?

—Aquí y allá —dijo el de la izquierda, como si Zhan-Yo hubiera preguntado si veía películas—. No un Parangón. No somos tan tontos.

—Están cualificados, Zhan-Yo —dijo Sylvie—. Tan buenos como vas a encontrar. Nadie anda por ahí anunciando que caza Parangones. No vives mucho haciendo eso.

Zhan-Yo asintió. Miró a Wexley. —Toma mi chaqueta, si fueras tan amable.

—Z —dijo Wexley—. No creo que...

—Esta no es una decisión que te corresponda tomar.

Wexley le quitó la chaqueta de los hombros a Zhan-Yo y el hombre mayor estiró los brazos. Sintió esos músculos encajar en su lugar. Tenía la intención de seguir la oferta de Chloe, conseguir una práctica más dura. Tal como estaban las cosas, estos dos tendrían que servir.

—Yo he luchado contra uno —dijo Zhan-Yo, estirando los brazos—. Por una apuesta. Hace años. Perdí, estrepitosamente. Porque lo subestimé. Asumí que un Parangón no era nada más que su poder, como la mayoría de los anómalos. Un error profundo.

Aunque Zhan-Yo no se las mostró, tenía una cicatriz en la pantorrilla izquierda, de donde el Parangón le había partido el hueso. No hubo poder allí, solo una pisada despiadada. Hasta donde Zhan-Yo sabía, ese Parangón aún vivía en algún lugar, y Zhan-Yo le debía una deuda: había aprendido una lección que la mayoría solo comprende en los últimos momentos fatales de su vida.

—¿Entonces qué estás diciendo? —dijo Sylvie, con los brazos cruzados mientras se apoyaba contra la pared lateral —. ¿Quieres entrenar con ellos? ¿Enseñarles cómo es luchar contra un Parangón?

—Lo que estoy diciendo es que si estos dos ni siquiera pueden conmigo, Aegis acabará con ellos en un abrir y cerrar de ojos.

—Esto es ridículo, Z —dijo Wexley.

Pero aparentemente los gemelos no lo pensaban así. Le dirigieron una mirada a Sylvie, quien se encogió de hombros, y luego se dispusieron a rodear a Zhan-Yo, dejando al ostensible jefe de toda esta empresa solo en medio de la habitación. Wexley finalmente entendió que, de hecho, no iba a impedir que esto sucediera y retrocedió cerca de Sylvie, soltando un suspiro tras otro.

Zhan-Yo, sin embargo, se sentía vivo. Sentía la descarga de adrenalina y la emoción que viene con el conflicto físico, con saber que su vida estaría en juego y que necesitaría cada gramo de energía que le quedara al final del día para...

Ganar.

Zhan-Yo dio un paso rápido a su izquierda sin girarse del todo, lanzando un codazo a la garganta del más bajo. Un movimiento potencialmente letal contra los no iniciados, capaz de convertir la tráquea en nada más que tejido plegado, pero el contratado de Sylvie hizo una desviación sorprendida, golpeando hacia arriba el golpe de Zhan-Yo para que golpeara la mejilla del hombre en su lugar, haciendo que su cabeza se echara hacia atrás. Zhan-Yo aprovechó la distracción que eso le compró para lanzar una patada con la pierna derecha al estómago del hombre tambaleante, haciéndolo rebotar contra la pared lateral. El silbido de aire viciado explotando de los pulmones del hombre significaba que Zhan-Yo tenía algo de tiempo para jugar con el otro.

Que vino hacia Zhan-Yo con las manos levantadas frente a su cara, una postura de boxeo. Más alto que Zhan-Yo, el gemelo número dos sin duda tenía ventaja en alcance, así que decidió sacar las manos del juego. Girando desde su patada, Zhan-Yo se dejó caer en un barrido de pierna, provocando que el Gemelo Dos diera un paso rápido hacia atrás.

Jugando a lo seguro. Eso podría funcionar aquí, pero cada segundo que Aegis permaneciera con vida daba tiempo para que los Parangones o los drones lo localizaran y arruinaran todo.

—Debéis atacar rápidamente —dijo Zhan-Yo, enderezándose—. Cada segundo contra el Campeón lo beneficia a él, no a vosotros.

El Gemelo Dos entendió, y volvió a entrar, esta vez más ligero sobre sus pies. Si Zhan-Yo intentaba el mismo barrido, el Gemelo Dos podría saltarlo, o apresurarse para vencerlo, lanzando un golpe a la cabeza desprotegida de Zhan-Yo. Así que Zhan-Yo hizo ademán de cerrar la distancia con un repentino impulso hacia el Gemelo Dos. El hombre contratado por Sylvie, en lugar de intentar un jab frenético, optó por un abrazo, atrapando a Zhan-Yo mientras se acercaba y envolviéndolo en los brazos mammoth del Gemelo Dos. Apretó, y Zhan-Yo sintió que iba a estallar.

Pero el Gemelo Dos llevaba un cinturón como el de Sylvie, y ese cinturón sostenía un número de armas letales. Las manos inmovilizadas de Zhan-Yo podían sentir la empuñadura de una pistola, y la sacó, la volteó hacia el estómago del Gemelo Dos.

—Estás muerto —logró decir Zhan-Yo.

—Eso no es justo —dijo el Gemelo Dos, soltando a Zhan-Yo—. No íbamos totalmente armados.

—No os di ninguna regla. Aegis tampoco lo hará —dijo Zhan-Yo, tratando con mucho, mucho esfuerzo de no desplomarse mientras inhalaba aire. Wexley se acercó a él, ayudó a Zhan-Yo a ponerse la chaqueta de nuevo—. No perdáis el tiempo. Una vez que esté en esta habitación, id a matar, y hacedlo rápido. Sylvie, lo apruebo. Hazlo realidad.

—Te mantendré informado —dijo Sylvie, con más que un toque de cálculo en su voz y, pensó Zhan-Yo, sorpresa por las habilidades de su jefe.

Wexley acompañó a Zhan-Yo fuera del edificio y llamó a unos pods para ambos. Mientras Zhan-Yo se subía al suyo, respirando profundamente y preguntándose si tendría moretones, Wexley mantuvo la puerta abierta y se inclinó hacia dentro.

—Una vez que esto comience, no hay vuelta atrás. Si Aegis llega allí abajo, tiene que morir, Z. Si esos dos fallan...

—Sylvie y yo nos aseguraremos de que no fallen.

—¿Tú?

—Wexley, si esto fracasa, estamos acabados. Puede que Ziran continúe, pero yo no. He esperado toda mi vida por esta única oportunidad, y no tengo una segunda para gastarla esperando otra.

La respuesta pareció satisfacer a Wexley, quien dejó que la puerta del pod se cerrara y le hizo un leve gesto de despedida a Zhan-Yo mientras el pod lo sacaba de las profundidades doradas y grasientas hacia la brillante noche de Chicago.

CAPÍTULO 32
ENTREGA AÉREA

CARONTE. El barquero que llevaba a los recién fallecidos, o a los imprudentes aventureros, al Hades. Mynx había estado intentando recordar el nombre durante una hora, un enigma que su Tama podría resolver fácilmente, pero que ella quería descifrar por sí misma. En parte porque simplemente quería hacerlo —que las máquinas resolvieran todos sus problemas la hacía sentir inútil—, pero también porque volar a gran altura sobre Atlántida y Pacífica era realmente, realmente aburrido.

No es que el cielo nocturno, una vez que Mynx se elevó por encima de las nubes y atenuó algo de esa intensa luz lunar, no fuera hermoso. Es solo que lo había visto tantas veces que...

—¿Un viaje personal con una Campeona en persona? —La voz de Thane sonaba seca, como si hubiera chupado una docena de limones—. ¿Qué hice para merecer semejante honor?

Su jet privado no tenía asiento de pasajeros, pero sí espacio para equipaje. Un espacio ahora ocupado por un Thane sedado y atado. Despojado de su ira, Thane se encogía, se marchitaba hasta parecer apenas apto para estar vivo. Había cierto peligro en mantener a Thane tan adormecido, la posibilidad de que sus músculos se debilitaran tanto que muriera en la parte trasera del jet. Francamente, a Mynx no le importaría si eso sucediera, si no fuera por una cosa:

Ella no era una asesina.

Esas palabras no se aplicaban a todos los Campeones, y Mynx había matado antes, ya sea por sí misma o a través de sus drones. Pero matar para defenderse en una pelea o para detener una catástrofe era una cosa. Acabar con Thane simplemente porque podía parecía... incorrecto. Aegis no parecía pensar así, pero él podía tener sus propias opiniones. Ella tomaría las decisiones que mantuvieran alejadas sus pesadillas.

—Aterrorizaste a mucha gente y podrías haber matado a muchos más —dijo Mynx, sus palabras envolviendo la cabina y deslizándose hacia Thane—. ¿Siquiera lo recuerdas?

—Por supuesto —respondió Thane—. Me aferro a todo, incluso si no puedo usarlo en el momento. Sé que evitaste que Aegis me matara, y te lo agradezco.

¿Era eso verdadero arrepentimiento?

—¿Por qué lo hiciste? —preguntó Mynx.

—Oh, mi explicación es simple. Estaba aburrido y me ofrecieron la oportunidad de no estarlo. Ellos cumplieron su parte, y yo cumplí la mía.

—¿Quién te ofreció esa oportunidad?

—Vamos, Mynx, el hecho de que me tengas atado en tu bonito avión no significa que puedas hacerme todas las preguntas que quieras.

—En realidad, es exactamente lo que significa.

Thane soltó una risa rasposa.

—¿Tu avión tiene agua, o estoy condenado a quedarme sin ella?

El jet tenía agua, tenía de todo, desde comidas preparadas

hasta un desfibrilador automático listo para activarse si Mynx sufría un ataque al corazón durante el viaje. Pero todo estaba dirigido hacia la cabina, no hacia la parte trasera, y el impulso caritativo de Mynx había sido aniquilado por el largo vuelo nocturno. Había sido su propia decisión hacer el viaje, pero sería agotador de todos modos.

—Has sobrevivido a cosas peores —dijo Mynx—. ¿Sabes a dónde te llevo?

—Mynx, hace mucho tiempo que no soy partícipe de tus secretos. Incluso en este estado, no puedo adivinarlo.

Otra mentira. Thane podía adivinar perfectamente, y así, con su mente agudizada incluso mientras su cuerpo se deterioraba, probablemente podría decir a qué velocidad iban, tal vez incluso juzgar su ubicación por la atracción de los polos magnéticos de la Tierra o alguna cosa ridícula por el estilo. Las anomalías redibujaban constantemente los límites de lo posible.

—Creé este lugar por tu culpa —dijo Mynx—. Aunque para cuando lo preparé, ya te teníamos tan bien contenido que Aegis pensó que sería más peligroso moverte.

—Una de las muchas cosas en las que ese bruto se ha equivocado.

—Funcionó bastante bien durante casi treinta años.

—Sí. Mantuvisteis sedada y encerrada a la mente más brillante que este mundo ha visto jamás. Qué plan tan brillante.

—Una mente peligrosa, Thane. Elegiste tu bando, conocías los costes.

Thane no respondió a eso. Lo cual, bien. El programa de piloto automático hacía su trabajo manteniéndolos en la ruta correcta, y se acercaban al punto donde Mynx tenía que empezar a enviar su secuencia de códigos. Utilizó una pantalla conectada a la estrechante nariz, normalmente encargada de mostrar informes sobre el estado operativo del jet, pero que ahora había cambiado a cinco barras estáticas de color rojo sangre en las que Mynx, mediante cuidadosos deslizamientos de dedos, dibujó los códigos de acceso.

—Thane, no sé si puedes sentir mucho a través de esos sedantes, pero yo empezaría a intentarlo.

—Son como pesas. Si me esfuerzo lo suficiente, quizás...

No es que Mynx quisiera que Thane se sacudiera esas drogas todavía, pero lo que iba a pasar a continuación lo mataría de otro modo.

—No voy a prometerte que estarás a salvo aquí, pero sí te garantizo que el resto del mundo estará a salvo de ti.

—¿De mí? Mynx, incluso si has encontrado un lugar así, no importa. No seré la última anomalía que amenace el mundo que tú y tus amigos habéis construido. Habrá más, o algún normal encontrará donde habéis escondido todos sus viejos juguetes y os hará volar en pedazos con ellos. Todos los imperios caen.

Había tantas razones por las que Mynx prefería la lógica fría y dura a las vagas filosofías de gente como Thane y Apinya. Los problemas debían resolverse, no lanzarse al vacío. Las amenazas debían ser concretas, no abstractas y amenazantes. Quería que Thane saliera, pero sus interminables respuestas arrogantes merecían también un pequeño correctivo.

—¿Sabes, Thane? No habrá anomalías como tú por mucho más tiempo. Estoy cerca de resolver tu problema. Podremos controlar a las futuras generaciones, salvar a las mortales de hacerse daño a sí mismas. De convertirse en alguien como tú.

—Porque eso sin duda os convertirá en los héroes de esta historia.

—Mejor que la gente muera sin tener la culpa.

—Siempre pensé que eras la inteligente, Mynx. La más capaz de ver el final justo cuando comenzaba. Por eso creaste todos estos drones, ¿verdad? ¿Para continuar vuestras misiones ahora que sois demasiado viejos y estáis demasiado rotos para hacerlo vosotros mismos?

Mynx permaneció en silencio, introduciendo más códigos de acceso. Pasaron la capa exterior, dirigiéndose hacia el interior, y el más mínimo error aniquilaría el avión y a ambos.

—Creo que sabes tan bien como yo que esto solo puede terminar de una manera. La humanidad se está tomando su tiempo, pero el poder siempre aumenta de una generación a la siguiente. Alguien va a nacer, o pondrá sus manos en el interruptor equivocado, y entonces, boom. Todo tu trabajo desaparecerá, todo el tiempo que has perdido intentando hacer que este mundo funcione se esfumará en un instante. Y ni una sola alma se preocupará, Mynx. No cuando las cenizas caigan del cielo, cuando los edificios se derrumben y los Paragones yazcan muertos en las calles. Nadie te lo agradecerá, nadie te celebrará.

La tableta del avión sonó, sus defensas habían aceptado sus códigos.

—Yo también tenía una familia —continuó Thane—. Gente que me amaba, a la que yo amaba. ¿Sabes qué les pasó?

Mynx lo sabía.

—¿Sabes qué hice cuando descubrí quién era? La siguiente vez que mis amigos estaban bromeando. Me empujaron, como parte de un juego, pero yo estaba cansado. Era un adolescente, ¿y sabes qué hice?

Mynx cerró los ojos y empezó a contar hacia atrás.

—Sabía que me volvería fuerte, para entonces, pero no sabía lo que perdería si seguía esa energía, agarrándola, tragándola hasta que no quedara nada más que la rabia. Cuando finalmente la gasté, siguiéndolos de vuelta a casa, los únicos que quedaban erais todos vosotros. Listos para usarme. Para probarme. Para contenerme.

Casi estaba.

—Pero, Mynx, no puedo ser contenido. No puedo ser retenido. —La voz de Thane se hizo más fuerte, y Mynx oyó los crujidos reveladores de las ataduras de Thane mientras se estiraban contra el creciente monstruo detrás de ella. Agarró la palanca de vuelo, desactivó el piloto automático y ajustó el curso para compensar la creciente masa de Thane—. Crezco, y crezco, y me libero.

—¿Has terminado?

Las ataduras se rompieron. El avión se sacudió cuando Thane se giró detrás de ella, su gran cuerpo rozando los costados del avión mientras se movía, mientras acercaba su cabeza justo detrás de la de ella, su piel flácida y envejecida tensada contra un esqueleto repentinamente masivo. Su cálido aliento ardiente apestaba a locura.

—Sí —susurró Thane.

—Bien.

La cuenta de Mynx llegó a cero y tiró de la palanca mientras pulsaba con el pulgar un brillante botón naranja cerca de la parte superior de la palanca, colocado para emergencias como esta. El repentino ascenso del avión lanzó a Thane hacia atrás desde su asiento, presionándolo contra lo que debería haber sido el suelo del avión, lo que era la puerta de carga, que ahora estaba completamente abierta. El monstruo que había aterrorizado Nueva Inglaterra, que había perseguido a los Campeones durante décadas, su secreto y, a veces, su salvador innombrable, salió disparado hacia la noche, hacia el único lugar de la Tierra del que nunca podría escapar.

Para cuando Mynx corrigió la pérdida de sustentación y le dijo al piloto automático que la llevara a casa, y entró todos los códigos de acceso para abandonar la isla, cuando la noche interminable era lo único frente a ella, se recostó en su silla. Antes, podría haber llorado, o jadeado en busca de aire, o agarrado esos reposabrazos con todas sus fuerzas para evitar temblar. Ahora las palabras de Thane eran una amenaza más entre un millón de otras.

No es que no la afectaran. No, no es que fuera inmune. Se

abrieron paso dentro de ella y se enquistaron allí. Susurros en la oscuridad, esperándola, siempre.

Pasarían horas antes de que llegara a casa. Mynx abrió una pequeña caja lateral, sacó una botella y se tomó una de las pastillas que había dentro. Dormiría, y las drogas harían que fuera un sueño sin sueños.

Pacífico.

CAPÍTULO 33

ACEPTANDO LA REALIDAD

AEGIS TROTABA con la misma ropa de invierno que usaban todos los demás en los senderos, siendo la única diferencia el metal alrededor de su cuello. La medalla rebotaba contra su pecho mientras corría por el ampliado Central Park en la ligera niebla matutina, que se elevaba a medida que una ola de calor derretía la nieve con furia. Otorgada a Aegis por la última presidenta de los Estados Unidos, no mucho antes de que los Paragones la removieran del poder, la medalla simbolizaba un gran servicio a un país cuyo impulso se había corrompido, al igual que el resto del mundo, a medida que los Campeones habían ascendido al poder.

Los políticos habían visto a las anomalías como herramientas para ser utilizadas. Cortejadas y manipuladas. Nunca esperaron que los Paragones contraatacaran.

Esas batallas habían sido mucho más duras que la táctica de choque de anoche para acabar con Thane. No necesariamente los elementos militares —las anomalías coordinadas solían hacer corto trabajo de cualquier cosa excepto entre ellas mismas— sino la opinión pública. Leyes y regulaciones. El pegamento que mantenía unida a la sociedad.

Aegis pasó junto a otra corredora y le hizo un gesto con la

cabeza. Ella lo devolvió, hizo una doble toma. Aegis captó la mirada y contuvo una risa, dirigiéndose hacia un puente. Pasaría por debajo, saldría por el otro lado y estaría en el extremo norte del parque. Ella nunca estaría completamente segura de lo que vio.

Los Paragones, con todo su entusiasmo, su fervor revolucionario, habían terminado poniendo a la mayoría de los abogados, senadores y representantes de todo el mundo de vuelta en sus puestos. Los contratos existentes, los estatutos y todo lo demás se mantuvo igual, y las elecciones seguían ocurriendo, o comenzaban en aquellos países que no tenían tales cosas, para llenar esos mismos puestos. Por encima de todo, sin embargo, los Paragones se cernían, y los Campeones se erguían sobre ellos. Un árbitro constante, amenaza y fuerza de paz que garantizaba la obediencia a la ley por puro poder. Hasta ahora, Aegis sentía que habían logrado no abusar de ese poder.

No lo suficiente como para arrojar al mundo al caos, de todos modos.

Una vibración del Tama interrumpió los pasos constantes de Aegis. El rostro de su hija apareció en la banda del brazo, y porque responder las llamadas de una hija es el deber de un padre, Aegis tocó para contestar.

—Estás interfiriendo con mi paz y calma —dijo Aegis.

—No es mi culpa —respondió Celice—. Parece que el mundo no puede pasar un día sin ti.

—¿Qué es ahora?

—Chicago. Aparentemente los Paragones de allí están asustados por algo.

Aegis había prometido que se pondría en contacto con ellos después de Boston, ¿no? Supongo que sería demasiada suerte esperar que los Paragones de allí resolvieran el problema por sí mismos. Aegis sacudió la cabeza mientras continuaba trotando, los pinos cubiertos de niebla eran sus únicos testigos comprensivos.

—¿Te dieron algún detalle?

—Esperan que les devuelvas la llamada. —Celice hizo una pausa—. Pero recibí un mensaje de Mynx. Entregó a Thane.

—Otro juguete en su isla de inadaptados.

—Oye, al menos ya no tenemos que lidiar con él.

Aegis no podía discutir eso. Los problemas rara vez parecían desaparecer de su lista. Debería abrir una botella de champán por este.

—Bien, volveré. Diles a los Paragones que los llamaré en una hora.

—Entendido, papá.

Adiós a su tercera vuelta.

Armas, porque por supuesto. Innis, el líder Paragon de Chicago, tropezaba con la explicación, debido tanto a su falta de información sobre lo que estaba sucediendo en su propia ciudad como a su vergüenza, rojo como un tomate, a medida que esa falta se hacía cada vez más evidente. Algún grupo, de algún lugar, estaba enviando armas ilegales a alguien.

—Realmente me estás iluminando —interrumpió Aegis, descartando con un gesto el boceto fracturado de Innis sobre cómo estas armas podrían estar llegando—. Mira, si sabes tan poco sobre lo que está pasando, ¿por qué me estás contactando?

—Esperábamos que tuvieras algunas ideas sobre quién podría ser.

—Por si no lo has notado, Innis, estoy en Nueva York. Tú estás en Chicago. No son, de hecho, el mismo lugar.

El hombre corpulento y de barba de fuego se puso tan rojo como Aegis jamás había visto a un ser humano. Innis alcanzó una botella de agua fuera de la pantalla, lo que le dio a Aegis la oportunidad de mirar más allá del monitor flotante. El horizonte gris del mediodía de invierno se extendía bajo esas ventanas, y la vista obró sus maravillas habituales. Un recordatorio de su trabajo, su propósito. La gente del mundo no podía ser perfecta todo el tiempo, pero él tenía que salvarlos de todos modos.

—Está bien, Innis. Dijiste que tienes algunas sospechas, ¿verdad?

Innis tragó su bebida. Se limpió la cara con las manos. El brillante uniforme azul de Paragon parecía más ajustado en él de lo habitual, ¿peso por estrés o demasiado ponche navideño?

—Yo, nosotros, creemos que podría ser Ziran. —Innis hizo una mueca al decir la palabra, como si pronunciarla pudiera invocar a algún demonio tecnológico para devorarlo—. Ellos, eh, son la única compañía que conocemos que podría intentar algo así.

—¿Te importaría elaborar?

—Es su líder, Aegis. Un tipo llamado Zhan-Yo. Es de la vieja guardia por aquí, conocido por hablar mucho sobre cuánto mejores eran las cosas antes.

Aegis se recostó en su silla, se encogió de hombros. —Puede tener sus opiniones. ¿Tienes algo más que eso?

Innis miró fuera de la pantalla otra vez y tosió. Quizás había otro Parangón en la habitación para darle apoyo moral. Extraño. Innis siempre había sido un Parangón más enérgico. Listo y rápido para respaldar una operación o condenar un error. Ahora parecía sudoroso, asustado.

—Lo siento, Aegis, estoy asustado. Recibimos un aviso ayer, mientras estabas ocupado con Thane allá arriba. Decía directamente que Ziran estaba planeando el fin de todo. Un golpe de estado —Innis se inclinó hacia adelante, acercando tanto su rostro a la cámara que Aegis podía contar los gigantescos pelos de su nariz—. ¿No crees que podrían estar escuchando esto, verdad? ¿Podrían?

—¿Un aviso de quién? —Aegis no estaba tan alejado de los días en que los Campeones recibían llamadas que los enfrentaban contra el rival de alguna persona o empresa. Una carta anónima, un mensaje, incluso una víctima en pánico que aparecía con una historia y desaparecía, todo diseñado para que alguien fuera aplastado—. ¿Crees que puedes confiar en ello?

—Será fácil averiguarlo. El aviso vino con una hora, fecha y lugar.

—¿Para la transferencia? ¿O para tomar un café?

Innis soltó una débil risita. —Para la transferencia, creo.

—Entonces, esto es lo que debes hacer. Celice ya solicitó drones adicionales a Mynx. Envíalos a vigilar la transferencia, grabarla y detenerla si realmente está sucediendo. Si alguien escapa, te encargas de la limpieza.

Sí, era una sugerencia obvia. El protocolo de los Parangones enfatizaba el uso de drones cuando era práctico, mucho más fácil reemplazar una máquina que una anomalía leal. Aunque, dado que el mismo Aegis solía ignorar ese protocolo en ocasiones, podía entender que alguien más lo olvidara. Se suponía que eran héroes, y sentarse en una oficina no te hacía sentir como uno.

—No sé si los drones funcionarán para esto. Espacios estrechos, subterráneos. Si es Ziran quien está haciendo esto, al menos han pensado que podríamos enterarnos.

Una vez más, Aegis se encogió de hombros. —Innis, eres el líder allí por una razón. Resuélvelo. Los drones son lo suficientemente buenos para atravesar un túnel, y si no lo son, tienes Parangones a los que puedes llamar para que te ayuden. Confío en ti.

—¿Entonces no vendrás?

—No voy. Tengo que planear una cumbre y asegurarme de que la limpieza de Thane salga bien. Aparentemente, todos estos matones que trabajaban para él fueron contratados por los Elementales. Lo que significa que necesito tener una larga charla con ellos.

Innis parecía estar preparándose para protestar, pero antes de que el hombre grande pudiera abrir la boca, Aegis le dijo que llamara de nuevo si ocurría algún problema y cerró la conexión. El monitor se deslizó hacia abajo y se alejó, Aegis tomó su suspiro y abrazó la vista. Lo había hecho. Había dicho que no a un Parangón necesitado. Debería haberse sentido terrible, como una traición, pero en su lugar... ¿se sentía liberado?

Se *estaba* haciendo mayor.

—¡Papá! —anunció Celice unos minutos después, llegando de su nivel inferior donde dirigía la logística de los Parangones de Atlantis como una maestra—. ¿Sigues aquí? Innis sonaba tan preocupado, pensé que ya te habrías ido.

Cuando Aegis la puso al día, Celice no pareció decepcionada, sino que lo envolvió en un fuerte abrazo. Extraño. ¿Una recompensa por decir que no? ¿Qué le había pasado al mundo?

—No puedo creer que realmente te quedes —dijo Celice, dando un paso atrás—. Saldremos esta noche, para celebrar. ¿Cuánto tiempo ha pasado desde que hicimos eso?

—¿Desde que espanté a tu último novio?

Celice se rio. Todavía el sonido más hermoso.

—Probablemente. Quédate por aquí y tal vez conozcas al nuevo.

—¿El nuevo?

CAPÍTULO 34
LAS TORNAS CAMBIAN

DE TODAS LAS posibilidades que Kat había imaginado para su vida, apuntar con una pistola eléctrica al cuello de un joven aparentemente inofensivo no era una de ellas. Había tenido las típicas carreras soñadas durante su infancia, ocultando las realidades de la vida anómala frente a la normal durante sus años de preadolescencia. ¿Por qué manchar su futuro ideal con posibilidades que una niña de ocho años no podía controlar ni entender completamente? Kat creció viendo cómo los Paragones consolidaban el poder, sus lecciones cambiando de un año a otro, pasando de presentar a los anómalos como una minoría inusual a discutirlos como socios y, más tarde, como superiores.

Para cuando llegó a lo que funcionaba como universidad, su familia había sido destruida, aquellos sueños infantiles destrozados por un cambio radical en la sociedad que creó dos clases, y la suya no ostentaba el poder. Las opciones eran limitadas; no tenía representantes, ni familiares que quisieran hablar con ella después de lo sucedido, ni conexiones. Lo que Kat sí tenía, lo que había desarrollado cuando sus viejos amigos descubrían sus primeros amores o encontraban pasiones que perseguir, era una mirada realista. Éxito y supervivencia eran una y la misma cosa. Para una persona normal en su posición, ser una rastreadora le daba la mejor oportunidad de conseguir ambas.

—Calvin —dijo Kat a su rehén paralizado—. Voy a necesitar que te levantes, y luego vamos a salir de aquí, ¿de acuerdo?

Calvin tragó saliva —Kat pudo verlo en cómo se movió su garganta— y puso ambas manos sobre la mesa, luego movió una hacia la taza que contenía su bebida. Kat siguió la mano y se dio cuenta de que la bebida cubierta de espuma era cerveza. Calvin realmente estaba aquí de vacaciones, entonces. Kat casi se sintió mal por arruinárselas.

—No quiero hacerle daño a nadie —dijo Calvin, sonando como si lo dijera en serio, la triste frase de alguien perseguido sin culpa alguna—. Lo prometo.

—Estoy segura de que no quieres —respondió Kat—. Pero hay gente que quiere hacerte daño, por eso necesitamos irnos.

Calvin asintió y se levantó. Su altura hizo que mantener la pistola eléctrica en su cuello fuera difícil, así que la apartó y la mantuvo oculta bajo la holgada cubierta de su chaqueta. El dardo tendría más dificultad para penetrar la gruesa ropa de Calvin, pero tal vez él no lo sabría. Y siempre podría disparar más de una vez. Con su otra mano, Kat aprovechó el movimiento de Calvin como una oportunidad para deslizar un pequeño seguro adicional en la chaqueta del hombre, un transpondedor que podría ser útil si este encuentro se torciera, como siempre podía suceder con los encuentros con anómalos.

—¿Puedo terminar mi bebida? —dijo Calvin, señalando hacia la cerveza.

—Hazlo despacio —respondió Kat—. Sin trucos.

Calvin asintió, agarró la taza y la llevó a sus labios.

—Realmente estaba teniendo un buen día.

—Me lo imagino —dijo Kat—. Si haces esto fácil, estarás de vuelta aquí enseguida. Sin riesgos.

—¿Lo prometes?

—Lo prometo.

Calvin extendió su mano derecha hacia ella. ¿Un apretón? Kat casi se ríe. Una manera tan formal de sellar un trato tan duro para Calvin, pero si quería una bebida y un apretón de manos, Kat podía dárselo. Le estaba quitando tanto. Con su dedo firmemente en el gatillo de la pistola eléctrica, extendió su mano izquierda y agarró la de Calvin. Él la sacudió una vez, un apretón fuerte, y luego la soltó. Kat bajó su mano y la miró fijamente. Ya no parecía sentir sus propios dedos. Ni sus pies. La habitación, también, parecía estar girando muy ligeramente. Fue un milagro que la pistola eléctrica no se le cayera de la otra mano al suelo. Kat intentó enfocar sus ojos, intentó dar un paso y no pudo hacerlo sin apoyarse en la antigua mesa de Calvin, afortunadamente lo suficientemente anclada como para no caerse.

—Aquí, siéntate —dijo Calvin, ayudando a Kat a sentarse en una silla frente a él.

Ella intentó formar una frase, un pensamiento coherente, pero las conexiones entre ideas y palabras parecían bloqueadas, difusas de alguna manera.

—¿Sabes por qué no soy un Paragon? ¿Por qué no estoy jugando a vuestro juego? —dijo Calvin, terminando sus papas fritas mientras hablaba—. No es porque no me gusten, no pienses que no creo que sean algo bueno. Demonios, sin los Paragones, apuesto a que los anómalos como yo seríamos tratados como fenómenos.

Sí. Como fenómenos. Como su hermana. Kat intentó concentrarse. Calvin se veía borroso. Sus labios estaban entumecidos.

—No tengo muchas oportunidades de hablar con la gente —continuó Calvin—. En parte es mi culpa, supongo. ¿Alguna vez has sabido lo difícil que es iniciar una conversación cuando eres lo opuesto a lo que la gente espera? Por eso me apunté a una pelea la otra noche, ¿sabes? No porque pensara que iba a ganar, sino porque esa camarera me preguntó si quería. Fue amable al hacerlo.

Otra ronda de papas fritas. Kat intentó alcanzar su Tama, en su muñeca izquierda, pero Calvin atrapó su mano. La guió suavemente de vuelta a la mesa.

—Empecé a valorar mucho eso. La amabilidad. Cuando tu propio padre piensa que le sacaría un buen dinero prestándote a gente que quiere usar tu habilidad, al principio piensas que está bien. Estás ayudando. Luego ves, en el Tama o lo que sea, cómo funciona una familia de verdad, y ya no está tan bien. —Calvin terminó las papas fritas, tomó otro trago—. Kat. No ibas a ser amable conmigo, ¿verdad?

Kat luchó por mantener su cabeza erguida. Las palabras de Calvin rebotaban en su cráneo. Algo en su estómago se revolvió y su latido cardíaco se sentía como un terremoto. Su Tama vibró con una advertencia, pero no podía distinguir la pantalla.

—Eso es lo que pensaba. ¿Ves? No respondí a lo que pregunté antes. ¿Sobre por qué no estoy con los Paragones? —Calvin se levantó de la mesa, dio un paso hacia el lado de Kat y la ayudó a cruzar los brazos, dándole un lugar donde recostar su cabeza—. Porque ellos no serían amables conmigo, Kat. Me usarían. Igual que mi padre. Igual que tú. —Calvin suspiró—. Lo siento, puede que me haya pasado. No te ves muy bien. Creo que deberías buscar ayuda, de lo contrario esto podría matarte.

Borracha. No tenía sentido, pero era lo único que podía explicar estas sensaciones. Kat no había bebido ni una gota, y sin embargo se sentía más intoxicada que nunca antes, y empeoraba por momentos. Además, los cubos de basura más cercanos estaban fuera de su alcance, que se reducía rápidamente con cada tropiezo.

—¿Cómo? —logró articular Kat, el miedo atravesando la niebla mental para murmurar las palabras contra la manga de su camisa.

—¿No te dijeron lo que puedo hacer? —dijo Calvin—. Por eso me quieren, Kat. Por esto. Diría que lo siento, pero no es así. No quiero que mueras, de verdad, pero si eso es lo que hace falta para que me dejen en paz...

Calvin se puso de pie, colocó una mano sobre el hombro de Kat que se sentía como si estuviera a un millón de kilómetros de distancia, y luego se marchó. Kat intentó seguirlo, pero su cabeza se sentía tan, tan pesada. Era mucho más fácil dejarla ahí sobre sus hombros. Su Tama emitió un pitido, allí en su muñeca a un centímetro de su ojo. El dispositivo mostró una advertencia sobre sus niveles de alcohol en sangre. Por encima de las cantidades recomendadas, y en aumento.

No me digas.

Aunque, dejando de lado las crecientes náuseas en su estómago, esta no era la peor forma de irse. El mundo de Kat se desvaneció, girando hacia la nada, y cerró los ojos mientras su Tama comenzaba a emitir pitidos una y otra vez. Esos aparatos eran unos pequeños artilugios muy buenos, siempre listos para avisarte cuando estabas en problemas. Como si no lo supiera.

Como si no se lo mereciera.

CAPÍTULO 35

EL CUCHILLO CORTA PROFUNDO

ZHAN-YO HABÍA ASISTIDO a innumerables cenas y había participado en tantas reuniones de alto riesgo que el compromiso de esta noche debería ser pan comido. Sin embargo, el sudor lo había perseguido toda la tarde, por lo que ya se había duchado dos veces para limpiarse, y ahora tiritaba mientras caminaba entre el pod y el restaurante del centro, un local poco conocido pero de alta calidad especializado en fusiones de curry. Creían —correctamente, resultó ser — que se podía agregar curry a casi cualquier cosa y mejorarla.

Como resultado, la rica leche de coco envolvió los sentidos de Zhan-Yo cuando atravesó la única puerta automática. Una anfitriona de carne y hueso lo recibió, aunque el lugar no llegaba al verdadero lujo de usar un lápiz y papel reales para registrar las reservas. La computadora de la anfitriona coincidió con el Tama de Zhan-Yo y el código que se mostraba en su pantalla. Dos asientos, seis en punto. Lo suficientemente tarde para evitar la poco elegante hora feliz y lo suficientemente temprano para asegurar una hora decente para ir a la cama.

Un vistazo a los cuatro asientos ocupados a lo largo de la

pequeña barra confirmó la sospecha de Zhan-Yo de que había llegado antes que ella. Aunque, por supuesto que lo haría. Sylvie sería más cautelosa, se aseguraría de que su razón para estar en algún lugar existiera antes de llegar realmente. Resistió la tentación de mirar por la única ventana frontal para ver si Sylvie acechaba al otro lado de la calle.

—¿Estará bien aquí? —dijo la anfitriona, a quien Zhan-Yo había seguido automáticamente, indicando una pequeña mesa cubierta con un mantel con una ubicación privilegiada cerca de nada en particular.

—¿Mantendrán esas otras dos mesas vacías, como se indicó en la reserva? —dijo Zhan-Yo, señalando las mesas para cuatro personas a una distancia potencialmente audible.

La anfitriona pareció confundida por un momento, como cualquiera lo estaría ante tal petición, pero una mirada a su Tama confirmó la orden y el costo que Zhan-Yo había negociado antes con el gerente del restaurante. Una tarifa fija de representación equivalente a su pedido promedio, un pequeño precio a pagar por la privacidad. Dejó a Zhan-Yo solo con un vaso de agua, y él observó las paredes de ladrillo, el bullicio de las ollas en la cocina y las conversaciones animadas entre los otros comensales del restaurante.

También se dio cuenta de lo nervioso que se sentía. Zhan-Yo casi se ríe, antes de detenerse al darse cuenta de que un hombre mayor riendo solo podría generar más interés del que le gustaría provocar. Era demasiado viejo para este tipo de cosas. Mucho más allá de la edad en la que la gente debería estar saliendo, y demasiado involucrado en asuntos mortales como para considerar pasiones caprichosas y sus distracciones.

Pero.

Sylvie había trabajado para él, o mejor dicho, con él durante más de una década. En ese tiempo, Zhan-Yo había llegado a confiarle todo. Secretos que lo llevarían a la cárcel, lo harían asesinar, lo empobrecerían o las tres cosas. Sylvie los extraía con su ingenio, su conversación, su increíble capacidad para encontrar su punto más débil y explotarlo. Era una mujer muy, muy peligrosa. Pero, cuando dirigía una gran empresa, con poco riesgo en su vida diaria, quizás necesitaba a una mujer peligrosa.

—¿No te he dicho cuánto odio este lugar? —dijo Sylvie mientras aparecía sobre su hombro izquierdo, deslizándose a su lado y tomando el asiento de enfrente—. Todo este curry arruina mi dieta.

—Y sin embargo, nunca dices que no cuando te lo pido.

Zhan-Yo se deleitaba con sus pequeños rituales. Que ninguno de los dos, por ejemplo, se vistiera de gala o informalmente para la noche. Que, al programar la velada, Sylvie nunca respondiera, dejando a Zhan-Yo adivinar si aparecería, excepto que siempre lo hacía. Y ahora otro más, cuando el robot camarero se acercó y Sylvie le dio la orden del vino. La misma bodega, la misma cosecha. No estaba seguro de qué harían cuando el restaurante se quedara sin existencias.

—Enviamos la señal y ha sido recibida —dijo Sylvie después de que el robot se alejara rodando—. Estamos en marcha.

Como si hubiera habido alguna duda. Cuando Sylvie se embarcaba en un proyecto, todo iba según lo planeado.

—No quiero hablar de negocios —respondió Zhan-Yo, deseando desesperadamente hacer justamente eso. Aun así, Aegis no llegaría esta noche. Podía esperar—. Pero felicidades. Por fin está comenzando.

Los términos vagos eran imprescindibles en público. Hablar de asuntos delicados en una época en la que cada robot podía estar alimentando datos de vuelta a los Paragones era un juego, uno con consecuencias nefastas para sus perdedores.

—Entonces, ¿crees que la próxima vez que choquemos nuestras copas será en un mundo diferente? —dijo Sylvie.

Apoyó los dedos alrededor de la copa de vino con tallo, aún vacía—. ¿Con nosotros en la cima?

—Un sueño, aunque no el único —respondió Zhan-Yo—. Pero es... extraño pensar que tal sueño podría estar tan cerca.

—Así es un soñador —se rio Sylvie—. Siempre has sido uno de esos. Con la cabeza en las nubes. Viviendo en futuros imaginados aunque tengas los recursos para hacerlos realidad.

—Recursos como tú.

Sylvie ladeó la cabeza cuando el robot camarero regresó con el vino. De su cilindro central surgieron brazos delgados para agarrar la botella de vino y quitar el corcho sintético con un pop preciso logrado a través de presiones calibradas y probadas en grupos focales. Cada pequeño encanto ayudaba a que un restaurante se destacara de otro, y el robot añadió a su rutina sirviendo lentamente a Sylvie una prueba primero, preguntando con la voz profunda de un cantante de ópera italiano si lo aprobaba.

Sylvie bebió el vino de un solo trago, sin necesidad de agitarlo ni olerlo, y dejó la copa sobre la mesa.

—Está magnífico.

Ahora era el turno de Zhan-Yo de reír, y lo hizo mientras el robot rellenaba la copa de ella y servía la suya. Pidieron rollitos de primavera y currys picantes, que el robot anotó sin comentarios excepto, al final, repitiendo las selecciones antes de alejarse hacia la siguiente mesa.

—Me has llamado recurso —dijo Sylvie, y toda la risa desapareció de su voz—. Me parece ofensivo.

Zhan-Yo se quedó helado por un segundo antes de que sus años dirigiendo una enorme empresa le devolvieran el autocontrol. —Disculpa, pero es cierto. No estaríamos ni cerca de donde estamos sin ti.

—De hecho, no estarían en ninguna parte.

Zhan-Yo se encogió de hombros.

—Dilo.

—¿Qué?

—Que no serían nada sin mí.

Había opciones que evaluar aquí. Zhan-Yo podía ver el curso de la cena trazado en caminos, cada uno extendiéndose hacia un futuro borroso.

—No seríamos nada sin ti —eligió la opción más segura que se le ocurrió.

—Y eso, justo ahí, es el porqué —dijo Sylvie—. Cedes demasiado fácil. Eres tan condenadamente inteligente, Z, pero tienes tanto miedo de arriesgar cualquier cosa.

—¿Así que esto es lo que obtengo cuando pido evitar hablar de negocios?

—Sin negocios, solo queda lo personal, ¿no?

Estaban disparando salvas verbales de ida y vuelta, con sorbos de vino que servían como treguas temporales inevitablemente rotas cuando la siguiente frase venía a la mente.

—Eres todo filos, Sylvie. Hay más en la vida que cortes y puñaladas.

—¿Como cenas de curry para dos?

—Sí, de hecho —Zhan-Yo tuvo la oportunidad de cambiar el impulso de la conversación aquí y la aprovechó—. Encuentro que estas cenas son las mejores partes de mi vida.

Sylvie asimiló las palabras, miró a Zhan-Yo. No estaban tan separados en edad, en habilidad, en impulso. En otra vida, quizás, tal pareja podría florecer. En esta, Zhan-Yo podía decir por esa mirada que ella estaba llegando a una decisión que terminaría con tal florecer para siempre.

—Z —comenzó Sylvie—. No creo que-

—Un cumplido, Sylvie. Nada más.

Había intentado un avance y se había retirado, esperaba, con sus fuerzas intactas. Mientras ambos se reagrupaban tras el intercambio, llegó el curry e invitó a una pausa mientras ambos daban bocados. El de Zhan-Yo llevaba calor, un toque de canela y un suave color naranja untado sobre el pollo sintético y los pimientos. El arroz mantuvo su compostura justo lo suficiente para saborearlo antes de desintegrarse en su boca. Una forma satisfactoria de lamerse las heridas.

—No me acerco tanto a nadie —dijo Sylvie—. No es una gran forma de vivir, pero es la única que puedo.

—¿Por el peligro? —Aunque, pensó Zhan-Yo, él también mantenía a todos a distancia y pasaba sus días tan lejos del peligro real como cualquiera—. Puedo entenderlo.

—Esa sería la respuesta fácil. —Sylvie miró más allá de Zhan-Yo, hacia el grueso del restaurante—. Pero en realidad, es porque no entiendo a otras personas. Sus emociones. Lo que necesitan. Solo sé cómo matarlas y corromperlas.

Sylvie sonrió, de una manera torcida que empapaba la broma con una verdad ácida.

—Eso no puede ser del todo cierto —replicó Zhan-Yo—. Lideras a todo un grupo de soldados. Te siguen.

—Siguen las reputaciones. —Sylvie terminó su copa de vino y se sirvió otra—. No busco lástima, Z. No soy una niña buscando absorber sabiduría de ti. He tomado mis decisiones y estoy feliz con ellas. También estoy feliz de tener estas veladas contigo. Son refrescantes.

Así que eso es lo que vale, entonces. Refrescante. Sylvie podía considerar a Zhan-Yo como quisiera, sin embargo, y sería inapropiado para él ir en contra de su decisión. Compromiso. Integridad. Valores que le habían ayudado a mantenerse en la cima de Ziran durante tanto tiempo se alzaron para influir su mano a levantar su copa, chocarla contra la de ella. Un sonido claro que señalaba el final de la ronda y un cambio al tema más necesario de la noche.

—He decidido que quiero ser yo —dijo Zhan-Yo—. Cuando él responda. Me lo harás saber.

—Que estés allí lo arriesga todo. Podemos manejarlo.

—Necesitaremos un líder que pueda apelar tanto a los corazones como a las mentes. Debo ser fuerte, y el mundo debe verlo.

Sylvie lo observó. Zhan-Yo le devolvió la mirada. No

mostraría grietas. Ni debilidad. No diría que quería ser él quien matara a Aegis porque nunca, en todo su entrenamiento y todos sus años, había asestado un golpe mortal antes. No diría que necesitaba esto porque el camino que se avecinaba estaría pavimentado, temía, de sangre.

Caminaría ese camino, sin importar lo que costara.

Después de que los platos quedaron limpios, salieron del restaurante y Zhan-Yo caminó con Sylvie por lo que al principio eran calles concurridas y abarrotadas donde la nieve recién congelada crujía bajo neumáticos y botas, luego hacia otras más tranquilas donde la nieve esponjosa había quedado intacta, ahora congelada en grumos a lo largo de los bordillos y edificios. Finalmente llegaron a donde la nieve no podía alcanzar, y solo los riachuelos de deshielo daban pistas de lo que yacía arriba.

Zhan-Yo no había querido hablar de negocios en la cena, porque los negocios, tales como eran, ocuparían toda la noche.

CAPÍTULO 36

INSERCIÓN

NO IMPORTABA que lo hubiera hecho cientos de veces: cuando Mynx se despertó por la tarde, su cuerpo se sentía ultrajado. Como si los órganos se hubieran movido durante el sueño en una misteriosa danza y solo ahora, al despertar, se apresuraran a volver a su lugar.

—Té —croó Mynx, con la deshidratación, otro síntoma de la noche anterior, alojada en su garganta, mientras se levantaba de la cama.

Ante sus palabras, las cortinas opacas del dormitorio se deslizaron lentamente para revelar, de la manera menos dolorosa posible, el sol del sur de California. A pesar de la temporada fría, parecía más brillante de lo habitual hoy, y Mynx entrecerró los ojos hasta que logró mirar directamente al suelo, a sus pies, mientras drones apresurados corrían por la madera para recoger sus zapatillas y ponérselas. Zapatillas que tenían microfibras incorporadas en las suelas, garantizando un nivel de tracción adecuado para alguien de cuarenta años, pero esencial para alguien que rozaba los setenta.

—He reorganizado tu agenda para adaptarla a tu salida

tardía —dijo Reeves, sin ajustar su voz al incipiente dolor de cabeza de Mynx.

—Cancélala —respondió Mynx—. Hoy es un día perdido.

—Desafortunadamente, no puedo hacer eso. Parece que alguien está intentando acercarse a la Fábrica sin previo aviso.

Mynx luchó por procesar ese pensamiento a través del lodo restante del sueño, y fracasó. —¿Sin previo aviso?

—Sí, parece ser la Dra. Jones. Se acerca rápidamente en una cápsula.

—Bueno, Reeves, detenla.

—Lo he intentado. Parece que ha anulado el enlace.

Eso, finalmente, atravesó la niebla. Anular los sistemas de una cápsula no era una tarea sencilla. Por un lado, ante la menor manipulación, cualquier cápsula en Pacifica enviaría una alerta de emergencia a los drones para obtener apoyo. Por otro lado, si la manipulación continuaba, la propia cápsula iniciaría una serie de fallos en cascada diseñados para convertir el vehículo en nada más que una silla costosa hasta que llegaran esos mismos drones. Para que Denise tomara el control de una cápsula, significaba que tenía habilidades serias más allá de su inclinación biológica, o equipo serio, o ambos.

—Olvida el té —dijo Mynx—. Moviliza a los drones y tráeme un café.

Si esto hubiera sido hace veinte o treinta años, Mynx habría salido disparada de la habitación. Habría saltado desde el borde de la terraza adyacente y habría atrapado uno de sus viejos trajes en el aire. Así equipada, habría volado de vuelta sobre su casa e interceptado al intruso con advertencias y amenazas letales. Tal como estaban las cosas, los músculos de Mynx aún estaban bastante adoloridos por el traje-drone, ya diseñado para exigir el mínimo esfuerzo por parte de Mynx. Así que, aunque la Campeona de Pacifica no cojeaba exactamente al salir de su habitación, tampoco se apresuraba mucho.

En su lugar, dos drones de visión, esencialmente discos flotantes diseñados para proyectar imágenes al vuelo, zumbaron frente a Mynx y mostraron la cápsula rebelde y su ocupante. Denise, con los ojos enterrados en su Tama, estaba sentada en la cápsula, aparentemente despreocupada. A estas alturas ya había pasado la puerta exterior de la Fábrica; Reeves debería haberla detenido allí, pero aparentemente la IA estaba teniendo problemas hoy. Denise se acercó a la entrada y salida de entregas, construida grande para aceptar camiones de cápsulas para envíos de drones, sin incidentes.

—Dime que estamos listos para la intercepción. Será vergonzoso si puede llegar hasta mi puerta —dijo Mynx mientras recorría el corto pasillo hacia la cocina y una muy necesaria taza de café. Aunque Mynx prefería el té, cuando necesitaba un impulso rápido recurría al amargo y oscuro amigo.

—Listo. Los drones torreta están activados y tengo gladiadores esperándola.

Mynx entró en su cocina, un conjunto de acero por el que hacía tiempo había perdido cualquier interés o habilidad para usar. Esperando en la encimera, sin duda depositada momentos antes dado el humo que subía de sus suaves bordes color verde azulado (Mynx amaba el color aguamarina y lo usaba generosamente) había una taza de café negro. La llevó a la terraza y se sentó en esa larga mesa, observando la proyección mientras la cápsula de Denise se ralentizaba cerca de la puerta.

Denise emergió vistiendo un vestido suelto, con varios bolsos colgando de sus hombros. Además, tenía un brillo que la cubría, como si Denise hubiera leído sobre los peligros de los rayos UV y los beneficios de ser económica y hubiera decidido empezar a empaparse de protector solar barato.

—Reeves, ¿qué lleva puesto? —Mynx apartó con un gesto el drone de visión y se volvió hacia la imagen más grande y mejor en la mesa.

Denise se acercó a los imponentes drones gladiadores, cada uno de tres metros de altura, cada uno con una mano de metal negro extendida con la palma hacia ella. Un claro mensaje para detenerse, respaldado por una serie francamente absurda de armamento visible en las espaldas, costados y esas mismas palmas extendidas de ambos drones. Denise no solo podía ser aturdida, noqueada o gaseada hasta dormir por estas máquinas pacificadoras, sino que también podían convertirla en varios otros estados de la materia, todos ellos incompatibles con la existencia continuada de Denise.

Sin embargo, Denise no se detuvo. Se acercó, echó un vistazo a los drones, logró tomar un gran aliento que sugería que la confianza en su plan estaba algo por debajo de lo absoluto, y luego continuó. Pasó justo al lado de esas manos. Justo al lado de las máquinas destructivas que Mynx había pasado tanto tiempo perfeccionando para hacer que intrusiones como esta fueran imposibles.

La transmisión cambió, mostrando a Denise, aparentemente animada por su continua supervivencia, dirigiéndose directamente a la puerta de entrega y, presionando su Tama contra la cerradura, abriéndola. Entrando.

—Reeves —dijo Mynx lentamente. Ni siquiera había tomado su té todavía, y su día se estaba desmoronando—. ¿Qué está pasando?

—No estoy... seguro.

—¿Probabilidades?

En la mesa, Denise entró en la Fábrica, mirando alrededor. Un poco perdida, entonces. Lo cual descartaba la idea de que Denise de alguna manera hubiera hackeado los sistemas seguros de Mynx y corrompido todo. Un mapa, presumiblemente, habría estado entre las cosas que Denise habría robado en tal hazaña.

—No detecto ninguna intrusión en el sistema —dijo Reeves—. Pero estoy consultando a los drones ahora.

Se sentía un poco como una película, ver a Denise deambular por el hogar y santuario de Mynx. Admitidamente, esta película hacía que el estómago de Mynx se revolviera, carecía de una buena banda sonora y de cualquier reparto secundario. Pero aún había tiempo para un final rescatado, uno con Denise quemada o capturada. O ambas.

Mynx tomó un sorbo. El té le quemó la lengua, y en lugar de maldecir o escupirlo, Mynx lo tragó. Justo el tipo de día que era.

—Los drones dicen que no dispararon porque tú eras el objetivo.

—Repite eso.

—Están diciendo que no registraron a Denise, sino a ti caminando hacia la Fábrica.

Mynx agitó su mano hacia la transmisión en la mesa. Hizo zoom mientras Denise, quien parecía haber finalmente descubierto a dónde quería ir, marchaba más profundamente en la Fábrica. Ese brillo.

—Reeves, investigaste los negocios de Denise, ¿verdad?

—Compilé un expediente completo, sí.

—¿Puedes decirme cómo su empresa gana la mayor parte de su dinero?

—Cuando la universidad retiró la financiación, se volcaron a la bioingeniería. Pruebas genéticas para otras compañías, principalmente.

Denise, nuevamente tocando con su Tama una cerradura que debería haber sido impasable para ella, entró en la sección de rastreadores de la Fábrica. Un movimiento que dejaba claro su objetivo final. Que hizo que Mynx cerrara sus manos —crujiendo los nudillos y todo— en puños.

—¿Sería exagerado decir que podría replicar ADN, y tal vez convertirlo en una película?

—Las células podrían cultivarse en algo así, sí.

Mynx cerró los ojos por un largo momento. Luego los abrió de golpe. Los arrepentimientos podían venir después. Necesitaba actuar.

—Necesito que selles la base de datos de rastreadores —dijo Mynx—. Y necesito que me traigas un traje.

—La base de datos está ahora sellada —respondió Reeves—. En cuanto al traje, no tenemos ninguno listo. ¿Excepto por el protocolo de drones?

—Los drones no dispararán contra ella. Necesito algo con control manual.

—Mynx, en tus niveles vitales actuales, las recomendaciones médicas indican que deberías evitar el combate activo.

Denise pasó por las habitaciones donde Mynx desarrollaba equipo de rastreo —mejores rastreadores, mejores trajes— sin dedicarles ni una mirada, yendo directamente hacia el santo grial al final. Cuando lo alcanzó, mientras Mynx trataba de descifrar qué hacer, la puerta que debería haber estado sellada, con sus cerraduras anuladas, se abrió para ella.

—¡Reeves! ¿Pensé que dije que sellaras la cámara?

—Está sellada —dijo Reeves—. La única persona que posiblemente podría entrar serías tú.

—Ella es yo, Reeves. —Mynx puso su frente en su mano derecha, apoyándose en la mesa.

Todas las contramedidas, toda la seguridad del mundo no podían proteger a Mynx de sí misma. Mil ideas posteriores a la acción nadaban por su mente, todas inútiles en el momento. Literalmente cada parte de la Fábrica estaba diseñada para responder, proteger y servir a Mynx, y la forma más fácil de lograr eso había sido vincular su firma genética a todo. Alguien podría adivinar o hackear una contraseña, pero ¿los propios genes de Mynx? Eso requeriría algo de esfuerzo. Incluso las cerraduras que dependían de su habilidad tenían un respaldo vinculado al código genético de Mynx, porque las habilidades de anomalía podían ser inestables. Los genes no cambiarían, no deberían ser duplicables.

Sin embargo, Denise lo había hecho. Porque Mynx le había dado las herramientas.

—Quizás sea una limitación en mi programación, Mynx, pero no puedo seguir el razonamiento.

—No tiene nada que ver con tu programación, Reeves. Prepara un traje, por favor. —Mynx tomó otro trago mientras observaba a Denise conectar algo en la estación de trabajo, la única con acceso directo a la base de datos—. Y, si fueras tan amable, abre un canal de audio con Denise.

—Estarás en vivo tan pronto como termine de hablar.

La mesa crepitó, haciendo un pequeño estallido cuando la transmisión de audio se activó. Denise, aparentemente, también escuchó algún ruido en su extremo, ya que levantó la vista y miró alrededor, buscando.

—Denise. —Mynx se esforzó por contener la frustración que sentía—. Estás allanando y cometiendo un robo ilegal.

Denise revisó el monitor, que, sin duda, mostraba alguna barra explicando cuántos datos de anomalía habían sido extraídos a su unidad. Mynx se preguntó si podría ordenar a Reeves que cortara la energía a esa parte de la Fábrica, pero incluso si tal movimiento pudiera funcionar, podría arriesgar la integridad de la base de datos, o afectar a cualquier número de otros proyectos en curso. Una oportunidad que no valía la pena tomar.

—Esto no te pertenece —dijo Denise, tratando de encontrar algún lugar donde mirar—. Este no es tu ADN. No lo hiciste tú.

—¿Así que eso excusa el allanamiento de mi instalación?

—¡Esto debería ser libre para todos! Tantos podrían beneficiarse del acceso a lo que tienes aquí. —Denise lanzó una mano hacia la estación de trabajo, como mostrando un premio en algún programa de juegos tecno—. Podríamos curar enfermedades, podríamos detener, como me pediste, el envejecimiento mismo. ¡Podríamos acabar con la muerte!

—Si supieras cuántas veces he escuchado esas palabras a lo largo de los años —dijo Mynx—. Grandes promesas incumplidas por pasiones más bajas. ¿Realmente quieres todo esto para curar los males del mundo? ¿O para acabar con los tuyos propios?

Los normales demostraban una y otra vez que albergaban una envidia corruptora hacia sus primos anómalos. Ya fuera por la creencia de haber sido cósmicamente agraviados cuando ninguna habilidad surgió en la pubertad o por el deseo de demostrarse iguales a sus contrapartes dotadas, los normales más peligrosos alimentaban este cáncer hasta que estallaba en un movimiento desesperado justo como este.

Denise tenía que saber que no tenía ninguna posibilidad de éxito. Tenía que saber que había arruinado su carrera y su vida al dar este paso, pero allí estaba, haciéndolo de todos modos. Ni siquiera se molestó en responder a la pregunta de Mynx. En su lugar, al escuchar un pitido de la estación de trabajo, Denise se giró y arrancó su unidad portátil. La conectó a una ranura de su Tama y salió corriendo de la habitación.

—Reeves, no pudo haber copiado toda la base de datos —dijo Mynx, cambiando las transmisiones para ver a Denise correr por los pasillos.

—Los registros muestran solo un treinta por ciento —respondió Reeves.

—Suficiente para jugar, supongo.

—¿Quieres que active los drones de nuevo?

—¿Para que le agiten las manos? No. Mejor mantenla vigilada, observa a dónde va —dijo Mynx—. Cuando se detenga, recuperaremos nuestros datos.

Denise había logrado obtener su premio. Si la científica sabía qué hacer con él, Mynx no podía decirlo, pero no planeaba darle a Denise tiempo para averiguarlo.

CAPÍTULO 37

CAMPEÓN DE LA COMPUTADORA

PARA SER su lugar menos favorito en Bastión, Aegis se encontraba aquí con demasiada frecuencia. Técnicamente parte del recorrido para visitantes, el tercer piso de la torre del Parangón servía como hogar para la vasta colección de trofeos, llaves de ciudades y algunos regalos francamente extraños de jefes de estado que habían sentido que los Campeones merecían algunos recuerdos para ayudarles a recordar su batalla contra esta o aquella amenaza merodeadora.

—No ayuda, sin embargo —dijo Aegis a un pergamino que colgaba en una suave pared color crema.

Iluminado desde arriba y diseñado para parecer un reconocimiento de la antigua Roma, el pergamino proclamaba en latín antiguo —que Aegis no podía leer, pero una placa debajo traducía amablemente— un largo día y noche donde los Campeones derrotaron anomalías que, a través de habilidades que alteraban la mente, habían convencido al Vaticano de que eran los Apóstoles que habían regresado.

Aegis no podía recordar nada de eso. Un borrón. Cada vez más de su legado se disolvía de su propia mente estos días, deslizándose por grietas que no podía explorar. Por un lado, el cambio lo angustiaba, ya que perder cualquier parte de quién había sido Aegis era... inquietante. Por otro lado, a Aegis no le importaba tener menos pesadillas, no le importaba perder otra imagen más de un rostro destrozado o cuerpos ensangrentados dejados atrás como resultado de una anomalía que había salido mal.

Recorrió la línea de la visita, organizada cronológicamente de modo que el principio contenía premios individuales mientras los Campeones construían sus orígenes. La mayoría pertenecían a Aegis, por supuesto, siendo esto Atlantis y su hogar. Los otros Campeones habían accedido a donar algunas cosas para este museo y, francamente, Aegis no había presionado por más. Su ego solo podía llenar los pasillos.

Dejando atrás las cintas, las placas y certificados de grupo crecían en tamaño y signatarios, y la lista de Campeones también crecía, alcanzando finalmente los ocho completos que habían servido como protectores del mundo durante una docena de años antes de convertirse en los gobernantes del mundo. Aegis hizo una mueca cuando esa palabra cruzó por su mente. Gobernantes tenía un sabor desagradable, sonaba demasiado a lo que un villano podría decir. Campeones, guardianes, eso sonaba mejor.

El recorrido no terminaba tanto como hacía una transición. De una sala a la siguiente, el ambiente cambiaba de hazañas asombrosas a constantes desastres creados en un mundo dirigido por normales. Desastres limpiados por los Campeones, y los crecientes desastres que llevaron a los Campeones a crear los Paragones y asumir la propiedad de una humanidad llevada al borde de la cordura por anomalías rebeldes, normales paranoicos y una economía global al borde del colapso.

Aegis se detuvo en esta transición. Si bien no necesitaba inflarse con los trofeos, tampoco necesitaba revisar aquellos años terribles. Cuando los Campeones se habían vuelto contra sus antiguos aliados y destruido su poder. Habían destrozado naciones hasta los cimientos y las habían reconstruido de nuevo. Esos años no habían sido sobre derrotar villanos, sino sobre quebrar civilizaciones.

Se dio la vuelta y regresó por las salas de premios, esta vez prestando más atención a las fotos. Amplias exhibiciones mostrando los primeros Paragones, los Campeones. Siempre ocho de estos últimos, aunque no siempre los mismos. Había habido pérdidas, especialmente entre los primeros Paragones. En algunas de las fotos, Aegis estaba junto a personas que no reconocía, no por sus rostros. No hasta que leía la lista de nombres debajo.

Su Tama vibró. Un mensaje de los Paragones en Chicago. Habían identificado el cuándo y dónde de la transferencia de armas y estaban formando un equipo de ataque. Iban a atacar el sitio por adelantado, y pronto. Si Aegis hubiera partido cuando Innis se lo pidió por primera vez, podría haber estado allí... lo que había sentido, en el momento, como una decisión liberadora había estado madurando durante el día. Había dicho que no a ayudar a sus propios Paragones. Celice y Mynx podían decir lo que pensaran, pero al final, eso es lo que Aegis había hecho. Innis había pedido ayuda y Aegis se había negado a darla.

Aegis había bajado aquí para tratar de encontrar perspectiva, mirar todas estas placas de empresas mucho más importantes que una venta ilegal de armas. Estas armas probablemente no iban a destruir el planeta. Probablemente ni siquiera se notarían. Pero lo que Aegis veía, en estas salas, eran los Campeones ayudando a todos, siempre. Algunas misiones terminaban con reconocimientos como el pergamino romano, sí, pero cerca de ese trofeo había una simple flor prensada de un pequeño pueblo japonés que había necesitado ayuda para excavar a su gente de un terremoto repentino y terrible. Otro, una carta de niños de escuela atrapados en un autobús que había sido atrapado en una inundación repentina.

Cosas menores, pero importantes para aquellos a quienes habían ayudado. Si Aegis pudiera haber salvado una sola vida estando en Chicago para esto, si pudiera evitar que algunos Paragones resultaran heridos, ¿entonces no valía la pena?

Su Tama vibró de nuevo. Esta vez una llamada activa. Celice.

—Hola, ¿qué estás haciendo, papá? ¿No estás arriba?

—Solo viviendo en el pasado —respondió Aegis.

—Bueno, tu futura reserva para cenar necesita algo de atención también. No nos harás llegar tarde, ¿verdad?

—Supongo que eso sería grosero, ¿no?

Aegis comenzó a dirigirse hacia los ascensores. A esta hora de la noche, no habría mucha competencia. Un viaje rápido a la cima, un cambio aún más rápido a algo decente para el destino sin duda elegante de su hija, y estaría listo para una noche de conversación encantadora mientras su propia gente luchaba por sus vidas.

—Pareces triste. ¿La idea de salir de noche es realmente tan mala? —Celice hizo una mueca en la pantalla del Tama.

—Chicago está comenzando la operación ahora —dijo Aegis.

Los ascensores habían sido diseñados para permitir la entrada y salida de señales, algo importante cuando podías tener un largo viaje de arriba a abajo. Así que cuando Aegis marcó su piso, pudo oír a Celice comenzar a hacer una serie de puntos apasionados y protestantes sobre cómo Aegis había tomado la decisión correcta, que estos Paragones eran adultos y que todos podían arreglárselas solos. Tenía razón en todo.

Y sin embargo.

—Retrasemos la reserva —dijo Aegis, marcando otro número ligeramente más bajo en la pantalla del ascensor mientras comenzaba el ascenso—. Los Paragones deberían estar trabajando con drones. Podemos ver a través de ellos, ¿verdad?

Celice suspiró lo suficientemente fuerte como para que se oyera a través del micrófono del Tama. —Nos conseguiré una hora extra. Eso debería ser suficiente.

—Gracias, Celice. Yo invito esta noche.

—Tú invitas todas las noches por el estrés que me haces pasar.

Antes de que Aegis pudiera responder, Celice cortó la llamada. El ascensor llegó al piso designado, y Aegis salió a lo que Celice cariñosamente llamaba el Centro de Mando. Los monitores abundaban en el espacio abierto, donde las únicas paredes eran la carcasa exterior de Bastion. Muchos de esos mismos monitores también se movían, cambiando de posición según las órdenes de Celice y su propia lógica programada. Ahora mismo, un cuarteto de grandes pantallas se había desplazado hacia el centro, donde sillas, mesas y aperitivos aleatorios formaban el puesto real de Celice.

Celice misma no estaba aquí, probablemente preparándose para esta cena, pero había hecho la llamada para Aegis, y esas cuatro pantallas contenían todo lo que posiblemente quisiera saber sobre la operación de Chicago. En esas pantallas, Aegis podía ver la ciudad oscureciendo, una función de las absurdamente tempranas puestas de sol del invierno en el norte, y seis Paragones se habían reunido en lo que parecía una calle lateral en algún lugar del centro. Aegis dio órdenes a Polly, la IA residente de Bastion, y ella cambió dos monitores. Uno, en el extremo izquierdo de Aegis, cambió para mostrar un mapa aéreo de la ciudad con la ubicación precisa de los Paragones. Otro, en el extremo derecho, cambió a rostros y líneas; datos de salud tomados de los Tamas para que Aegis pudiera ver exactamente quién estaba en el equipo y si seguían vivos.

Ahora mismo, por supuesto, todos tenían números de un verde brillante junto a sus nombres.

Los dos monitores centrales mostraban dos vistas; una, una transmisión de cámara más alejada desde un dron, y otra las imágenes directas de uno de los Paragones en el terreno. Dima era el nombre, y Aegis usó su propio Tama para revisar su hoja de estadísticas. Relativamente nuevo, pero con la poderosa habilidad de alterar la polaridad magnética de los objetos a través de sus ojos. En un mundo de metal, ser capaz de hacer que las cosas se separen o se atraigan entre sí podía servir para todo tipo de fines útiles.

—Dima —dijo Aegis, y la cámara se sacudió cuando el Paragon reaccionó a su jefe absoluto y leyenda general hablando a través de su auricular—. Solo estoy comprobando. ¿Cuál es la situación?

—Eh, hola, señor —dijo Dima—. Estamos, eh, también comprobando. Confirmando el equipo y el plan.

—¿Te importa subir el receptor de audio de tu Tama para que pueda oír?

—Por supuesto que no, señor.

Aegis no dijo nada más. Claramente los nervios de Dima estaban a flor de piel, y si se dirigían a un conflicto armado, Dima no necesitaba preocuparse por Aegis observando cada uno de sus movimientos. Una vez que el Paragon ajustó su Tama, los sonidos centrales de Chicago comenzaron a filtrarse. Había el mismo tráfico de vehículos, todas esas cápsulas, que Aegis oiría a nivel de calle en Nueva York. Pero aquí, encajado entre edificios en una sección menos transitada, el ruido ambiental se sentía mucho más distante de lo que debería.

Lo que significaba que Aegis podía distinguir el discurso de Innis a su equipo. Como suelen ser esas cosas, el discurso tocó las notas habituales de motivación, junto con los emparejamientos y las instrucciones de no matar si se podía evitar, pero no dudar si eso significaba salvar a un Paragon de lesiones o muerte. Dima se emparejó con otro Paragon más experimentado llamado Sabra, que podía acelerar el tiempo en pequeños bolsillos del tamaño de un plato de cena.

¿En cuanto a dónde irían? Innis señaló hacia un callejón

aún más estrecho que descendía hacia la ciudad subterránea de Chicago. Cuando Dima giró, Aegis captó la iluminación más tenue, el ligero vapor que se formaba cuando el calor generado por las máquinas que trabajaban debajo se encontraba con el aire frío. Dependiendo de la vista, el resplandor dorado y los zarcillos sedosos podían ser ominosos o hermosos.

Con Innis a la cabeza, los Paragones comenzaron su descenso y, casi inmediatamente, la transmisión de video se volvió borrosa.

—Pérdida de señal —respondió Polly a la pregunta que Aegis estaba a punto de hacer—. El concreto se interpone.

—¿Por qué los drones no los siguen?

Aegis mantuvo su enlace de audio con Dima silenciado; no quería distraer al Paragon. En su lugar, escuchó sus discusiones murmuradas y observó las imágenes entrecortadas y borrosas que le llegaban.

—Innis les ordenó mantener la distancia —respondió Polly—. Por la misma razón. Si un dron pierde la señal y se encuentra con una situación nueva, es difícil saber qué podría hacer.

Aegis confiaría en que Mynx programara correctamente sus drones para ese tipo de escenario, pero él no estaba allí. Innis sí, y el Paragon tenía todo el derecho de dirigir la misión como lo considerara conveniente. Hablando de eso, Innis dio órdenes al grupo de seis para que se posicionaran alrededor de una puerta que conducía a algún edificio generador de energía.

—Dima —dijo Innis, la voz del escocés sonando metálica a través del transmisor de audio—. Ocúpate de esto, ¿quieres?

—En ello.

El Paragon se acercó a la puerta y, aunque Aegis no podía ver la cara de Dima, podía imaginar lo que el joven hizo. Mientras los ojos de Dima cambiaban de enfoque, la puerta comenzó a empujar contra cerraduras y barras que pronto comenzaron sus propios intentos de liberarse. Con todo tensándose contra sus ataduras, solo tomó unos segundos para que el metal se doblara y la puerta colapsara hacia adelante con un gemido. Innis se puso delante de Dima, atrapó la puerta y la empujó a un lado.

Una oscuridad total les devolvió la mirada.

—Parece extraño —habló Sabra, de pie detrás de Dima—. ¿No es más fácil reunirse con las luces encendidas?

—Tal vez llegamos temprano —respondió Innis, con un tono cortante en sus palabras—. Vamos. Despacio y con cuidado.

Con Innis liderando el camino, y Dima hacia la mitad del grupo, los Paragones comenzaron a entrar en el edificio. Mientras lo hacían, Aegis sintió esa inquietud reveladora, una sensación nacida de haber caído en demasiadas trampas. Sabra había hecho las preguntas correctas: ¿quién llevaría a cabo una transferencia en la oscuridad, y si hubieran llegado temprano, no sería arrancar una puerta de la entrada una pista de que el lugar de reunión había sido comprometido?

—Polly, activa mi audio —dijo Aegis.

—Listo.

—Dima, ¿puedes oírme? —intentó Aegis. La imagen que llegaba era peor que nunca, una masa fluctuante de fragmentos de imagen y franjas negras. Como si la cámara de Dima se hubiera sumergido en las profundidades más oscuras del océano—. Quiero que todos vosotros salgáis de allí. Esto no está bien.

Dima no respondió. Tampoco cambió nada en la imagen. El audio que regresaba llegaba en fragmentos. Curioso, al principio, y luego cada vez más alarmado.

—¿Dima? —intentó Aegis de nuevo.

—Parece que sus transmisiones no están llegando —dijo Polly.

—Ya veo.

—He localizado su ubicación. Es, efectivamente, una estación generadora. La interferencia electromagnética está rompiendo nuestros enlaces.

Genial. Aegis se inclinó hacia adelante. La imagen en el monitor había pasado de negro a un gris moteado, como si alguien hubiera encendido una luz. Gritos entrecortados estallaron a través de la transmisión, junto con golpes, y en menos de cinco segundos después del cambio de color, la transmisión murió. El audio también.

—Polly, recupérala.

—Lo estoy intentando, señor, pero parece que la fuente ha sido dañada.

Aegis se puso de pie, porque estar sentado parecía demasiado cercano a no hacer nada. ¿Había perdido equipos antes? ¿Había visto a amigos fracasar y morir, o grupos que supervisaba desmoronarse en el momento y volver con bajas como resultado? Sí. Sí. Por supuesto. Eso era parte de ser un líder, el costo exigido a su alma. Y cada vez quemaba porque si hubiera sido él allí, si Aegis hubiera estado en esa habitación oscura, con su experiencia y su casi invulnerabilidad, podría haber cambiado el resultado.

Para la mayoría de las personas, decir que su mera presencia podría cambiar un evento dramático era un ejercicio de vanidad. Para Aegis, era un hecho.

—Polly, prepara mi avión —dijo Aegis, dirigiéndose hacia los ascensores.

—Sí, señor.

Celice no estaría contenta, pero Aegis no podía imaginarse yendo a cenar sin saber qué les había pasado a sus Paragones. Sin ayudar a su equipo.

Es lo que hacían los Campeones.

CAPÍTULO 38
EFECTOS SECUNDARIOS

LA CONVENCIÓN ESTABA PREPARADA para emergencias. Kat aprendió eso en los intervalos borrosos en los que iba y venía de la consciencia. Los drones la rodeaban, supervisados por los cada vez más escasos médicos y paramédicos humanos. Gordon le contó, más tarde, que le habían dado tanta agua de tantas maneras diferentes que temía que la ahogaran desde adentro.

Ah, sí. Gordon estaba aquí ahora. En su apartamento, donde acababa de despertar después de una noche sin sueños interrumpida por ocasionales y repentinas oleadas de náuseas. La evidencia de que esos episodios no eran completamente imaginarios yacía en el gran cuenco junto a la cama. Tendría que desinfectarlo a fondo con lejía antes de volver a hacer brownies. Su guardián roncaba suavemente en la silla del escritorio, con el cuello doblado hacia atrás sobre el respaldo en una posición que Kat habría considerado demasiado incómoda para dormir, pero Gordon tenía el don de convertir cualquier lugar en una cama.

Seeker, sin embargo, se despertó con Kat y subió por la cama para cubrir su cara de lametones. Ella dejó que el perro se divirtiera. Sin duda necesitaba una ducha de todos modos, y el costo de un poco de baba de perro era un precio pequeño por la pura felicidad en la cara tonta de Seeker.

—Ojalá te hubiera llevado —murmuró Kat cuando Seeker le dio la oportunidad de respirar.

Aunque la convención no permitía perros, aun así...

—¿Estás despierta? —Gordon se enderezó, inclinándose hacia ella—. ¿Te sientes mejor?

—En cuanto a resacas, esta no está tan mal. —En realidad, Kat solo tenía un leve dolor de cabeza. Si los drones médicos podían hacer esto después de una noche de bebida, bueno, tendría que considerar hacerlos parte regular de sus borracheras—. Gracias por la ayuda, por cierto.

—Después de tu mensaje de burla, era lo menos que podía hacer.

Kat se frotó los ojos y se sentó. Su estómago se revolvió un poco. Bueno, tal vez era algo más que un dolor de cabeza.

—Calvin lo hizo. La anomalía.

—Oh, ¿quieres decir que no te emborrachaste hasta perder el conocimiento a primera hora de la tarde?

Gordon estaba bromeando, pero dejó entrever un poquito de preocupación real. Como si pensara que Kat podría hacer justamente eso.

—No soy la persona más feliz del mundo, Gordon, pero no estoy tan mal —respondió Kat—. ¿Viste a Calvin en algún momento?

—Se había ido cuando llegué y, ya sabes, tenía problemas más importantes que atender. Probablemente ya haya dejado la ciudad.

—Puedes comprobarlo. —Kat hizo un gesto hacia su estación de trabajo—. Inicia mi rastreador.

—¿Lo rastreaste?

—Casi tan bueno.

Gordon rodó la silla de vuelta a la sala de estar y Kat lo siguió, enjuagando el cuenco y desplomándose en el sofá mientras Gordon se ponía a trabajar, iniciando el programa de rastreo que, gracias a la despreocupación general de Kat por asegurar su tecnología, inició sesión directamente en su perfil. Entre las noticias habituales y las actualizaciones sobre las reputaciones ganadas por sus diversas anomalías, había otras opciones para que Gordon seleccionara. En concreto, una para pings vinculados.

Los pings hacían lo que su nombre indicaba: transmitían coordenadas mientras sus pequeñas y trabajadoras baterías tuvieran vida. Útil si Kat encontraba una anomalía para rastrear en un área que, digamos, una convención abarrotada, que no se prestaba a una confrontación completa. Mientras se acercaba a Calvin con la pistola eléctrica lista, también había deslizado el ping en la chaqueta del hombre como seguro; supuestamente Calvin era mortal, y ¿por qué arriesgarse?

—Bien, estoy impresionado —dijo Gordon, seleccionando la firma del ping—. Aunque sigo olvidando que eres bastante buena en esto.

—No hay razón por la que deberías recordarlo. Ninguna en absoluto.

Kat repasó mentalmente los años de noviazgo, la carrera dual de rastreadores que habían tenido, y las muchas, muchas veces que Gordon había olvidado este o aquel elemento clave de la vida de Kat. El hombre tenía una mente como un colador. O más bien, como Kat había aprendido por las malas, Gordon solo se aferraba a las cosas que realmente le importaban.

—Vaya, mira. —Gordon se apartó de la pantalla, extendiendo las manos—. No voy a entrar en una pelea, ¿de acuerdo? Estás a una hora de casi morir, y tenemos esta anomalía mortal corriendo por ahí, así que...

—Prioriza. Sí. Mira el mapa y dime dónde está.

Gordon le lanzó una mirada nivelada que prometía que esta conversación se retomaría, y la mantuvo hasta que Kat puso los ojos en blanco y asintió hacia los monitores. Seeker, acurrucado bajo su brazo izquierdo y apoyando su gran cabeza peluda contra su pecho, olfateó. El perro lo entendía; no era el momento de ponerse dramáticos.

—¿Quieres saber dónde está? —Gordon giró mientras hablaba—. Apuesto a que ya está lejos de la ciudad. Tomó el primer tren y...

La voz de Gordon se apagó a medida que lo que comenzó como un mapa de toda la ciudad de Chicago se acercaba más y más, mostrando que Calvin, o al menos el ping que Kat le había pegado, estaban ambos en la ciudad y no muy lejos. Calvin no parecía tener tantas reputaciones como para estar alojado en los barrios más caros. Y esto, vio Kat mientras se inclinaba para mirar mejor, estaba lejos de ser un barrio de lujo. Cerca de *Carver's*, la ubicación del ping lo situaba en pleno páramo industrial.

—Estoy esperando —dijo Kat.

Gordon negó con la cabeza. Volvió a mirar el monitor, como si pudiera haberle mentido la primera vez.

—Podría habérselo quitado.

—Claro. Y esperó hasta llegar allí para hacerlo, también.

No era el mejor argumento —Calvin podría no haber encontrado el rastreador hasta llegar a donde se estaba quedando y luego haberlo arrojado en alguna calle al azar en lugar del centro—, pero el hecho de que el rastreador se moviera, a paso de caminata, sugería lo contrario. Kat resistió la tentación de creer que Calvin era una especie de superespía, capaz de encontrar el rastreador y lo suficientemente astuto como para pegárselo a alguien más solo para despistarlos. Ese camino llevaba a la locura.

—¿Estás lista? —La transición de Gordon de cuidador a rastreador ocurrió en un instante, y se levantó de un salto de la silla mientras hablaba—. No está lejos. Podemos atraparlo ahora.

Kat realmente quería decir que no. Había escapado de la muerte y no tenía deseos de correr directamente hacia ella de nuevo, pero Gordon parecía que iría tras Calvin sin importar lo que Kat eligiera, y ella no iba a dejar que se llevara el crédito por sus habilidades de rastreo. Deslizándose de debajo de Seeker y empujando su persistente dolor de cabeza al fondo de su mente, Kat se levantó de la cama y pasó junto a Gordon hacia su armario. Perseguir a un anómalo en una camiseta larga y shorts de pijama en invierno no parecía la mejor idea.

El movimiento también la hizo reflexionar sobre quién la había traído de vuelta aquí, quién la había cambiado de su atuendo de convención a algo más cómodo para lo que debió haber sido una larga noche.

—Oye, Gordon —dijo Kat, volviéndose hacia él mientras Gordon comenzaba a ponerse su equipo de rastreador—. Gracias. Por lo de ayer. Lo digo en serio.

—No hay problema —respondió Gordon—. Tú encontraste a Calvin, yo te salvé, creo que eso nos deja más o menos a mano.

—Porque de eso se trata todo esto. —Kat se preparó para lanzar una buena mirada fulminante a Gordon, pero el rastreador tenía esa media sonrisa burlona en su rostro que desmentía sus palabras, y Kat cambió a un suspiro y volvió a concentrarse en su atuendo—. ¿Tienes todo tu equipo aquí? No estoy cien por ciento segura de lo que Calvin puede hacer, pero no está jugando.

—Pistola eléctrica. Rastreador. Increíble habilidad atlética, sí, creo que lo tengo todo.

—Cuando te esté dando una paliza, no voy a ayudarte. Solo voy a mirar y reírme.

—Kat, ¿cuándo te volviste tan mala?

Gordon pagó por un pod para llevarlos directamente a donde el rastreador ubicaba a Calvin, pero en el último minuto canceló el viaje para que los dejara a una manzana de distancia. En su Tama, Kat buscó las coordenadas y descubrió que el lugar de Calvin era un café de trabajadores, de esos que ofrecían huevos, tocino y patatas con porciones lo suficientemente grandes como para destrozar cualquier dieta. A pesar de todo el trabajo realizado por los gobiernos antes y después del ascenso al poder del Parangón para empujar a la gente hacia estilos de vida más saludables, la humanidad, en opinión de Kat, se mantenía firme en la defensa de la salsa holandesa, los scones y las montañas de panqueques.

La acera aquí era más ancha de lo habitual, quizás debido a la extensa densidad en esta parte oeste de Chicago. Más espacio para calles más grandes, más camiones pod retumbando cargando materiales de obras, menos gente, pero más cosas en las aceras. Como si las tiendas y los apartamentos del tamaño de una manzana por aquí usaran el cemento entre sus puertas y la calle como espacio de almacenamiento extra. Al ser invierno, la nieve se apoderaba de la acera, pero montones irregulares y de formas extrañas insinuaban la basura escondida debajo.

—No he estado en un lugar así en mucho tiempo —dijo Gordon mientras salían del pod.

—¿Qué, ahora solo cazas anómalos ricos?

—Más o menos. —Gordon tuvo la decencia de sonar un poco avergonzado—. Si alguna vez trabajaras para los Parangones directamente, también lo tendrías. Me envían por todas partes para objetivos de alto perfil, y la mayoría de esos son anómalos que han usado sus poderes para, bueno, salir de lugares como este.

—Una razón más para quedarme aquí, entonces —respondió Kat, respirando hondo. Todavía fresco de invierno, pero con un trasfondo de aceites de cocina y plásticos—. Prefiero esto a las tierras de lujo donde vives, donde todos llevan trajes y tienen la necesidad de presumir.

Kat sabía que estaba estereotipando, al igual que Gordon; pero esta seguía siendo su ciudad, seguía siendo Chicago, y la necesidad de defender todos sus barrios descansaba en lo profundo de su corazón. Tal vez porque no tenía familia, la ciudad había llenado ese vacío. Al menos, las partes que Kat frecuentaba.

—Lo entiendo —dijo Gordon—. Me guardaré mis comentarios. —Pasaron por una ferretería, con un cartel en la ventana que anunciaba reparaciones de drones, y se acercaron al café, Kat guiando a Seeker con su correa antes de que Gordon pusiera una mano en su hombro para detenerla—. Entonces, ¿cuál es nuestra estrategia aquí? ¿Entrar y atraparlo?

—La última vez que me acerqué sigilosamente a Calvin, casi me mata. Digo que no le demos la oportunidad.

—De acuerdo. Déjame introducir un permiso.

En su Tama, Gordon tecleó códigos, alertando a los drones y Parangones en el área de que una operación de rastreo estaba a punto de tener lugar, con el potencial de volverse violenta. Kat también tenía esos códigos, aunque Gordon aparentemente tenía un acceso de mayor nivel, porque la aprobación llegó casi de inmediato. Si Kat hubiera pedido permiso para usar la fuerza en un espacio concurrido, probablemente habría tenido que responder a las preguntas de un Parangón antes de obtener el visto bueno.

Una de las muchas razones por las que prefería cazar anómalos fuera de la ciudad, o en el sótano de *Carver's*, sin tener que lidiar con drones.

—¿Quieres ir primero tú o yo? —preguntó Gordon una vez que terminó con su Tama.

Kat miró alrededor de la calle. Mayormente desierta, demasiado temprano para las multitudes del almuerzo, pero lo suficientemente tarde como para que cualquiera que buscara un café al amanecer ya hubiera saciado su sed. El chapoteo de las ruedas de los pods rodando sobre el aguanieve era prácticamente todo lo que podían oír. Como escenario para una pelea, este cumplía con todas las características.

—Yo —dijo Kat—. Tú quédate atrás. Él me reconocerá,

pero pareció dispuesto a hablar la última vez. Podría dudar lo suficiente.

Gordon asintió. —Y Kat, ¿si esto empieza a salir mal? —Se apartó la chaqueta, revelando la pistola eléctrica, sí, pero también algo más. Algo muy ilegal excepto para portadores autorizados—. Después de lo que te pasó, los Parangones me dieron permiso. Si Calvin se vuelve violento, se supone que debemos eliminarlo.

—No voy a disparar esa cosa.

—Esperemos que no sea necesario.

Matar. Algo que Kat había hecho antes, aunque siempre en defensa y siempre con remordimiento. Algunos anómalos no aceptaban la rendición, el rastreo. Incluso después de ser aturdidos, de ser enrolados en el ciclo de solicitudes de trabajo de los Parangones, volvían a por Kat, buscando venganza. Los rastreadores tenían licencia ilimitada para defenderse en esos casos, y Kat podía dar golpes lo suficiente-mente fuertes como para romper un cuello o comprimir un pecho. Esos momentos, sin embargo, se repetían una y otra vez en sus pesadillas, y no tenía ningún deseo de añadir más.

Junto con Seeker, dejó a Gordon a una tienda de distancia del café, en un pequeño local que se hacía llamar El Rincón del Desayuno y que anunciaba, en un cartel plegable colocado sobre el hielo de la acera, una oferta especial de doble salchicha a un precio en rep tan bajo que hizo rugir el estó-mago de Kat. En su apuro, Kat se dio cuenta de que no había desayunado, tomado café ni comido nada realmente desde el día anterior. Tal vez si se encargaban de Calvin rápidamente, podría comer algo aquí mismo...

Un pequeño callejón servía como punto de partida hacia el café, y con Seeker disfrutando de un conjunto de olores que tiraban de la correa en el lado izquierdo de la acera, Kat miró a la derecha mientras se acercaba a las ventanas de cristal del café. Los grandes paneles se habían empañado en los bordes, con cristales de hielo formando un entramado natural donde la calefacción del café no lograba vencer el frío del día. Era tan hermoso que a Kat le tomó un segundo notar el rostro enmarcado dentro de ese entramado, uno que la vio cuando ella posó sus ojos en él. Calvin estaba sentado en la mesa junto a la ventana, con una gran taza de café y un plato vacío de huevos con algo más frente a él, junto a un libro real y desgastado. Mantuvieron la mirada, la de Calvin pasando de sorprendida a exasperada en ese mismo lapso. Luego extendió la mano izquierda y la colocó en la ventana, justo cerca del rostro de Kat.

Ya fuera por intuición, instinto, entrenamiento o simple suerte, Kat comenzó a lanzarse al suelo cuando la mano de Calvin se levantó, así que cuando toda la ventana se hizo añicos, con el cristal volando hacia Kat y la acera, ella ya se había agachado lo suficiente como para esquivar el peor daño. La fuerza de la explosión pasó sobre ella, empujando a Kat hacia atrás por la acera hasta el montón de nieve en el borde de la calle. Seeker ladró, y Kat se encogió, tratando de protegerse del vidrio y esforzándose por no desmoronarse.

Aquella acera había sido más pequeña que esta, con parches de verde desvaído de recortes de césped dejados a pudrirse por el descuidado corte de su padre. Demasiado tacaño para conseguir un dron, demasiado ocupado para destacar en el mantenimiento del hogar, Kat había caído justo en uno de esos parches cuando la fuerza la había lanzado lejos de su propio porche.

Había estado corriendo de vuelta del parque cerca del atardecer de verano, había hecho el último giro crucial para dirigirse por el camino que dividía su patio hacia la casa de dos pisos, azul claro con contraventanas blancas, cuando la puerta principal se abrió. Su madre, con el cabello y los ojos desencajados, comenzó a gritar con una voz que Kat nunca había escuchado antes. Aguda, penetrante, diciéndole a Kat que regresara, que huyera. La visión y el sonido eran tan extraños que Kat se había detenido, le había preguntado a su madre por qué, cuando Kat notó la luz. El blanco suave dominaba el color de las lámparas de su casa, pero esta era de un naranja rosado y crecía, sus bordes difusos expandiéndose detrás de su madre y en las ventanas a su derecha e izquierda. Su madre se volvió, vio esa luz, dio un paso hacia Kat, haciéndole señas para que corriera.

Un destello, una cascada de estallidos y una ráfaga ondulante de aire caliente arrojaron a Kat al suelo, donde el vidrio voló contra su cuerpo. Su cara ardía, despellejada por el concreto. Su cuello, manos y piernas chispeaban mientras los fragmentos se clavaban.

—¿Mamá?

—¿Mamá? —dijo Gordon, inclinándose cerca—. Quédate abajo, Kat. La ayuda viene en camino. Voy tras él.

Gordon se fue; desde su ángulo, Kat solo vio sus botas girando y alejándose pisando fuerte, mientras la acera brillaba con la luz invernal jugando sobre el cristal hecho añicos.

Respira.

Otras personas salían ahora en tropel del café, con dos de ellas, un hombre y una mujer mayores, acercándose a Kat. Preguntándole si estaba bien.

Seeker. ¿Dónde se había ido?

Kat se movió para levantarse, cuando sus dos ayudantes la agarraron de los brazos y la levantaron en su lugar.

—No querrás poner tus manos en todo eso, creo —dijo el hombre, luchando por poner lógica de vuelta en un mundo que parecía haberla perdido—. No sé por qué una ventana se rompería así, pero el vidrio te cortará seguro.

—Aquí, déjame ayudarte —añadió la mujer, limpiando el rostro de Kat con unas servilletas probablemente tomadas del café.

—Mi perro —dijo Kat, tratando de ver alrededor de las manos de la mujer—. ¿Dónde está?

—Janey lo está sujetando —dijo la mujer—. Se cortaría las patas con este vidrio igual que tú.

Las palabras también devolvieron a Kat al pasado. Las mismas cosas que sus vecinos le seguían diciendo mientras la alejaban de su casa, del ardiente desastre. De su madre, corriendo hacia ella, no había señal excepto un chamuscado parche negro en los escalones humeantes del frente. Kat la había llamado, a su padre también cuando llegó la ayuda —más humana que de drones, en aquel entonces— pero él tampoco había salido nunca. Su hermana, desaparecida. Pasarían horas hasta que alguien lograra decirle lo que había sucedido, lo que podía pasar con una anomalía no descubierta.

—Estoy bien —Kat se liberó de las manos, de la ayuda—. Gracias.

Su traje, ese equipo blanco de grado rastreador, había hecho maravillas aquí, sellando su cuerpo contra esos fragmentos de vidrio. Los lentes de contacto conectados tenían sus propios mecanismos de protección, expandiéndose para cubrir sus ojos con una película endurecida. Ceguera temporal por una fracción de segundo, pero valía la pena para mantener sus ojos a salvo. Dado el tamaño y el número de piezas dentadas a su alrededor, Kat habría sido un desastre destrozado si hubiera ido tras Calvin con ropa de calle.

Calvin.

Con la evidente falta de lesiones potencialmente mortales de Kat y, por lo tanto, de drama, los escapados del café pasaron a mirar y murmurar sobre el dolor destrozado del cristal. La consiguiente libertad le dio a Kat la oportunidad de recuperar a su perro de la joven que retenía a Seeker, e intentar averiguar adónde habían ido la anomalía y Gordon. La respuesta, aparentemente, era que no estaban a la vista.

Seeker le ladró. Impaciente, omnisciente. Ella soltó su correa y el perro salió disparado, saltando sobre el vidrio y esquivando a la multitud en una absurda demostración atlética que hizo que Kat, quien lo seguía con pasos crujientes y disculpas a quienes apartaba, se sintiera demasiado celosa. Seeker podría haber sido su mascota, su mejor amigo, pero era mucho más que eso. Se podría argumentar que Seeker era el arma más grande de Kat. De hecho, al diablo con el "se podría argumentar". Sin ese perro, la carrera de Kat como rastreadora habría sido más corta, sangrienta y patética.

El husky giró bruscamente a la derecha en la siguiente intersección, lanzando una mirada con la lengua fuera para asegurarse de que Kat corría pegada a sus talones, y luego siguió adelante. Cuando Kat dobló la esquina, casi cayó sobre Gordon, quien se apoyaba en un poste, con la mano en el pecho. Con Seeker saltando más allá, Kat solo tuvo un momento, y Gordon se lo devolvió.

—Sigue adelante —tosió Gordon—. Me esperó a la vuelta de la esquina, un puñetazo me dejó sin aliento. Estaré justo detrás de ti.

Así que Kat fue. Calvin era mucho más que el objetivo anómalo habitual. Un poder peligroso además de astucia y habilidad. Kat había derribado a anomalías explosivas que no sabían nada más allá de su dependencia de su habilidad, que tendían a colapsar cuando se les sacaba de su zona de confort con una pistola eléctrica o unos colmillos caninos en plena carga, pero Calvin parecía capaz de adaptarse. Su poder, además, parecía diferente. Las anomalías solo tenían una mutación —al menos, hasta donde Kat sabía—, sin embargo Calvin casi la había matado con una intoxicación alcohólica y ahora había hecho estallar una ventana con un toque. Así que, o bien era un nuevo terror, o Kat aún no había descifrado su habilidad principal. En cualquier caso, Calvin era un sabor único de peligro. No era de extrañar que los Elementales lo quisieran.

Seeker había cruzado la calle, serpenteando entre algunos pods, y se había lanzado por otro callejón transversal con contenedores de basura y respiraderos humeantes. Kat hizo la misma maniobra, confiando en la programación estricta del pod contra atropellar a humanos para mantenerse con vida. Las sirenas de emergencia llenaban el aire mientras drones y pods de rescate se dirigían a toda velocidad hacia el café dañado. Un telón de fondo de alto estrés para el sonido chapoteante de sus botas esparciendo el aguanieve por donde pisaba, el acre olor industrial ventilado mezclándose con los placeres culinarios acumulados del café.

A mitad del callejón, Calvin se volvió para enfrentar la carga ladrante de Seeker. Kat llegó a la esquina de la entrada —su mano rozando el frío ladrillo lateral— y gritó a Seeker que se detuviera. Calvin esperaba a una docena de metros de distancia, con el perro entre ellos, Seeker mirando hacia atrás a Kat como si dijera, con una voz muy esponjosa, *¡Lo tenía!*

—Buena llamada —dijo Calvin—. No tengo nada contra tu perro.

Parecía un hombre que había pasado toda la noche vigilando las ventanas. Tenía bolsas bajo sus ojos oscuros, y su ropa parecía más destartalada que antes. Kat no sabía con cuántos conjuntos viajaba Calvin, pero estos habían visto peleas y escapadas, contando sus historias en manchas y desgarros. Sin embargo, a pesar de todo eso, Calvin se mantenía erguido, con los brazos relajados a ambos lados. Listo.

—Me dijiste, antes de intentar matarme, que te sentías cazado —Kat pensó que podía intentar la diplomacia con esta distancia entre ellos, entender a Calvin y dar a Gordon la oportunidad de recomponerse—. ¿Sigues sintiéndote así?

—¿Qué te hace decir eso?

—Hacer estallar un montón de cristales en mi cara, para empezar.

—Eso se suponía que iba a matarte. Lo cual es más difícil de lo que debería ser.

—Porque tu corazón no está en ello.

Kat no sabía que iba a decir eso, pero lo sintió y soltó las malditas palabras porque eran la verdad, y eso encajaba con todo lo que había captado de Calvin. Por eso se le había acercado con una pistola eléctrica en lugar de dispararle desde el otro lado del suelo de la convención. Por eso había intentado sacarle el poder en *Carver's* aunque habría sido más fácil matar a Calvin allí mismo. Kat no veía maldad en él. Miedo, peligro, claro. Pero ¿maldad?

—No sabes nada de mi corazón.

Kat todavía tenía la pistola eléctrica en el bolsillo, tenía el lanzador de garfios en su traje listo para disparar desde su muñeca. Incluso podía lanzar los escáneres y usar sus destellos brillantes para cegar a Calvin por un segundo. En cambio, con Seeker mirando a ambos, Kat dejó sus manos libres. Abiertas y extendidas. Calvin, por su parte, parecía igual de paralizado por la indecisión. Si daba la espalda, Kat podría derribarlo por detrás, si corría hacia ella, tendría tiempo de sacar el arma y disparar antes de que se acercara, sin contar siquiera con el perro.

—¿Sabes qué va a pasar si huyes? —Kat probó una táctica diferente—. Seguiremos cazándote. Y otros también. Constantemente. Te estás haciendo un nombre demasiado grande, Calvin. Ya no hay más escondites. Es hora de entregarte.

La respuesta de Calvin fue interrumpida por una nueva voz desde arriba. Dos drones de pacificación, óvalos del tamaño de un humano equipados con formas no letales de someter a alguien, flotaron en el callejón y se orientaron hacia Calvin. Con una voz que pretendía sonar como la de una madre tranquilizadora, ordenaron a Calvin que se tumbara, que todo estaría bien si se rendía. Calvin rompió su concentración en Kat, miró hacia los drones y se arrodilló en el suelo de hormigón. Por un segundo, Kat se preguntó si Calvin se rendiría tan fácilmente, si sus palabras o los drones lo habían empujado al límite de la rendición.

Hasta que, de rodillas e inclinándose hacia adelante con las manos en el suelo, Calvin levantó su mano izquierda hacia los drones que descendían. El hormigón gris y enfangado bajo Calvin brilló, como un vaso de agua perturbado por un pequeño temblor, antes de que el aire cambiara alrededor de la mano extendida de Calvin. Como una niebla, pero gris oscura y pesada, la bruma de Calvin se extendió hacia los drones, envolviéndolos. Sus motores eléctricos gimieron, se atragantaron y se apagaron mientras sus repetidos llamados a la calma crepitaban y morían.

—¡Seeker! ¡Aquí! —dijo Kat, y el perro obedeció, alejándose bien de lo que fuera que Calvin estaba haciendo.

La niebla continuó espesándose, hasta que Kat no pudo ver nada al otro lado. Se dio cuenta, también, de que aunque los motores de los drones se habían detenido, no habían caído. En su lugar, estaban suspendidos en esa niebla, con partes totalmente oscurecidas. Atrapados, como si la niebla se hubiera convertido en un gel sólido.

—¡Déjame en paz, Kat! —La voz de Calvin llegó queda, como un eco rebotando—. ¡Diles a todos que me dejen en paz!

—¡No huyas, Calvin! ¡Podemos hablar! —intentó Kat, pero no obtuvo respuesta.

En su lugar, manteniendo a Seeker cerca, se acercó a esa pared de niebla gris. Aunque, ahora que estaba cerca, realmente no parecía niebla en absoluto; líneas claras, sin borrosidad ni movimiento con las brisas invernales que soplaban por estos callejones. Kat levantó la mano, la puso contra el gris. Sólido. Duro. Como el hormigón. Calvin había construido una pared justo aquí, entre estos dos edificios. Pero... ¿cómo?

—¿Dónde está? —llamó Gordon, aún sonando débil, pero de pie en la entrada del callejón—. ¿Lo atrapaste?

Kat negó con la cabeza, examinando la nueva pared, buscando la respuesta. —Hizo esto y huyó. No sé cómo.

—¿Del aire?

Kat extendió la mano, lo tocó de nuevo. Definitivamente hormigón. —Del aire, sí. Atrapó a dos drones también.

Esta vez, cuando Kat retiró la mano, la pared se estremeció. Mientras observaba, aparecieron grietas, las piezas comenzaron a caer y a partirse en fragmentos polvorientos mientras se esparcían a su alrededor. Seeker ladró y Kat siguió el consejo del perro, retrocediendo mientras la nueva pared de Calvin se derrumbaba sobre sí misma, los drones estrellándose contra el suelo con ella. Los trozos más grandes del hormigón de Calvin, rotos por el choque, se estremecieron y se descompusieron en arena gris, que se alejó volando con la siguiente ráfaga, obligando a Kat a cubrirse los ojos mientras avanzaba.

Al otro lado de la pared de Calvin, donde la anomalía había estado arrodillada, había un agujero profundo, perfecto y liso, como si hubiera sido sacado de la tierra con una cuchara.

CAPÍTULO 39
PREPARACIÓN

SYLVIE LO MANTUVO ALEJADO, aunque Zhan-Yo tenía todo el equipo que necesitaría: Dos tachi, espadas cortas y curvas familiares afiladas por la historia y una excelente tienda especializada no muy lejos de su casa, estaban atadas a la espalda de Zhan-Yo. Las túnicas sueltas que llevaba a sus clases de artes marciales ocultaban nuevas adiciones: almohadillas blindadas como las que llevaba Sylvie, lo suficientemente fuertes como para detener balas y listas para desviar el calor y la electricidad, elementos comunes de anomalía.

En lugar de utilizar esta preparación, que Zhan-Yo había descrito a Sylvie la noche anterior, Zhan-Yo estaba sentado en la sala trasera de la estación generadora, entre equipos de limpieza y cajas de herramientas, observando a los Paragones que venían a detenerlo en una transmisión encriptada desde su Tama. Estaban luchando hacia la entrada de la estación, aunque la calidad de la imagen se volvió pésima después de que Sylvie cortara las luces. Entre los borrones y destellos mientras los poderes brillaban, Zhan-Yo intentaba encontrar a Aegis. Reconoció a algunos de los Paragones en el ataque relámpago —Innis, ese fanfarrón de barba roja estaba por todas partes en las ondas de Chicago proclamando esta y aquella iniciativa de los Paragones—, pero Zhan-Yo pensó que Aegis sería el primero en entrar.

—Estamos sellando las puertas ahora —la voz de Sylvie llegó desde el Tama de Zhan-Yo, conectada a través de la línea local segura de la misión—. Atrápelos. Intente no matar si no es necesario.

La orden de Sylvie parecía difícil de seguir. Los Paragones ciertamente no estaban jugando con las mismas reglas. Habían entrado con fuerza, arremetiendo contra los matones de Sylvie y actuando con la confianza que no se supone que tengas si todas tus comunicaciones han sido cortadas. Esos seis Paragones deberían rendirse, y al principio Zhan-Yo pensó que la presencia de Innis aumentaba su motivación, pero ahora, mientras se lanzaban contra las fuerzas de Sylvie en la sala central del generador, quedaba claro que simplemente creían que no podían perder.

Al principio parecía que la oscuridad podría servir como ventaja para las fuerzas de Sylvie, que saltaban con sus cascos de visión nocturna y se estrellaban contra los Paragones, una ráfaga inicial que logró empujar a los Paragones lejos de su única salida y más allá del punto donde, según declaró Sylvie, sus comunicaciones podían ser completamente cortadas. Los Paragones, sin embargo, se agruparon, llevando a la única víctima del asalto inicial, alguien que Zhan-Yo no pudo ver hasta que se recuperó lo suficiente como para arruinar su plan. Quienquiera que fuese este Paragon, mientras Innis y los demás libraban una batalla desesperada y en movimiento en la oscuridad, había sido arrastrado hasta que llegaron a la sala principal. Entonces, justo antes de que Sylvie ordenara sellar las puertas, el Paragon se había despertado y se había convertido en una supernova.

Una palabra superlativa para describir un resultado superlativo. En un momento no había luz y un escuadrón de soldados de Sylvie rodeaba a los Paragones con pistolas aturdidoras y porras paralizantes, y al siguiente todo había brillado tan intensamente que la transmisión del Tama de Zhan-Yo se convirtió en estática hasta que se recuperó. Y qué vista cuando lo hizo.

Si la vida de Zhan-Yo tenía una gran contradicción, era su respeto, incluso asombro por las habilidades de anomalía contrastado con su odio por lo que esas mismas habilidades habían causado. Aquí, en el centro de la sala, brillaba una mujer cuya piel resplandecía más intensamente que la luz más brillante que Zhan-Yo había visto jamás. Un plateado puro, tan cegador que solo su ropa evitaba que cegara a todos en la sala. Un poder hermoso, terrible, y uno que Zhan-Yo no tenía deseos de destruir excepto que su inversión significaba que las fuerzas de Sylvie ahora tropezaban intentando quitarse sus inútiles gafas. Un Paragon aprovechó el destello: repeliendo a aquellos matones que miraba desde el suelo y enviándolos al techo, donde se quedaron pegados, agitando brazos y piernas.

Peor aún, con esta nueva luz, Zhan-Yo pudo ver que Aegis no había venido. No solo habían logrado encerrarse en un edificio con Paragones mortales, sino que ni siquiera habían atrapado a su objetivo.

—Sylvie —dijo Zhan-Yo, poniéndose de pie y hablando a su Tama—. Tenemos que salvar esto.

—Ya estoy en ello.

—Si no te importa, voy a ayudar.

Si Sylvie tenía una opinión sobre el cambio de planes de Zhan-Yo, nacido tanto de la desesperación como de la frustración, se guardó esas opiniones para sí misma.

Zhan-Yo salió de su sala trasera, que se abría a un pasillo más pequeño y tenue que conectaba las bahías de mantenimiento con la sala del generador principal, y, después de una rápida verificación del equipo, desenvainó los tachi y avanzó hacia la puerta de conexión. El pesado portal de acero aislado, destinado a mantener esta área trasera segura en caso de alguna sobrecarga, hacía un buen trabajo amortiguando el sonido. Para cuando Zhan-Yo se acercó a la puerta, no estaba seguro de si aún se libraba una batalla en la sala más allá. Podría abrirla y encontrarse solo contra los Paragones.

Por otro lado, si la pelea hubiera terminado, esos mismos Paragones buscarían aquí atrás y lo encontrarían eventualmente. Mejor arriesgarse a ayudar ahora que rendirse, indefenso, más tarde. Enfundó su tachi izquierdo, agarró el mango y tiró hacia abajo para desactivar el cierre. Zhan-Yo abrió la puerta, manteniendo su volumen entre él y lo que había más allá, asomando la cabeza por el borde para ver en qué pelea se metía.

Sylvie, sola, ocupaba el centro. Tenía un cuchillo en la garganta del Paragon resplandeciente, acorralándola contra la pared opuesta a Zhan-Yo. Los otros cinco Paragones, algunos con heridas leves pero por lo demás ilesos, la observaban. Los cuerpos pertenecientes a las fuerzas de Sylvie yacían esparcidos por el espacio.

No habían oído a Zhan-Yo abrir la puerta porque Sylvie gritó, con fuerza, a los Paragones que se alejaran de ella. A la derecha, el corredor que conducía a la entrada del edificio, ahora cerrada pero con una contraseña que Zhan-Yo tenía almacenada en su Tama, estaba sin vigilancia. Podría correr, escapar y, para cuando los Paragones le sacaran alguna confesión a Sylvie, estar listo para negar su participación. Volver al punto de partida y comenzar de nuevo.

Excepto que... Zhan-Yo cruzó la mirada con Sylvie durante un brevísimo instante antes de que ella volviera a centrarse en sus oponentes. No quería delatar a Zhan-Yo porque, ahora, dependía de él.

Él no la decepcionaría.

Zhan-Yo no se arrastró, sino que irrumpió en la habitación, con ambos tachi apuntando hacia los dos Paragones del centro. Toda idea de capturar vivos a los héroes se había esfumado —Aegis no estaba aquí, las fuerzas de Zhan-Yo estaban perdiendo, la situación era tan desesperada como podía ser—

y los golpes de Zhan-Yo buscaban matar. O eso intentó hasta que una fuerza increíble le arrancó ambos tachi de las manos y los envió disparados hacia el techo, donde las hojas se incrustaron en las placas metálicas de protección. Un Paragón a la derecha, un joven, había seguido los ojos luminosos de su compañero y miró en dirección a Zhan-Yo.

—¡Detrás de nosotros! —gritó el Paragón, arruinando por completo la sorpresa.

Así que Zhan-Yo cambió de táctica y, mientras los dos Paragones centrales comenzaban a darse la vuelta, les propinó patadas rápidas en la parte posterior de sus rodillas izquierda y derecha. Lo suficientemente fuerte como para destrozarlas y hacer caer a los Paragones al suelo. El joven y otra mujer mayor estaban a la derecha e Innis a la izquierda. Zhan-Yo dejó al líder, ya que Innis parecía moverse lentamente, quizás estaba herido, y fue a por los otros dos. La mujer avanzó para enfrentarse a él y, al hacerlo, pareció expandirse y dividirse. Había tres de ella, una con aspecto joven y fresco, una versión de mediana edad de la mujer en el centro, y la original, más mayor, a la derecha. Las tres adoptaron una postura de kickboxing, protegiendo al hombre detrás de ellas. Zhan-Yo no esperó; con los números en su contra, la velocidad era su única ventaja.

Zhan-Yo fingió ir de frente, como si fuera a arrollar directamente a la Paragón original. Las versiones más joven y mayor se cerraron desde los lados, así que cuando Zhan-Yo plantó su pie izquierdo y se arrodilló en un barrido circular al ras del suelo, derribó los tobillos de las tres. El primer impacto, con la Paragón original, tuvo la rigidez de músculo y hueso reales. Las otras dos, sin embargo, se sintieron más como agua. Menos sustanciales. Ese factor demostró su valía un momento después, cuando las versiones joven y de mediana edad se levantaron con una agilidad imposible para una persona de peso completo. Antes de que Zhan-Yo se hubiera recuperado de su propio movimiento, las dos estaban sobre él, propinándole una serie de golpes en los costados. Las almohadillas absorbieron los impactos, que golpearon con menos fuerza de lo que Zhan-Yo habría esperado de una mujer como esta.

Para escapar de la lluvia de golpes, Zhan-Yo rompió hacia la derecha, abriéndose paso a través de los golpes en los riñones de la Paragón original y arrollándola. No era exactamente la maniobra más elegante, pero atrajo a la versión más joven hacia una carga casi a ciegas, que Zhan-Yo contrarrestó con una patada giratoria alta. Directo al cuello, un movimiento que habría partido a cualquier persona normal pero que, aquí, pareció hundirse en la forma más joven, derribándola al suelo pero sin el revelador crujido de huesos. La falta de resistencia hizo que Zhan-Yo tropezara hacia atrás, cayendo sobre la mayor a la que acababa de derribar. La última forma, entonces, aprovechó su oportunidad para saltar, con una patada que sacudió el cráneo de Zhan-Yo.

Había pasado mucho tiempo desde que Zhan-Yo había sufrido una verdadera conmoción cerebral, un golpe que enviara el mundo a un torbellino borroso. Este hizo que las largas sombras de la habitación giraran, y el estómago de Zhan-Yo amenazó con liberar el contenido de la cena mientras sus oídos internos olvidaban cuáles eran las direcciones arriba, abajo o en medio. La Paragón original se alzó sobre él, su cuerpo parecía balancearse como si estuvieran en un barco mecido por las olas y no en un sólido suelo de concreto.

—Ríndete —dijo la mujer—. Estás acabado.

¿Acabado? ¡La pelea apenas había comenzado! Solo necesitaba un minuto, o una hora, para recomponerse. Toda su causa no podía terminar aquí, no por culpa de algún Paragón de bajo nivel. Intentó decírselo, pero cuando abrió la boca, toda la luz de la habitación se desvaneció. En la repentina oscuridad, Zhan-Yo creyó oír a Innis y al joven gritándose entre sí, creyó oír a la Paragón que estaba de pie sobre él hacer una pregunta. Este era el momento. Tenía que actuar, y sin la luz, no había nada que hiciera girar su cabeza dañada, así que Zhan-Yo atacó. Directamente hacia arriba, con toda la fuerza que pudo reunir. Le acertó en el blando estómago y, con un gruñido ahogado, la Paragón cayó hacia atrás, liberándolo. Zhan-Yo intentó ponerse de pie, se tambaleó y cayó sobre la misma Paragón a la que acababa de golpear.

Ella intentó agarrarlo, rodeando su cuello con los brazos mientras la espalda de Zhan-Yo la presionaba contra el suelo. Él se retorció, sus instintos superando sus sentidos embotados, y propinó golpe tras golpe con los codos incluso cuando las otras dos formas cayeron sobre él. Uno de esos golpes debió conectar, porque los brazos de la Paragón se relajaron y tanto la forma joven como la de mediana edad, con sus manos arañando hacia su rostro, se desvanecieron como si nunca hubieran existido. Zhan-Yo simplemente respiró por un segundo. Intentó recomponerse, hacer que su cabeza dejara de dar vueltas, para aplastar el creciente temor de lo que podría significar luchar contra un ejército lleno de habilidades como esta.

El mundo se había rendido a los Campeones y sus Paragones. No porque el mundo no pudiera luchar, sino porque la lucha solo podía tener un ganador.

—¡Luces encendidas! —la voz de Sylvie resonó por encima de los sonidos de la refriega y, aunque Zhan-Yo no se había dado cuenta de que Sylvie aún tenía más operadores de reserva, alguien respondió a su llamada y volvió a encender las luces de la estación generadora.

El resplandor azul-blanco reveló la razón por la que Sylvie sentía que podía dar esa orden. Estaba de pie sobre las formas postradas de la mujer que se había iluminado y del joven que parecía ser el que estaba jugando con las polaridades, mientras los objetos —como las espadas gemelas de Zhan-Yo— comenzaban a caer del techo a medida que sus pesos se conectaban con la gravedad. Los dos Paragones a los que Zhan-Yo había golpeado por detrás luchaban por levantarse, hasta que Innis se movió entre ellos y puso una mano enorme en la espalda de cada uno.

—Quédense abajo —dijo Innis—. Así hay menos posibilidades de que los maten.

—Deberíamos matarte —le dijo Sylvie a Innis—. Mis hombres no debían salir heridos.

—Los míos tampoco.

Zhan-Yo logró ponerse de rodillas, las náuseas generales que jugaban en su estómago cedieron lo suficiente, el mundo dejó de girar lo suficiente como para permitirle intentar ponerse de pie. Un intento que rápidamente se convirtió en una caída apoyada contra la pared más cercana.

—No se suponía que trajeras a nadie más —replicó Sylvie, ignorando hasta ahora la difícil situación de Zhan-Yo. Uno de sus cuchillos comenzó su caída desde arriba y, sin apartar la mirada de Innis, Sylvie lo atrapó en el aire como si hubiera sido una hoja cayendo en lugar de una afilada cuchilla—. Tú y Aegis. Solos. Ese era el plan.

—El plan ha cambiado. Aegis no vendrá —Innis sonaba tan frustrado como Sylvie, y Zhan-Yo tuvo que preguntarse si era porque su equipo había sido herido, o porque Aegis seguía con vida.

Algunos de los matones de Sylvie empezaban a recuperar el conocimiento, frotándose las caras y poniéndose de pie. Sylvie, con una serie de gestos, los puso a trabajar atando a los Paragones con bridas y aplicándoles generosas dosis de dardos paralizantes. Si querías asegurarte de que un Parangón no pudiera usar su habilidad, solo tenías que mantenerlo inconsciente.

—¿Eres un traidor? —balbuceó uno de los Paragones que Innis mantenía inmovilizado—. ¿Qué?

—No es asunto tuyo —gruñó Innis, y antes de que tuviera que defenderse más, uno de los matones dejó inconsciente al Parangón—. El plan se fue al traste, Sylvie. Ahora tengo que encargarme de esto. Deberías habernos dejado marchar.

—No —habló Zhan-Yo, su voz más débil de lo que pensaba, pero aun así se propagó por las metálicas paredes—. El plan ha cambiado.

Sylvie finalmente se dio cuenta de que Zhan-Yo no estaba bien, y cruzó la habitación para ofrecerle su hombro como apoyo—. ¿Qué ha pasado?

—Un pequeño golpe en la cabeza. Fui lento —respondió Zhan-Yo, y luego miró a Innis—. Llévate a este también.

Aegis dirigía una vasta red de anomalías, al igual que Zhan-Yo dirigía una gran corporación. Cuando las situaciones eran críticas, Zhan-Yo no dudaba en ir en persona a rectificar el problema, a salvar su negocio, a sus empleados. Estos Paragones estaban en apuros, y Aegis tenía la costumbre de involucrarse personalmente. Vendría a por ellos. No podría resistir la llamada de ser el héroe.

—Sylvie, necesitamos enviar un mensaje. A Aegis. Dile que tenemos a su equipo —dijo Zhan-Yo, apoyándose en Sylvie y manteniendo los ojos cerrados tanto como podía—. Vendrá, y lo atraparemos cuando lo haga.

CAPÍTULO 40
LAS ACCIONES
TIENEN UN PRECIO

DE LAS COSAS que Mynx no quería hacer tan pronto después de luchar contra Thane, prepararse para otro asalto estaba bastante arriba en la lista. Aún dolorida y cansada, Mynx se despertó con el informe de Reeves de que había rastreado a Denise Jones hasta su laboratorio. Durante todo el día anterior, Denise había estado dando vueltas por el área de Los Ángeles, sin detenerse nunca más de una hora. Un patrón que, según Mynx, encajaba perfectamente con alguien que estaba reuniendo lo necesario para escapar o hacer un último intento.

No es que a Denise le fuera a resultar fácil abandonar la ciudad. Reeves, siguiendo las instrucciones de Mynx, había invalidado los documentos de identidad de Denise y congelado sus cuentas, utilizando el poder unilateral que habría requerido un equipo conjunto de tribunales y policía en el mundo pre-Parangón. ¿Propicio para el abuso? Tal vez, pero ese era el punto; el mundo tenía que confiar en que los Campeones no se descontrolarían con su poder, porque el mundo no tenía otra opción. En cualquier caso, si Denise intentara escapar por medios legítimos, sería capturada por drones o humanos cuando intentara escanear su Tama.

El hecho de que Denise aún no hubiera sido capturada sugería que tenía ayuda. Todo el mundo sabía que los Campeones podían atrapar a un criminal, se podía ver a Mynx en vallas publicitarias por todo Pacífica detallando todas las formas de acabar en la lista negra del Parangón, así que Denise probablemente lo había planeado. Reclutó a algunos incautos para que la ayudaran con la promesa de convertirse algún día en anomalías, un trato que sonaba destinado a programas de bajo presupuesto de la tarde. Sin embargo, Mynx y los otros Campeones habían visto el fruto místico de los poderes potenciales siendo ofrecido a tantos criminales comunes por aspirantes a genios del mal delirantes, que los clichés argumentales de antaño tenían un hogar deprimente en la realidad de hoy.

—¿Crees que se va a quedar allí? —dijo Mynx, de vuelta en su mesa de proyección.

No llevaba su bata, estaba bebiendo café negro fuerte y ya había tomado pastillas para aliviar el dolor muscular. La luz del sol dispersa entre las nubes de hoy y las olas golpeadas del océano, azotadas por un aguacero nocturno, hacían eco de los pensamientos violentos de Mynx. La Campeona de Pacífica se preparaba para la guerra, y sería una guerra rápida y total.

—La cápsula que está usando ha sido liberada al grupo, y aunque hay tráfico frecuente hacia el laboratorio, ella no ha salido —respondió Reeves—. Por supuesto, es imposible predecir el comportamiento humano irracional, pero las indicaciones son que Denise se está quedando quieta.

—Está intentando ganar la carrera —dijo Mynx, cambiando la proyección en la mesa a la transmisión en vivo de un dron que sobrevolaba el laboratorio de Denise—. Debe pensar que está tan cerca de descubrir el secreto que con unas horas más, será capaz de tener su propio ejército de anomalías improvisadas.

—Las realidades del trabajo científico hacen que ese resultado sea dudoso.

—No te equivocas, pero, como acabas de decir, los humanos son irracionales —Mynx terminó su café y levantó una mano con un dedo apuntando hacia el cielo—. Creo que es hora de que demostremos cuán irracional es.

—No es tu mejor frase, pero servirá —respondió Reeves, iniciando el proceso para enviar algunos de los drones designados de la Fábrica a Mynx.

—Reeves, recuérdame ajustar tus algoritmos de opinión. Deberías pensar que todo lo que digo es oro.

—Al contrario, debo presentar ocasionalmente un argumento humillante, ya que se ha demostrado exhaustivamente que los humanos con egos elevados tienen tasas de mortalidad más altas.

—¿Así que me insultas para mantenerme a salvo?

—Sí.

Había momentos, muchos momentos, en los que Mynx se preguntaba si había hecho demasiado bien su trabajo con las IA que alimentaban los hogares de los Campeones. A diferencia de los drones, que tenían una capacidad limitada para flexibilizar fuera de sus parámetros programados, Reeves podía hacer cualquier cosa que sus conexiones le permitieran. Esto significaba ser sarcástico, sí, pero también le permitía acceder a las cápsulas de Pacífica, su red eléctrica, monitorear cada transmisión de noticias que se reproducía en internet, etc. Hasta ahora, no había habido IA que se volvieran locas o se embarcaran en una guerra desquiciada contra la humanidad como en las películas y los libros, pero eso no significaba que no pudiera suceder.

—Mynx —dijo Reeves mientras el primer dron se acoplaba a su pierna izquierda, seguido rápidamente por otro en su derecha—. También debo aconsejar contra cualquier acción personal aquí. Tenemos suficientes drones para aplastar o capturar a Denise sin tu participación literal.

—Lo sé —dijo Mynx mientras un tercer dron, más grande que los dos primeros, se envolvía alrededor de su pecho. Mientras que el conjunto que había usado contra Thane era una colección improvisada hecha de drones que estaban allí por casualidad, estas creaciones locales se quedaban en la Fábrica para cuando Mynx necesitaba su equipo de nivel máximo, y sus ajustes perfectos lo demostraban—. Pero Denise tiene que saber que iremos tras ella. Soy demasiado vieja para alargar esto, Reeves. Voy a terminar con esto ahora para poder dormir bien esta noche.

Para cuando los drones se acoplaron a ella, Reeves ya tenía drones gladiadores listos para escoltar a Mynx al laboratorio de Denise. Demasiado grande ahora para caber en una cápsula, Mynx activó los sistemas de propulsión a batería en sus nuevas piernas. Tenían suficiente energía para llevarla al laboratorio, pero probablemente no para un viaje de regreso; los motores individuales de los drones no podían levantar el peso combinado de Mynx y el traje durante tanto tiempo. No debería importar: después del ataque, Mynx podría desacoplar la armadura y tomar un relajante viaje en cápsula de vuelta a casa.

—Reeves, bloquea la Fábrica mientras esté fuera —dijo Mynx después de haber planeado sobre su propio techo y aterrizado entre los cuatro drones que esperaban para escoltarla—. Nadie entra, aunque escaneen como si fuera yo. Te daré un código verbal cuando regrese.

—¿Y cuál será ese código?

Mynx recitó una secuencia precisa de unos y ceros: su fecha de nacimiento en binario. Demasiado larga para que alguien que imitara su voz la adivinara, y además satisfacía ese pequeño prurito de curiosidad que tenía.

—Además, Reeves, sigue ejecutando las pruebas. Incluso si Denise se inventó toda esta idea, quiero ver si hay algo de verdad en ella.

¿Dejarías de buscar el mayor tesoro solo porque uno de los

cazadores resultó ser un tramposo? No. Mynx había sido traicionada antes, probablemente sería traicionada de nuevo. Nunca la había detenido para seguir adelante.

—Por supuesto —dijo Reeves—. También tienes una llamada prioritaria entrante. De Aegis.

Mynx casi maldijo. Si Aegis ya se había metido en más problemas, obligándola a volar de vuelta a la costa Este, Mynx podría tener un aneurisma aquí y ahora. Tenía sus propios asuntos que atender y no podía estar a disposición de Aegis cada vez que el Campeón causara algún problema ridículo.

—Pásalo.

Tardó un segundo, pero el tono en su oído cambió, captando el ruido característico de un motor a reacción rugiendo en el aire.

—Mynx. ¿Entregaste el paquete?

Thane.

—Lo hice —respondió Mynx—. También te envié los detalles sobre eso.

—Lo sé. Solo estoy siendo cortés.

Aegis debía querer algo realmente si estaba tratando de ablandar a Mynx con charla trivial. El hombre normalmente era tan sutil como un accidente de tren. Sin embargo, de todos los momentos en que Aegis podía ponerse hablador, este no era el que Mynx quería afrontar ahora.

—Tengo una situación aquí, Aegis. ¿Qué necesitas?

—Puede que haya perdido a un equipo, Mynx —Aegis dejó entrar la frustración—. En Chicago. Celice quería que dejara de estar activo, así que me quedé. Ahora me dirijo allí.

Perder Paragones no era algo pequeño. Las anomalías eran raras, las anomalías que podían convertirse en líderes efectivos, oficiales de cumplimiento o representantes de la comunidad eran aún más raras. Por eso Mynx había creado los drones en primer lugar, para que los Paragones no tuvieran que arriesgarse por las cosas pequeñas. O, a medida que los drones mejoraban, por las cosas grandes. El equipo de Aegis debería haberse quedado en la oficina y dirigido el asalto a través de una transmisión de video, y Mynx así se lo dijo.

—Lo habrían hecho, excepto que el objetivo no estaba en un área con buena señal. Un generador subterráneo.

Mynx inició la secuencia de arranque de su traje, lo vinculó con los drones gladiadores para que volaran juntos. Si Aegis necesitaba su ayuda, y tenía la sensación de que la petición estaba por llegar, entonces Mynx necesitaba encargarse de Denise rápidamente. Y hacer que Reeves preparara más café, porque aparentemente el mundo se había vuelto loco. Los motores eléctricos se encendieron con un zumbido reconfortante, y Mynx flotó a un metro del suelo. Desde aquí, en la elevación que conducía a la Fábrica, podía ver una buena distancia hacia el sur, hacia el centro de Los Ángeles, donde edificios viejos y nuevos mezclaban sus bloques y remolinos mientras el comercio bullía alrededor. Drones, sí, pero también transportes voladores, cápsulas y otras naves siguiendo planes de vuelo que las mantenían alejadas unas de otras. Reeves presentó el suyo, y tan pronto como Mynx lo activó con un doble parpadeo, una amplia onda verde translúcida apareció en su visor, mostrando la ruta exacta que tomaría para llegar al laboratorio de Denise.

—Los drones pueden operar con pérdida de señal —dijo Mynx—. Son menos predecibles, pero mejor que nada.

—¿Sabes qué sería mejor?

—No digas "yo". Estoy ocupada, Aegis. Al menos por un tiempo.

—¿Te estás acobardando?

Mynx sonrió para sí misma. Aegis, después de todos estos años, seguía actuando como si nunca hubieran cambiado. Las burlas amistosas, la vibra de "tenemos que salvar el universo", siempre había sido el mayor creyente en su propio heroísmo, mientras que el resto de los Campeones, incluida Mynx, entendía que solo tenían estos poderes debido al azar. Sin embargo, se habían mantenido junto a Aegis durante años, en parte porque los hacía sentir como los héroes de las historias infantiles y las películas triunfantes. Juntos, podían salvar el mundo, y juntos, lo hicieron.

Lo habían hecho.

—Tengo mi propia batalla hoy, aunque no estoy emocionada por ella —dijo Mynx mientras su traje y los drones acompañantes comenzaban a seguir el plan de vuelo, lanzándolos sobre las casas más cercanas a la Fábrica—. Después de que me encargue de eso, tal vez pueda dirigirme hacia ti, pero tendrás que esperar.

—No puedo hacer eso. Mi equipo aún podría estar vivo. ¿No puedes posponer tu asunto?

—No —Mynx no tenía deseos de entrar en las implicaciones de dejar ADN rebelde en manos de alguien como Denise; dale suficiente tiempo y Denise probablemente podría distribuir lo que robó a través de internet, haciendo público el material genético privado de las anomalías a cualquier actor, bueno o malo, que pudiera tener ideas para ello—. Este es importante.

Aegis suspiró lo suficientemente fuerte como para que el micrófono lo captara.

—¿Recuerdas cuando éramos más que solo tú y yo?

—Lo recuerdo —Debajo de ella, ahora, se extendía la autopista reconstruida. Con la eficiencia de las cápsulas, Pacifica había reducido gran parte de sus carreteras y las había devuelto a parques y hogares. Algunos diseñadores optaron por construir alrededor de los cimientos existentes, utilizando los pilares de hormigón que alguna vez soportaron autos y camiones como núcleos de granjas verticales y apartamentos —. Todavía están por ahí.

—¿Crees que vendrían?

Mynx sabía que los otros Campeones lo harían. Si fuera necesario. En lo que realmente se enfocó, sin embargo, fue en cómo Aegis seguía hablando. El hombre no era dado a largas conversaciones, ni siquiera en tránsito. Podría haber estado estudiando los parámetros de su misión, memorizando planos, las cosas secundarias que convertían los disparos al azar en ejecuciones precisas.

—Aegis, si una amenaza requiriera de todos nosotros, los Campeones se reunirían. Lo perdonarían todo.

Silencio, y por un breve momento, Mynx pensó que Aegis había terminado la llamada justo ahí. Lo que se había presentado como una separación para dirigir las recién formadas regiones Parangón en todo el mundo era, bueno, exactamente eso; una estrategia para convencer a un público cansado de la guerra de que sus protectores seguían unidos. Que no estaban a una discusión más de volverse unos contra otros.

—Bueno, al menos tú lo hiciste —dijo Aegis, finalmente—. Gracias, Mynx. Buena suerte con los tuyos.

—Llévate los drones, Aegis. Te serán útiles.

—Sí. Lo haré. Hasta luego.

Aegis colgó, dejando a Mynx con una extraña sensación de vacío en el estómago. Aegis sonaba tan perdido. A la vez reflexionando sobre el pasado y preparándose para lo que parecía un futuro violento. Más que nada, Aegis sonaba como si estuviera acabado. Sin mirar hacia adelante, como Mynx, que ahora comenzaba a descender hacia el laboratorio, no esperaba con ansias lo que estaba a punto de suceder. La formación de los Paragones debería haber puesto fin a esto.

En cambio, el mundo parecía estar empeorando.

CAPÍTULO 41
EN APROXIMACIÓN

MIENTRAS MYNX VIAJABA en una bola veloz como un rayo, Aegis optó por la variante de primera clase: un avión privado de los Paragones, propulsado por motores de hidrógeno estándar a una velocidad más lenta y estable que su contraparte Campeona. El jet de los Paragones compensaba su relativa lentitud ofreciendo comodidades, como espacio para estirar las piernas, amplias ventanas y una gran pantalla donde Aegis observaba el mensaje entrante que lo había llevado a terminar la llamada antes. Separado de los pilotos y la única azafata, con un gesto para cerrar las puertas de privacidad, Aegis se sentó frente a la pantalla de un metro de ancho y dudó.

Su Tama le informó que el mensaje era de Ziran. La compañía. Enviado a Aegis personalmente, algo que nunca había sucedido antes. Sabía, sin embargo, que Ziran tenía su sede en Chicago, y aunque Aegis no se consideraba el más astuto de los Campeones, una sensación nerviosa relacionaba este mensaje con lo que había visto, en partes, anteriormente. La pregunta era si esto mostraría los restos de su equipo o ofrecería un trato para recuperarlos.

—Por tu bien, espero que sea lo segundo —dijo Aegis, tocando su Tama para iniciar la reproducción.

—Esto no es como debería ser —dijo la voz, granulada, sin editar ni optimizar, mientras la cámara del Tama enfocaba borrosa un espacio sucio y la media docena de cuerpos atados que lo llenaban—. Se suponía que debías estar aquí tú. No ellos.

La cámara mantuvo el enfoque. Aegis se inclinó hacia la pantalla. Creyó distinguir a Innis allí, con la cabeza gacha. A Dima también, aunque parecía inconsciente. Lo que significaba que los demás probablemente también eran Paragones. Al menos estaban atados, lo que indicaba que ninguno, por el momento, estaba muerto.

—Sé que vendrás, porque eso es lo que eres —continuó la voz. Sonaba masculina, mayor—. Pero deberías entender por qué. —Una pausa—. No nos escucharías si gritáramos, si chilláramos o nos presentáramos en tu puerta con exigencias. Así que estamos llamando tu atención de la única manera que funcionará, permitiéndote jugar al héroe. Intentarás rescatarlos, y nosotros estaremos esperando, y tendremos nuestra conversación.

Aegis no podía ubicar esa voz y eso le molestaba. La mayoría de los villanos sentían un placer perverso al anunciar sus nombres, al detallar sus motivaciones, sus planes como si todos los Campeones fueran a caer de asombro. En cambio, esta voz continuaba divagando sobre algún cambio en la sociedad. Igualdad y esto y aquello. Argumentos que el mismo Aegis había expuesto décadas atrás cuando lideró la lucha por los derechos de los anómalos, por la santidad de aquellos que desarrollaban poderes. El viejo mundo había decidido que las armas vivientes debían ser controladas, así que los anómalos tomaron ese control para sí mismos.

El video terminó con un último llamado a Aegis para que se uniera a ellos, y enumeró coordenadas con la habitual amenaza de que los rehenes serían ejecutados si alguien que no fuera Aegis intentaba acercarse. Esto dejaba abierta la opción de que Aegis enviara drones y otros Paragones para arrasar el lugar, dando por perdidos a los cautivos pero salvando su propia vida. Esa sería la decisión que Aegis tomaría si fuera el monstruo que el narrador de este video pensaba que era. En su lugar, Aegis ingresó la dirección y envió una nota para que los drones mantuvieran el lugar bajo vigilancia constante sin acercarse. Aegis podría tener suerte y ver quién entraba y salía.

Después de eso, hizo la llamada que había estado temiendo.

—No vas a volver para la cena, ¿verdad? —dijo Celice cuando contestó.

Le había dicho a su hija que saldría rápido. No le había dicho adónde, ni que sería en avión.

—No creo que lo logre —dijo Aegis—. Lamento no habértelo dicho antes de irme, pero...

—Estás de camino a Chicago. ¿Crees que no sé cuándo despega uno de nuestros aviones? Tú me enseñaste eso. La logística lo es todo.

—Lo has captado. Sabía que había hecho algo bien al criarte.

En la pantalla de su Tama, Celice miró fuera de cámara, parpadeó y se frotó la nariz por un segundo, luego volvió a mirar. —Chicago es un desastre en este momento, ¿lo sabes? Innis ha desaparecido, al igual que un montón de sus otros Paragones.

—Voy allí para arreglar eso.

—¿Con qué, papá? ¿Con tus puños?

—Si es necesario.

Celice se rio, una vez, con ese tipo de risa desconsolada que mataba a Aegis cuando la oía, y la oía demasiado a menudo. En ese instante se hizo la promesa a sí mismo, y a Celice, de que terminaría después de esto. Colgaría los guantes y lideraría desde el sillón, no desde el frente. Organizaría esa cumbre y se prepararía para un buen retiro lleno de cenas con su hija, y tal vez uno o dos viajes para ver a Mynx en el oeste. Incluso podría armarse de valor para visitar a algunos de los otros Campeones, reparar algunas de esas grietas. No sería fácil, pero sería más fácil que ver a su hija contener su propia frustración.

—Ziran está detrás de esto, o alguien en esa compañía —dijo Aegis, tratando de cambiar de tema, de cancelar las emociones y volver a algo más cómodo—. Tienen a todo el equipo como rehenes. Innis y todos. Quieren hablar conmigo.

—¿Qué quieren?

—No estoy seguro. De cualquier manera, quiero que pongas en marcha un plan para congelar sus cuentas. Averigua quién reemplazará su tecnología.

—Eso... no va a ser fácil.

—Por eso eres la persona perfecta para encargarse de esto. Logística, Celice.

Ella negó con la cabeza. —Realmente estás acumulando la deuda, papá. A este ritmo, tendrás que darme toda la torre.

—Es tuya —respondió Aegis—. Nunca me gustó de todos modos.

Una mentira, aunque no tan lejos de la verdad como antes. Había empezado a sentirse un poco demasiado poderoso en su trono de acero, mirando hacia abajo a Nueva York. Una cosa más a la que podría renunciar después de esto. Ver a sus Paragones a salvo con una última vuelta, y luego caminar hacia el atardecer.

Así es como lo hacían los héroes, ¿verdad?

Aegis sintió el cambio cuando el avión comenzó su descenso hacia Chicago, confirmado un segundo después por los pilotos a través del altavoz.

Celice también lo notó. —¿Ya casi llegas?

—Casi. Escucha, Celice. He tomado una decisión. Termino después de esto.

—Eso es lo que dijiste antes.

—Supongo que lo estoy diciendo de nuevo, entonces.

Celice asintió. —Está bien, papá. Lo que tú digas. Ve a ser el héroe.

—Una vez más.

—Claro. Te quiero.

—Yo también te quiero.

Celice desapareció en un parpadeo, y Aegis se volvió hacia las nubes grises del exterior mientras el avión lo acercaba a sus objetivos y lo alejaba de sus sueños.

CAPÍTULO 42
LA CODICIA ES MORTAL

KAT MIRABA al techo deseando que Gordon se fuera. Evidentemente, Seeker también lo deseaba; los ladridos incesantes del perro habían comenzado como un molesto acompañamiento a la interminable diatriba de Gordon sobre cómo debían seguir persiguiendo a Calvin, una lista de creciente intensidad que había empujado a Kat a su sofá, donde había decidido esperar a que Gordon terminara. Una perspectiva que se volvía más sombría por segundos.

—¡Piensa en la reputación, Kat! —Gordon cambió su argumento de proteger a la sociedad a ganar dinero, aparentemente decidiendo que la pura codicia podría ser más atractiva que las opciones benevolentes—. ¡Nunca se ha visto una anomalía como Calvin! ¡Puede hacer cosas diferentes! ¿Quién sabe de qué podría ser capaz?

—Sé que podría matarnos si quisiera —Kat se dignó a responder, un error del que se arrepintió al instante.

—¡Tal vez! Pero no si vamos juntos contra él. No es psíquico, o habría sabido que veníamos —Gordon se turnaba entre caminar, sentarse en la silla del escritorio de Kat y beber de una cafetera que había preparado pero que claramente no necesitaba—. Con el rastreador, podríamos emboscarlo, aturdir a Calvin antes de que...

—¿No estuviste ahí hace una hora cuando nos explotó una ventana en la cara? —dijo Kat—. No importó que lo sorprendiéramos. Nos derrotó de todos modos, junto con dos drones. No me inscribí en esto para que me maten.

—No vas a morir —Gordon intentó cambiar de táctica nuevamente—. Calvin claramente no quiere matarnos. No lo hará.

Kat se giró sobre su costado. Miró a Gordon.

—No sé si vagar por el país aceptando estos contratos aleatorios te ha trastornado el cerebro, Gordon, pero los rastreadores mueren todo el tiempo. Las anomalías matan gente constantemente. Es la razón por la que existimos, ¿recuerdas? ¿Porque todo el mundo se asustó por las explosiones anónimas, gente volteada al revés o congelada?

Gordon no tenía una respuesta lista para eso, así que Kat decidió aprovechar el impulso y seguir.

—Crees que todo esto es una especie de juego: colocar el rastreador, acumular reputación, seguir y encontrar más diversión. Pero yo no hago esto por diversión, lo hago porque no puedo hacer otra cosa. Porque si puedo evitar que alguna anomalía lastime a alguien, debería intentarlo. ¡Pero! —Kat levantó una mano para detener la obvia objeción—. Hay una razón por la que existen los Paragones. Por la que todos estos drones vuelan por ahí. Es porque algunas anomalías son demasiado peligrosas para nosotros, o para cualquiera. Calvin está más allá de ti y de mí, Gordon. No se supone que debamos detener a gente como él. Así que pasemos el aviso a los Paragones y dejemos que ellos lo resuelvan.

Gordon, por lo que valía, tenía una gran cara de asombro. Había descuidado afeitarse durante esta estancia en Chicago, por lo que los inicios desaliñados de lo que prometía ser una barba irregular enmarcaban su mandíbula caída ante las palabras de Kat. Su expresión sugería que Kat había hecho alguna proclamación absurda —que Seeker podía volar, por ejemplo — en lugar de la conclusión lógica de una serie de encuentros que habían terminado universalmente con los dos rastreadores en el lado perdedor, aferrándose a la vida en las calles de la ciudad o en sus abarrotados salones de convenciones.

—¿Realmente quieres ser una rastreadora? —dijo Gordon, lanzando la pregunta como una granada.

—Sí, pero una cuerda. Una viva. —Kat se lanzó sobre ella, sofocando la explosión con lógica contundente.

—Una aburrida, entonces. —Gordon intentó condenarla con la etiqueta—. Cuando empezamos esto, pensé que querías ser la mejor. Trabajamos juntos para rastrearlos a todos, y lo hicimos, Kat. Fuimos increíbles.

—Sí, y luego te fuiste porque Chicago no era lo suficientemente bueno para ti.

—¡Me fui porque tú cambiaste! —Gordon incluyó sus manos ahora, agitándolas con las palabras como un maestro dirigiendo una orquesta.

—No, Gordon, yo no cambié. Tú sí. —Kat se levantó del sofá, que se sentía demasiado tranquilo, demasiado casual para esta conversación—. Tú querías que la persecución fuera tu vida. Querías objetivos más grandes, mejores. Yo no quiero eso. No quiero lanzarme al peligro cada maldito día y preguntarme si voy a salir viva del otro lado.

—Así que tienes miedo. Eso es todo.

Kat no daba bofetadas. Daba puñetazos. Patadas. Disparaba a las anomalías con pistolas aturdidoras cuando tenía que hacerlo. Pero en ese momento, ahí mismo, deseó abofetear a Gordon. Porque tenía razón, Calvin le daba miedo, y que Gordon presentara ese miedo como algo malo era una jugada sucia. El miedo, el miedo razonable, mantenía a la gente viva en este mundo loco. Ella y Gordon eran normales. No tenían por qué enfrentarse cara a cara con anomalías que podían jugar con las leyes naturales como Kat podía jugar con dados. No con las mortales, al menos.

—Esto se acabó —dijo en su lugar—. Hemos terminado. Aléjate de mi escritorio. Voy a enviar la señal a los Paragones, y eso es todo.

Gordon se puso de pie, pareció por un segundo que iba a dejar que Kat hiciera exactamente lo que dijo, luego se inclinó y cambió la pantalla de la estación de trabajo a la posición del aviso. Ambos lo miraron fijamente. Al oeste de la ciudad, una zona aislada, incluso más que donde estaban esta mañana. Con el sol poniéndose, un aviso tan al oeste significaba que Calvin estaría solo. Sin civiles, pocas reglas y posibilidades de emboscada.

—Voy a ir tras él —dijo Gordon—. ¿Vienes conmigo?

—No. —Kat se deslizó frente a Gordon—. Voy a llamar a los Paragones. Ahora mismo.

Gordon se dirigió a la puerta, se puso su abrigo. Comenzó a ponerse su equipo.

—Les va a tomar un tiempo responder. En una ciudad tan grande, una anomalía rebelde que no está atacando a la gente no va a recibir mucha atención.

Kat le lanzó una mirada fulminante. ¿Gordon quería competir con los Paragones para llegar a Calvin? Sonaba típico de él. Sus manos, mientras tanto, hacían clic y tecleaban su camino a través del formulario de intervención de emergencia, enviando la solicitud, con el aviso, a la oficina de Paragones de Chicago. El propio rango de Kat estaría adjunto, asegurando una respuesta más rápida. Demasiado rápida, con suerte, para que Gordon se acercara a Calvin, fanfarronadas o no.

—¿Adivina quién no va a recibir ningún crédito cuando atrape a este? —continuó Gordon—. Todo para mí, Kat.

—Lo que sea.

—Un clásico contraataque de Kat. Toda esa habilidad, toda esa valentía, y cuando las cosas se ponen peligrosas, se desmorona.

Gordon abrió la puerta del apartamento de un tirón y

salió, con Seeker ladrándole todo el camino. Kat se acercó, la cerró, y solo entonces se dedicó a calmar al perro.

—Está bien, Seeker. Así es él. —Kat pasó sus manos por el pelaje del husky, apoyó su barbilla en la cabeza del perro por un minuto, hasta que una luz parpadeante de la estación de trabajo atrajo su mirada de vuelta. Una respuesta aún más rápida de lo que Kat esperaba. La abrió con un clic. Se quedó mirando. La leyó de nuevo. Miró a Seeker, esperando que, de alguna manera, la lengua colgante del perro pudiera cambiar el mensaje, y volvió a mirar.

Los Parangones están actualmente lidiando con otras emergencias y no pueden responder en este momento. Por favor, emita una alerta general para asistencia de drones.

Ni siquiera la habitual lista de números a los que llamar, pautas a seguir. Este mensaje debía haber sido lanzado rápidamente. Kat revisó varios canales de noticias, no vio nada. No era del todo sorprendente que los Parangones mantuvieran algo importante en secreto, pero aun así, cualquier operación planificada habría tenido un mensaje de interrupción igualmente planificado.

Kat se reclinó en su silla. Si los Parangones no iban a ayudar, eso significaba drones. Calvin se había encargado de ellos con bastante facilidad, y si los Parangones estaban lidiando con una emergencia real, cualquier dron de alta calidad estaría apoyándolos. Lo que significaba que Gordon se dirigía hacia una anomalía peligrosa completamente solo. Kat miró a Seeker, quien dio la misma respuesta que siempre daba cuando Kat lo miraba: un pequeño resoplido. Lo que debía hacer era obvio. Ir tras él. Darle a Calvin otra oportunidad de matarla.

Y todo lo que había querido hacer, después de sobrevivir a la explosión de vidrio esta mañana, era beber un poco de whisky y olvidar.

CAPÍTULO 43

EXTENDER LA RED

DURANTE SU VIDA, Zhan-Yo se había imaginado en muchos futuros esperanzadores diferentes, y había realizado muchos de esos sueños: había dado discursos transmitidos alrededor del mundo a miles de personas, había tomado decisiones de diseño que habían afectado los Tamas que todos usaban ahora, y ahora lideraba el mismo esfuerzo que transformaría la civilización, algo que había anhelado desde que su padre lo había designado para la grandeza. Los CEOs de compañías no se inmortalizaban, pero los filósofos y líderes sí.

Ninguno de esos líderes o filósofos se había encontrado caminando de un lado a otro en una habitación iluminada de blanco bajo la superficie de Chicago, buscando un propósito en los seis Paragones atrapados y el doble de mercenarios igualmente aburridos. Esto no era una revolución, el comienzo de algo. Era un plan que había salido mal con todo en juego.

—¿Enviamos el mensaje, verdad? —preguntó Zhan-Yo a Sylvie, quien, apoyada contra la pared, parecía estar tomando una siesta.

Los generadores y la armadura del edificio desde las calles

de la ciudad arriba impedían las señales de Tama externas. Una red local daba a Zhan-Yo y a los demás la oportunidad de comunicarse dentro del edificio, pero el resto del mundo era un misterio nebuloso. Y cuando se había acostumbrado tanto a tener todo el conocimiento en su muñeca, no tener nada hacía que Zhan-Yo se sintiera como si le hubieran vendado los ojos, golpeado los oídos y luego inyectado cafeína; en resumen, estaba al borde.

—Ya has preguntado eso, y la respuesta sigue siendo la misma —respondió Sylvie—. Mantén la calma. Nada sale perfectamente nunca.

Habían estado enviando mensajeros a la superficie para reconectarse, y uno había transmitido el breve video que Zhan-Yo había grabado. El último cebo para atrapar a su objetivo tan importante. Sin embargo, aquí abajo, atrapados en esta caja de metal que olía a aceite y sudor, el tiempo y el espacio parecían perder todo significado. Su Tama le decía que era tarde. Zhan-Yo, que acababa de consumir un sándwich obtenido de una cercana y despistada tienda de delicatessen, se sentía separado de sí mismo, como si toda esta secuencia fuera una broma surrealista.

—Nada sale perfectamente, pero las cosas pueden salir mejor que esto —dijo Zhan-Yo, mirando a los Paragones. Con la excepción de Innis, el líder fornido, los otros cinco se mantenían en sedación permanente y drogada—. No quería matar a tantos.

Innis miró a Sylvie. —Dijiste que vivirían. Ese era el trato.

Sylvie suspiró el mismo suspiro que la madre de Zhan-Yo soltaba cuando lidiaba con él, sus hermanos y los problemas que causaban. Uno que hablaba de sufrir una interminable serie de indignidades a manos de imbéciles a los que, sin embargo, estaba obligada a complacer.

—Los tratos funcionan en ambos sentidos, Innis —respondió Sylvie—. Dijiste uno o dos, no cinco. A menos que puedas lograr que todos accedan a ponerse de nuestro lado, creo que tendremos que recurrir a una solución más permanente para este problema.

—¿Qué importará? —intentó Innis—. De todos modos, van a cambiar todo este mundo. Ellos no harán la diferencia.

Zhan-Yo observó a la pareja. Entendía la lucha de Innis por las vidas de su equipo, por supuesto, aunque Zhan-Yo sentía poca simpatía por cómo Innis había llegado a esa situación. Hacer tratos y cumplirlos, entender cuánto margen de maniobra tenías y si existía siquiera, era parte de ser un líder. Innis había apostado por la esperanza y la suerte, y había perdido.

Los matones en la habitación estaban en la misma situación. Zhan-Yo se preguntó, por un segundo, por qué pensaba en ellos de esa manera, como pedazos de carne destinados a interponerse en el camino de los Paragones a cambio de reputación. Debería considerarlos leales empleados de Ziran y aprender sus nombres, sus familias. Sin embargo, este negocio ponía tales cortesías comunes muy lejos. Todos parecían operar bajo la idea de que menos información era mejor, para que todos pudieran desaparecer después de esta noche pasada cambiando la historia.

Muchos de los hombres de Sylvie cuidaban moretones o algo peor. Cuando llegara Aegis, posiblemente con más refuerzos dependiendo de si al Campeón le importaba lo suficiente como para cumplir con la amenaza enviada en su mensaje, más matones resultarían heridos, algunos podrían morir. La perspectiva llenaba a Zhan-Yo de... nada. ¿Era así como vivía Sylvie? ¿Apartada de las consecuencias que entregaba a sus propios seguidores?

—¿Conoces sus nombres? —preguntó Zhan-Yo a Innis, sorprendiéndose a sí mismo con la pregunta que había surgido, como un suspiro, de alguna profundidad instintiva sobre la que no tenía control.

—¿Estos? Son parte de mi oficina —Innis intentó mirar a los Paragones, pero, al estar todos atados juntos en un gran

bulto, su cabeza no podía girar completamente—. He trabajado con la mayoría durante años.

Zhan-Yo asintió, lentamente. —Ziran tiene demasiados
empleados para que yo los conozca a todos, pero ¿los que
están a mi alrededor? Les consigo sus tarjetas de cumpleaños,
conozco a sus hijos y lo que quieren en sus trabajos.

—Entonces entiendes —respondió Innis—. Por qué estoy
aquí. Todos queremos más. Necesitamos más.

—No, no sé por qué estás aquí —Zhan-Yo se agachó para
poder mirar a Innis a los ojos; además, sus piernas se estaban
cansando de estar de pie—. Ninguno de mis empleados aceptaría un soborno como este.

—¿No lo harían? ¿Si significara llegar a estar donde tú
estás?

—Liderar Ziran difícilmente es un placer. —Zhan-Yo
pensó en detallar su agenda diaria, luego se dio cuenta de que
ese horario ya no se aplicaba a él. Después de esta noche, su
carrera habría terminado. Si sobrevivía, comenzaría una
nueva. ¿Quién ocuparía su puesto? ¿Lucharían por él?—. Pero
supongo que puedo ver el atractivo, desde fuera.

Innis endureció su rostro, sus ojos mostrando un regreso a
otro tiempo, otro lugar. —¿Cuánto tiempo ha pasado desde
que recibiste órdenes? No del tipo que puedes cuestionar,
tampoco.

—Mucho tiempo.

No desde que su padre murió. Casi dos décadas ya.

—Para mí, ha sido toda mi vida. Los Paragones no tienen
directores ejecutivos. No tienen jubilaciones. Estás dentro
hasta que mueres o te vuelves inútil, y los Campeones nunca
son ni lo uno ni lo otro. Así que he estado retorciéndome bajo
la bota de Aegis desde siempre, y nunca cambiará.

—Está cambiando ahora.

Innis se encogió de hombros. —Tal vez. Tal vez tu grupo
de fanfarrones pueda ganar. Tal vez le cortes la cabeza y le
digas al mundo que hay un nuevo jugador en la ciudad.

¿Sabes qué pasará entonces? Los otros Campeones vendrán y te patearán el trasero de todos modos.

—Pero debes tener un plan para eso, ¿no?

Zhan-Yo también tenía planes para la probable represalia de los Campeones, aunque estos dependían del apoyo popular. De una ola de personas normales luchando por los derechos que les habían arrebatado.

—Claro. Reclamarlo para mí. Atlántida. Una vez que esté dentro, hacemos un espectáculo de responsabilizar a tu carne de cañón, y luego seguimos adelante. Ustedes recuperan sus derechos de voto, yo finalmente puedo dirigir esta región como se merece.

—¿Crees que esto se trata solo de los derechos de voto? —dijo Zhan-Yo—. Es mucho más que eso. Es...

Innis resopló, interrumpiendo a Zhan-Yo. —Puedes guardarte tus sermones. He escuchado mucha charla como la tuya en mi tiempo, ¿y sabes qué? Puede que a ti te importe, pero todos los demás? Solo están tratando de averiguar dónde encajan en tu visión, si estarán mejor o peor.

Ahora era el turno de Zhan-Yo de suspirar y terminar la conversación. Innis no objetó y volvió a su mirada perdida hacia un punto indeterminado en el suelo. Zhan-Yo se apoyó contra la pared cerca de Sylvie, con su par de tachi de vuelta en sus fundas, haciendo que la postura fuera más incómoda de lo que había pretendido. Un atuendo como el suyo no estaba hecho para el descanso casual.

—¿Conseguiste otro converso? —preguntó Sylvie, con los ojos cerrados.

—No exactamente —dijo Zhan-Yo—. Empiezo a preguntarme si alguna vez tuve alguno.

—Si consigues lo que quieres, ¿importa?

¿Si liberaba a un pueblo que realmente no le importaba ser liberado? Zhan-Yo no estaba seguro de cómo responder a esa pregunta. Si liberara a un animal enjaulado que nunca había conocido nada diferente, ¿se iría? ¿Sabría qué hacer una vez que saliera de esos barrotes de metal?

Aunque, por otro lado, lo que sucediera después no era responsabilidad de Zhan-Yo. Él les daría a las personas una opción. Lo que hicieran con esa opción dependería de ellos.

—No —dijo Zhan-Yo, y habría continuado si uno de los mensajeros no hubiera irrumpido en la habitación en ese momento, entrando por la puerta trasera.

El jet de Aegis había aterrizado. El Campeón había llegado.

CAPÍTULO 44

CRUJIDO DE CRISTAL

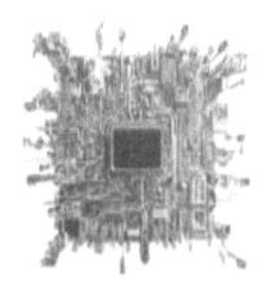

MIENTRAS LOS ÚLTIMOS vestigios del crepúsculo se desvanecían a sus espaldas, Mynx, con las luces de su traje y las de todos los drones apagadas, observaba el laboratorio plateado que ahora albergaba, entre otras cosas, ADN que potencialmente contenía los secretos de cómo surgieron las anomalías y cómo podrían no tener fin.

—Entraré sola primero —dijo Mynx. El tráfico de entrada y salida del laboratorio dejaba claro que había gente dentro. Mynx podía no sentir simpatía por Denise, pero sus empleados merecían una oportunidad de vivir—. Veré si puedo convencer a Denise de que no necesita que toda esta gente muera.

—Podríamos enviar un dron en su lugar —objetó Reeves—. Podrías interfaz y proyectar. No hay necesidad de arriesgar tu cuerpo físico.

Entonces, ¿por qué había volado hasta aquí?

—No. La gente cambia cuando ve a un Campeón, Reeves. Se rinden. Se disculpan. Se dan por vencidos. —Mynx no mencionó que a veces, cuando sus enemigos sabían que estaban condenados, decidían irse disparando con todo lo que tenían—. Dejaré claro que soy yo y cuáles serán las consecuencias si se resisten.

Reeves, siendo una IA programada para proporcionar evaluaciones de riesgo y asistencia bajo las órdenes de Mynx, no protestó más y en su lugar proyectó las posiciones esperadas de los drones en la pantalla del casco de Mynx. Ella miró sobre el techo del laboratorio y vio, como esferas verdes, cada dron y, con conos naranjas proyectados, su cobertura. El laboratorio estaba empapado de naranja, y con la artillería disponible, Denise lo perdería todo si se negaba.

Por eso, cuando Mynx descendió y simplemente destrozó la puerta principal del laboratorio, arrancando trozos de las paredes mientras entraba con su traje de dron sobredimensionado, la Campeona tenía la confianza que viene con una victoria segura.

El vestíbulo que había parecido pequeño y anodino cuando había estado allí en persona ahora se sentía apretado con Mynx de pie a dos metros y medio de altura y un metro de ancho, el doble con sus brazos aumentados por drones extendidos y apuntando sus lanzadores de dardos. Empezar con opciones no letales y progresar según fuera necesario.

Su entrada cubrió el suelo de cristales, hizo que las luces blancas colgantes se balancearan y precipitó gritos, chillidos y un disparo de alguien que asomaba la cabeza desde detrás del mostrador. El traje de Mynx, y los drones en general, estaban hechos para soportar el impacto físico de una bala, el calor de un incendio o el agua empapada de la lluvia o una manguera. Pero, ¿las ráfagas eléctricas? Esas eran más difíciles.

La descarga atravesó su traje, y la visera de Mynx se iluminó con componentes dañados, circuitos quemados y sus armas más potentes —ráfagas de energía al rojo vivo desencadenadas por la descarga de múltiples baterías a la vez— apagándose. También sintió el calor, ya que las bombas de refrigeración destinadas a evitar que sus partes de dron se quemaran se detuvieron y activaron reinicios automáticos.

Peor aún, el programa de estabilización falló en su pierna derecha, y con Mynx, sin que ningún humano tuviera realmente la fuerza para mantener estable tanto metal, se tambaleó hacia la derecha, su puntería se desvió, haciendo que su contraataque rociara la pared detrás del mostrador con dardos demasiado altos para hacer algo más que desfigurar la señalización de Denise. No exactamente el golpe inicial aplastante que Mynx esperaba.

—Denise está lista para nosotros —dijo Mynx, haciendo una mueca por lo que serían hermosos nuevos moretones a lo largo de su pierna derecha donde el dron muerto había tirado contra su piel—. Sobrecarga de disparador, Reeves.

La IA reconoció con un pitido, mientras Mynx se ocupaba de enviar al dron muerto a través de los pasos de reinicio para que los circuitos que aún funcionaran volvieran a estar en línea. No tanto una resurrección como una renovación al estilo Frankenstein, apareció un medidor en su visera mostrando una cuenta regresiva demasiado gradual para cuando Mynx podría moverse de nuevo.

—¡Ríndete! —gritó un hombre, y por el sonido, uno asustado—. ¡Te tenemos!

Una cabeza se asomó desde detrás del mostrador. Luego otra. Ambos vestían batas de laboratorio y parecían estar tratando de poner la cara más determinada posible, aunque solo fuera para fingir que no estaban temblando. Si Mynx no fuera un blanco tan grande, apostaba que la habrían fallado por completo.

Tal como estaba, las explosiones habían frito su amplificador vocal, por lo que Mynx no podía hablarles aunque hubiera querido. Así que en su lugar se quedó mirando, esperando a que Reeves hiciera lo suyo.

Los dos secuaces de Denise, ¿ayudantes de laboratorio? Mynx no estaba segura de dónde caían estos en el amplio espectro de compinches villanos... se arrastraron alrededor del mostrador, acercándose al traje de Mynx como si pudiera explotar repentinamente —no un pensamiento irrazonable; cada dron tenía una opción de autodestrucción— y sosteniendo sus pistolas estáticas hacia adelante con ambas manos. Desafortunadamente para ellos, el peligro no iba a venir del traje aún en reinicio de Mynx, sino del techo sobre sus cabezas.

La gran mayoría de los drones en operación se ocupaban de la vigilancia y la supresión, el control de multitudes y las ayudas visuales para los Paragones. Sin embargo, lo que atravesó el techo representaba el futuro, y el futuro pesaba cientos de kilos y se derrumbó sobre su objetivo con fuerza catastrófica. Los gladiadores gemelos destrozaron el techo, abriendo agujeros irregulares y puntuando su descenso con metralla metálica, provocando gritos y revoloteos de los compinches de Denise. Ese revoloteo, sorprendentemente buenos saltos de vuelta sobre el mostrador de recepción, fue recibido con una calculada perdición por los gladiadores.

Diseñados para parecer humanos metálicos gigantes con dos pares extra de brazos, los gladiadores se enderezaron de su entrada aplastante, evaluaron tanto a Mynx —defender— como al par de secuaces —atacar— y usaron sus apéndices más bajos, equipados con garras prensiles, para hacer pedazos el mostrador.

—Disparador no letal —dijo Mynx, decidiendo que no necesitaba dejar una masacre a su paso.

Habría tenido cierto valor utilizar la redada como una oportunidad publicitaria; mostrarle al mundo lo que sucedería si te oponías a los Campeones. Pero la idea de usar cuerpos y un laboratorio destruido para una campaña de seguridad le parecía demasiado cercana a los villanos contra los que los Campeones habían luchado toda su vida. A Mynx no le disgustaba colgar una espada de Damocles sobre la población, pero había mejores formas de hacerlo.

Los gladiadores, usando sus brazos superiores, dispararon

dardos paralizantes de precisión a los dos enemigos tan pronto como quedaron expuestos, derribándolos al suelo destrozado sin emitir otro sonido. Las enormes máquinas se enderezaron y se orientaron hacia el resto del laboratorio, esperando la señal de Mynx para continuar.

—Bueno, esa fue una buena prueba inicial —dijo Mynx a Reeves mientras se ponía de pie, sus sistemas habiéndose recuperado hasta un punto en que el movimiento era nuevamente posible—. Los gladiadores obedecieron las órdenes, neutralizaron la amenaza y ejecutaron un aterrizaje de precisión en un entorno difícil.

—Los diagnósticos no muestran daños sufridos tampoco.

Mynx pasó junto a los dos gladiadores, ambos más altos que ella, con sus delgadas cabezas cuadradas —repletas de sensores y un único faro azul brillante— fijas en las puertas dobles que conducían al laboratorio propiamente dicho. Frente a la puerta, Mynx vaciló. Si arrasaban este lugar, podrían destruir los datos de Denise, y aunque Denise hubiera hecho copias de seguridad, el equipo aquí era valioso. Útil, quizás, para alguien sin diseños tan nefastos.

—Cambiando a un canal de transmisión abierta —señaló Mynx, mientras el dron extraía el comando de sus palabras y cambiaba el canal mientras Mynx tomaba aire—. ¡Dra. Jones! Está rodeada y no ganará. Tiene dos opciones: rendirse y salvar lo que ha hecho para otros, o negarse y perderlo todo.

Un poco dramático para su gusto, pero era mejor ser clara: si Denise se resistía, de hecho, lo perdería todo.

La metralla continuó cayendo en los segundos siguientes al ultimátum, los fragmentos contando el tiempo mientras se esparcían por el suelo, rebotando en los drones. Mynx hizo un inventario mental de los nuevos moretones en su pierna derecha donde el dron la presionaba. Abrió la boca para decirle a Reeves que encontrara tiempo para un masaje, cuando una voz familiar resonó a través del laboratorio.

Saliendo dispersa y entrecortada de un sistema de intercomunicación dañado, Denise adoptó su postura desafiante: —¿Me estás dando opciones ahora? ¡Porque antes no me diste ninguna! —Denise no salió del laboratorio, así que Mynx supuso que la científica planeaba luchar—. Vine a ti con una promesa, una esperanza, y me rechazaste. ¿Por qué? ¿Porque no soy una de tus anomalías?

—Porque la confianza se gana, Denise. No se da libremente. Tienes diez segundos para rendirte. Tus asociados, si queda alguno, tienen esos mismos diez segundos. Después de eso, por mi derecho como Campeona de Pacifica, sus vidas serán confiscadas.

—Si me matas —replicó Denise, incluso mientras la puerta del laboratorio se abría y varios científicos más corrían hacia los inmediatos dardos paralizantes de los drones gladiadores —, perderás todo el progreso. Nunca encontrarás lo que buscas, y entonces te marchitarás. Todos ustedes lo harán.

El temporizador que marcaba en su visor el momento en que Mynx declaró su plazo de diez segundos llegó a cero, así que Mynx transmitió la señal requerida. Uno de los drones lanzó una red araña sobre los cinco cautivos y las hebras plateadas y negras se estiraron y rodearon su objetivo. El mismo dron giró y, utilizando el agujero que Mynx ya había hecho en la puerta principal, arrastró a los prisioneros fuera de peligro. Peligro que el segundo dron comenzó a infligir con sus dos brazos superiores en el momento en que los civiles estuvieron a salvo.

Mientras el mundo había desarrollado un gusto por las armas de energía, con sus colores llamativos y munición ilimitada —siempre que se tuviera una batería funcional—, Mynx entendía el valor de una buena y sólida bala. El dron gladiador también lo entendía, y perforó agujeros en la pared que dividía el mostrador de recepción del laboratorio. Cada bala atravesó el edificio, hundiéndose a través de equipos, paredes y personas, si quedaba alguna. Cuando los proyectiles alcanzaban el final del edificio, definido a través de las computadoras integradas en las balas y el continuo milagro del GPS, las balas activaban una única carga inversa que tenía la potencia suficiente para dejarlas caer, seguras, al suelo.

Un arma definitiva no era una que pudiera destruir, sino una que pudiera destruir solo su objetivo.

—Última oportunidad, Denise —Mynx probó su movimiento, tambaleándose junto al dron gladiador—. No seas estúpida.

Una estática aguda estalló en los intercomunicadores. Tal vez demasiado dañados ahora para dar a Denise las palabras que necesitaba para salvar su vida. Mynx le dijo al otro gladiador que mantuviera el vestíbulo y realizó el crujiente movimiento hacia el interior. Las paredes, no diseñadas para soportar un asalto pesado, se desmoronaron como galletas polvorientas mientras los brazos del dron de Mynx las atravesaban, sus motores sirviendo como la fuerza detrás de los movimientos desgarradores de Mynx.

Primero llegaron las oficinas, incluida la propia de Denise, donde Mynx se había sentado solo días antes, preguntándose si había encontrado la solución al inexorable problema de la vida: que tenía que terminar. Mynx aplastó la computadora con su brazo izquierdo mientras su derecho destrozaba el pasillo improvisado, llegando a la parte realmente refinada de la estructura: el laboratorio.

Los disparos de advertencia del gladiador habían perforado el sello hermético aquí, grandes agujeros evidentes en la brillante cáscara plateada. Mynx siguió su ejemplo, usando los agujeros como aberturas para abrirse paso. Durante todo el camino, Mynx configuró su voz para repetir un llamado a Denise, y mantuvo un control sobre la red de arrastre exterior, pero hasta ahora su científica objetivo no había intentado huir. Lo que significaba que Denise había sido perforada por los disparos de advertencia, o había decidido terminar su tiempo en esta Tierra sin hacer ruido.

Dentro del laboratorio, Mynx vadeó entre impresoras 3D configuradas para producir carne y hueso; cosas útiles si querías probar alteraciones en el ADN humano, aunque un poco difíciles de mirar. Mynx siguió adelante, sin embargo, porque captó un vistazo de su presa.

Denise no iría a ninguna parte. La genetista principal se había atado a lo que parecía una silla de oficina negra, completa con ruedas de plástico que lucían extrañas en el mundo metálico del laboratorio. La silla había sido asegurada a soportes, con un número aterrador de bolsas transparentes colgando de ellos, tubos intravenosos que salían de esas bolsas y se dirigían directamente a su cuerpo.

A Mynx le habría encantado decir que Denise era la primera persona que había visto intentar convertirse en una anomalía. Le habría encantado reclinarse en su enorme traje de dron, gritando de conmoción o sorpresa. En cambio, mientras los docenas de manipuladores genéticos anteriores y sus fracasos se agolpaban en su memoria, Mynx suspiró larga y profundamente, hasta que se convirtió en un gemido y luego en un gruñido.

—Eres como todos los demás —dijo Mynx—. Vas a terminar como ellos también.

Denise giró la cabeza para mirar a Mynx. —Puedo sentirlo, ¿sabes? El cambio. Está sucediendo.

—Me lo imagino —respondió Mynx, luego silenció su altavoz—. Reeves, haz que los drones retrocedan y establezcan un perímetro alrededor del laboratorio. Doscientos metros. Denise va a hacer un desastre.

—Crees que pueden quedárselo todo para ustedes mismos —continuó Denise—. Este secreto. Este poder. Pero no es por eso que estoy haciendo esto. Estoy cerca. El envejecimiento. Casi lo tenemos.

—¿Se te acabó el tiempo, verdad?

—Por tu culpa.

—Denise, podrías haber tenido todo el tiempo que necesitabas —Mynx parpadeó con su ojo derecho, desplazando los informes de estado que flotaban translúcidos en su visor hasta que encontró uno que mostraba los niveles de energía de su batería—. Simplemente fuiste codiciosa.

Su visor indicaba que a Mynx le quedaba suficiente energía para un vuelo corto. Y, mirando a Denise, un vuelo corto sería lo apropiado; la piel de la genetista se había vuelto moteada, con círculos grandes y dispersos de color rojo y negro formándose a lo largo de su cuerpo. Denise había elegido ropa deportiva para la ocasión, como si su primera transformación post-anomalía fuera a ser una carrera de 5 kilómetros por el campus. Una carrera que nunca haría. Denise había cerrado los ojos ahora.

Eso siempre sucedía.

—¿Qué hiciste con la base de datos? —preguntó Mynx.

—La integré. Probablemente se haya perdido ahora que destruiste mi laboratorio —Denise se recompuso lo suficiente para defender su honor como investigadora.

—¿No hiciste una copia de seguridad?

—No hubo tiempo. Sabía que vendrías —Denise dio una tos húmeda, y sus ojos se abrieron de nuevo, mostrando por primera vez un poco de alarma—. Algo se siente raro.

—Me lo imagino —Mynx miró el techo del laboratorio arriba. No estaba reforzado y sería fácil de atravesar—. Denise, adiós.

—¿No te quedas a ver?

—Ya he visto el final de este espectáculo en particular.

—¿Qué? —Denise estalló en más toses—. ¿Qué quieres decir?

Pero a Mynx no le importaba responder. Activó los motores del dron, que la elevaron del suelo del laboratorio y la hicieron atravesar el techo. Se inclinó hacia adelante, observando el tenue círculo rojo que Reeves había pintado alrededor del laboratorio y voló hasta cruzar fuera de él.

Alrededor del círculo, como postes de luz, se erguían o flotaban los drones. Una vigilia para el final.

Las anomalías, por su naturaleza, eran riesgos vivientes. Oportunidades que a veces producían milagros, la mayoría de las veces pequeños cambios, y raramente fracasos catastróficos. Estos últimos se identificaban con contundencia: el niño llegaba a la pubertad, mencionaba sentirse enfermo, su piel cambiaba mientras su sangre luchaba contra la transformación que ocurría en su interior hasta que, inevitablemente, ¡bang! Otros habían intentado eliminar el elemento de azar con una inserción forzada de material genético anómalo. Como un virus rebelde, el cuerpo lo atacaba con furia desenfrenada. A diferencia de un virus rebelde, las extrañas células que hacían de las anomalías lo que eran se defendían, y lo hacían con prejuicio.

—Todos pierden —murmuró Mynx.

Aegis había dicho eso una vez, resumiendo cómo la parte anómala de ellos mismos elegía luchar esa batalla. Así que cuando el laboratorio destruido de Denise desapareció en una repentina bola de fuego expansiva justo donde Denise había estado sentada, Mynx solo pudo reconocer que el ADN anómalo había cumplido lo prometido. Cuando la sangre de Denise contraatacó, los genes anómalos emplearon la opción nuclear.

—Protocolo de captura activado.

El calor la golpeó, mientras los drones de Mynx utilizaban láseres dirigidos demasiado precisos para manos humanas para desintegrar la metralla que salía disparada desde el centro de la explosión. Aquellas partes del laboratorio que no volaron hacia afuera se derrumbaron con el fuego menguante, dejando el marco y parches dispersos de pared demasiado obstinados para caer. Así terminó la vida de la Dra. Denise Jones.

—Un desperdicio —dijo Mynx—. Reeves, averigua quién es el dueño de este laboratorio y diles que tienen un desastre.

—Por supuesto —respondió Reeves, su acento siempre señorial proporcionando la roca a la que Mynx podía aferrarse—. Supongo que la Dra. Jones ya no es un problema.

—Ya no es una solución tampoco —Mynx comenzó a trazar la ruta más rápida a casa—. Si hay una tetera fresca esperándome cuando regrese, estaré mucho más feliz.

CAPÍTULO 45
TIEMPO EN EL TÚNEL

EL TÚNEL de mantenimiento parecía guardar rencor contra su propia función; el agua sucia se aferraba a la salida circular, situada cerca del río y los filtros que retenían cualquier material nocivo antes de que entrara en contacto con el ecosistema hídrico de Chicago. La puerta, que no tenía una cerradura Tama sino un anticuado ojo de cerradura físico, lucía una oxidación más verde que naranja, con trozos de moho haciendo su hogar allí. Las luces de la ciudad iluminaban las orillas del río alrededor de Aegis, pero se desvanecían en las fauces negras del túnel.

—Pero para eso estáis aquí —dijo Aegis a dos enormes drones gladiadores, recién llegados de la Fábrica a Chicago—. Para mantenerme a salvo y todo eso.

Los drones emitieron un sonido afirmativo. Sin palabras. Sus grandes y mudos guardaespaldas. Un millón de repeticiones para construir cada uno de ellos y Mynx ni siquiera pudo instalarles una voz. Aunque, mientras Aegis miraba esas estrechas cabezas robóticas, quizás era mejor que no pudieran hablar. Al menos no podrían molestarlo demasiado.

Aegis no tenía la llave para esta puerta en particular —hacía una década que no sostenía una llave física—, así que extendió las manos y agarró los barrotes. Llevaba guantes negros con franjas azul claro que combinaban con el equipo de asalto que lo cubría como una armadura medieval moderna de pies a cabeza. Dado que había sido invitado, Aegis supuso que el sigilo no sería un factor importante en esta misión. Su única concesión a la estrategia, por consejo de Celice, había sido usar la entrada de mantenimiento y esquivar cualquier trampa que pudiera estar esperando en la puerta principal.

Los barrotes se negaron a ceder. Aegis se mantenía en excelente forma física gracias a un estricto régimen que había desarrollado hacía cuarenta años y nunca había alterado, pero sus habilidades anómalas no incluían el poder de arrancar metal de sus cimientos. Su Tama, visible en su muñeca, destelló con una consulta de uno de los drones gladiadores, las palabras apareciendo en grandes letras de bloque que, para Aegis, enfatizaban su origen robótico. Independientemente de si Mynx había elegido la fuente como una broma o no, Aegis lo tomó como una señal de que el apocalipsis liderado por robots tendría un sentido del humor sombrío.

—Adelante —dijo Aegis, soltando y alejándose bien de la reja.

Con destellos sincronizados de sus brazos inferiores, los drones gladiadores lanzaron energía ardiente blanco-azulada a través de los barrotes de la reja. Los láseres se desvanecieron a través de los barrotes, cuidando de no hacer agujeros en los lados del túnel más allá. Tecnología impresionante, especialmente en comparación con el daño a menudo descontrolado causado por las anomalías. Cuando la reja se tambaleó y cayó hacia afuera, Aegis la atrapó y bajó la pieza al suelo, dejándoles una entrada ampliamente abierta al subsuelo de Chicago.

—Así que cuando perdáis la señal, ¿estaréis bien? —preguntó Aegis.

Su Tama destelló de nuevo, indicando que los drones

seguirían su protocolo de Protector. Fuera lo que fuese eso. De las muchas, muchísimas cosas que Aegis se decía a sí mismo que aprendería y sabía que nunca lo haría, los diversos términos de Mynx ocupaban un espacio intermedio en la lista, justo entre aprender a jugar al bridge y cuándo rendirse.

—Bueno, mis amigos metálicos, es hora de salvar a algunos Paragones. —Aegis se colocó las gafas tácticas sobre los ojos mientras subía y entraba al túnel.

Sin embargo, antes de que hubiera dado más de un paso, uno de los drones gladiadores, agachándose para caber dentro de los estrechos confines del túnel, agarró a Aegis con sus brazos medios, el par que tenía garras gemelas en los extremos, y lo tiró hacia atrás. El otro drone tomó el lugar de Aegis al frente, marchando y deteniéndose unos pasos más adelante. El drone detrás de él le dio un ligero empujón en la espalda a Aegis.

—¿Así es como vamos a hacer esto? —dijo Aegis.

Los drones no eran dados a discutir, sin responder de ninguna manera a la pregunta de Aegis, así que el Campeón tomó su lugar entre los drones mientras comenzaban su caminata hacia la oscuridad. No es que Aegis no pudiera ver: sus gafas tácticas cambiaron rápidamente a la visión verde neón de baja luminosidad mientras los drones apagaban sus propias luces, confiando en sensores más precisos que los ojos de Aegis para mantener el control de dónde iban sus pies metálicos.

Dentro, el túnel apestaba a... cosas en descomposición. No desechos humanos —Aegis prefería no reflexionar sobre por qué conocía tan bien los diversos desperdicios que un cuerpo humano podía producir—, sino más bien las hojas arrastradas, manchas de aceite, basura y otros detritos aleatorios que encontraban su camino hacia agujeros ocultos como este. La total falta de brisa una vez que pasaron la primera curva del túnel servía para espesar la mezcla, hasta que Aegis se preguntó si habían tropezado con algún portal a la peor dimensión posible.

Como un oasis en un desierto putrefacto, el túnel se ensanchó después de demasiados minutos asquerosos para dar cabida a tubos. Las grandes tuberías se canalizaban desde sus respectivos hogares hacia un espacio triangular iluminado por las gafas de Aegis en los más tenues tonos verdes. Poca luz aquí abajo, poca razón para ella. Columnas de soporte trazaban las líneas desde los túneles entrantes hasta el saliente que Aegis y los drones acababan de atravesar. La razón del espacio, y por tanto de las columnas, se hizo evidente tan pronto como Aegis puso un pie en él y sintió que sus botas se hundían en una masa de materia blanda. Una piscina de recolección para biomasa; juntar suficientes desechos orgánicos aquí y un camión de succión se llevaría la porquería y la convertiría en energía.

Su Tama destelló. Brillante, y Aegis apartó su muñeca izquierda de sus ojos hasta que pudo, con su mano derecha, subirse las gafas y echar un vistazo:

Cúbrete.

La supervivencia, para los Campeones, a menudo se reducía a una fracción de segundo, algo que Aegis había visto bajo los focos, siendo el blanco de todo aspirante a villano. Así que en el momento en que leyó y comprendió las palabras en su Tama, Aegis se echó hacia atrás, sacrificando su equilibrio para hacerse más pequeño. Un dardo, invisible salvo por un ligero silbido, atravesó el área donde Aegis había estado de pie.

Aegis podría haber luchado en la oscuridad —tenía el equipo y el entrenamiento—, pero los dos drones decidieron que esta escaramuza se llevaría a cabo mejor con láseres brillantes y parpadeantes, bombas de racimo con agentes nerviosos y lanzallamas de color naranja furioso. La artillería, primero de uno y luego de ambos drones, quemó la penumbra mientras Aegis parpadeaba para volver sus gafas al espectro normal. Aparte del rugido del lanzallamas, el arma ardiente posicionada en el centro del torso del dron gladiador, los láseres eran silenciosos y las explosiones de racimo emitían ligeros chasquidos, dando a los atacantes convertidos en defensores la oportunidad de llenar el aire con sus gritos.

No, no eran gritos. Eran órdenes. Aegis se incorporó mientras analizaba las palabras, tratando de ver qué era lo que los drones gladiadores rastreaban con su fuego preciso e incesante. Unas siluetas se movían en las sombras, cayendo al suelo cuando los drones acertaban. Finalmente surgieron contraataques en forma de bombas de saco y PEM tácticos; granadas eléctricas localizadas diseñadas para desestabilizar los circuitos. Sin embargo, los drones gladiadores demostraron ser igual de hábiles con sus propias contramedidas, desintegrando las bombas lanzadas en el aire con microláseres.

¿Acaso Aegis tenía que hacer algo siquiera?

El pensamiento surgió y Aegis lo eliminó. Comenzó una carrera torpe a través del fango hacia la derecha, hacia donde parecían estar agrupándose las siluetas. Aunque eso pondría a Aegis en la línea de fuego de los drones, supuso que deberían ser capaces de disparar a su alrededor. Eso esperaba, al menos.

Aegis logró dar un último paso desde el lodo hasta un terreno más sólido, aunque aún sucio, justo a tiempo para ver cómo el fuego de los drones se esparcía y se adhería. La mayor parte de la intersección parecía estar ardiendo ahora, con los drones cada vez más atrapados en su propia tormenta de fuego. No es que el calor hiciera algo para ralentizarlos. Los drones gemelos habían acorralado a las siluetas en el túnel de la derecha, detrás de la abertura donde el enemigo se ocultaba lo suficientemente bien como para evitar una aniquilación rápida y total por parte de las máquinas de Mynx.

Y los prepararon para una derrota completamente diferente.

Aegis usó el humo, una espesa cortina negra que estaba siendo tratada, ineficazmente, por los sistemas de ventilación de emergencia del túnel. Los ventiladores se aceleraron, succionando el hollín hacia arriba, de modo que Aegis apareció como un fantasma mientras se abría paso a través de la penumbra y se adentraba en medio de los atacantes. Hasta este punto, aparte de la obvia probabilidad de que cualquiera que eligiera atacar a esos dos drones necesitaría tener una motivación monetaria sustancial, Aegis no había visto a su nuevo enemigo de cerca y, por lo tanto, no tenía confirmación de que la media docena de personas que tenía frente a él estuvieran, de hecho, al servicio de Ziran.

En el resplandor apagado del fuego, Aegis vio el equipo reunido, los rostros decididos y los cuerpos musculosos que hablaban de carreras pasadas al borde de la muerte, ganando cicatrices e historias a costa de la esperanza de vida. En estos hombres, Aegis vio los ejércitos rotos del mundo, las fuerzas dispersas y desintegradas cuando los Paragones llegaron al poder, personas cuyas carreras enteras habían sido descartadas con un conjunto de documentos firmados, expulsados a una sociedad pacífica con poco uso para sus talentos.

La mayoría se había adaptado, al igual que los veteranos desde el principio de los tiempos, al cambio de la guerra a la paz. Pero no todos, y no todos querían hacerlo. Aegis lo entendía, porque él también sentía que su tiempo se le escapaba, que el punto y el propósito de su día a día se enturbiaban por el progreso. Ahora no, sin embargo. Aquí, mirando al adversario, el objetivo era claro.

—Ríndanse —dijo Aegis, confiando en el filtro de su máscara táctica para evitar ahogarse con el humo—. Nadie más tiene que morir.

Media docena de armas se alzaron en media docena de manos, apuntando hacia él. De metal gris y brillante, las armas parecían ser del tipo que disparaba balas reales, no dardos. El viejo Aegis se habría reído de esto, habría ignorado los disparos mientras golpeaban su piel de rápida curación. El nuevo Aegis dudó. Los Paragones secuestrados no estaban aquí. Podrían haber otras peleas más allá de este punto, y Aegis no podía permitirse que lo hicieran pedazos antes de llegar al final.

—Creo que es tu turno de hacer eso —respondió el comando más cercano, en un tono que sugería que él tomaba las decisiones por el grupo—. Eres a quien estamos esperando.

El hombre no tenía un acento claro, hablaba sin veneno, a pesar de la probabilidad de que varios de su equipo estuvieran detrás de Aegis, ya sea muertos o heridos en el infierno. Aegis podía respetar eso; la misión por encima de todo. Podía usarlo.

—Entonces muéstrenme —dijo Aegis—. Los seguiré.

El comando no perdió el tiempo.

—Ponte en medio de nosotros, entonces. Tres detrás, tres delante. Te escoltaremos.

—Los drones podrían molestarse.

—Entonces será mejor que nos movamos, antes de que descubran cómo entrar aquí.

Este túnel, que no necesitaba acomodar tanta basura como el original por el que Aegis y los drones habían entrado, parecía ser más pequeño, y su fondo contenía menos lodo, por lo que caminar se sentía menos como vadear un pantano y más como pisar un charco sucio y lleno de hojas. Aegis tomó su posición entre los seis comandos, que mantenían sus armas apuntadas hacia él. Detrás de ellos, los drones también estaban haciendo ruidos; los extintores silbaban en un intento de limpiar el desastre que habían causado.

Ante alguna señal que Aegis no captó, los comandos se movieron, los que estaban detrás de él pusieron sus manos en su espalda y empujaron a Aegis hacia adelante. Avanzaron unos veinte pasos más o menos, alrededor de una curva en el túnel, cuando el líder levantó la mano para detenerse.

—Detonen las cargas —dijo el comando.

—¿Cargas? —se molestó en preguntar Aegis.

—Vimos los drones, nos preparamos para ellos. —El comando puntuó su frase con un gesto hacia uno de los otros, quien presionó algo en su Tama.

Breves estallidos resonaron detrás de Aegis, seguidos por tierra y cemento que se apresuraban a obedecer las órdenes de la gravedad. Rellenar el túnel probablemente no detendría a los drones por mucho tiempo —a estas alturas, Aegis asumía que Mynx tenía una contramedida para cada táctica instalada en estas cosas—, pero ganaría tiempo. La explosión también le dio a Aegis una distracción: más allá del sonido, la explosión activó luces rojas de emergencia a lo largo de los bordes superiores del túnel en líneas perfectas. El resplandor cambió las sombras, dándole a Aegis una oportunidad.

Con su codo izquierdo, Aegis golpeó al comando de ese lado mientras se giraba, arrastrando al segundo comando detrás de él entre Aegis y el tercer comando cercano en el lado derecho del túnel. Aegis agarró la mano armada del comando inmovilizado y presionó el gatillo, empujando el brazo del hombre mientras tiraba y soltaba, provocando fuertes chasquidos cuando cada disparo salía hacia el trío que lideraba. A corta distancia, los comandos no podían hacer mucho para esquivar, así que intentaron apuntar sus propias armas.

Aegis mantuvo a su rehén cerca, ganando medio segundo de vacilación. Suficiente para que el Campeón disparara primero y únicamente.

Otro disparo resonó detrás de Aegis, y el Campeón sintió la bala presionar y ser rechazada por su armadura. Aegis empujó al comando capturado contra el de la derecha, tratando de encontrar una manera de rodear a su compañero. El empujón los lanzó a ambos contra la pared y permitió a Aegis girarse hacia el que había golpeado con el codo mientras el comando lanzaba otro disparo, esta vez al pecho de Aegis. Una vez más la armadura resistió, aunque Aegis podía sentir los primeros moretones doliendo.

El comando pareció darse cuenta de que la armadura de Aegis no sería penetrada por su pequeña pistola, así que cambió de táctica, alzando la mira hacia la cabeza de Aegis. En respuesta, Aegis pateó el barro del suelo del túnel, salpicando tierra, hojas y porquería por toda la cara del comando. El Campeón se agachó hacia la izquierda mientras el comando disparaba de todos modos, la bala rebotando en el techo y, por un gruñido que se escuchó detrás de Aegis, golpeando a los aliados del comando. Aegis aprovechó el momento para dar un paso adelante, agacharse y agarrar al comando. Las rodillas de Aegis crujieron en la acción, pero el Campeón logró levantar al hombre cubierto de lodo y volcarlo, golpeando al comando contra el techo del túnel antes de dejarlo caer sobre los otros dos.

Todo el grupo se derrumbó en un montón de extremidades revueltas, con maldiciones llenando el túnel. Aegis sacó su pistola aturdidora y disparó los dardos, acertando a los seis comandos con tiros rápidos en las piernas, la cara, el cuello, donde pudiera alcanzar que no pareciera cubierto por una armadura corporal más gruesa. Aegis se detuvo, esperando para ver si alguno hacía algo más que respirar superficialmente.

—Quédense quietos —susurró Aegis, y luego comenzó a revisar los cuerpos.

Los comandos a los que había disparado con balas reales estaban heridos, y Aegis se tomó unos minutos para buscar, encontrar y aplicar vendajes a las heridas. Aún necesitarían atención médica más competente, pero Aegis calculó que no morirían allí. Por el video que Ziran había enviado, parecía que no habían matado a los Paragones cautivos y, dejando de lado a los drones, mantener la muerte alejada de esta batalla en particular parecía una buena jugada.

Al menos hasta que Aegis pudiera estar seguro de que los Paragones estaban a salvo.

Como Apinya, la Campeona más molesta, solía decir durante el tiempo que pasaron juntos, un cadáver ahora es una carga después.

—¿Ves? —le dijo Aegis a ese recuerdo, levantándose del último comando—. Escuché todas tus tonterías.

Aegis volvió después a revisar la parte derrumbada del túnel para ver si podía abrir un camino. A pesar de su preferencia por Paragones vivos y respirando, los drones eran útiles y Aegis preferiría tener los robots asesinos con él que ir solo. Sin embargo, el túnel no le concedería ese deseo: entre la roca y la tierra había tuberías colapsadas, bloques de concreto y agua que se filtraba de alguna tubería principal rota. Ni un destello se veía desde el otro lado.

Con su Tama, Aegis intentó transmitir un comando, una pregunta. El Tama le informó después de varios segundos de intentos que todos los esfuerzos por alcanzar el mundo exterior desde aquí serían inútiles. Tampoco se escuchaban sonidos del otro lado, lo que significaba que el derrumbe había sido lo suficientemente profundo como para bloquear el ruido de la excavación de rescate, o que los drones se habían rendido y, tal vez, estaban intentando una ruta alternativa.

—Supongo que solo soy yo, entonces —dijo Aegis, antes de introducir otra serie de comandos en el Tama. El dispositivo encendió una pequeña luz blanca en la parte superior, y Aegis levantó su muñeca, girándola para enfrentar el túnel derrumbado—. Eh, Celice. Pensé que te gustaría ver en qué lío se ha metido tu padre esta vez. Volaron el túnel. Atraparon a esos drones afuera. Por cierto, lamento haberte criticado por ellos. Hicieron un buen trabajo. Probablemente estaría muerto si no fuera por ellos, aunque dile a Mynx que tiene que bajarle un poco al fuego. Demasiado caliente para la acción en espacios cerrados.

Aegis se encontró hablando por más tiempo del que

pretendía, relatando la pelea, los comandos, el aire fétido dentro del túnel. Nada de esto importaba realmente, pero Aegis no podía detenerse. Nunca había sido muy hablador, pero aquí estaba, hablando sin parar sobre cada faceta de la misión en una grabación.

—Tenían armas. Armas reales. Sé que hemos estado trabajando duro para deshacernos de esas cosas, pero parece que tendremos que golpear más fuerte —dijo Aegis, ahora caminando de vuelta pasando junto a los comandos, aún tendidos en estasis—. Tenemos que averiguar por qué la gente sigue cayendo en este tipo de trabajos. Acabar con ellos. ¿Crees que puedas encontrar una manera de hacer eso? —Se rio una vez —. Por supuesto que puedes. Eres mi hija. Eres increíble.

El túnel continuaba y Aegis siguió caminando y hablando bajo la luz roja, bajando la voz a medida que se acercaba a donde su Tama indicaba que deberían estar los Paragones. Mientras avanzaba, sus palabras se alejaron de propuestas de políticas y misiones y se acercaron más a la familia, el futuro y la vida que había elegido para ellos.

—Tu madre, no hablo de ella tanto como debería —Aegis hizo una pausa, preguntándose si incluso aquí, en este lugar oscuro y húmedo con una pelea pendiente, podría abrir esa caja—. Probablemente hayas leído todo sobre ella. Tal vez sepas más que yo. —Dejó de moverse. La ruptura en el túnel donde llegaría a su destino no estaba lejos, y Aegis quería terminar esto—. Lo que las historias no dirán, sin embargo, es que nos aferramos el uno al otro, Celice. Había otros Campeones, otros Paragones, pero cuando las misiones se iban al infierno, nos teníamos el uno al otro, y lo sabíamos. Nunca me sentí más invencible que cuando estaba con ella.

—Yo era el primero en entrar, atraía el fuego mientras ella se ponía a trabajar. Los cegaba a todos, nos hacía fácil ver. Asombroso. Pero la mejor parte, lo mejor que hacía... Tu madre tenía una manera de extraer los amarillos y blancos perfectos para que cada noche fuera mágica. Nuestros propios atardeceres espectaculares y privados. Me decía que todo se trataba de los fotones, pero yo siempre estaba demasiado ocupado enamorándome de ella para que me importara.

Un pitido de su Tama interrumpió el ensueño, devolviendo a Aegis a la realidad. El tiempo había vuelto a correr, y los Paragones lo estaban esperando. Así que Aegis se despidió, configuró el mensaje para que se enviara en la próxima oportunidad que encontrara señal, y el Campeón siguió adelante.

CAPÍTULO 46
UN ÚLTIMO TRATO

A PESAR de llevar el traje completo y tener a su peludo perro a su lado, Kat hubiera preferido estar dentro envuelta en mantas en lugar de afuera bajo la nieve y el viento cortante que se habían apoderado del lado oeste de Chicago. Una ventisca se levantó al ponerse el sol, una advertencia ominosa mientras Seeker y Kat salían de su apartamento en busca de Gordon y, Kat hizo una mueca al vacío, Calvin.

Se había tomado su tiempo para prepararse. Una ducha larga, un tentempié y la lenta danza de ponerse pieza por pieza la armadura y las armas. Tiempo más que suficiente para que Gordon llegara a su destino, confrontara a Calvin y completara la tarea sin su participación. ¿Se sentía un poco avergonzada por ello? Sí, quizás. Un poco.

Pero Gordon había tomado su decisión.

Ella había tomado la suya.

Sin embargo, la llamada nunca llegó. Ningún mensaje brilló en el Tama anunciando el triunfo, diciéndole a Kat que el desastre se había evitado. En su lugar, silencio. Incluso después de que Kat lanzara un tanteo, preguntando si Gordon había dado con su oro metafórico. Porque Kat *no quería* enfrentarse a Calvin de nuevo. Lo sabía en el fondo. Un miedo helado se aferraba a sus huesos ante la perspectiva de enfrentarse a una anomalía que parecía más que capaz de despacharla sin mucho esfuerzo. Kat prefería tener su vida en sus propias manos, no a merced de otro.

Seeker, sin embargo, tomó la decisión final. El perro exigió ser paseado, una demanda que se hizo cada vez más fuerte a medida que la nieve empezaba a caer, trayendo consigo la promesa de saltar a través de bancos suaves, atrapar copos en su boca y arrastrar a Kat hasta que resbalara y cayera. Esto último puede que no hubiera pasado por la mente de Seeker, pero seguro que zumbaba en la de Kat mientras luchaba por mantener al husky en el paseo.

No es que fueran muy lejos; tanto la extraña desesperación de la situación como la distancia requerida para llegar al lado oeste significaban que Kat había llamado a un pod. Tardaría unos minutos en llegar, así que Kat dejó que Seeker la arrastrara alrededor de la manzana en un intento fútil de quemar algo de energía antes de encerrarse con el perro en lo que equivalía a una pequeña esfera.

En la segunda vuelta, cuando Kat regresó a su apartamento y al lugar de la calle donde el pod haría su recogida precisa, notó que otra alma había decidido desafiar las nieves nocturnas. Un alma que la miraba directamente.

—Beth —dijo Kat, acercándose y deseando que el pod apareciera justo ahora—. Has elegido una mala noche para visitar.

La mujer, abrigada con capas de abrigos y pantalones, mantuvo una expresión seria que decía lo poco que apreciaba el comentario y lo poco que *quería* estar aquí. El traje de Kat trabajaba para mantener su temperatura optimizada para la actividad, al menos hasta que se agotaran sus baterías. Beth parecía confiar en la ropa a la antigua usanza para hacer el trabajo, y esa confianza no había dado frutos.

—No estaría aquí, excepto que dudo que tomes la decisión correcta —dijo Beth, sus palabras erupcionando pequeñas bocanadas con cada sílaba—. Estás trabajando con otro rastreador.

—¿Cómo lo sabes?

—No te hagas la tonta. Te salvó en la convención. El video se reprodujo en todos los clips de noticias locales.

—¿Así que no estás vigilando mi apartamento? —Kat recogió la correa, manteniendo a Seeker cerca, aunque el perro parecía feliz mordisqueando la nieve que pasaba—. ¿No me sigues a todas partes?

Beth la miró fijamente, luego miró la calle detrás de Kat. —No somos los Paragones. No tenemos los recursos ni el deseo de monitorear los movimientos de todos. ¿Vas tras Calvin ahora?

Beth señaló, con una mano enguantada, hacia el traje de Kat, su brillo perlado y su suave volumen eran un claro indicador de su sobrecualificación para un simple paseo con el perro. Kat no se había bajado la máscara —se retraía en la capucha del traje cuando no estaba en uso— porque con sus ojos brillando en azul y su rostro como una pizarra plateada, sus vecinos probablemente llamarían a los drones. Desde la distancia, con sus rasgos normales visibles, Kat sentía que parecía una persona más o menos normal haciendo algo normal. Todo un logro para ella, honestamente.

—No vas a intimidarme —dijo Kat—. No me importa lo que tengas que decir.

—Así que vas a convertirlo en un esclavo de los Paragones.

—Mejor que un terrorista. —El Tama de Kat emitió un pitido.

El pod se acercaba.

Beth intentó suspirar, pero el viento se lo tragó. —Habría pensado que alguien como tú entendería lo importante que es tener amigos en todo el espectro. Si quieres sobrevivir a lo que se avecina, reconsidéralo.

—¿Qué se avecina? ¿Van a intentar destruir la ciudad? —

Kat levantó su muñeca derecha, la sacudió una vez para preparar el único dardo aturdidor cargado allí—. ¿Debería detenerte ahora mismo y entregarte?

Beth miró la muñeca de Kat, las luces cambiantes proyectaban sombras en su rostro mientras el pod se detenía junto a ellas, su alta puerta deslizándose para abrirse. La nieve comenzó a entrar en el vehículo, y el aura azul frío que salía de su interior revelaba la verdad sobre la suscripción de descuento de Kat al pod: los anuncios se reproducían durante los viajes, pero el ahorro hacía que el sufrimiento valiera la pena.

—No estamos tratando de destruir la sociedad —dijo Beth—. Se va a destruir a sí misma. Queremos estar preparados cuando lo haga. Calvin sería de gran ayuda para eso. Tú también lo serías.

—Entonces te llamaré cuando el mundo se acabe. —Kat empujó a Seeker hacia el pod—. Buenas noches, Beth.

—Buenas noches, Kat. Mantente caliente y buena caza.

El Elemental observó mientras Kat ayudaba a Seeker a entrar en la cápsula, y luego Kat se deslizó en el asiento de estilo plástico estándar para las cápsulas básicas. Las suscripciones Lux, por supuesto, costaban más y no permitían perros. Kat saludó con la mano a Beth mientras la cápsula se alejaba, dirigiéndose hacia el oeste, hacia donde estaba el ping de Calvin. Donde Gordon debería estar.

—¿Qué opinas? —preguntó Kat a Seeker, mientras un video que promocionaba una nueva bebida energética deportiva —¡anomalía energética en cada botella!— se reproducía frente a ellos—. ¿Crees que el mundo se va a acabar?

El husky miró a Kat cuando hizo la pregunta, con la lengua colgando fuera de su boca, antes de volver a la ventana esférica y reanudar su estudio ininterrumpido de la nieve que caía.

—Supongo que eso es un no.

Kat miró su Tama. Abrió el mapa de pings. No faltaba

mucho para que volviera a estar en ello, con un gran cambio: esta vez, no se contendría ni jugaría. Kat hubiera preferido quedarse en su apartamento, tomando chocolate caliente y viendo una película.

Calvin había arruinado su noche. A cambio, ella arruinaría la suya.

CAPÍTULO 47
LLEGA EL OBJETIVO

ZHAN-YO NUNCA ESPERÓ SENTIRSE TAN inseguro, tan *asustado*. Aegis, según las últimas palabras antes de que los mercenarios de Sylvie se sumergieran en la oscuridad, venía por este camino. A través del túnel de mantenimiento, también; una entrada trasera sutil en lugar de una explosión llamativa por la puerta principal. Tal vez eso era lo que hacía que Zhan-Yo se sintiera extraño, aferrándose a las empuñaduras de los tachi para calmar sus nervios: Aegis solía ser un showman, pero aquí estaba tomando la ruta sigilosa.

—No vienen más Paragones —dijo Sylvie. Los dos estaban de pie en la sala central, cerca de los cautivos—. Hemos distribuido suficientes falsas alarmas para vaciar el turno actual, y parece que Aegis quiere hacer esto solo.

—Encaja con su personalidad.

—Lo admiraría —dijo Sylvie—, si no fuera tan estúpido.

—No está arriesgando a nadie más —respondió Zhan-Yo—. No sabe cómo derribamos al primer equipo. Cree que es invencible, así que ¿por qué arriesgar a alguien más?

Sylvie le lanzó una de sus miradas arqueadas y escépticas.

—¿Ahora puedes leer su mente?

—Es parte de ser un líder. Con Ziran, es similar. No lanzo a mi personal a problemas imposibles que solo yo puedo resolver. Ni los cargaría con una tarea para la que no están preparados.

Con esas palabras, Zhan-Yo le dio a Sylvie una suave reprimenda. Había sido idea de ella tender la emboscada a Aegis una vez que se dieron cuenta de que planeaba traer consigo dos nuevos drones de aspecto peligroso. A pesar de que sus secuaces perdieron ante los Paragones de menor rango ahora agrupados en un montón sedado y atado detrás de ellos, Sylvie había insistido en que los mercenarios tomaran la delantera. Se habían ido, pero no volverían.

Sylvie respondió revisando sus armas y equipo. La munición en las largas y delgadas pistolas que llevaba en la cadera junto con los cuchillos arrojadizos a lo largo de su brazo izquierdo. Además de eso, llevaba guantes conectados a una batería en su pecho, listos para propinar una descarga paralizante si Sylvie cerraba el puño y golpeaba. Su traje, del mismo material negro grueso y texturizado que llevaba Zhan-Yo, culminaba en un casco ajustado que Sylvie se puso sobre la cabeza, con sus ojos azules ahora cubiertos por una pantalla transparente.

—Lo quiero primero —dijo Zhan-Yo—. Necesita entender.

—¿Por qué? ¿No vamos a matarlo?

—Las revoluciones que comienzan con sangre suelen terminar de la misma manera —respondió Zhan-Yo—. No hemos matado a un solo Paragón todavía. Si Aegis se decide a ver nuestro lado y promete un cambio, tal vez podamos mantenerlo así.

—No seas ingenuo. Ese no es el plan.

—Los planes pueden cambiar.

—Estás dejando que la esperanza se interponga en la lógica, Z.

—Tal vez lo esté haciendo.

Sylvie empezó a decir algo más, pero se detuvo cuando el crujido del metal resonó por la estación generadora. Aegis había llegado. Sylvie tomó la señal y se deslizó hacia la habitación lateral donde Zhan-Yo había observado el asalto inicial de los Paragones. Lo suficientemente cerca para ayudar si Zhan-Yo lo pedía, pero lo suficientemente lejos, con suerte, para evitar que las cosas se intensificaran.

—Te va a hacer pedazos —murmuró Innis desde detrás de Zhan-Yo—. No puedo creer que me haya metido con ustedes, desechos.

Zhan-Yo ignoró al Paragón. Innis había sido una fuente de sombríos desvaríos e insultos groseros durante las últimas horas, como si hubiera llegado a la conclusión de que traicionar al Campeón más poderoso del mundo y a la organización más poderosa del mundo de un solo golpe podría no haber sido la jugada más inteligente. Sin embargo, la lástima no debería sentirse por aquellos que toman sus propias malas decisiones.

En su lugar, Zhan-Yo se colocó, con los pies separados y las rodillas ligeramente flexionadas, a un metro de los cautivos y a la vista. Podía reaccionar rápidamente si Aegis decidía salir de los pasillos traseros atacando, y de lo contrario presentaba un frente fuerte, aunque no amenazante. Todo apuntaba a una negociación, no a una masacre.

Los nervios que se habían tensado y aflojado mientras esperaban a Aegis se enfriaron cuando el Campeón entró en su campo de visión. Con el equipo táctico puesto, las gafas bajadas y la cara cubierta, Aegis se veía muy lejos del ícono modelado plasmado en carteles, videos y todo lo demás desde que Zhan-Yo era un adolescente. El traje del Campeón dejaba clara su condición física, y las herramientas aseguradas en las fundas a lo largo de su pecho y cintura dejaban clara su preparación.

Pero Aegis parecía un hombre, y nada más.

—¿Estás bien? —preguntó Aegis, no a Zhan-Yo, sino a Innis.

—Están bien —dijo Zhan-Yo.

—No te estoy hablando a ti. —Aegis desestimó a Zhan-Yo con un gesto—. Innis. ¿Estás vivo? ¿Los demás están heridos?

Un contratiempo menor, pero Zhan-Yo dejó que siguiera. Preocuparse por sus subordinados encajaba con el perfil de Aegis, y no era como si Zhan-Yo tuviera algo que temer de la respuesta de Innis: los Paragones estaban vivos.

—El orgullo está herido, pero no mucho más —dijo Innis, sin levantar la cabeza para mirar a Aegis—. Creo que los otros están echando una siesta forzada. Maldita sea, qué feo está esto.

—Me encargué de media docena de comandos en el túnel. —Aegis continuó ignorando a Zhan-Yo—. ¿Eso cubre a todos los que te atacaron?

—Puede ser. Aunque hubo muchas luces parpadeantes. Fue difícil llevar la cuenta.

—Esos eran todos nuestros hombres —Zhan-Yo intentó otra intervención—. Ahora solo quedamos nosotros.

Esta vez Aegis no apartó a Zhan-Yo, sino que se plantó frente a él, con varios metros separando a los dos líderes. Aunque Zhan-Yo no podía ver los ojos de Aegis a través de las gafas del Campeón, tuvo esa sensación inconfundible de que lo estaba analizando por completo.

—Zhan-Yo, ¿verdad? —dijo Aegis después de varios segundos largos.

—Correcto.

Zhan-Yo habría continuado, pero algo le obligó a permanecer en silencio. Responder a las preguntas de Aegis y nada más. Un Campeón, se dio cuenta Zhan-Yo, tenía ese efecto.

—Recibí tu mensaje de camino aquí —Aegis se hizo crujir los nudillos—. No es una buena forma de negociar, Zhan-Yo. No conmigo. Si hubieras venido a Nueva York, si me hubieras presentado la propuesta, quizás te habría prestado atención.

Tal vez habría intentado encontrar un terreno común en el que situarnos. Ahora, en cambio, simplemente voy a destruirte a ti y a tu empresa.

—Mi empresa no tiene nada que ver con mis acciones —dijo Zhan-Yo, preguntándose por qué no tenía el control. Así no era como debería estar yendo la reunión—. Utilicé a Ziran para mis propios fines, no al revés.

—Si eso es cierto, entonces podrán encontrar otros trabajos —Aegis se encogió de hombros—. Pero eso viene después. Ahora me preocupan esos Paragones que tienes ahí mismo.

Zhan-Yo sintió que la conversación se había inclinado mucho más allá del punto de recuperación, al menos sin una acción drástica. Alzó la mano izquierda, agarró la espada y la desenvainó, deteniendo la hoja a un milímetro de la garganta de Innis. El movimiento, al menos, hizo que Aegis dejara de hablar.

—No me habrías escuchado si hubiera ido a Nueva York —comenzó Zhan-Yo, sintiendo que el calor burbujeba en su corazón mientras hablaba—. No nos has escuchado en absoluto. Te he traído aquí, de esta manera, porque si no lo hacía, seguirías ignorando a los normales. Seguirías aplastándonos con tus decretos y tus drones, seguirías encadenándonos a un mundo en el que no tenemos voz.

»Estás aquí, Aegis, porque te preocupas por estos Paragones de la misma manera que yo me preocupo por los millones en esta ciudad. Los miles de millones en esta Tierra que no tienen lugar en tu jerarquía, pero que merecen uno. Quiero promesas, Aegis. Quiero tu palabra y tu compromiso de que los Paragones estarán abiertos a los normales. Que podamos tener nuestro lugar en nuestro gobierno una vez más.

Zhan-Yo se detuvo para tomar aire. Se sentía muy bien decir todo eso en voz alta a la oposición, aunque habría sido mejor si hubiera podido ver la cara de Aegis, que debería estar boquiabierto y atónito. Zhan-Yo mantuvo sus propios labios rectos, sus ojos firmes. Esto no era una súplica ni una fanfarronada, sino una negociación.

Aegis recorrió con la mirada la longitud de la pequeña hoja de Zhan-Yo. Siguió desde la punta hasta la empuñadura, y de ahí a los ojos de Zhan-Yo. Negó con la cabeza.

—¿Has leído alguna vez tu historia? —dijo Aegis, como un profesor exasperado hablando a un estudiante reprobado —. Porque si lo has hecho, sabes que los normales no han sido más que unos bastardos entre sí durante todo el tiempo. ¿Estos últimos treinta años con nosotros al mando? Paz. Estabilidad, relativamente. Ahora mírate. Dices que quieres volver, ¿y la forma en que argumentas es tomando rehenes? ¿Poniendo ese pequeño cuchillo en la garganta de alguien? ¿Cómo se supone que eso me va a convencer de que mereces ese poder?

»¿Quieres seguir hablándome? Bien. Guarda esa espada. Te pondremos en una celda de Paragon y enviaré a alguien de vez en cuando para que te haga compañía. Para escuchar tus divagaciones y prestarte mucha atención.

De todos los Campeones, y Zhan-Yo había hecho sus deberes, Aegis tenía los instintos más obstinados. Un hombre que resolvía los problemas a puñetazos, que hablaba como una roca y no ofrecía compromisos. Por qué Zhan-Yo pensó que Aegis sería con quien se podría trabajar, en lugar de, digamos, Apinya o incluso Mynx, ambas con reputación de ser reflexivas, no lo sabía. Toda esta operación había sido una serie de errores.

—¿Así que no negociarás? —Zhan-Yo suspiró la pregunta.

—No. Baja esa espada, o eres hombre muerto.

Quitar una vida es una carga. Matar a un hombre significaba asumir la responsabilidad de todas las cosas que ese hombre nunca haría, las vidas que nunca cambiaría o realizaría. Es por eso que Zhan-Yo prefería la ruta menos letal con sus artes marciales —podía cambiar una mente rompiendo un brazo, en lugar de un cuello— pero aquí, si bajaba su espada, el sueño de Zhan-Yo moriría.

Presionó la hoja más cerca de la garganta de Innis, con cuidado de no empezar a cortar... todavía. Había llegado el momento de los ultimátums. El fin de la diplomacia.

—Ríndete y los Paragones vivirán —dijo Zhan-Yo—. Da un solo paso y este morirá.

—Déjalo que me mate —dijo Innis, el movimiento empujando su garganta contra la hoja de Zhan-Yo y dibujando una línea roja en el cuello del Paragon—. Es mi culpa que estés aquí, Aegis. Todo esto. No se suponía que saliera mal.

—Cállate —dijo Zhan-Yo—. Eso no importa.

—Por una vez, estoy de acuerdo —dijo Aegis, sin captar el verdadero significado de Innis—. Te han superado, Innis. Este hombre te engañó. Por qué llevaste a estos Paragones a este lío, no lo sé, pero después de que salgamos de aquí, será mejor que tengas tus excusas listas, y que sean buenas.

Entonces, antes de que Zhan-Yo pudiera hacer un movimiento, Aegis movió su muñeca derecha a lo largo de su cinturón y lanzó algo hacia adelante. Dos bolas metálicas, unidas por una línea de alambre que brilló intensamente mientras volaba y golpeaba la hoja de Zhan-Yo justo por encima de la empuñadura. Las bolas envolvieron el alambre alrededor de la hoja, y para cuando la envoltura se había completado, el alambre había atravesado el metal, dejando caer todo el conjunto, menos la empuñadura que Zhan-Yo aún sostenía, al suelo.

Aegis siguió su lanzamiento con un golpe de hombro, cruzando esos pocos metros más rápido de lo que Zhan-Yo podría haber esperado. El golpe lanzó a Zhan-Yo contra la pared detrás de él, con la fuerza suficiente para hacer que la empuñadura sin hoja se le cayera de la mano izquierda y obligándolo a agacharse hacia adelante para no caer.

—Mi propia hija lo hizo —Aegis se agachó, recogió una de las esferas del suelo y la apretó, succionando el alambre de vuelta al interior y sellando la segunda bola a su pareja—. Una sola descarga, pero lo suficientemente caliente como para derretir casi cualquier cosa. Es inteligente, Zhan-Yo. Más inteligente que tú.

Zhan-Yo se enderezó, tosió para alejar el moretón que crecía en su pecho por el golpe. Levantó su tachi y se preparó para luchar contra una leyenda.

CAPÍTULO 48

DE UNO AL SIGUIENTE

MYNX NO TERGIVERSÓ LA HISTORIA. Mientras viajaba en una cápsula desde el laboratorio en llamas, Mynx le dijo a Reeves que emitiera un comunicado a la prensa local. Un área que había prosperado después de la toma de control de los Paragones -ya que los representantes generalmente eran premiados según el valor para la comunidad, el periodismo finalmente encontró un espacio donde podía florecerlos medios, sin embargo, habían adoptado una postura hostil hacia los Campeones y la sociedad que habían creado. Mynx suponía que a los reporteros y editores les disgustaba el desequilibrio de poder que conllevaba cubrir a individuos con autoridad absoluta. No le importaría, excepto que esos mismos reporteros y editores tergiversaban la opinión pública, y Mynx no necesitaba que alguna historia sobre el injusto asesinato de un científico valioso fuera transmitida a cada Tama en Pacífica.

—Sabrán que el Dr. Jones sufrió las consecuencias de un experimento fallido con resultados catastróficos —le dijo Reeves mientras Mynx se acercaba a la Fábrica—. Estas cosas pasan.

Reeves comenzó a enumerar incidentes de las últimas

décadas donde explosiones aparentemente aleatorias habían diezmado empresas, individuos y comunidades. Reeves sabía tan bien como Mynx que la mayoría de esos casos provenían de intervenciones de los Paragones en actos nefastos, independientemente de si esas intervenciones causaban más daño que beneficio. El procedimiento operativo general de los Campeones, posteriormente adoptado por los Paragones, consideraba que la destrucción total de una amenaza era el resultado preferido, hubiera o no daños colaterales. Existían demasiadas anomalías, o personas normales con ideas peligrosas, como para actuar con suavidad.

—Reeves, quiero que incluyas lo que Denise intentó hacer —dijo Mynx mientras llegaba a la entrada principal de la Fábrica. Unos escalones de cemento blanco conducían a la gran instalación montañosa, con drones gladiadores vigilando su ascenso—. Si no otra cosa, necesitamos desalentar la idea de que cualquiera puede convertirse en una anomalía.

Una Mynx más joven habría odiado escuchar eso, pero la inocente esperanza de que todos debían tener la oportunidad de obtener un poder como el suyo se había afilado hasta convertirse en una convicción mucho más fuerte de que muy pocos podrían manejarlo. Abrir la caja de las anomalías para todos y el mundo se ahogaría en un caos potenciado. Los Paragones ya tenían suficientes problemas manteniendo a raya a las anomalías naturales.

—Lo he añadido —dijo Reeves—. ¿Te gustaría revisar el comunicado?

Debería hacerlo, pero en ese momento Mynx anhelaba una taza de té fresco. Una oportunidad para sentarse, tomar un bocadillo y considerar acostarse temprano. Así que llegó a un acuerdo:

—Léemelo mientras entro.

Reeves dio en el clavo, y Mynx tenía el comunicado aprobado y enviado a través de Internet a todos los diversos medios de Pacífica para cuando había llegado a través de la

Fábrica hasta la residencia. Como había esperado, Reeves le había leído la mente, o interpretado una larga historia de los hábitos de Mynx, y había colocado té caliente y una tetera acompañante sobre la mesa exterior. Un cuenco de bayas frescas estaba junto a otro lleno de ramen vegetariano.

Sin embargo, lo que más llamó la atención de Mynx fue una pequeña selección de pastillas esperando en la mezcla. Tres cápsulas con el revestimiento negro y amarillo reservado para los químicos de estallido de energía.

—¿Reeves? —dijo Mynx, tomando asiento y un momento para mirar las olas rompientes, que capturaban los últimos tonos púrpura del crepúsculo en su espuma—. ¿Explícame?

—Tengo otro informe para ti y, según las respuestas pasadas a datos similares, podrías necesitar la estimulación — respondió Reeves—. Lo mostraré ahora.

Mynx se sentó a la mesa, pinchó algunas bayas con un tenedor bien colocado y observó el collage de video y diagnóstico que se desplegaba sobre la superficie. Los datos principales dejaban claro el problema: Aegis había entrado con dos drones, y ahora esos dos drones habían perdido su carga. Más preocupante aún, los drones predecían que, como Aegis no había salido del túnel colapsado ni había intentado comunicarse más, el Campeón probablemente había seguido adelante solo. Los drones ahora estaban trabajando para llegar a la entrada alternativa del edificio del generador, pero, debido al daño por fuego y eléctrico sufrido en un ataque en el túnel, no estaban operando a máxima eficiencia.

—En otras palabras, Aegis está realmente solo —dijo Mynx.

—Hay más. Aegis también transmitió un mensaje de video que recibió antes de hacer su entrada.

—Reprodúcelo. —Mynx bebió un poco de té, comió algo de ramen mientras la clara amenaza de Ziran se reproducía frente a ella. Quería reírse de la arrogancia allí, de que una sola organización desafiara a los Paragones, pero esa misma arrogancia terminó produciendo escalofríos en su lugar—. Ziran no es tan estúpido como para hacer un movimiento así a menos que tenga un plan.

—Aegis ya inició el proceso de congelar sus operaciones en Atlantis, pero debido al lugar de Ziran en nuestras redes, no será fácil extirparlos.

—Haz lo mismo aquí. Saca una lista de la gente principal de Ziran alrededor del mundo y envíala a las oficinas locales de los Paragones. —Mynx declaró que los varios bocados eran suficientes—. Cada uno de ellos debe ser detenido e interrogado, averigua lo que saben. Si tenemos suerte, este movimiento está aislado y nuestra infraestructura está a salvo.

—¿Y si no?

—Ya hemos reconstruido el mundo una vez. Podemos hacerlo de nuevo. Prepara el jet. Necesito ir tras Aegis.

—Como sospechaba. El jet ya está preparado para volar. Sin embargo, ¿no creo que sea posible que llegues a tiempo para cambiar el resultado?

—Aegis no muere —respondió Mynx—. Llegaré a tiempo.

Mientras se giraba para dirigirse hacia la plataforma de lanzamiento del jet, ubicada en los niveles superiores de la Fábrica, Mynx arrastró las pastillas de la mesa. Por mucho que le encantaría dormir una siesta en el camino a Chicago, sus nervios pulsaban y el sueño no llegaría. No importaba, podría usar el tiempo para investigar a Ziran.

Para encontrar a los traidores.

CAPÍTULO 49
EL TURNO DEL CAMPEÓN

EN CUANTO A CAMPOS DE BATALLA, una sucia sala de generadores subterránea que parecía haber sido el hogar de ejércitos de ratas durante años no llegaba ni siquiera al top diez de Aegis. Tampoco lo hacía el oponente, el director ejecutivo de Ziran y un hombre que, aunque en forma, parecía estar en el lado equivocado de la vida para perseguir una revolución que cambiara el mundo. Aunque realmente no importaba: Aegis lo dejaría inconsciente, liberaría a los Paragones y volvería a la superficie para una cena tardía y muy necesaria.

Zhan-Yo no desenvainó su segunda espada, sino que optó por avanzar hacia Aegis con las manos listas, mantenidas justo por encima de su cintura. Meterse en un combate cuerpo a cuerpo con un Campeón se encontraba entre las opciones más suicidas que uno podía elegir, así que Aegis le dio a Zhan-Yo dos pasos para reconsiderar esa decisión.

Entonces Aegis sacó su pistola eléctrica del cinturón y disparó. El dardo golpeó a Zhan-Yo directamente en el pecho, justo donde debería estar el corazón, y rebotó.

—¿Supongo que lo haremos por las malas? —dijo Aegis, volviendo a guardar la pistola en su funda.

—Es mejor de lo que crees —murmuró Innis desde un lado, con ojos hundidos observando desde sus ataduras.

El líder local de los Paragones irritaba a Aegis. Innis había jugado mal toda la redada, había traído novatos a un encuentro arriesgado y los había adelantado sin apoyo de drones. Una pesadilla táctica. Aegis lo relevaría de su mando, quizás incluso lo expulsaría de Chicago por completo a una región lejana donde el Paragon pudiera aprender lo que significaba liderar sin poner en peligro a nadie.

Zhan-Yo intentó demostrar que el comentario de Innis era cierto de inmediato, dando pasos rápidos con patadas bajas que probaron los lados izquierdo y derecho de Aegis con entusiasmo. Aegis las dejó aterrizar, sintió el impacto cuando la bota de Zhan-Yo conectó con la armadura táctica y el propio poder de Aegis para amortiguar el golpe. Para alguien que había recibido puñetazos de Thane, los golpes de Zhan-Yo se sentían como un ligero golpe con una almohada. Una presión sorda.

—Vas a necesitar mucho más que eso —dijo Aegis, acentuando sus palabras con un directo recto al pecho de Zhan-Yo.

Su objetivo jugó inteligentemente, bailando hacia atrás fuera del alcance del puñetazo, dejando a Aegis golpeando el aire. Así que Aegis lo persiguió, acechando a Zhan-Yo mientras este bailaba hacia atrás y alrededor de los Paragones atrapados y aturdidos. Mientras rodeaban a Innis, Aegis fingió otra embestida, ganando espacio. Con eso, Aegis sacó un cuchillo táctico y liberó a Innis.

Innis miró sus muñecas liberadas mientras Aegis volteaba el cuchillo en un agarre invertido en su mano izquierda, listo para que Zhan-Yo intentara algo, cualquier cosa. En cambio, Zhan-Yo se quedó allí, observando, como si Aegis protagonizara algún documental fascinante.

—¿Cuál es tu movimiento? —dijo Aegis a Zhan-Yo mientras Innis se ponía de pie—. La gente sabe dónde estoy, los drones también. Llegarán pronto, y no podrás esquivarnos a todos.

—Los he esquivado a todos durante mucho tiempo —dijo Zhan-Yo, y Aegis sintió un destello de preocupación: Zhan-Yo parecía demasiado tranquilo para alguien que aparentemente lo estaba perdiendo todo—. Me estoy deteniendo ahora porque la trampa está lista para activarse, y tú la has activado.

La trampa golpeó a Aegis con fuerza. Los puños de Innis se hundieron en la espalda de Aegis, justo por encima de su cadera, donde floreció el entumecimiento. La habilidad de Innis destruía los nervios alrededor de sus golpes, como un dispositivo EMP biológico. Aegis había visto al Paragon golpear a un enemigo en la cabeza y hacer que la persona olvidara quién era, qué estaba haciendo, y experimentara una transformación completa de personalidad. Desafortunadamente para Innis, la espalda de Aegis no tenía ni cerebro ni músculos críticos, así que Aegis le propinó un codazo izquierdo en la barbilla a Innis y lo derribó al suelo.

No, no un Paragon. Ya no.

—Bueno, eso aclara las cosas —dijo Aegis, frotándose la espalda para eliminar el entumecimiento. La habilidad de Innis no podía contener la curación de Aegis por mucho tiempo—. ¿Eso es todo lo que tienes? ¿Un Paragon acabado?

Zhan-Yo no se había movido. El líder de Ziran observó a Aegis, luego miró a Innis, frunciendo el ceño. Tal vez Zhan-Yo solo tenía al Paragon que pronto sería exiliado. De cualquier manera, Zhan-Yo recuperó el coraje y extendió las manos como un maestro explicando lo obvio a un estudiante ignorante—. Piensa en lo que significa, Aegis. Tus propios lugartenientes se están volviendo contra ti. Tu movimiento está fracasando. Ahora es el momento de detenerse, antes de que todo se derrumbe. Cede ante el cambio que debe ocurrir.

—Hemos vencido a tantos que suenan igual que tú. ¿Quieres un cambio? Gánatelo. —Aegis fingió moverse hacia

Zhan-Yo pero en su lugar giró y propinó un triple jab a un Innis desprevenido que se estaba levantando.

Innis se desmoronó, clara evidencia de que había pasado muy poco tiempo en el campo, de que se había convertido exactamente en lo que Aegis no era: alguien que había olvidado cómo pelear. Innis luchó por desviar un golpe, cualquier golpe, y fracasó, ganándose una cara acribillada y lo que parecía una costilla agrietada por sus esfuerzos. El Campeón terminó la serie con un golpe de su rodilla izquierda, e Innis cayó al suelo, acunando sus piernas como un niño. Aegis quería decirle a Innis lo avergonzado que se sentía, cuánto detestaba no solo a Innis por este fracaso sino también a sí mismo. ¿Cómo pudo Aegis haber dejado que este se desviara tanto?

—Levántate —dijo Aegis.

—No —intentó Innis, sonando aún más patético por todas las veces que Aegis lo había escuchado proclamar, con mucha bravuconería, sobre los audaces avances que estaban haciendo sus Paragones de Chicago.

—Fuiste un Parangón una vez. ¿Vas a morir ahí, en el suelo, o puedes recuperar algo de tu honor?

Innis no habló, y Aegis creyó ver lágrimas en los ojos del hombre corpulento. Una caída total. Una que Aegis bien podría terminar ahora mismo. Preparó su pie derecho-

Aegis no solía sentir dolor. Y cuando lo sentía, los dolores se iban rápido. Una función de su ser; un Parangón cuyo cuerpo se reparaba más rápido que cualquier otro en el planeta. Pero esta puñalada vino desde atrás, profunda, helada y larga. Aegis sintió la hoja deslizarse cerca de la base de su columna. Un golpe no destinado a matar rápido, sino a mutilar, debilitar. Había habido Paragones a lo largo de los años que habían perfeccionado habilidades similares, que habían derribado a enemigos con golpes paralizantes. Aegis nunca pensó que experimentaría uno, nunca pensó que llegaría el día en que sería vulnerable a las mismas técnicas que sus fuerzas habían empleado.

Su mundo seguía cambiando, y Aegis había sido demasiado arrogante para cambiar con él. Zhan-Yo lo tenía, por un momento.

—Has perdido —dijo Zhan-Yo, con la voz justo detrás de la oreja derecha de Aegis, con el peso estoico de la lógica—. Si giro esta hoja, no importa cuán fuerte sea tu curación, no sobrevivirás. No ahora.

Aegis realizó un simple cálculo, retirándose del pico ardiente de la agonía al espacio frío al que iba cada vez que un enemigo o desastre lo obligaba a elegir entre la vida y la muerte. En este vacío puro, Aegis siempre salía con la misma respuesta: intentar. Seguir luchando. Nunca rendirse. Mil clichés apilados uno sobre otro, cada uno instando a Aegis a empujar y empujar de nuevo. Hasta ahora, el consejo no le había fallado. Así que tan pronto como Zhan-Yo terminó su amenaza, Aegis se lanzó hacia atrás, golpeó su cabeza contra la cara de Zhan-Yo y, lanzándose hacia adelante, torció la espada fuera del agarre de Zhan-Yo. Con la hoja aún dentro, Aegis sintió cada corte desgarrador mientras se movía en su cuerpo. Después del dolor vino el pulso de picazón mientras su curación intentaba hacer frente, sellar venas y órganos.

Con la espada liberada de su portador, de pie sobre Innis, Aegis se volvió hacia su oponente. Hasta ahora, esta pelea había ido como tantas otras; un desfile de heridas de ida y vuelta que terminaba cuando la resistencia de Aegis superaba a la de Zhan-Yo. Antes, la resistencia de Aegis había sido un hecho. Ahora, Aegis ya no podía depender de ella. Tendría que forzar la situación.

Zhan-Yo se preparó para el ataque de Aegis como alguien que sabía lo que hacía, pero después de que Zhan-Yo bloqueara el primero, el segundo golpe, su entrenamiento cedió ante la realidad del asalto del Campeón. Aegis se abrió paso a través de los bloqueos de antebrazo de Zhan-Yo, empujando a su oponente a través del suelo de cemento hasta la dura pared. Rebotando después de estrellar a Zhan-Yo contra el sólido concreto, Aegis aplaudió sus manos a ambos lados de la cabeza de Zhan-Yo antes de levantar a Zhan-Yo, armadura y todo, y lanzarlo por el suelo, hasta que Zhan-Yo rodó hasta detenerse cerca de los Paragones capturados.

La espada que aún sobresalía de él protestaba por cada una de estas maniobras con profundas punzadas, y después de lanzar a su oponente, Aegis inhaló una respiración tras otra, tratando de mantenerse despierto y calmar sus furiosos nervios. Había lidiado con el peligro inmediato. Ahora venía la supervivencia. Aegis alcanzó con su mano izquierda y tanteó la empuñadura de la hoja.

—No la saques —dijo Innis, aún en el suelo—. Si lo haces, podrías empezar a sangrar demasiado rápido incluso para ti.

—¿Intentas ayudarme ahora? —Aegis jadeó más que dijo, sintiendo lo que podría haber sido sangre o saliva o ambas acumularse en su boca y burbujear—. Llegas un poco tarde.

—Nunca te odié. Pero has perdido tu camino. Nos estás dejando atrás. ¿No puedes sentirlo? El mundo está cambiando. Tu burbuja perfecta está estallando y no tienes un plan.

—Limítate a pelear, Innis —Aegis suspiró a través de la respuesta, preparando su agarre y apretando los dientes—. Eres terrible en eso, pero al menos solo te matarás a ti mismo.

Aegis tiró. Sacó la espada de su espalda y la arrojó a un lado incluso cuando la explosión blanca de shock lo llevó de rodillas. Aegis no había sentido un dolor así en mucho tiempo, tal vez nunca. Manchas bailaban en sus ojos, cada uno de sus nervios hormigueaba con la expectativa de una muerte inminente. Inminente, pero no aquí. Aún no. Aegis se mantuvo en su mente, sostuvo a Celice, Mynx, los otros Campeones con los que había luchado durante tanto tiempo para crear este mundo que estos monstruos querían destrozar. No podía dejarlos ganar.

Poco a poco, Aegis sacó su cuerpo del terrible vacío en el que tanto había querido caer. Primero estabilizó sus manos, palmas en el suelo. Firmes, reales. Luego sus pulmones, cada inhalación restaurando la cadencia a su cuerpo, equilibrando los latidos acelerados de su corazón. Levantarse de sus rodillas fue lento, con latigazos de los efectos posteriores de la espada irradiando desde la espalda de Aegis. Pero se levantó, se puso de pie, y Aegis, Campeón de Atlantis, se enfocó en su enemigo.

—No se supone que puedas curarte así —dijo Zhan-Yo—. Ya no.

—Los Campeones no pierden —respondió Aegis.

Pero los Campeones sí se enojaban, y este Campeón no tenía escrúpulos en quitarle la vida a aquellos que ya no merecían tenerla. Zhan-Yo había apuñalado a Aegis por la espalda, se había negado a rendirse. Había librado una guerra contra la sociedad. Solo podía haber un precio por eso. Aegis dio un paso, dos pasos y miró fijamente al enemigo.

—Se acabó —Aegis preparó su puño, listo para dar un solo golpe mortal.

Dos disparos golpearon, simultáneos. Ambos en su pecho, rondas pesadas. Aegis podía sentirlas cortar, perforar la armadura hecha para defenderse contra peligros comunes. El sonido anuló su audición, sus oídos zumbando mientras el impacto lo arrojaba hacia atrás. Fuera de sus pies inestables al suelo. Una nueva agonía llegó caliente, rápida y en todas partes. El lugar, su cálculo hecho para cortar el pánico no vendría, no podía venir, y el Campeón se hundió en su olvido.

CAPÍTULO 50
MUY LEJOS DE AQUÍ

EN CUANTO A DESTINOS, el lugar donde la cápsula dejó a Kat se encontraba en algún punto entre una instalación de arte moderno y una dimensión oscura y siniestra que nunca quiso visitar. Las luces escaseaban tan lejos de la ciudad, dando a las blancas que rodeaban la alta valla del depósito de chatarra una apariencia espectral contra la relativa oscuridad de los alrededores. La nieve que caía abundantemente aumentaba el efecto, deslizándose en grupos según un capricho místico. El viento azotaba sin obstáculos aquí fuera, sin los edificios que rompían las ráfagas en la ciudad. Tanto que incluso en el traje de Kat, con los reguladores térmicos trabajando al máximo, sentía lametones fríos subiendo por su cabello y rozando sus tobillos.

Seeker, por su parte, no parecía importarle en absoluto. El husky saltaba sobre los montones de nieve, perseguía los copos que caían y le sonreía a Kat con su dentuda sonrisa y lengua colgante como si hubieran encontrado el paraíso.

—Claro que te gustaría este lugar —murmuró Kat—. El páramo de uno es el cielo de otro perro.

Frente al depósito de chatarra, detrás de Kat, unos almacenes industriales les hacían compañía. Viejos focos se cernían sobre sus apretados lotes, protegidos y trabajados por máquinas que no necesitaban esos tallos grises que vigilaban la ruidosa y continua producción. Un ladrido ocasional y distorsionado se escuchaba de los supervisores humanos de las máquinas, probablemente remotos y observando los procedimientos desde alguna cómoda oficina o, como Kat deseaba, con chocolate caliente en mano en su sofá. No se veía ninguna otra alma.

Kat revisó su Tama, abrochado en su lugar en el antebrazo izquierdo, justo encima de los artilugios sujetos a esa misma muñeca. No había nuevos mensajes, y la aplicación de rastreo mostraba tanto el ping de Calvin como la última conexión de red de Gordon provenientes del interior del patio. Había encontrado el lugar correcto, aunque se sintiera tan equivocado estar aquí.

Detrás de las puertas de malla ciclónica y elevándose en algunos puntos por encima de la valla de tres metros había enormes pilas de chatarra metálica. Vehículos desechados, drones, cápsulas y cosas tanto anteriores como posteriores a esos inventos se agrupaban entre sí sin un orden discernible. Algunos brillaban con un progreso reciente evidente en sus acabados inoxidables, mientras que otros rendían sus caparazones al óxido naranja y rojo. Todo parecía estar esperando, pero ¿para qué?

Una placa en la puerta derecha identificaba a los propietarios del depósito de chatarra —un nombre que Kat no reconoció— y declaraba que cualquier intrusión sería motivo de terrible represalia. Viendo que la cerradura Tama en las puertas había sido destrozada y las puertas mismas abiertas, aunque solo lo suficiente para que un cuerpo se colara, la capacidad de llevar a cabo la prometida represalia parecía ser deficiente. A juzgar por las huellas, que desaparecían a medida que caía la suave nieve, Kat supuso que tanto Calvin como Gordon habían pasado por aquí.

Qué amable de su parte dejarle un camino para seguir. Kat ni siquiera tuvo que tocar la puerta.

Cada paso dentro, siguiendo esas huellas, llevaba a Kat más allá de algún naufragio tecnológico. Aquí yacía un refrigerador. Allí, largas puertas de coche de estilo antiguo, y más allá los restos arrugados de una pequeña casa prefabricada. Estos chatarrerros, al parecer, eran de igualdad de oportunidades. Seeker no compartía el interés de Kat por las reliquias, en su lugar empujaba hacia adelante a lo largo del sendero, tomándose tiempo cada pocos segundos para lanzar a Kat una mirada frustrada.

Nunca lo dejaría suelto aquí. No con Calvin cerca.

Pero cuando llegaron a una intersección entre grandes pilas cerca de donde aparecía el punto Tama de Gordon, Seeker ladró y se lanzó hacia adelante con una fuerza que Kat no esperaba. El perro sacó a relucir su herencia genética y buscó tirar de Kat como un trineo, arrastrarla hacia la meta lo más rápido posible. Kat soltó la correa para salvar su hombro y su articulación, echando a correr ella misma para seguirlo, usando su aliento de repuesto para maldiciones frustradas.

Seeker no tenía tiempo para el sigilo.

El perro tampoco tenía problemas con la nieve, ahora lo suficientemente profunda como para hacer que las botas de Kat crujieran a través de montículos con cada paso, y lo suficientemente espesa como para hacer que esos pasos fueran un ejercicio de mantener el equilibrio, convirtiendo lo que podría haber sido un sprint rápido en terreno seco en una danza vacilante que hizo que Kat, por una vez, estuviera agradecida de estar en un solitario depósito de chatarra. No tenía mucho más allá de su reputación como rastreadora, y un video de sus brazos agitándose y sus piernas bombeando y deslizándose no favorecería eso.

—Podría haber ido a *Carver's* —resopló Kat, mirando alrededor la chatarra y esperando que Calvin no tuviera planeada alguna emboscada—. Haber tomado algo de whisky. Bien calientita. En cambio, estoy congelándome aquí fuera, buscándote, Gordon.

Alrededor de otra pila de cables pelados que parecía, bajo esta luz, serpientes plateadas, Kat vio a Gordon tendido en un cañón de coches viejos. Calvin estaba de pie sobre él. Sedanes y camiones, con los ejes en el aire, enmarcaban a los dos. Seeker eligió un coche como parapeto desde el cual hacer su llamada ladrando, con el hocico apuntando hacia Calvin.

Calvin se arrodilló, con los ojos en Seeker, y extendió la mano hacia la garganta de Gordon.

—¡Eh! —gritó Kat—. Aléjate. Ahora.

Kat sacó su pistola aturdidora mientras hablaba. Apuntando directamente a Calvin. El medidor de distancia de la pistola mostraba la distancia de Calvin en números azules en la parte posterior del cañón: veinte metros. No un tiro seguro, pero tampoco imposible. Especialmente porque Calvin parecía no llevar nada más que la chaqueta andrajosa, la camisa y los vaqueros que tenía puestos antes. El hombre debía estar congelándose, pero miró a Kat sin pestañear, sin temblar que ella pudiera ver.

—Llama a tu perro —dijo Calvin, y no dejó de extender la mano hacia Gordon, colocando dos dedos de su mano izquierda a lo largo de la garganta de Gordon.

—¡Te he dicho que te alejes! —respondió Kat, comenzando a caminar lentamente hacia Calvin—. Si le has hecho daño...

—Está vivo —dijo Calvin, poniéndose de pie—. Por ahora. Te he dicho que llames a tu perro.

Kat podría dar la señal y el husky cargaría, iría por las piernas de Calvin, tal vez su brazo. Seeker cubriría la distancia rápidamente, pero Calvin, desde aquí, sería más rápido. Kat no vería morir a su perro hoy. Tampoco quería que Gordon muriera, pero parecía que eso ya podría haber sucedido.

—Seeker, quieto —dijo Kat, y el husky obedeció, detuvo

los ladridos, aunque la atención de Seeker permaneció fija en la anomalía—. ¿Qué le hiciste?

—Me atacó, me defendí —dijo Calvin—. Lo mismo que hice antes. No quiero lastimar a nadie, pero ustedes me siguen obligando.

—No. Tú estás tomando la decisión. Conoces las leyes.

—No tuve voz en su creación.

—No es mi problema.

Ya había tenido esta conversación con Calvin antes. Solo terminaba de una manera: discutirían de ida y vuelta hasta que Calvin hiciera alguna estupidez y la matara o huyera. Así que esta vez Kat optó por la sorpresa. Apretó el gatillo. El dardo voló directo al pecho de Calvin y se clavó allí incluso cuando Calvin comenzó a reaccionar. Calvin cayó hacia adelante en la nieve, amortiguando su caída con ambas manos. Miró a Kat y luego extendió la mano hacia ella mientras terminaba de cargar un segundo dardo.

Kat disparó de nuevo. El segundo dardo atravesó el aire y se detuvo al chocar contra un círculo helado que se extendía desde la mano de Calvin, como si la anomalía hubiera ganado un escudo de hielo sólido. El dardo cayó, inútil, en la nieve esponjosa. El escudo de Calvin creció, interponiéndose frente a la anomalía y sellando el espacio entre los coches. El cuerpo de Gordon, Seeker y Kat quedaron de un lado, con Calvin del otro. Frustrante, pero ¿qué más podía esperar de este tipo?

Kat enfundó la pistola aturdidora y se movió a la derecha, trepando por las camionetas apiladas para mirar por encima del muro y ver a Calvin corriendo, lento y sedado, más adentro del patio. Habría saltado tras él, rodeando el muro de hielo, pero el gemido de Seeker llamó la atención de Kat hacia atrás. Gordon. Se acercó a él y se arrodilló, acercó su Tama al de Gordon y extrajo las lecturas vitales. Calvin tenía razón: Gordon vivía, pero sus signos eran inestables. Y sin un traje puesto, su temperatura corporal había comenzado a bajar. Gordon necesitaba una evacuación, rápido. Kat tocó su Tama e hizo una llamada rápida para solicitar drones de emergencia. Estaban ahí fuera, sobrevolando los cielos de Chicago y esperando cosas como esta, pero un pitido agudo de su Tama confirmó que no había ninguno cerca del depósito de chatarra. Llegarían, pero no antes de diez minutos o más.

Para entonces Calvin se habría escapado, y no podía arriesgarse a que Calvin detectara la señal y desapareciera para siempre.

—Lo siento, Gordon —dijo Kat—. Tú me trajiste aquí. No puedo dejar que esa tarifa de cápsula se desperdicie.

Cuando se puso de pie, el escudo de hielo de Calvin se había disuelto en un grueso montón de escarcha. La anomalía había asustado a Kat antes, casi la había matado. Era hora de devolverle el favor.

CAPÍTULO 51

LA REVOLUCIÓN COMIENZA

SALVADO.

Zhan-Yo vio a Sylvia de pie fuera de la puerta de la habitación trasera. Sus dos armas en las manos, apuntando a Aegis. Siguió el cañón de las armas hasta el Campeón, que yacía tendido en el suelo, con toses húmedas y extremidades inmóviles indicando que Aegis no se levantaría pronto. A Zhan-Yo no le importaría quedarse en el suelo también. Aegis había propinado puñetazos y patadas con una ferocidad que Zhan-Yo no había experimentado en mucho, mucho tiempo, si es que alguna vez lo había hecho. Su cuerpo había olvidado cómo recibir golpes así, y la adrenalina no podía compensar completamente las costillas magulladas, la rodilla palpitante y el hematoma abultado que ya se estaba formando bajo el ojo derecho de Zhan-Yo.

—Levántate —dijo Sylvia—. No se quedará en el suelo para siempre.

—¿No crees que lo hayas matado? —dijo Zhan-Yo.

Sylvia le dirigió una mirada gélida. —A veces olvido que en realidad tú no haces esto. Matar a cualquier anomalía es difícil, pero él es un Campeón, Zhan-Yo. Ninguno de ellos ha muerto jamás.

—Cierto —dijo Zhan-Yo.

Aegis y su equipo habían sufrido pérdidas antes, Zhan-Yo lo sabía, pero habían logrado escapar de la guadaña del segador desde que ascendieron a sus posiciones de poder. Ya fuera por suerte o por enviar Paragones menores para amortiguar los duros golpes de las luchas contra los viejos gobiernos, los Campeones se habían preservado y, así, habían creado la imagen férrea de su invulnerabilidad. Nunca habían sido derrotados, nunca habían muerto, nunca se habían rendido ante los normales. A juzgar por el charco rojo bajo el cuerpo de Aegis, esta sería una noche de muchas primicias.

Sylvia, manteniendo una mano apuntando con un arma al Campeón, usó la otra para ayudar a Zhan-Yo a levantarse. Fueron juntos hacia Aegis, mientras Zhan-Yo confirmaba que los otros Paragones seguían en sus comas temporales. Innis, mientras tanto, parecía conmocionado, mirando a Aegis con la boca barbuda abierta, sin decir nada en absoluto. De cerca, Aegis no parecía verlos, su mirada ocasionalmente se fijaba en el rostro de Zhan-Yo o Sylvia antes de desviarse. Zhan-Yo había visto esto antes. No un asesino, no, pero Sylvia había enviado pruebas de su otro trabajo. Obstáculos para Ziran que necesitaban ser eliminados, Paragones y otros.

Zhan-Yo había visto suficientes últimos momentos.

—Toma —dijo Sylvia, entregándole una de sus armas—. Da el tiro final más abajo. Deja el rostro intacto.

Sylvia tenía razón, y Zhan-Yo necesitaba concentrarse. Esto tenía que salir bien. Este sería el comienzo de la revolución. Zhan-Yo no podía hacerse el tonto, no podía ser un cobarde, no podía retroceder ante esto. El momento había llegado, y no esperaría a que él estuviera listo. La mano de Zhan-Yo temblaba mientras tomaba el arma, la obligó a estabilizarse mientras rodeaba a Aegis para apuntar, desde atrás, hacia el pecho del Campeón.

—Tres disparos —dijo Sylvia, intercambiando su arma por el Tama en su muñeca, su luz roja indicando que la grabación ya había comenzado—. Y si eso no lo hace, cortaremos la cinta de todos modos y yo lo remataré después.

Una pequeña parte de Zhan-Yo esperaba que sus disparos no mataran a Aegis, que Sylvia pudiera agregar una marca más a su extenso marcador y su propia hoja permaneciera limpia. Incluso si el mundo pensara que Zhan-Yo era un asesino, él no lo sería. Zhan-Yo había sido un líder despiadado, sabio y estratégico. Había convertido a Ziran de la fuerte compañía de su padre a una que dominaba el mundo. Nada de eso lo convertía en un villano. Nada de eso lo hacía malvado. ¿Pero esto?

—¿Estamos listos? —preguntó Zhan-Yo.

—Listos —sonrió Sylvia, la productora instando a su estrella a la siguiente escena.

—Date prisa, o perderás tu oportunidad. —Innis había encontrado sus piernas, ahora estaba de pie y observaba—. Aegis no se quedará en el suelo por mucho tiempo.

—Cierra la boca —espetó Sylvia—. O tendré otro cuerpo que deshacerme.

Las palabras abrieron otro agujero en la muralla mental de Zhan-Yo. Sylvia hablaba como uno de esos matones sórdidos, hablando de cuerpos y qué hacer con ellos. El asesinato formaba parte del plan, sí, pero el punto de todo esto residía en la revolución. Hablaría con Sylvia después de esto, se aseguraría de que lo entendiera. La violencia y la muerte eran efectos secundarios desafortunados, no objetivos a alcanzar.

Aegis tosió. Zhan-Yo volvió en sí. Las discusiones podían esperar.

—Empecemos —dijo Zhan-Yo.

El guion salió de sus labios. Memorizado, ensayado y listo. Declaraciones practicadas afirmando que el nuevo futuro sería democrático, sería para normales y anomalías por igual. Uno que solo podría construirse sobre los escombros y las ruinas del presente. Los Campeones se habían negado a ver el camino más brillante y ahora él, Zhan-Yo, se los mostraría.

—Quiero que se pongan de pie conmigo, quiero que luchen conmigo para derrocar a nuestros opresores —dijo Zhan-Yo—. A lo largo de la historia humana, aquellos que han sido pisoteados se han levantado contra quienes los pisoteaban. Ahora debemos hacerlo de nuevo. Esta noche, envío la primera señal. Únanse a mí y rehagamos nuestro mundo en uno mejor.

Tomó aire, apuntó. Apretó el gatillo.

La bala rebotó en el suelo, desviándose hacia una esquina. Aegis se había movido. El Campeón rodó hacia la derecha, agarró la espada rota de Zhan-Yo y su empuñadura irregular. Zhan-Yo siguió a Aegis con el arma mientras Sylvia sacaba la suya. Tenía a Aegis, pero esos Paragones estaban sentados a su alrededor, indefensos. Si fallaba...

Entonces Aegis se movió de nuevo, una embestida rodante mientras el propio disparo de Sylvia volaba por encima del Campeón, cuya maniobra la derribó al suelo. Con su mano derecha, Aegis clavó la espada rota en el pecho de Sylvia, incluso mientras ella le disparaba otro par de tiros. Aegis cayó mientras Zhan-Yo corría, apartando al Campeón. La herida de Sylvia se veía mal, su rostro ya se estaba tornando gris, sus ojos encontrando los de él. Zhan-Yo colocó sus manos alrededor de la empuñadura, pero dudó. Aegis había sobrevivido al tirón, ¿pero lo haría ella?

—¿Vas a rematarlo? —dijo Innis, apareciendo junto a Zhan-Yo y sonando completamente impasible ante el repentino ataque del Campeón.

Zhan-Yo miró de reojo a Aegis. El hombre tenía los ojos cerrados, no parecía estar respirando, y los recientes disparos en su torso sugerían que el golpe fatal ya había sido asestado.

—Ya se ha ido —dijo Zhan-Yo—. Ayúdame. Tenemos que sacarla de aquí.

Juntos, los traidores, los revolucionarios, levantaron a Sylvia del suelo y la llevaron hacia la superficie en busca de una buena señal, dejando atrás a un Campeón muerto.

CAPÍTULO 52
LAS CENIZAS

DECIR que gritó hacia Chicago sería quedarse corto. Mynx llevaba el jet al límite de su velocidad, agotando la batería a un ritmo alarmante que amenazaba con sobrecalentar sus motores. Celice había llamado, diciendo que los drones no habían podido llegar hasta Aegis debido a más derrumbes en el túnel de mantenimiento. Se había llamado a otros gladiadores de Chicago para ayudar, pero ir a la ciudad subterránea significaba perder la señal, y sin acceso a la supervisión por satélite, los drones podían caer presas de hackeos, fallos o algo peor. Celice había estado dispuesta a arriesgarse con un dron rebelde en un centro de población importante, pero estas eran las máquinas de Mynx, y ella tomaba las decisiones.

Aegis podía sobrevivir a cualquier cosa. Eso había sido cierto desde siempre, y Mynx se negaba a creer que no fuera cierto ahora.

Las luces de la ciudad de Chicago aparecieron mientras el jet descendía a toda velocidad, atravesando las nubes hacia una ventisca. El mal tiempo había elegido el peor momento para azotar la ciudad.

—Activa la secuencia de eyección rápida —dijo Mynx.

El jet no cuestionó la decisión de lanzarse en medio de una

tormenta de nieve. El asiento de Mynx se aplanó y se movió hacia atrás, adentrándose en el cuerpo del jet. Las sujeciones salieron disparadas a su alrededor y se tensaron, presionando a Mynx contra el cojín. De cada sujeción, se expandió más plástico, se encontró con sus contrapartes y se selló para mantener a Mynx protegida. Tendría suficiente aire para durar de diez a quince minutos. Tiempo de sobra para caer en picado hacia el suelo. Detrás de ella, el rugido del viento llenó el jet cuando la escotilla de escape se abrió entre las grandes góndolas del motor. Con la cabeza mirando al frío cielo, las luces de Chicago creando un reflejo borroso en su malla, Mynx apretó los puños. Contuvo la respiración.

Odiaba esta parte.

Los seguros que mantenían el asiento en su lugar se desengancharon, enviando a Mynx volando por la parte trasera hacia la noche. Mynx gritó, una inextinguible combinación de euforia y pánico mientras su estómago daba un vuelco. Sobre ella, Mynx vio el jet seguir alejándose a toda velocidad. El piloto automático lo llevaría a un aeropuerto. Mynx, mientras tanto, se precipitaba hacia el centro de Chicago.

El momento de la verdad. Si sus algoritmos funcionaban correctamente, si los drones hacían su trabajo, Mynx no se estrellaría contra las superficies de acero de los edificios de abajo. La tormenta de nieve no hacía el descenso menos angustioso; los drones deberían tener en cuenta el viento, cómo el espesor de la nieve podría afectar su peso, pero cada nueva variable ponía a Mynx más nerviosa.

Hasta que un golpe rebotante sacudió a Mynx contra sus sujeciones y el cielo nublado sobre ella desapareció cuando un dron la envolvió. Los rugientes propulsores ralentizaron la caída de Mynx, y sintió cómo el dron giraba para esquivar los edificios. Juntos, se hundieron hacia la calle, finalmente tocando tierra con todo el impacto brusco de un niño acomodándose en la cama. Aunque esta cama resultó ser una carretera de hormigón con media docena de drones aterrizando junto a ella.

Como con Thane, como con Denise, los drones alertados por la llegada de Mynx la rodearon en cuanto se alejó del asiento abandonado del jet, se acoplaron a sus brazos y piernas y le dieron las herramientas que esperaba no necesitar. La información salpicó el nuevo visor, lo que antes era una cubierta de cristal para el cañón de supresión de un dron. Sobre su ojo derecho, un flujo constante de barras que se llenaban mostraba gráficamente el progreso de los pellizcos, tirones y sacudidas que Mynx sentía mientras su armadura se ensamblaba. A su izquierda, se mostraban las alertas actuales del Parangón de Chicago, sin que la situación de Aegis apareciera en la lista.

Por supuesto que Aegis elegiría mantener su misión de rescate para sí mismo. Probablemente bajo algún razonamiento ridículo como evitar que otros Parangones cayeran en la misma trampa. Una lógica pobre para un líder cuyos subordinados habían aceptado todos los riesgos al unirse a las fuerzas de pacificación del Parangón. Mynx no mantenía a sus drones fuera de peligro por miedo a que pudieran dañarse. Aegis debería haber entrado con todo el apoyo que pudiera reunir.

En los segundos que estuvo esperando la luz verde de su armadura, Mynx leyó algunos de los otros titulares. Asuntos menores habituales, pero suficientes en una ciudad de este tamaño para mantener ocupados a los Parangones. Una llamada de evacuación médica de alta prioridad para un rastreador que, sin embargo, llevaría tiempo debido a su ubicación remota. No era sorprendente que el rastreador estuviera en un lugar poco poblado, lo sorprendente era que la persona que hacía la llamada también fuera un rastreador. El número uno de Chicago, de hecho.

—Reeves, mantén un ojo en este —dijo Mynx, mientras el

visor seguía sus ojos y resaltaba la evacuación médica en cuestión—. Tengo curiosidad por escuchar la historia detrás.

—Por supuesto.

El traje indicó que estaba listo y Mynx no perdió más tiempo, saltando sobre los coches-cápsula detenidos y dirigiéndose hacia la entrada de la ciudad subterránea de Chicago. Mientras avanzaba, Mynx lanzó la alerta de prioridad de Campeón a los Parangones locales, asegurándose de que muchos refuerzos la seguirían. Cualquiera que pensara que tendría a Aegis solo se encontraría muy superado en número.

Su vista derecha se superpuso con un rostro familiar. Celice, llamando de nuevo. Mynx podría haber parpadeado para bloquear la llamada, pero aún le quedaban unos segundos para atravesar, y entendía el pánico que surgía cuando un ser querido podía estar en peligro.

—¿Estás en tierra? —preguntó Celice.

—Me dirijo hacia su ubicación —respondió Mynx—. Llegaré en dos minutos.

—Todavía no puedo comunicarme con él.

Por supuesto que no. Aegis no había salido del subterráneo. Mynx estuvo a punto de recriminar a Celice por el comentario, pero vio los ojos enrojecidos a tiempo.

—Llegaré pronto. —Mynx intentó ser tranquilizadora; las máquinas no necesitaban palabras de ánimo, así que estaba fuera de práctica—. Tu padre es un Campeón, Celice. Estará bien.

Palabras que Mynx sabía que no debería decir. Promesas como esa solo ponían a los héroes en situaciones difíciles cuando inevitablemente resultaban falsas, pero Mynx no pudo evitarlo. Aegis no era un normal, no era un soldado Parangón. Aegis había sobrevivido a las peores cosas que la Tierra había conjurado y seguía en pie. De todos modos, Mynx no llegó a escuchar la respuesta de Celice; se lanzó por una calle en pendiente hacia la ciudad subterránea, la llamada se volvió borrosa y se desvaneció mientras Mynx se acercaba a la interferencia de señal del edificio generador.

Dada la hora tardía, el silencioso vacío aquí abajo no parecía extraño. El silencio sí, sin embargo. Con las señales cortadas, el visor de Mynx apagó su superposición. Los comentarios de Reeves o los pitidos que notificaban a Mynx que sus drones estaban en posición desaparecieron, dejando a la Campeona con el zumbido de fondo de una ciudad viva. La nieve blanda soplaba desde arriba, derritiéndose en parches mientras las rejillas y conductos por todas partes expulsaban calor. Las luces doradas goteaban su resplandor meloso mientras Mynx se dirigía con paso metálico hacia el edificio del generador.

Desde la distancia, Mynx pudo notar que la puerta principal del edificio ya no estaba en sus bisagras. Algo, alguien la había arrancado, y la barrera se apoyaba contra la pared del edificio, presentando un camino sin obstrucciones y tenue hacia el interior. A ambos lados, apagados en estasis precodificada, estaban los drones gladiadores que deberían haber salvado a Aegis. Al mirarlos, Mynx aprovechó los escáneres de su armadura drone para descubrir que ambos gladiadores habían sufrido daños mínimos y habían sido apagados mediante palabras clave estándar de Parangón. Los comandos que solo los Paragones sabrían pronunciar. En la superficie, los gladiadores verificarían doblemente a cualquiera que les dijera que se detuvieran con la base de datos actual del Parangón para asegurarse de que la orden viniera de un Parangón real, pero con la pérdida de señal, Mynx los había programado para aceptar las palabras con fe. De lo contrario, los inocentes podrían morir.

Ahora, Mynx se preguntaba si esa seguridad había costado la vida de un Campeón.

El edificio y su entrada habían sido diseñados, afortunadamente, para mover equipos grandes, así que Mynx logró entrar con su armadura intacta. Cuando sus escáneres no detectaron ruidos peligrosos —charlas acaloradas, los clics distintivos de municiones siendo cargadas— se apresuró el resto del camino, arrancando pedazos de las paredes en el proceso.

No hubo ataques, ninguna fuerza gritó amenazas ni asaltó a Mynx desde las sombras cuando llegó a la sala central. Cinco Paragones estaban atados en el centro de la habitación, uno lo suficientemente despierto para girar la cabeza hacia Mynx. A su lado, en el suelo, yacía Aegis.

—Creo que está muerto —dijo el Parangón. Sin la conexión de su visor a la vasta red de información, Mynx tuvo que confiar en viejas habilidades de deducción para discernir que el Parangón era joven y estaba angustiado. Probablemente no era un enemigo—. No, no sé cómo sucedió. Desperté y él estaba así. Pero no estaba con nosotros cuando atacamos.

—¿Cuánto tiempo estuviste inconsciente? —Mynx se acercó pesadamente hacia Aegis, miró al Campeón y dejó que los escáneres hicieran su trabajo.

Le habían disparado numerosas veces. El visor superpuso las heridas en su cuerpo, resaltándolas en manchas rojas. Sin respiración. Sin latidos registrados. Mynx tragó saliva ante la emoción instantánea, se obligó a permanecer aquí, en el momento. Tenía que sacar a Aegis de aquí. Luego podría averiguar qué había sucedido. Qué hacer.

—Mucho tiempo. Ni siquiera sé qué hora es —la voz del Parangón sacudió a Mynx del shock, y con su mano izquierda, extendió su brazo drone hacia los Paragones atados y disparó una quemadura de precisión que cortó las ataduras de las manos del que estaba alerta.

—Es tarde. Cuídense —dijo Mynx, levantando a Aegis—. Salgan de aquí. Escriban lo que saben.

—No se suponía que fuera así —dijo el Parangón mientras Mynx se volvía hacia la salida y comenzaba su carrera hacia la superficie, hacia lo único que aún podría salvar a Aegis—. Se suponía que debíamos ganar.

CAPÍTULO 53
SIN RENDIRSE

LA ESCENA TENÍA el aspecto de una batalla final: Kat llegó corriendo entre lavadoras rotas para encontrar a Calvin de pie, erguido bajo el fuselaje blanco de un viejo avión que se extendía sobre sus propias pilas de chatarra, proyectando una sombra sobre la cabeza de Calvin. Las alas del avión estaban dobladas y rotas, formando voladizos esqueléticos, sus ramas retorcidas y las láminas de metal tendidas entre ellas proporcionaban un baluarte contra la nieve que caía.

Kat hizo la conexión cuando notó los muebles dispersos y mohosos en el suelo alrededor de Calvin. Como si estuvieran formados de arcilla, una silla, un foso para fogata y lo que parecía una cama individual improvisada hecha de piezas de automóvil formaban un círculo alrededor de su dueño. Unas cajas fuertes cerradas se encontraban a un lado, proporcionando contrapeso a un casillero inclinado.

Si no otra cosa, los Parangones conseguirían un mejor hogar para Calvin.

Seeker parecía estar de acuerdo; el husky se mantenía firme sobre sus cuatro patas junto a ella, con los dientes al descubierto y los gruñidos más bajos burbujeando desde su garganta. Demasiado silenciosos para que Calvin los oyera.

La nieve continuaba acumulándose en su pelaje, haciendo que el perro brillara bajo los focos, como si ella lo hubiera cubierto de joyas para un baile de invierno.

Como si Seeker tolerara algo así.

La música comenzó a sonar en su mente, un golpeteo rítmico y profundo que evocaba un conflicto de proporciones épicas. Una guerra que podría librarse entre dioses. Sin embargo, aquí solo había uno. Una anomalía, lista para asestar un golpe demoledor a la insolente normalidad. La pelea merecía un buen riff de guitarra. El aullido del viento tendría que servir.

—¿Ya no huyes? —gritó Kat a Calvin—. Habría pensado que seguirías corriendo. Parece ser lo que mejor se te da.

—Estoy cansado —dijo Calvin, con el viento arrebatando algunas palabras—. Estoy tan cansado. He sido perseguido toda mi vida de un lugar a otro y simplemente ya no puedo más.

—No te pedí que corrieras —respondió Kat—. Tampoco te pedí que pelearas.

—Pero me estás obligando. ¿No es así?

De todas las anomalías que Kat había rastreado, las que había cazado por callejones y sorprendido en espléndidos edificios de oficinas, Calvin era quien la hacía sentir peor. La mayoría de los que luchaban eran desafiantes, habían escapado del sistema durante tanto tiempo que pensaban que nunca podrían ser vencidos. O entraban en pánico. Suplicaban que los dejaran en paz. Afirmaban que no estaban lastimando a nadie y que todo estaría bien si Kat simplemente diera media vuelta y se marchara.

Como si Kat tuviera elección.

Las anomalías eran peligrosas. Las que no se registraban, doblemente. Cuando le pedían a Kat que se rindiera, ella luchaba y ganaba. Cuando le suplicaban que se fuera, ella se negaba y devolvía las anomalías al único lugar que podía mantenerlas bajo control: sus propios hermanos.

—Te estoy obligando a elegir —respondió Kat—. O te rindes y dejas que te rastree ahora: sin moretones, sin huesos rotos. Incluso podríamos tener tiempo para una cerveza antes de que cierren los bares. O nos enfrentamos. Veamos qué pasa. Tal vez logres escapar, pero no llegarás lejos. Seré yo, o Gordon, u otro rastreador y estarás de vuelta aquí, preguntándote cómo puedes quedarte solo y sabiendo que la respuesta está justo frente a ti.

Calvin, con la mitad de su rostro en sombras por los focos de arriba, se encogió de hombros.

—Supongo que no puedo verla.

Por supuesto que no. ¿Por qué se pondría fácil ahora?

Kat chasqueó los dedos y Seeker saltó hacia adelante, sus patas escarbando en la nieve mientras el husky se lanzaba hacia Calvin, acercándose por la derecha mientras Kat corría hacia él desde la izquierda. Incitado por un perro y una rastreadora cargando, Calvin pateó hacia un lado, su pie golpeando contra el metal que sobresalía y haciendo que se sacudiera, cayendo varios trozos de hielo. Con su mano izquierda, mientras Kat se acercaba, Calvin atrapó el hielo que caía y extendió su palma derecha hacia ella. Entre los dos, el aire se empañó, la mano de Calvin rociando un fino polvo. Aparecieron destellos y crecieron mientras Kat se daba cuenta de que no era solo humo, sino hielo. No necesitó mucho cálculo para entender lo que una hoja de hielo afilado volando hacia ella podría hacer. Así que se lanzó, deslizándose boca abajo por el suelo nevado.

Seeker, ladrando todo el camino, cargó a través del hielo en formación, atacando desde el lado y dispersando el ataque de Calvin. Escamas frágiles volaron por todas partes, una miniatura tormenta de nieve con un husky en el medio saltando y desgarrando. La escena habría sido graciosa sin la terrible posibilidad de muerte. Kat se levantó, alcanzando su pistola paralizante. Ya había golpeado a Calvin una vez, y sus fervientes oraciones esperaban que el dardo pronto ralentizara a la anomalía. A menos que la habilidad de Calvin lo mantuviera a salvo de los sedantes, lo cual sería justo su suerte.

Con su nube de hielo obliterada, Calvin retrocedió mientras Seeker se volvía hacia él. El husky, ladrando, plantó sus patas y se abalanzó hacia adelante.

—Vamos, perrito —dijo Calvin, dejando caer el carámbano—. Ven aquí mismo.

La anomalía extendió la mano, tocó el fuselaje metálico colgante con su mano derecha y apuntó con la izquierda hacia el perro. Seeker saltó, yendo por la garganta de Calvin y se estrelló contra una repentina pared metálica gris, extendiéndose como si Calvin hubiera desplegado un paraguas de acero en el aire. Seeker se desplomó en el suelo, y el metal cayó junto al perro un momento después, demasiado pesado para permanecer en el aire. El disco transformado terminaba en punta, como si Calvin hubiera conjurado una peonza gigante de la nada.

La rastreadora y su objetivo volvieron a estar frente a frente. Kat apuntaba con su arma. La anomalía respiraba con dificultad, mirándola fijamente.

—Si has lastimado a mi perro —dijo Kat—, voy a olvidar que se supone que debo llevarte con vida.

—Si quieres salir de esta, deberías olvidarlo de todos modos —respondió Calvin—. Y yo no traje a tu perro a esta pelea.

—Aun así lo atacaste. Deja de actuar como si fueras el bueno.

Suficientes palabras. Kat disparó. El dardo salió disparado, cubriendo toda la distancia entre Kat y Calvin en una fracción de segundo, solo para chocar contra otro escudo metálico más pequeño y rebotar al suelo. Kat suspiró, volvió a guardar la pistola aturdidora en su funda. Con un chasquido de su muñeca izquierda cambió de las esferas de luz a algo un poco más útil en una pelea cuerpo a cuerpo. Dio un paso adelante. Levantó los brazos como si los dos estuvieran en un ring de boxeo.

—En realidad no peleaste en *Carver's* —dijo Kat—. Ahora es tu oportunidad. Mano a mano. Tú contra mí.

No es que Kat tuviera intenciones de pelear limpio. Tenía que mantener a Calvin cerca, hacer que se involucrara en una pelea en lugar de huir.

Calvin se rió. Ronco y cansado. —No puedo hacer eso. No hay tiempo.

Si Calvin no quería jugar el juego, entonces Kat tendría que obligarlo. Fingió un ataque directo, y Calvin, aún manteniendo su mano sobre ese metal -Kat hizo la conexión-, lanzó una lanza de acero puntiaguda que Kat esquivó. Se abalanzó hacia el lado izquierdo de Calvin, hacia ese fuselaje que Calvin tenía en la mano. Calvin la siguió con su mano izquierda, lanzando misiles plateados cada vez más pequeños en su dirección; agujas afiladas, brillantes y estrechas. Después de formarlas, Calvin las empujaba hacia ella, pero las agujas no tenían mucho impulso por sí solas, y Kat se deslizó entre ellas.

A pesar de la exhibición de puños, mientras Kat se agachaba bajo otra aguja, derribó a Calvin con una patada baja. La anomalía, reaccionando lentamente al movimiento -¿el primer dardo aturdidor haciendo efecto?-, cayó con el barrido. Golpeó la nieve con un gruñido y rodó. Kat lo siguió, sacando de nuevo la pistola aturdidora. La anomalía ya no tenía la mano sobre el metal, así que no habría escudos de acero. Kat apuntó, cuando Calvin invirtió el giro, lanzándose de vuelta hacia ella y levantando su puño derecho, con el izquierdo enterrado en la nieve. Una ráfaga de hielo salió disparada, cegando su máscara y cubriendo la pistola aturdidora, atascando el gatillo.

Inútil. Kat arrojó el arma a un lado, se limpió el blanco de la máscara y miró fijamente mientras Calvin comenzaba a alejarse a gatas.

—No puedes correr, Calvin —dijo Kat—. Detente.

Calvin realmente lo hizo. Se volvió hacia ella.

—Gracias —dijo Kat—. Manos arriba y alejadas, por favor.

—Sabes, tienes razón —dijo Calvin, levantando sus manos ligeramente alejadas de su cintura—. Tengo frío. Estoy cansado. Harto de correr. ¿Todo esto desaparece si dejo que me rastrees?

—Todo. —Kat dio un paso adelante, observando. La idea de que Calvin se rindiera, justo ahora, parecía absurda—. Tendrás un hogar. Comida caliente. Un perro propio si quieres. Es un trato bastante bueno.

—Sería un Parangón.

—Si te quieren para eso, sí. —Cerca de él ahora. Kat alcanzó el pequeño rastreador en la parte trasera de su cinturón. Una inyección en el antebrazo de Calvin y todo habría terminado—. Buena reputación de cualquier manera.

—El problema es que no me importa la reputación. —Calvin levantó la rodilla bruscamente, tratando de golpear a Kat en el estómago.

Excepto que había telegrafiado todo el movimiento. Sus ojos observándola, recuperando el aliento justo antes del movimiento, sus músculos temblando y el ligero cambio de su pie izquierdo en la nieve para asegurar el equilibrio. Todo eso le dio a Kat las señales que necesitaba para bloquear el golpe con su brazo izquierdo y propinar su propio puñetazo en el estómago con la derecha. Calvin cayó de rodillas, plantó sus manos en la nieve para sostenerse.

—No es mi problema. —Kat alineó el rastreador con el brazo izquierdo de Calvin.

—No. Tienes otros.

Un tornillo se cerró sobre sus pies. Inmovilizó sus botas y luego sus tobillos, cubiertos por la nieve, en su lugar. Kat miró hacia abajo. No había forma de que Calvin hubiera plantado algún tipo de trampa aquí. Las probabilidades de que ella caminara hacia ella eran demasiado bajas. Entonces...

Calvin se levantó mientras Kat se inclinaba, apartó algo de nieve y vio lo que la sujetaba. Hielo sólido. Grueso y envolviendo todos sus pies y subiendo hasta sus pantorrillas. No podía moverse.

—Adiós, rastreadora —dijo Calvin, arrebatando el rastreador de la mano de Kat y lanzándolo—. Espero que tu perro esté bien, y no volver a verte nunca más.

La anomalía se dio la vuelta y se alejó tambaleándose, con los pies deslizándose por la nieve. Como si hubiera ganado la pelea.

Cazar anomalías rara vez iba de acuerdo con ningún plan. Demasiadas variables. Demasiadas leyes físicas rotas. Así que tenías que ser rápido de pies, rápido de mente. Kat puede que no hubiera esperado recibir el tratamiento de Popsicle en el depósito de chatarra, pero eso no la hacía indefensa. Solo significaba que tenía que cambiar de táctica. Levantó su muñeca izquierda, miró directamente a la espalda de Calvin que se alejaba, y disparó.

El cable salió disparado, apuntando ligeramente a la izquierda de Calvin. El extremo de acero, conectado a su máscara y su objetivo visual, cronometró su chorro de giro para desviarse hacia la derecha mientras el cable pasaba a Calvin, envolviéndolo una y otra vez. El cable atrapó las manos de Calvin a sus costados, sellándolas firmemente mientras giraba alrededor. Cuando el cable se quedó sin hilo, Kat chasqueó su muñeca izquierda hacia sí misma y el cable respondió, atrayendo a Calvin como un gran pez, la anomalía luchando contra la atadura en la nieve.

—No eres el único que puede hacer que la gente se quede —dijo Kat mientras Calvin rozaba su pierna delantera.

—Si no me dejas ir, encontraré alguna manera —dijo Calvin.

—Cállate. —Kat tomó uno de los dardos aturdidores de repuesto de su cinturón y lo clavó en el hombro de Calvin.

Al parecer, dos dardos hicieron el truco. Enviaron a Calvin

a un sueño rápido y no particularmente agradable. Misión cumplida. Anomalía capturada. Kat se dio un respiro, tal vez tres, allí en la nieve que caía lentamente bajo los restos del avión. Dejó que su corazón se ralentizara de su ritmo frenético. Había sobrevivido a otro.

Ahora Kat tenía que averiguar cómo salir de allí. No es que tuviera lanzallamas en su traje, y el hielo que Calvin había puesto alrededor de sus pies parecía grueso.

Detrás de ella se escuchó un resoplido y Kat sintió un suave empujón del hocico de Seeker. Kat se retorció, un movimiento difícil con ambas piernas atrapadas, y estiró el brazo para dar al husky las caricias que Seeker tan claramente merecía. Los ojos del perro parecían un poco confundidos, sus patas un poco temblorosas, pero por lo demás parecía estar bien. Lo suficientemente bien, al menos, para encontrar una solución al problema de Kat: lamer la trampa de helado hasta destruirla.

CAPÍTULO 54
LOS DETALLES
PARA ACABAR CON EL MUNDO

ZHAN Yo no pensaba que los primeros momentos de su nueva revolución se gastarían lidiando con la muerte de un ser querido. Porque eso era Sylvie, aunque le costara admitirlo. Había sido su única confidente verdadera, la única lo suficientemente cercana como para conocer sus inseguridades y sus dudas, y aun así empujarlo hacia adelante. Sin embargo, la trató como ella debió haber tratado a incontables otros.

Contactó a Wexley, quien dijo que se encargaría.

Zhan-Yo arrastró el cuerpo de Sylvie hasta la entrada destruida de la subestación y esperó hasta que una pareja enmascarada llegó en una cápsula de transporte pesado para llevársela junto con las otras bajas. Ahora Zhan-Yo estaba de vuelta en su oficina, en la cima del edificio perteneciente a una empresa que muy pronto se encontraría en guerra total con el mundo. O al menos con aquellos que lo controlaban. Dejaron a los Paragones atrás, testigos para ser encontrados, que podrían impulsar la historia con su derrota.

Se duchó, se cambió. Toda evidencia lavada mientras el amanecer iluminaba el Lago Michigan como lo había hecho cada mañana durante milenios.

—¿Té, o quieres algo más fuerte? —dijo Wexley al entrar

en la habitación. De alguna manera, incluso ahora, el hombre vestía un traje completo. ¿Acaso Wexley se los quitaba alguna vez?— ¿Preferiría champán?

—¿Champán? —dijo Zhan-Yo—. Tal vez cuando los Paragones se hayan ido. Cualquier celebración anterior sería prematura.

Wexley colocó la bandeja, un inmaculado disco azul, sobre el escritorio de cristal y metal blanco de Zhan-Yo. Dos tazas de plata, una tetera llena de té negro fuerte. Wexley llenó las tazas mientras Zhan-Yo estudiaba las nubes púrpuras, y juntos se quedaron contemplando la ciudad silenciosa. Una que aún no sabía nada.

—Ya estamos limpiando el lugar. Eliminando las pruebas —dijo Wexley—. Los Paragones no sabrán que fuimos nosotros hasta que...

—Anna tiene a alguien de confianza editando el video. Estará listo pronto, y podremos elegir el momento para difundirlo —Zhan-Yo olió el té. Debería necesitar cafeína ya que no había dormido, pero no se sentía cansado. Ni despierto. Más bien como en un estado de ensueño en el que nada parecía del todo real. Podría haber simplemente olido el té, observado el cielo durante horas. Pero el tiempo seguía siendo un lujo que ni sus representantes ni su posición podían comprar—. ¿Qué hiciste con ella?

—Estamos reteniendo el cuerpo —dijo Wexley—. Pensé que tal vez querrías que fuera a otro lugar. Sé que tenías algo parecido a una relación.

—Era muy buena en lo que hacía —dijo Zhan-Yo.

Sylvie merecía más que eso, pero no aquí, no frente a Wexley.

—Gracias —continuó Zhan-Yo—. Pensaré en algo apropiado. No sé si tiene familia. Nunca lo hablamos.

—¿Quieres que investigue eso?

—No. Sylvie mantuvo su secreto por sus razones. No lo perturbaremos. Que se pregunten.

La idea de que Sylvie desapareciera parecía agradable, tan propia de ella. Wexley dejó que la idea flotara en el aire de la oficina hasta que se disipó, luego dio su pequeño suspiro señalando el cambio de tema. Una reorientación de lo sentimental a lo estratégico. Crudo, pero esencial.

—Tendremos que movernos rápido ahora. Los Paragones estarán en desorden, pero no para siempre —dijo Wexley—. Deberíamos avisar a los demás antes de que el video se haga público.

Un cambio esencial, pero no uno que Zhan-Yo aceptara. Aún no. Cuando las leyendas mueren, merecen más que unos minutos de recuerdo.

—No quería matarlo. Intenté no hacerlo.

—¿Qué quieres decir? Tenía que morir. Ese era todo el punto del plan.

—No era malvado —respondió Zhan-Yo—. Si hubiera estado de acuerdo, podríamos haber ajustado las cosas. Derribar a los Paragones y elevarnos a nosotros. Habría funcionado.

—Por un tiempo, tal vez —Wexley hizo un gesto hacia la ciudad de abajo—. ¿Crees que nos aceptarían? ¿El resto de los Paragones? Tienen todo el poder y ninguna razón para cederlo. Tenemos que obligarlos, Zhan-Yo. Ese es el punto.

Una respiración profunda. Wexley, siempre tan enfocado, tan decidido y tan sombrío. El hombre siempre veía el camino más claro hacia el final, pero nunca contaba cuántos cuerpos serían pisoteados en el camino.

—Era un dictador, Zhan-Yo —continuó Wexley, adoptando un tono de profeta, desesperado por mantener a su amigo de su lado—. Todos los Paragones en Atlantis trabajaban bajo sus órdenes. Nunca renunciaría a eso. Un acuerdo significa que ambas partes tienen que sentarse a la mesa. ¿Por qué negociaría Aegis? Ahora los Paragones estarán confundidos, y podemos aprovecharnos de eso.

—Para debilitarlos.

—Tenemos que quebrarlos, Zhan-Yo. Aún quedan campeones. Mynx, justo al lado. ¿No crees que se consolidará? Unirá Atlantis y Pacifica y entonces volveremos a estar donde empezamos.

—Ziran no es un ejército, Wexley. Por la forma en que hablas, pareciera que crees que tendremos que matar a todos los Campeones para tener una oportunidad. Yo quería una conversación, no una masacre.

—Estoy contigo. Pero no vamos a conseguir eso ahora. No con Aegis muerto. Los hemos enfurecido, y vendrán por nosotros con todo. Esto es una lucha, y no podemos perder.

—No tengo miedo de luchar, solo me entristece que tal lucha sea necesaria —dijo Zhan-Yo—. Sylvie quería una guerra en las sombras. Pensaba que cortar la cabeza mataría al cuerpo, pero creo que tienes razón. Nuestra causa no ganará tan fácilmente.

A partir de ahí, continuaron con asuntos más específicos, y al desglosar el futuro de lo teórico a lo concreto, con tiempos y tareas, disiparon la tristeza persistente de Zhan-Yo con claridad. Sí, matar a Aegis traería problemas, resultaría en un cambio masivo desde el momento en que el video llegara al público. Pero el mundo necesitaba ese cambio, y aunque Zhan-Yo hubiera preferido que llegara sin tanta violencia, retroceder ante un sueño porque había desarrollado espinas no era una opción. Cuando Atlantis se enterara de que ya no tenían un Campeón, Ziran haría su reclamo para destruir el trono del Parangón.

—Sylvie me envió una última cosa —respondió Zhan-Yo después de apurar el té—. Había elaborado planes para cada uno de los otros Campeones. Comienza a implementarlos.

—¿Entonces estás comprometido a llevar esto hasta el final?

—Como dijiste, lo que hemos comenzado no se puede detener. Si los Paragones deciden que ya han tenido suficiente, hablaremos. Hasta entonces, serán ellos o nosotros.

CAPÍTULO 55
SALVANDO AL SALVADOR

CUANDO EL GESTOR intentó presentarle al joven presumido sentado al otro extremo de la mesa en la sala privada del restaurante, el joven levantó la mano y el gestor se detuvo. Esa había sido la primera lección de Mynx sobre la forma correcta en que un Campeón debe dirigirse a una persona normal, según Aegis. Arrastrada desde su hogar en Los Ángeles hasta Nueva York después de que oficiales con placas aparecieran exigiendo obediencia, recompensas y una reunión con un héroe, Mynx se había aferrado al torbellino y decidió sacar todo lo que pudiera de él. Después de todo, eso era lo que sus padres le habían enseñado: las oportunidades están para aprovecharlas.

—¿Tú eres a quien me traen? —dijo Aegis, mirándola.

No de la manera en que sus citas o la gente que pasaba por la calle miraban a Mynx, no con ese tipo de interés. No, Aegis tenía esos ojos claros que encontraban un propósito y se aferraban a él mientras olvidaban todo lo demás. Fijó sus pupilas azul cristalino en las de ella, esbozó una sonrisa débil y esperó a ver qué diría esta mujer sobre sí misma.

—No me han traído a ninguna parte —dijo Mynx. Había aprendido, en la preparatoria y especialmente en sus primeros años en el programa de ingeniería, que una mujer tiene que defenderse por sí misma en una reunión como esta —. Elegí venir con ellos. Debería estar de vuelta en la escuela.

—Por lo que me dicen, se supone que debes estar justo aquí —dijo Aegis. Se inclinó hacia adelante, con los codos sobre la mesa, las manos cruzadas una sobre la otra. Aún manteniendo sus ojos fijos en ella—. ¿Te dijeron por qué les pedí que buscaran más?

—¿Más?

—Como tú. Como nosotros. Sabes que hay muchos, ¿verdad?

Mynx lo había sospechado. Los secretos no se guardaban bien en ese entonces, especialmente este. El que terminaría cambiándolo todo. La gente todavía pensaba que la violencia aleatoria, la nueva tecnología saliendo mal podían explicar las crecientes olas de sucesos aleatorios e inexplicables. Adolescentes que, en lugar de soñar con su primer baile escolar, habían derretido un agujero en sus pisos mientras dormían. Descubrir un brazo extra que solo aparecía cuando cantaban, encontrar que cada cinco días su cabello cambiaba de color y cosas aún más extrañas. Las leyes físicas de la realidad estaban demostrando ser maleables, y todos lo notaban.

Fue entonces cuando Mynx cambió su especialidad. Porque quería una explicación, una respuesta para lo que le había sucedido. Lo que le había sucedido a todos los demás.

—¿Por qué yo, si hay tantos? —preguntó Mynx, porque no sabía qué más decir.

Aegis se veía mucho más joven en persona que en todos los artículos de revistas, todas las fotos que lo mostraban fuerte y dominando cualquier problema. El Parangón. Invencible. Aegis podía entrar en una guarida terrorista y detenerlos de una sola vez. Salir sin un rasguño. Esto no era como conocer a una celebridad, no es que Mynx tuviera mucha experiencia con eso tampoco, pero creciendo en Los Ángeles, tenías tus encuentros. No, esto era más como conocer a tu Dios y que Dios te dijera que eras igual que él.

—¿Cuál es tu don, Mynx? —preguntó Aegis—. Eso te dará la respuesta.

—Puedo ver cómo funcionan las cosas. Es decir, entrar en ellas. Cosas mecánicas. Computadoras, programas y máquinas. Esas cosas.

—Pero eso no es todo.

—No.

El gestor no le había dado nada en qué basarse, ni tampoco los agentes que la habían recogido. Solo dijeron que Aegis quería verla para un trabajo importante. Cuando preguntó, los trajes actuaron como caricaturas de película, todos con labios cerrados o cambiando de tema. Aegis, sin embargo, no le dio ninguna pista. Mynx miró al gestor, que llevaba una expresión en blanco. O no le importaba, o sabía cómo aparentarlo.

—Vamos —dijo Aegis—. Estás bien. Ya lo sabemos, pero quiero que lo digas tú. Tienes que sentirte cómoda con lo que puedes hacer, o lo usarán en tu contra.

¿Usarlo en su contra? Otra mirada al gestor. Sin cambios. Bueno. Había venido hasta aquí, y Aegis parecía estar de su lado.

—También puedo cambiarlas.

—¿Cambiar qué?

—Cualquier cosa. Máquinas. Computadoras. Programas. —Mynx sacó su teléfono y lo puso sobre la mesa—. Podría entrar en esto ahora mismo y hacer que haga lo que yo quiera.

—¿Incluso si no conocieras las contraseñas?

—Incluso si no conozco las contraseñas.

—Bien. Por eso estás aquí. —Aegis se reclinó, con los dedos entrelazados detrás de la cabeza—. Puede que yo sea capaz de recibir una bala, pero lo que necesito es alguien que pueda mostrarme dónde están. No puedo golpear un programa con mi puño ni forzar la apertura de una base de datos. Los he persuadido para que empiecen contigo, y si funciona, añadiremos más.

Mynx no tuvo que preguntar quiénes eran *ellos*. FBI, CIA, algo más. No importaba.

—¿Te refieres como en una película? ¿Un cómic?

La larga y rica historia de los equipos de superhéroes había surgido una y otra vez a medida que este tipo de incidentes se volvían más comunes. La gente se preguntaba si ahora podría ser la era de los seres superpoderosos y demás. 'Anomalías' solo se quedaría cuando la gente se diera cuenta de que los poderes no siempre eran buenos.

—Sí. Como una película —dijo Aegis—. Entonces, ¿estás dentro?

—Sé que nunca planeamos usarla. —Mynx presionó el comando que cerró la cámara de acero opaco y selló a Aegis dentro—. Pero las pruebas salieron positivas. La cámara funciona.

—Pero la resucitación no lo es —dijo Reeves—. Estás privando al mundo de un entierro que muy bien podría necesitar.

—¿Desde cuándo te di un módulo psicológico? —Mynx tecleó en el panel táctil de la cámara para confirmar la temperatura y ajustar la escala temporal al máximo. Aegis no saldría de allí sin una liberación manual—. No necesito que me digas que la gente se molestará.

—¿Estás segura? Porque la forma en que estás actuando ahora no es racional.

—El mundo no sabe que está muerto —respondió Mynx—. Cuanto más tiempo podamos mantener ese secreto, más tiempo tendremos para hacer un plan.

Las palabras ayudaron. Había pasado el vuelo de regreso desde Chicago controlando sus lágrimas. Su ira y su frustración. Ahora el aluvión de cosas le daba enfoque. Le permitía hacer lo que mejor sabía hacer: encontrar soluciones.

—Atlantis será el primer problema —dijo Reeves, aparentemente abandonando sus dudas sobre la cámara criogénica.

Mynx inició el proceso y retrocedió mientras la cámara siseaba y traqueteaba. Mientras el gas y el líquido inundaban el cuerpo de su amigo. Uno que aún podría tener un cerebro en funcionamiento, órganos que podrían salvarse. Un alma, tal vez, si creías en esas cosas. No es que tuvieran la capacidad ahora de devolverlos a la vida, pero algún día, quizás.

—¿En serio? ¿Todo tu poder de procesamiento y eso es lo que me das? —Mynx observó cómo bajaba la temperatura, el nuevo hogar de su amigo descrito por una serie de dígitos negativos—. Necesito que me consigas una lista de posibles Paragones allí. Uno que pueda tomar el manto para ser el próximo campeón. Supongo que Aegis no presentó un plan, ¿verdad?

—Aegis envió una convocatoria general para una cumbre, pero no hay plan de sucesión. Tú tampoco tienes uno.

—Aparta un tiempo en mi agenda y lo haré —Mynx se alejó de la cámara y comenzó a salir de la Fábrica.

El camino de salida, pasando por los ensamblajes automatizados que seguían funcionando como si nada hubiera cambiado, ensamblajes que no se preocupaban por la hora o por trabajar toda la noche, hizo que Mynx sintiera cada año en sus huesos. La emoción que la había llevado de ida y vuelta a Chicago, volando a velocidades aéreas reservadas para emergencias y que, sin duda, asustaron a algunos pueblos dispersos a lo largo de la ruta, había muerto dejando náuseas persistentes y un dolor de cabeza creciente. Dormir, sin embargo, sería imposible. Caería en los recuerdos. Se atormentaría por lo que podría haber hecho. Ahora necesitaba un café. Necesitaba algo de comida. Y tal vez un consejero de duelo.

—Celice parecería la opción principal para Atlantis —dijo Reeves—. Tiene el respeto, el conocimiento y la posición.

—Celice no es una anomalía —dijo Mynx—. Si la hacemos

Campeona, ¿cuál será la excusa para cualquier otra persona normal que sienta que quiere una oportunidad? El próximo mes tendremos a alguien que haya ahorrado un montón de repeticiones que vendrá con su propio arsenal de armas y exigirá su propio título. No lo haré.

Discutieron. Reeves tenía infinitas razones por las que Celice debería ser la elegida para suceder a su padre y Mynx solo tenía un argumento en contra, pero el suyo era el factor crítico y finalmente le ordenó a Reeves, usando un comando duro, que terminara la discusión. Hacer las cosas de esta manera evitaba que la IA aprendiera, pero Mynx no tenía energía para esta pelea. No ahora.

—De acuerdo —dijo Reeves después del comando—. Prepararé la lista. ¿Algo más?

Aegis no había muerto de viejo. Lo habían asesinado. Abatido en un lugar específico elegido para evitar que la ayuda llegara a tiempo. Atraído por personas que lo querían muerto. Eso no les serviría de nada a menos que planearan seguir adelante. O matarían a más Paragones o Campeones o ambos. Y el éxito que ya habían tenido traería esperanza a otros con las mismas ideas. Lo que significaba que Mynx tenía que idear un plan no solo para detener a este grupo, sino para evitar que surgieran otros.

—Aegis y yo sabíamos que teníamos que tener una idea para la sucesión. Para lo que viene después —dijo Mynx, sentándose en la mesa del mirador y observando las olas mientras uno de los drones se acercaba con su café. Cerró los ojos por un segundo, abrazando la brisa que se colaba por su atuendo activo diseñado para acomodar la armadura del dron. Transpirable, cómodo y un recordatorio de lo que había intentado y fallado en hacer.

—Entonces, ¿qué quieres?

—Dijiste que Aegis envió una señal para una cumbre. Creo que deberíamos celebrarla. Me pondré en contacto con los Campeones. Uno por uno. Reuniremos a todos y resolveremos esto. Todos nos pondremos de acuerdo en un plan. Una vez que hayamos hecho eso, cualquiera que piense que puede matar a uno de nosotros y cambiar el mundo sabrá que eso no funcionará.

—Los Campeones no han estado todos juntos en años. Se separaron debido a sus diferencias. ¿Cómo crees que eso va a funcionar ahora?

—No tenemos elección —dijo Mynx—. Ojalá la tuviéramos. El mundo no es tan amable.

—Como ordenes. Encontraré horarios para cada uno de ellos.

Las olas se curvaban y chocaban entre sí. Inexorables. Constantes. Los gobiernos de todo el mundo se alzaban y caían, y lo habían hecho desde el amanecer de la humanidad. Los Paragones habían durado solo unas décadas. ¿Era este el fin? ¿Sería este el final?

—Reeves, aumenta la producción de drones. Todos ellos, pero especialmente los gladiadores. La variante armada.

Las civilizaciones no morían sin luchar. Los Campeones tampoco lo harían.

CAPÍTULO 56
LO VIEJO O LO NUEVO

SEEKER LAMIÓ sus pies liberándolos en lo que Kat supuso sería un tiempo récord en los círculos de perros lamiendo hielo. Siempre había considerado su lengua babosa y resbaladiza como un arma de destrucción masiva, y sus pies liberados servían como la Prueba A.

Kat salió de los restos de la trampa de Calvin, sacudiéndose la saliva de perro que se congelaba rápidamente de sus botas, más agradecida que nunca por las capacidades de regulación de temperatura de su traje. En el depósito de chatarra, con los vientos aullando, su traje le indicaba que el mundo exterior a esta hora temprana se acercaba a los cero grados. Calvin, todavía inconsciente por el dardo de la pistola eléctrica, no parecía muy afectado por el frío; con los ojos cerrados, cada respiración enviaba una nube gris hacia ella. Pacífico a su manera.

Tenía el rastreador en su mano izquierda. No costaría mucho mover el abrigo de Calvin, administrar la inyección y someter para siempre a Calvin a los derechos y errores del gobierno de Parangón. Eso sería cumplir con su trabajo, su contrato y vengar a Gordon de un solo golpe. Entonces, ¿por

qué miraba el dispositivo como si fuera una criatura aliení-
gena que hubiera tomado residencia en su palma?

Beth. Los Elementales. Kat no recibía una oferta así todos
los días. Había estado viviendo en Chicago durante mucho
tiempo, persiguiendo anomalías por las calles y más allá.
¿Qué tenía para mostrar? Algo de reputación, un modesto
apartamento no apto para el perro que poseía. Sin vida social,
a menos que contaras las peleas en *Carver's*. Las borracheras
ocasionales cuando Kat ya no podía soportar las pantallas
solitarias. Los Elementales podrían ofrecer algo nuevo.

Por supuesto, podrían llevarse a Calvin y matarla. O aban-
donarla, dejando a Kat enfrentarse a la ira de cualquier
Parangón que más quisiera a Calvin. Podría perderlo todo. La
pregunta realmente se convertía en, ¿cuánto valía su todo? Y
si lo perdiera, ¿realmente importaría?

—¿Tú qué opinas? —le preguntó al perro. Seeker, ocupado
olfateando todos los pedazos de metal, se acercó y se dejó
caer a sus pies—. Ya sé, mientras puedas correr y comer, realmente no te importa, ¿verdad?

Su Tama emitió un pitido. Un mensaje de las fuerzas de
Parangón en Chicago. Finalmente habían llegado a su lugar
en la lista de ayuda y ahora drones médicos y de captura se
dirigían hacia allí, junto con personal. Humanos de carne y
hueso, que podrían hacer juicios reales sobre lo que Kat
estaba haciendo parada sobre un anomalía buscado en lugar
de atarlo y rastrearlo. Su elección ahora tenía un plazo corto.

Bueno, podría hacer algo ahora mismo. Cosas que enca-
jaran en ambos lados. Kat sacó algunos cables de una bolsa en
su cinturón, el material rudimentario de captura que tenías que
tener a mano si esperabas tener cautivos. Se arrodilló, empujó
a Calvin, haciendo una mueca cuando su cara se estrelló contra
la nieve. Ató los brazos de Calvin detrás de su espalda y juntó
sus manos. Aunque Kat no diría que tenía total confianza en lo
que la habilidad anómala de Calvin podía hacer, tenía una idea

bastante buena de que provenía de esas manos. Que poner una mano contra algo y la otra en el aire le permitiría a Calvin cambiar la realidad. Transmutar, o como fuera que se llamara. Eso explicaría cómo Kat se encontró tan borracha tan rápido, si Calvin había sacado el alcohol de la cerveza y lo había enviado directamente a ella. Explicaría cómo rompió la ventana del café succionando el aire y disparándolo contra el vidrio.

Lo cierto con las anomalías es que todas eran misterios hasta que las descifrabas.

Kat suspiró. Ahora eso era un pensamiento asesino. Debería anotarlo. Misterios hasta que los descifras. Brillante.

Quitó algo de nieve para que las manos de Calvin no se congelaran cuando lo volteara de nuevo, y después de tenerlo mirando hacia el cielo otra vez, Kat le quitó los copos de nieve de la cara. Estaría entregando un producto a un lado u otro, y necesitaba estar en buenas condiciones.

—Debo estar cansada —dijo Kat—. Me estoy riendo de mis propios pensamientos. Hablando sola. —Miró de nuevo hacia el este, más allá de las pilas de chatarra, buscando las luces de los drones que se acercaban—. ¿Tienes una opinión, Calvin? ¿Qué lado?

—Uhh —gimió Calvin, llamando la atención de Kat hacia la anomalía. Su boca no hablaba tanto como colgaba abierta, y sus ojos tenían ese brillo aturdido que solían tener los recién despertados.

—No deberías estar despierto todavía. No por otra hora o más. —Kat se agachó sobre Calvin, tratando de evaluar el riesgo. No tenía más dardos aturdidores. Pero tenía sus pies, y a veces un método contundente servía igual de bien—. ¿Vas a pelear?

—No sé —respondió Calvin.

Se quedaron allí sentados, Calvin gradualmente balbuceando su camino de vuelta a la conciencia mientras Kat vigilaba cualquier engaño. Parecía que las manos atadas y ahora, después de que Kat tomara precauciones adicionales, los pies atados, mataban el deseo de combate de Calvin. O tal vez Seeker, que había comenzado a lamer la cara de la anomalía con abandono temerario, ahuyentó cualquier enojo. Kat solo detuvo al husky cuando se preocupó de que Calvin pudiera ahogarse realmente bajo toda la baba.

—Es lo que te mereces —dijo Kat mientras Calvin jadeaba por aire.

—Justo —dijo Calvin, con la voz cansada y débil—. Supongo que intenté lastimar al perro.

—¿Lastimar? Podrías haber matado a Seeker.

Calvin intentó sacudir la cabeza.

—No. No lo suficientemente fuerte. Nunca mataría a un perro.

Kat no estaba segura de si le creía en ese aspecto, pero los drones se estarían acercando y había que tomar decisiones.

—Tengo una pregunta —dijo Kat. Calvin puso los ojos en blanco mirándola—. Si tuvieras que elegir, ¿irías con los Elementales o con los Paragones?

—Con ninguno.

—Esa no es una opción. Elige uno.

—Los Elementales entonces. Que se jodan tus Paragones.

El Tama volvió a emitir un pitido. Los drones habían recogido a Gordon y se dirigían hacia ella. Era demasiado tarde para huir con Calvin o esconderlo. Así que bien podría obtener algo de satisfacción.

—Lo siento, respuesta incorrecta —replicó Kat.

Extendió la mano y abrió la chaqueta de Calvin. La camiseta manchada y andrajosa que llevaba debajo era otra prueba de la vida miserable que Calvin había llevado hasta ese momento. Los Paragones, al menos, mejorarían su vestuario. Con los brazos atados a la espalda, encontrar el bíceps no fue tan fácil como podría haber sido, pero la mejor rastreadora de Chicago tenía la habilidad para maniobrar el cuerpo de Calvin hasta conseguir el ángulo adecuado. Kat colocó el rastreador contra el brazo de Calvin y esperó a que la anomalía dijera algo, que protestara o cualquier cosa, pero Calvin permaneció en silencio.

Kat apretó el gatillo.

Tres segundos después, su Tama volvió a emitir un pitido. Un tono diferente, más brillante y alegre. Como si Kat debiera estar encantada con el nuevo Paragon que acababa de añadir a su grupo. Kat guardó el rastreador y miró a su nueva adquisición—. Ya está dentro, funcionando. Empezarás a recibir cosas de los Paragones en unos días. Te presentarás en la oficina de Chicago y activarán tus cuentas de reputación. Comenzarán a prepararte contratos. Será mucho mejor que lo que tenías.

—¿A ti qué te importa? Probablemente tengas a docenas como yo trabajando para ti sin opción.

—No trabajas para mí —Kat señaló hacia el depósito de chatarra, donde aparecían las luces de los drones mientras el horizonte se volvía más brillante.

—¿Así que eso es todo? ¿Se me llevan y nunca te vuelvo a ver? ¿Ahora soy un Paragon?

—Eres lo que quieras ser, pero elige con cuidado. Si te alejas de esto, la próxima vez que uno de nosotros te atrape, será para matarte —Kat no dijo que ella evitaba esas cacerías. Había rastreadores que preferían la bonificación única de reputación por un enfrentamiento letal a tener que lidiar con la captura de prisioneros. Ella prefería evitar las cicatrices que venían de quitar vidas—. Mi consejo: encuentra la manera de amar la vida que te toca. Puede que no sea tan mala.

Los drones eran naves para dos personas, aunque seguían llamándose drones ya que ninguno de los tripulantes los pilotaba. Descendieron desde diez metros de altura y bajaron plataformas planas hasta el suelo. Cuatro normales, vestidos con el azul de los Paragones y la insignia roja distintiva en los hombros que indicaba que no tenían poderes, que estaban limitados a ciertas tareas, bajaron torpemente. Kat respondió a sus preguntas, rápida y claramente mientras cargaban a

Calvin en el dron de captura. La anomalía no forcejeó, no dijo nada mientras desaparecía en la bestia mecanizada. El dron de captura no esperó a su compañero, sino que giró y se dirigió de vuelta al centro de la ciudad.

—Habéis tenido una noche ocupada —le dijo Kat al líder, que parecía tan cansado como ella.

—Muchos problemas. Muchos Paragones caídos —Sus ojos se desviaron de los de Kat, ocultando algo—. No creo que ninguno de nosotros vaya a tener un día fácil durante mucho tiempo.

—Eso suena ominoso.

El hombre se encogió de hombros, le ofreció llevarla, lo que Kat rechazó. Irían al centro de la ciudad, mucho más allá de su apartamento. Además, lo último que Kat quería ahora era más conversación forzada. Solo una pregunta más, y dejaría ir al equipo.

—¿Gordon? ¿Está bien?

—Lo tenemos arriba. Necesitará algo de descanso. Atención médica leve, pero vivirá.

Kat comenzó a caminar con Seeker mientras el equipo médico volvía a su dron, y logró hacer un gesto de despedida a medias cuando la nave voló sobre ellos, de vuelta a la ciudad y al sol naciente de invierno.

CAPÍTULO 57
DESPEDIDAS FINALES

UNA BUENA DUCHA podía hacer muchas cosas, pero no podía lavar el dolor. Zhan-Yo se tomó su tiempo, un lujo que se permitió gracias a un horario despejado bajo el pretexto de una enfermedad, un engaño que desaparecería de manera espectacular una vez que la muerte de Aegis y la participación de Zhan-Yo en ella salieran a la luz. Pensó que a Sylvie le habría gustado esta mañana tranquila, cómo dejó a Wexley encargarse de la limpieza en la oficina y él se ocupó de lo que realmente necesitaba. Sylvie siempre había sido la mejor en eso, nunca prestando atención a los mil problemas molestos de la vida moderna, siempre enfocándose en lo más importante.

Sin embargo, Zhan-Yo no podía quedarse bajo el agua caliente para siempre, así que optó por el shock opuesto saliendo a su balcón. El amanecer púrpura se transformó en una mañana gris a medida que las nubes se multiplicaban, y algunos copos de nieve sueltos se atrevían a caer. Los dioses, aparentemente, no estaban dispuestos a llorar ni por Sylvie ni por el Campeón. En cuanto a los presagios, Zhan-Yo eligió interpretar el clima como aceptación; un día de invierno normal dejaría toda la atención a su anuncio.

Los dioses mecánicos, sin embargo, estaban ocupados. Los drones atestaban el cielo, flotando lentamente sobre la ciudad en tal cantidad que dejaba claro que algo había salido mal. Zhan-Yo miró su Tama y no vio alertas. Los Paragones no estaban dispuestos a dar la noticia ellos mismos y no habían inventado otra historia. Con Innis sobornado y completamente sometido, Zhan-Yo no esperaba menos. Chicago ahora pertenecía a Ziran, y quería gritar esa noticia a la gente de abajo, que seguía mirando hacia arriba, preguntándose.

Pronto lo sabrían.

Su Tama sonó y Zhan-Yo deslizó el dedo, miró su muñeca y vio el rostro de Wexley llenar la pantalla. Todavía con el mismo traje de horas antes. El hombre nunca se desconectaba. No era de extrañar que no tuviera familia ni relaciones de las que hablar. Si Zhan-Yo no lo conociera mejor, si no hubiera visto la emoción apoderarse de Wexley, habría supuesto que los Paragones lo habían plantado como espía. Algo que su Campeón artificiero Mynx habría creado, un dron diseñado para comportarse como un hombre.

—He oído que te vas a casa el resto del día —dijo Wexley—. ¿Quieres que lo posponga? Ya tengo el video listo.

—Quiero darle descanso a Sylvie —respondió Zhan-Yo. Ya había hablado con el equipo de limpieza de cuerpos. La tenían esperando, y él sabía adónde la llevaría—. Déjame ocuparme de eso antes de que abramos la caja. Estate listo para hacer los movimientos cuando yo te llame. Necesitamos adelantarnos a los Paragones en el anuncio. El caos es nuestra fuerza.

—Tu grabación lo logrará —dijo Wexley, con voz melosa—. Creo que hará mucho más. ¿Puedes imaginar lo que sentirán todos esos anómalos cuando muera su héroe? ¿Cuando su utopía perfecta se agriete y se desmorone?

—No te pongas poético. Queda demasiado trabajo por hacer. —Era inusual que Wexley mostrara pasión en absoluto, y mucho menos en un arrebato como ese. Zhan-Yo hizo esperar a Wexley mientras sacaba un cigarrillo, lo encendía y daba una larga calada, dejando que la ceniza se curvara en la punta—. ¿Cuál crees que será su respuesta?

—Los Paragones atacarán duro y rápido una vez que descubran quién eres y dónde estás. —La breve incursión de Wexley en el reino de las declaraciones elevadas murió sin pensarlo dos veces—. Después de que termines con Sylvie, tendrás que esconderte. No esperes volver a tu apartamento.

Por supuesto que no lo haría. Había planes para esto. Zhan-Yo miró a través de la puerta hacia su hogar. Pequeño, escaso y hecho para un hombre que pasaba más tiempo en la oficina. No lo echaría de menos.

—Sabrás cuando esté seguro —dijo Zhan-Yo, y luego le dio a su amigo (Wexley se había ganado ese apelativo, al menos) un breve asentimiento—. Este es el comienzo.

—No, ya ha comenzado —respondió Wexley—. No tardes demasiado. Te necesitamos libre y vivo. No más sacrificios.

—Sylvie tomó su propia decisión. No una que yo desee —dijo Zhan-Yo—. Sigue el plan, Wexley.

—Por supuesto. Cuídate, Z.

El maestro de su compañía, la chispa de una nueva revolución, apagó su cigarrillo en el cenicero de la mesa antes de darse la vuelta para entrar, echando una última mirada a todas las marcas en la pared que contaban los días hasta la libertad. Ya no necesitaría añadir otra.

CAPÍTULO 58

UN VIEJO FUEGO AÚN ARDE

LO QUE PARECÍA un gran almuerzo se arruinó cuando Reeves le contó sobre el video. Cuando Mynx lo reprodujo sobre la mesa. Cada angustioso minuto de Aegis solo en esos túneles oscuros, superado en número y aun así sin miedo. Creía en su invencibilidad hasta el final, o fingía hacerlo. Pero entonces, Aegis personificaba la creencia en los héroes. Su voluntad hizo que el mundo los reconociera como el futuro. El primer Parangón, el que abrió el camino para todos los demás. Elegido por el azar genético, pero lo que importaba era lo que hizo con ese golpe de suerte. Ahora lo que Mynx haría con el suyo, lo que los otros Campeones harían del mundo que Aegis les había dejado, eso no podía saberlo. Solo que todos ellos no tendrían más remedio que acudir a la cumbre ahora. Después de esto, no podía haber duda de que los Paragones estaban bajo ataque.

—¿Cuántas llamadas? —dijo Mynx después de que el video terminó.

—Ya van como una docena. Las estoy bloqueando, porque asumí que eso es lo que querrías —Reeves, tan imperfecto como era, podía ser una bendición—. ¿Quieres que empiece a dejarlas pasar?

Mynx se frotó la frente y cerró los ojos. No había hecho mucho más que enviar un mensaje inicial, un rápido contacto a los Campeones para decirles que era hora de reunirse. Nada al público, y el silencio no sería suficiente para mantener al gobierno en orden. Los normales exigían seguridad y un día predecible, y los Paragones tenían que proporcionarlo. Aun así, Mynx no podía formular una declaración aceptable en este momento. Los Paragones tenían gente de relaciones públicas que podría hacerlo, pero estarían tan mal informados como todos los demás. Aegis había sido el genio mediático, conjurando tonterías inspiradoras de la nada. Si Mynx se parara frente a las cámaras ahora, probablemente socavaría cualquier confianza restante en los Paragones.

—No —dijo Mynx—. No estamos listos. Dile a cualquiera que llame que habrá una declaración de los Paragones, pero aún no. Todavía no.

Se dirigió al borde del balcón, miró hacia abajo sobre esas rocas, la arena hacia el océano Pacífico. Se inclinó, abrió la puerta que se balanceaba más allá del borde de cristal del patio y reveló la estrecha escalera tallada en la roca. Podría haber construido sobre las piedras ásperas, hecho un paseo más llamativo y seguro, pero eso arruinaría la vista. Así que en su lugar, Mynx avanzó lentamente, con drones flotando detrás de ella, listos para ayudar si se caía. Cada paso seguro, y antes de mucho tiempo Mynx llegó a esa arena y, quitándose las sandalias, sintió los granos fríos y suaves entre los dedos de los pies.

—He estado ejecutando los modelos que desarrolló la Dra. Jones —dijo Reeves.

—¿La farsante?

—Para ser una farsante, tenía algunas ideas innovadoras.

La voz de la IA venía del altavoz de uno de los drones, y la siguió mientras Mynx caminaba hacia el océano y sentía el beso líquido del agua fría en sus espinillas. En medio del día, solo había unas pocas personas a la vista, ninguna cerca de ella. Cerca de la Fábrica. Si era porque todos habían visto el video y asumían que los Paragones no estaban seguros ahora, o solo por casualidad, Mynx no podía decirlo.

—Ella solo quería ser como nosotros —dijo Mynx—. Eso es todo lo que siempre quieren.

—Tal vez. Pero hay algunas posibilidades aquí. ¿Te importaría si comenzara a establecer algunas pruebas?

¿Le importaría a Mynx si su IA se aventuraba por su cuenta para tratar de evitar que el mundo envejeciera? ¿En qué otros proyectos podría meterse Reeves si empezaba a ser independiente? Pero entonces, ¿qué importaba realmente? La humanidad estaba destinada a luchar contra sí misma, a perseguir a los poderosos sin importar cuánto hicieran por los débiles, y ¿a quién le importaba si Reeves encontraba sus propios caminos hacia ese mismo poder? Alguien derribaría a Reeves eventualmente también. Un círculo deprimente.

Mynx recibió una ola salada en la cara y escupió el poco que le entró en la boca. El océano diciéndole que tales pensamientos eran patéticos, una pérdida de tiempo. Cierto, Mynx tal vez no pudiera detener el colapso del mundo que había diseñado con sus amigos, pero podía luchar contra el cambio. Podía hacer que costara. Las utopías merecían ser defendidas, después de todo.

—Hazlo. Encuentra un milagro, Reeves, porque seguro que lo necesitamos —dijo Mynx. Una defensa agresiva de los Paragones, los Campeones requerirían luchadores, y Mynx no podía pensar en una mejor que la hija de Aegis. Una normal, pero una que no descansaría hasta que hubiera encontrado a los asesinos de su padre—. ¿Ya has contactado a Celice?

—Lo he intentado. No ha habido respuesta. Se ha ocultado.

Mynx la encontraría. Reuniría a los Campeones y construiría una defensa, erradicaría la podredumbre. Tal vez, si

Reeves encontraba una solución, también sacaría a Aegis de su congelación profunda. Todos milagros, todos dignos de creer. Ella era una Campeona. Lucharía, y ganaría.

—¿Reeves? Quiero saber quién hizo ese video, quién tenía esa espada. Los encontraremos y los destruiremos.

CAPÍTULO 59
NO EN VANO

TU PADRE SE HA IDO.

Celice había esperado estas palabras durante mucho tiempo. Desde que cumplió doce años, cuando comenzó a comprender el alcance total de lo que hacía su padre, que ambos padres arriesgaban sus vidas sin cesar para mejorar un mundo que no dejaba de herirlos. Aegis dijo que había querido decirle la verdad incluso antes, que había tenido tanto miedo de desaparecer un día sin tener la oportunidad de despedirse.

Así que lo había dicho. Todo el tiempo hasta que las despedidas se convirtieron en una broma para ella. Aegis no fallaría, no caería, y a medida que Celice aprendía más sobre los Paragones, se había decidido a ayudar a su familia. Hacer lo que pudiera para ayudar a evitar que las palabras de su padre se hicieran realidad alguna vez.

La pizza estaba en el estante detrás de ella, junto con cervezas artesanales enfriándose en la nevera. Esperando toda la noche y ahora hasta la mañana a que Aegis regresara, cumpliera con esa cena que le había prometido. No debería ser gran cosa, un padre y una hija sentados, comiendo, hablando de cosas normales. Había cancelado al novio, pero en realidad no lo era porque, seamos honestos, nadie sale con alguien como Celice. No una vez que descubrían quién era su padre. Era. Tendría que decir eso ahora. Era. La palabra retumbaba en su mente como un martillo.

Respiración profunda. Observar la ciudad. Aferrarse a la silla.

A Aegis le encantaba eso de ella. Racional. Lógica. Capaz de ver lo que realmente necesitaba hacerse y lo que era más importante. Aegis quería golpear todo hasta la muerte. Había aceptado el manto de líder porque se lo habían impuesto. Celice, según decía su padre, lo merecería. Aunque Aegis nunca diría exactamente dónde Celice estaría ejerciendo este liderazgo: como una persona normal, la ley de los Paragones le prohibía convertirse en Campeona. Sin que Aegis declarara lo contrario, Celice tampoco sería una Paragon.

Celice se apartó del paisaje urbano, se levantó de la silla de su padre. Si Aegis realmente hubiera muerto, había procedimientos que necesitaba seguir. Paragones a los que alertar y procesos que poner en marcha. Delineados en una caja fuerte digital especial que Aegis le había mostrado hace mucho tiempo, una disponible solo para ellos dos. Nadie más podía saber sobre el plan, para evitar el pánico o las intrigas. Si algún desastre los reclamara a ambos, supuso Celice, los Paragones tendrían que resolver las cosas por sí mismos.

Abrió la caja fuerte en su Tama y comenzó a caminar hacia el ascensor. No pasaría mucho tiempo antes de que la noticia comenzara a difundirse y la gente hiciera preguntas. Atlantis y sus Paragones necesitarían una respuesta preparada. Abrir la caja fuerte, derramando sus contenidos en iconos virtuales por toda la pantalla, le produjo una emoción. Todo en ella había sido actualizado, y recientemente. El día o la noche después de que Aegis hubiera recibido el disparo. Como si hubiera sabido que podría morir pronto.

—Entonces, ¿por qué —se dijo Celice mientras llamaba al ascensor—, por qué te fuiste?

Polly, la IA de la torre, tuvo el suficiente sentido común para no responder.

El plan, en caso de la muerte de Aegis, exigía toda una serie de movimientos de los Paragones. Varios ascensos entrarían en vigor, otros serían transferidos a lo largo de la costa, todo en nombre de mantener el centro del poder de Atlantis en Manhattan y una clara cadena de mando hacia los otros centros regionales. Todo logística, todas cosas que Celice había encontrado fascinantes en el vacío. El texto ahora le parecía un sinsentido. Lo leyó de todos modos. Buscando, sin encontrar su nombre. Ninguna mención de ella, de lo que hacía o de lo que debería hacer ahora. La ejecutora del plan de Aegis no tenía parte en él.

Aegis, su padre, la había dejado fuera de su sucesión. Cien razones potenciales se cocieron a fuego lento, luego se evaporaron mientras el ascensor descendía por la torre. Celice golpeó con la palma derecha contra la jaula de acero. Por supuesto que haría esto sin decírselo. Por supuesto que le quitaría lo único que le quedaba con alguna excusa por su seguridad.

Llegó a los pisos de oficinas de la torre, deteniéndose en el nivel de operaciones. Un enorme centro de mando rodeado de pantallas y mesas de visualización para que los oficiales Paragon pudieran monitorear y dirigir en tiempo real. Celice había pasado horas aquí solo observando cómo los héroes de su padre salvaban la ciudad, Atlantis, el mundo de todo tipo de amenazas. Ahora, sin embargo, parecía que alguna señal había enviado a los Paragones a casa temprano. Solo un par de viejos incondicionales atendían las pantallas, ninguno de los cuales se molestó en mirar hacia Celice cuando se abrieron las puertas del ascensor.

Se suponía que estos eran los nuevos guardianes del legado de su padre. Personas cuya mayor responsabilidad había sido dirigir el tráfico de los Paragones. No ella, no Celice, que había hecho todo mientras su padre usaba sus puños para salvar el mundo. La ira se mezcló con el dolor y la frustración, y Celice supo que debería tomarse su tiempo. Pasar el día arriba, mirando la ciudad y sin hacer nada más que marinarse en el pasado. Mañana, podría lidiar con el futuro. Lidiar con los planes de Aegis.

En cambio, Celice marcó un nuevo destino en el ascensor. Un piso muy bajo, bajo tierra.

Su padre siempre había contado con que ella hiciera lo correcto. Y Celice lo haría. Mientras el ascensor descendía, Celice limpió la caja fuerte digital. Borró cada documento, guardando solo un par de videos que Aegis había dejado solo para ella. Los reproduciría más tarde. La mantendrían despierta, energizada, motivada. Atlantis necesitaría cambiar. Los Paragones también. Habían sido pacificadores durante mucho tiempo, pero alguien había declarado la guerra. Celice descubriría quién, y cuando lo hiciera, sus Paragones estarían listos para contraatacar.

CAPÍTULO 60

LOS PODRIDOS

THANE GOLPEÓ el agua cerca de la orilla de la isla a una velocidad que debería haberlo convertido en picadillo, y el impacto habría cumplido su trabajo letal si Thane no hubiera caído durante varios minutos antes, si Thane no se hubiera enfurecido atado en el avión de Mynx antes de que ella lo echara. En lugar de desintegrarse, el cuerpo enorme y casi invulnerable de Thane salpicó con un sonido no muy diferente al estallido de un rayo. Perdió el conocimiento, entregando su vida a las olas que lo arrastraron hasta la costa rocosa de la isla.

Desde entonces, se había alimentado de musgo y hongos, atrapando algunos peces con las manos cuando lograba acumular suficiente rabia para cargar sus viejas extremidades. Sin embargo, Thane había pasado el tiempo contemplando los drones que flotaban silenciosamente cerca del horizonte. Una valla para mantener el problema dentro. No molestaban a Thane en el mirador de la caverna que había encontrado sobre su punto de llegada, y los drones no cambiaban sus patrones cuando Thane notó que la isla tenía otros visitantes. Muchos, muchos otros. Mynx no había hecho una prisión privada solo para Thane, lo había metido con los demás reclusos.

Pronto, Thane abandonaría la cueva, viajaría hacia el conjunto más cercano de humo de fuego que se elevaba, llevando el olor de carne cocinada en la brisa. Había pasado su tiempo, casi emaciándose, ideando un plan que lo sacaría de esta isla. Thane encontraría el agujero en la valla de Mynx, y escaparía.

Y ella pagaría por ello.

———

No es fácil para una leyenda desaparecer. Mynx ha estado intentando desvanecerse durante años, pero ahora Aegis ha desaparecido, y Mynx debe liderar a los Paragones, o ver cómo el mundo que construyó se derrumba en un desastre ardiente.

Continúa la aventura de superhéroe en *El Llamado del Campeón*, El Credo del Campeón Libro Dos:

AGRADECIMIENTOS Y NOTA DEL AUTOR

La Caída del Parangón inicia una nueva serie que explora algo que siempre me ha parecido interesante: qué sucede cuando personas que solían ser físicamente imparables se encuentran de repente muy vulnerables. Cuando tu identidad está ligada a algo que sucumbe al paso del tiempo.

¿Podrías cambiar? ¿Lo harías?

Como siempre, esta historia es posible gracias al apoyo infinito de Nicole, que me permite jugar en universos fantásticos. Mis hermanos, padres y suegros aportan una alegría y asombro a mi vida que me anima a explorar los vastos confines de la ciencia ficción y la fantasía. Su apoyo lo es todo.

Los lectores también avivan la llama creativa. Ya sea a través de reseñas de cinco estrellas (¡o menos!), mensajes transmitidos por la infinita red de las redes sociales, o simplemente un repunte en la tabla de ventas que indica que alguien está dando una oportunidad a mis historias, eso impulsa la motivación para seguir adelante. Así que gracias, y espero que hayan disfrutado de esta novela y del resto de la serie.

Para Bob y Rosalie